U0549544

# 周汝昌紅學論稿

高淮生 著

知識產權出版社

图书在版编目（CIP）数据

周汝昌红学论稿/高淮生著. —北京：知识产权出版社，2017.12
ISBN 978-7-5130-5384-6

Ⅰ.①周… Ⅱ.①高… Ⅲ.①周汝昌（1918—2012）—红学—文集
Ⅳ.①I207.411-53

中国版本图书馆 CIP 数据核字（2018）第 002397 号

**内容提要**

《周汝昌红学论稿》是一部知人论学的书稿，是一部学人研究之通论稿。周汝昌其人与"周氏红学"已然成为现代红学不可绕过之话题。本书共分五章：一、知人论学：情性气质与为学格调；二、《红楼梦新证》：说不完的话题；三、"红学四学"：红学何为；四、中华文化之学与新国学；五、周汝昌与周氏红学的影响。此五章乃基于知人论学之整体考量，详人之所略，略人之所详，撮要举凡，存其大体，试图兼顾周汝昌其人之个性气质和人格精神以窥其为学之迹以及"周氏红学"之真貌。

责任编辑：徐家春　　　　　　责任出版：孙婷婷

# 周汝昌红学论稿
ZHOURUCHANG HONGXUE LUNGAO

高淮生　著

| | | | |
|---|---|---|---|
| 出版发行： | 知识产权出版社有限责任公司 | 网　址： | http://www.ipph.cn |
| 社　址： | 北京市海淀区气象路 50 号院 | 邮　编： | 100081 |
| 责编电话： | 010-82000860 转 8573 | 责编邮箱： | xujiachun@cnipr.com |
| 发行电话： | 010-82000860 转 8101/8102 | 发行传真： | 010-82000893/82005070/82000270 |
| 印　刷： | 北京中献拓方科技发展有限公司 | 经　销： | 各大网上书店、新华书店及相关专业书店 |
| 开　本： | 720mm×1000mm　1/16 | 印　张： | 15.75 |
| 版　次： | 2017 年 12 月第 1 版 | 印　次： | 2017 年 12 月第 1 次印刷 |
| 字　数： | 254 千字 | 定　价： | 48.00 元 |

ISBN 978-7-5130-5384-6

出版权专有　侵权必究
如有印装质量问题，本社负责调换。

偕玉通靈存翰墨
為芹草苦見平生

頌禮焚香總為君蕙車赤驥昂首又
餐霞卧雲嘗時事野菜挑來是苦芹
書贊石頭記作者曹雪芹所錄自周汝昌
詩紅墨翠 丁酉初冬於夢軒 高傑生書

# 自　序

《周汝昌红学论稿》是一部知人论学的书稿，是一部学人研究之通论稿。

这部《论稿》写得很辛苦，非构思之困苦，乃登峰之竭力者也。《论稿》结构了五章：一、知人论学：情性气质与为学格调；二、《红楼梦新证》：说不完的话题；三、"红学四学"：红学何为；四、中华文化之学与新国学；五、周汝昌与周氏红学的影响。此五章乃基于知人论学之整体考量，详人之所略，略人之所详，撮要举凡，存其大体，试图兼顾周汝昌其人之个性气质和人格精神以窥其为学之迹以及"周氏红学"之真貌。设若未能综合考量周汝昌其人之真实心迹、独异情性、鲜活个性以及独特视角，则难以还原近乎真实的周汝昌。

周汝昌其人与"周氏红学"已然成为现代红学不可绕过之话题。周汝昌之为人与为学形象已然被浓墨重彩地描绘着，其正面描绘的形象与反面描绘的形象相差何止道里计？是故，欲窥其"真貌"则非仔细端详不可。"正"耶？"邪"耶？"褒"耶？"贬"耶？对于业已归于大化者而言，无乃世间之虚话耶？然此世间之虚话，毕竟留下了演义之迹，姑可循迹而索貌。笔者近年来主持中国矿业大学学报（社科版）《现代学案》栏目，曾撰述《现代学案述要》一文以为"现代学案"建立范式："学案应考察所立案者至少两个方面的'兼美'：1. 考据、义理、辞章之兼美；2. 人与书之兼美或合一。这既是现代学案所应确立的一种学术史理想，又是评价学案人物的一种标杆或学术境界。此一理念姑可看作现代学案撰述者所追求的学术'倾向性'，虽不能至，当心向往之。"[1] 斯人与斯学之真切面貌若能经受

---

[1] 高淮生. 红学丛稿新编[M]. 北京：知识产权出版社，2017：228.

"兼美"考量，则"虚话"不"虚"，"美谈"无疑。

李敖在《胡适研究》一书中收录《为〈播种者胡适〉翻旧账》一文，其中的一段话可资借鉴："我认为任何历史人物的功罪都该有一番'完满解释'。该是他的，就给他；不该是他的，就不给。在给与不给之间，居功言罪当然不完全是他'个人所得'。在社会中，人与人的影响是交互的：其功既有同谋，其罪亦有共犯，从事历史的解释的人必须把握这一点。"❶不妨说，周汝昌在红学方面的功过当然也是"既有同谋"或"亦有共犯"，《周汝昌红学论稿》便试图作一番"给"与"不给"的分梳评述。那么，如何客观地评价"周氏红学"的价值和影响呢？笔者以为可从四个方面联系起来考察：一则新观点，二则新材料，三则新方法，四则新气象。

知人论学：周汝昌之情性气质虽不乏竹林名士嵇康身影之投射，然若论其人格光辉则逊色于"岩岩若古松独立"之嵇中散。周汝昌自称"赋性孤洁，与世多忤"，所谓书生意气，赤子本色。若通体而观，其"书生本色"也并非如某某人所谓纯然如"赤子"，粹然而"诗心"，因这"书呆子气"里混入了"杂色"，这般"杂色"已然编织成心思细密之"周氏心机"。这般"心机"不仅可从周氏兄弟借阅胡氏甲戌本录副、1985年5月第二次印《红楼梦新证》删去李希凡和蓝翎的《评〈红楼梦新证〉》序、《新证》中酷批胡适、《我与胡适先生》则高调酷评胡适等很容易地看得出，而且，亦可从周汝昌对于"红界"人事之讥讽，尤其对"庸流"（"二马"）隐喻式嘲讽之类事件上很容易看得出。当然，这"周氏心机"之潜滋暗长显然是与周汝昌所处境遇以及时代背景息息相关的。或者说，"周氏心机"是在半个多世纪的红学纷争中即周氏所谓为"生存权利"而争之过程中潜滋暗长着，尽管其情性气质才是主要因缘。由此可见，周汝昌之"岑寂索寞""知赏难求"之境遇实则"物我两造"之结果。不过，周汝昌本人并不见得欣然接受这"周氏心机"之说，他一定会斥之为"误讲妄传""欺蒙学苑"。譬如周汝昌曾说："拙诗起句'平生一面旧城东'，算起来，从1948年北京东城东厂胡同一面到1986年，差一点儿已是四十年过去了。而我与他的一点'红学因缘'，却也值得粗记一下，后来者可资了解历史实况，也可免有些人误讲妄传，欺蒙学苑。至于其间种种是非短长，则非拙笔所能

---

❶ 李敖. 胡适研究 [M]. 长春：时代文艺出版社，2012：44.

曲传细处。若干拙意谬说，知我罪我，以待仁人君子，惠予公评。"❶ 所谓"仁人君子，惠予公评"之前提必然是"了解之同情"和"温情的敬意"，于是，"知我"者又怎能"罪我"呢？且看一则"知我"之"素描"罢！唐琼撰《周汝昌侧影》一文"侧记"如下：

"说来好像有些缘分，我的红学知识接近于零，却在这里认识一些老一辈红学家。按年齿序，是俞（平伯），吴（世昌），吴（恩裕，不久前故世）和周。最早相识的是俞，而二十多年来交往较多的则是周。他是一个瘦弱的书生型人物。耳朵重听，视网膜脱落也没有完全治好，我从没见过如此弱不禁风的男性。他多年来一直住在无量大人胡同人民文学出版社宿舍。只搬过一次家，从第三排房屋搬到第二排，北房换为南房。室内陈设朴素，但不凌乱，好像散发着某种特殊气息。我有时破门而入，正逢他沉思，那模样就像古代哲人似的；看到我就在身旁，他这才惊醒过来，'嫣'然一笑。是的，这位老夫子型的笑，很诚挚，很美。……我们坐下来谈什么呢？《红楼梦》不能谈。我们有个心照不宣的约定，不谈这个，彼此都无损失。偶尔破例，倒也有趣。雪芹好像是位刚离去、茶犹温的常客。他那么敬佩与挚爱曹雪芹，使我怀疑他的每个细胞里，都藏着这位伟大作家的形象。……我的古典文学基础极差，然而由于一个偶然因素，我俩常常找到话题。他说，有一个时期他专门搜集清代这样一批学者的著作——没有什么功名但是在学术上有其成就的学者。他随口举了几个人，我插话说，其中一个道光年间的，就是我的高祖，他听了又惊又喜。不久，我把无意中在琉璃厂买到的《养一斋词话》送给他，他更加高兴。'四农先生还有《养一斋文集》和《诗话》。他的《红楼梦题词》十二绝，在嘉庆道光年间有代表性，我已经收入了。'（参阅《红楼梦新证》1090—1095页。——笔者）他说完又是微微一笑。"❷

《红楼梦新证》：这是一部滋养了几代学人而一直受到商榷、批评或批判之现代红学巨著，围绕这部红学巨著有着"说不完的话题"。《红楼梦新证》自1953年9月由棠棣出版社出版第1版以来，数次修订，规模剧增，堪称鸿著。中华书局2016年1月第1版"出版说明"如是说：《红楼梦新

---

❶ 周汝昌. 我与胡适先生 [M]. 桂林：漓江出版社，2005：188.
❷ 唐琼. 京华小记 [M]. 三联书店香港分店，1983：133-135.

证》于一九五三年由棠棣出版社出版，共计三十九万字。一九七六年，人民文学出版社出版增订本，增加了第八章"文物杂考"，同时删去出版第七章"新索隐"，字数达八十万字。此版于一九八五年修订重印。一九九八年华艺出版社出版《周汝昌红学精品集》，作者对《红楼梦新证》作了进一步修订，并重新写作了第一章"引论"。此次再版以一九七六年人民文学增订版、一九九八年华艺版为基础重予校订，遵照作者生前意见，恢复了"写在卷头"及一九五三年版第七章"新索隐"（这部分内容后来作了修订，收入二〇〇四年海燕出版社出版的《石头记会真》第十卷，本书使用了修订后的版本）。自一九七六年再版后，《红楼梦新证》已经是增订本，此次再版仍称"红楼梦新证（增订本）"。周汝昌坚持认为："《红楼梦新证》并非是一种简单的承接胡氏《考证》的著作。它是正式建立'曹学即红学'的这门专题学术的专著。……这个体系是新的开始，包括了曹学、脂学、版本学、探佚学四大分支，相互依伏钩互称一种新整体研究方法，而非支离破碎的'多立名色'。……《新证》的可存，是因为它以考证为手段，却以思想研究批评为目的，这方是一部书的'灵魂'——这就是我对高鹗伪续篡改、冒充'全本'的思想本质的批揭，指出它是与雪芹的精神意旨处于针锋相对的地位，是一个有政治背景的文化阴谋。"❶可见，周汝昌是以乾嘉学派入，而以义理之学出，由《红楼梦新证》初版标举的"新索隐"已然为他此后大谈"中华文化之学""新国学"开辟蹊径。是也罢！非也罢！褒也罢！贬也罢！悉皆应先静观周汝昌自己如何作答："《新证》是激烈批判程高伪本'阵营'中的忠实战士，它能于五十年后之今日又以新版形式问世，表明了它的学术大方向是经受了考验而可以站立于百家争鸣之中仍有其凛凛之生气，并将继续接受考验，听取雌黄毁誉——凡是与人为善的指教，感切无内，永志弗谖。别有用心与所途的，则听随尊便，所历既多，就见怪不怪了，恕不多及。"❷张中行在《红楼旧影》一书中如此评价孙楷第其人与其学："凡事都会有得失两面，博而精，考证有大成就，是得的一面。还有失的一面，是容易成为书呆子。而二十年代后期我认识孙先生的时候起，到八十年代前期我最后一次看见他的时候止，我的印象，除去书

---

❶ 周汝昌. 红楼梦新证［M］. 增订本. 北京：中华书局，2016：2-4.
❷ 周汝昌. 红楼梦新证［M］. 增订本. 北京：中华书局，2016：4-5.

和他专精的学问以外,他像是什么也不想,甚至什么也不知道。应该知道而不知道的,其中之一,依常情,相当重要,是世故。例如一次谈闲话,也是未名湖畔,他提及写了一篇批评某书的文章,某书作者表示谨受教。希望不必发表,他不接受,跟我说的理由是:'我发表我的意见,别人管得着吗?'这就是只看见学问,没看见世态。"❶如果由孙楷第而返观周汝昌,那么,周汝昌的"书呆子气"则显然越来越不同于孙先生了,因为愈到晚年则愈加凸显他对于"世态"的明察,他"世故"的一面也愈加鲜明了。

"红学四学":曹学、脂学、版本学、探佚学"四大分支"之"学"不仅经历了草创到成型的过程,同时也经历了不断被批判的过程,自然也经历了不断被阐扬的过程。可以认为,周汝昌是对红学学科建设贡献最大的一位红学学人,他是从学科建构的层面或意义上构思红学之"四大分支"说,这一层意义逐渐被更多的学人所理解。"什么是红学?"的论争若不自觉地顾及红学学科建设这一层树义,这种争议并无多大的价值。如果认同"红学现在仍是摸索、开拓、成型阶段"这一看法,那么,从学科建构的层面或意义上开展"何为红学?红学何为?"的论争是值得提倡的,这种论争的价值怎么评估都是值得的。当然,这类论争时的态度或心态尤为紧要。且看王元化在《人物小记》中如何评价熊十力:"我深深服膺十力先生所言:不萌自足之念和不抉标榜之私的学风。他曾特别揭出'虚己服善'这四个字,以为亭林、船山诸老遗范可师。十力先生的放达性格最易被人误解,以为他是那种意图一手推倒天下豪杰的妄自尊大者。可是读了上面那些话,谁还能这样去看待他呢?他是一个很会读书的人,常以自己的至情与作者精神相冥会。如他读庄,曾就《天下》所叙,称惠施应黄缭之问,遍及万物而不休,乃是一大科学家。他看出庄子描写惠子博学之神趣是极详尽、极生动的。又称,庄子责惠施的逐物之学,只在其不知反己,而并不在其所阐发的科学思想。这实是高远之见,为肤学者所不能道。我尤其赞赏他论庄惠关系的几句话:'二人学术不同,卒成至友,博学知服,后人无此懿德也。'的确,学术界似乎尚缺乏这种气量与风度。我谨记这几句话,为的是鞭策自己不忘涤除逞强好胜之风。"❷"虚己服善"这四个字成为

---

❶ 张中行. 红楼旧影 [M]. 江苏凤凰文艺出版社, 2017: 178.
❷ 王元化. 人物小记 [M]. 上海: 东方出版中心, 2008: 65-66.

批周者指责周汝昌的口实,他们往往从周氏"四学"窥到的是"妄自尊大者"的"自足之念""标榜之私"。于是,"何为红学?红学何为?"的论争往往溢出学科之争,"博学知服"的气量与风度则如风而逝。

中华文化之学与新国学:周汝昌提出"红学是中华文化之学"的"初心"是在救活红学,这一用心乃隐含于命题之中,一些红学中人并没有看出来罢了;当然,周汝昌提出"红学四学"之说亦有救活红学之用心,这一用心同样没有被看出来罢了。批周者往往从周汝昌的"自我树立"方面认知和评价周汝昌的"红学观",而不能从"救活红学"这一层认知和评价周汝昌的"红学观"。于是,这样的批评或批判不仅不能说服周汝昌,同时也没有把"何为红学?""红学何为?"很有说服力地讲明白,即《红楼梦》研究为什么称为"学"?"红学"的持久生命力何在?是故,周氏"中华文化之学"甚或"新国学"的标榜在常人眼中不过是"标新立异"而已。甚或认为周汝昌意欲以此类"标榜"而"虎踞"红界、"龙盘"红史,这一层接受视野之立意并不难理解。当然,尚有另一层接受视野则认为这种"标新立异"实乃为红学之持久生存开掘出"活水源头"罢了,即"使红学活下去"而已。2017年9月30日晨,红迷驿站微信群讨论中国古代文化经典话题,笔者有感而发:"子曰做个君子,于是被后人骂了很多年。骂人的人都死了,君子说传下来了。孔子还是失望了,便欲'浮于海'。孔子看到了海的那边的希望,暮春三月由子路陪伴着走了⋯⋯"周汝昌当然难比孔子,"周氏红学"更难比"孔学",他的"诗礼簪缨,文采风流"之说是否能够传下来呢?吾不知焉!著名藏书家韦力曾说:"藏书,要有占尽人间春色的志向与豪气,当然,有没有这个能力和体力,自是另外一个话题,但只有这样对待传统文化,才是真爱的表现。"❶ 由此联想到周汝昌与"周氏红学",其人在百年红学史上之志向与豪气有目共睹,无论你喜欢也罢,厌恶也罢,很少有人能够做到60年坚守在红学这一方领地,不遗余力地建构起独具个性的红学体系来,并且不遗余力地阐扬曹雪芹和《红楼梦》的中华文化精神气象,其痴心曹雪芹和《红楼梦》的精神状态是否可以说是"真爱的表现"呢?

周汝昌与周氏红学的影响:胡文辉撰《现代学林点将录》一书是一部

---

❶ 韦力. 古书之爱[M]. 北京:中华书局,2016:253.

现代学术史著述，所选百年学术史自章太炎以来109位学人，另配上域外汉学家19位，共计128位学人。其中有红学经历者包括红学名家者不过10余位而已，诸如胡适、王国维、顾颉刚、余英时、方豪、启功、徐复观、周策纵、萨孟武、唐德刚、周汝昌、王利器等，这10余位中不仅以红学为主要志业且将一生的主要精力投入红学者为数寥寥。周汝昌列入109位学人行列之中，被作者以"地损星一枝花蔡庆"称焉。至于社会影响颇大的俞平伯、冯其庸、李希凡等，却并未入列《现代学林点将录》。胡文辉说："自胡适而后，考证派即独领风骚，虽经历《红楼梦》研究批判运动，而风气始终不衰。受胡氏影响，前有俞平伯，后有周汝昌，为学界两大'红人'；周的文史涵养不及俞，然于红学则专深过之，且更能代表此学问的主流。以红学在现代学术史上的声势，水涨船高，周亦宜有一席地也。……周氏博览勤搜，不数年间即完成《红楼梦新证》（原题《证石头记》），至1953年刊行，后来增订为两大册，是他一生的代表作，也是红学史上最重要的专著。"❶ 周汝昌与周氏红学是百年红学史绕不过的话题，并且，周汝昌与"周氏红学"已然具有较为广泛的国际影响力。谢泳在《过去的教授》一文中说："正是在回到过去的知识分子中，我才发现今日所谓的大学教授、作家、诗人都远赶不上他们的前辈，就精神气质和学术水平而言，他们的前辈总有值得学习的地方。"❷ 由此联想到周汝昌与"周氏红学"，如果认同乔福锦的"红学五代人"之说（笔者按：乔福锦在《学科重建与学术转型时代的"建档归宗"之作——高淮生教授〈红学学案〉读后感》一文中提出一百年来"红学五代人"之说，周汝昌乃第二代学人之典范），作为前辈学人的周汝昌总有值得学习的地方，这从周汝昌与"周氏红学"至今尚存的国内外影响上也可以得出"周汝昌总有值得学习的地方"的结论。

余英时在谈及关于钱锺书研究形成"钱学"这一现象时说："钱先生自负则有之，但很有分寸。经'钱学专家'火上加油，便完全走样了。这对钱不很公平……我所看到的'钱学'文字，又似流露出一种'个人崇拜'，特别强调钱先生于书无所不读，过目不忘，自古及今，无人能及。"❸ 余英

---

❶ 胡文辉. 现代学林点将录［M］. 广州：广东人民出版社，2010：444.
❷ 谢泳. 逝去的年代：中国自由知识分子的命运［M］. 修订本. 福州：福建教育出版社，2013：29.
❸ 陈致. 余英时访谈录［M］. 北京：中华书局，2012：156-157.

时这段话的启示意义十分鲜明，如果"周氏红学"研究的"个人崇拜"者也做起了"火上加油"的事情，周汝昌以及他的学术一定会走样的，这其实对周汝昌很不公平。钱锺书早有感言："大师无意开派，而自成派，弟子本意尊师，而反害师……是故弟子之青出者背其师，而弟子之墨守者累其师。常言弟子于师'崇拜倾倒'，窃意可作'拜倒于'与'拜之倒'两解。弟子倒伏礼拜，一解也；礼拜而致宗师倒仆，二解也。古籍每载庙中鬼神功行浅薄，不足当大福德人顶礼膜拜，则土木偶像避位傍立，或倾覆破碎。"❶ 但凡"个人崇拜"者，又如钱锺书所揭示："盖夸者必讠宜，所以自伐也；谄者亦必讠宜，所以阿人也；夸者亦必谄，己所欲而以施诸人也。争名于朝、充隐于市者，铸鼎难穷其类，画图莫尽其变，然伎俩不外乎是。"❷周汝昌以及他的学术之所以一定会走样，是因为"夸者必讠宜"而"自伐"，忒卖力气地"捧周"者是也；"谄者亦必讠宜"而"阿人"，忒卖力气地"批周"者是也。

韦力在谈及整理所藏之书时说："在整理的过程中，我时时对一些书的版本产生疑问，当时为什么买进这么破烂的书，我能找出各种理由替自己辩解，但无论怎样，整理到这些破烂书时，时不时有一种负累感。不过总觉得这是前人的著述，我本能地有敬惜字纸的传统恶习，认为任何古代的断缣零篇都值得保存和呵护，为此的确要动很多脑筋，当然也要付出很多代价。"❸ 笔者由此联想到我们对待"周氏红学"的态度，似乎不无道理：即便"周氏红学"如"批周斗士"胥惠民所驳斥的"其终生研红的主要结论几乎都是错误的"，不过，毕竟这是"前人的著述"，其在红学史上的影响是有目共睹的。假如直斥《红楼梦新证》这般"破烂书"并无可取，那么，胥惠民所著《拨开迷雾——对周汝昌〈红楼梦〉研究的再认识》之类"破烂书"又将何处？斥人"不堪"者，人或斥之也！是故，但凡本能地葆有"敬惜字纸"传统恶习之研究者，终究不会轻易地作出"清理门户"的倡言（笔者按：胥惠民宣称应将周汝昌"清理门户"）。当然，这也可以看出这样一种现象：专家与学术史家的视野和格局是显然不同的，专家如果同时兼有学术史家的视野和格局，才有可能成就名家甚或大家。

---

❶ 钱锺书. 谈艺录［M］. 北京：商务印书馆，2011：445.
❷ 钱锺书. 谈艺录［M］. 北京：商务印书馆，2011：651.
❸ 韦力. 古书之爱［M］. 北京：中华书局，2016：251.

谢泳在《吴恩裕的学术转向》一文中说:"我从吴恩裕的学术生涯中,感到了某种无奈,看到了一个学者的苦闷。"[1]而笔者则从周汝昌的学术生涯中,感到了某种"孤寂",看到了一个学者的"执拗"。

---

[1] 谢泳. 趣味高于一切[M]. 重庆:重庆出版社,2013:123.

# 目录

第一章　知人论学：情性气质与为学格调 ………………… 1
　一、落落寡合的个性与孤独无助的心境 ………………… 1
　二、"光荣的孤立"与"我占有真理" ………………… 13
　三、孤独感的另一种衍射：对"红研所""红界"的
　　　毫不留情的批评与嘲讽 ………………… 23

第二章　《红楼梦新证》：说不完的话题 ………………… 33
　一、《红楼梦新证》的几个版本 ………………… 33
　二、《红楼梦新证》的写作缘起 ………………… 66
　三、《红楼梦新证》的揄扬贬抑 ………………… 73

第三章　"红学四学"：红学何为？ ………………… 99
　一、什么是红学？ ………………… 100
　二、何谓红学"四学"？ ………………… 118

第四章　中华文化之学与新国学 ………………… 144
　一、红学是中华文化之学 ………………… 145
　二、红学是新国学 ………………… 171

第五章　周汝昌与周氏红学的影响 ………………… 178

| 一、周汝昌与周氏红学是红学史绕不过的话题 | …………… | 180 |
| 二、周汝昌与周氏红学颇具有国际影响力 | ……………… | 195 |

**附录一 "'周汝昌与现代红学'专题座谈会"综述** 203
    引　言……………………………………………………… 203
    一、会议情况简介………………………………………… 204
    二、会议研讨的主要问题………………………………… 207
    三、座谈会侧记…………………………………………… 226
    四、几点启示……………………………………………… 229

**附录二 非求独异时还异，难与群同何必同——悼念周汝昌先生**……… 231
**后　记**………………………………………………………… 234

# 第一章 知人论学：情性气质与为学格调

知人论学是学人研究常见之法，学人之情性气质对其为学之格调的影响虽有不同，却有迹可循。就红学领域而言，周汝昌其人对"周氏红学"演进之迹尤其值得关注，因为，周汝昌是现代红学史上最有争议的人物。令人欣慰的是，研究周汝昌其人其学的资料愈来愈丰富，其中可供直接采用者已经很可观了。笔者以为，除了业已出版的周汝昌自己的红学著作之外，首先值得特别关注的是两部著作，一部是由赵林涛、顾之京整理校注的《顾随致周汝昌书》（河北教育出版社2010年3月第1版），另一部是由梁归智整理校注的《周汝昌致梁归智书信笺释》（三晋出版社2017年1月第1版），前者顾随先生是周汝昌所崇敬的老师，后者梁归智教授是周汝昌所厚爱之弟子。其次是对周汝昌其人其学其文进行直接批评和批判的著作，分别是杨启樵著《周汝昌红楼梦考证失误》（上海书店出版社2010出版）、沈治钧著《红楼七宗案》（江苏人民出版社2011年出版）、梅节著《海角红楼：梅节红学文存》（国家图书馆出版社2013年出版）、胥惠民著《拨开迷雾——对周汝昌〈红楼梦〉研究的再认识》（新疆青少年出版社2014年出版）。这几部批周著作构成了对周汝昌其人、其学、其文的比较全面的批评和批判，是研究"周氏红学"的重要文献资料。再者是梁归智著《红学泰斗周汝昌传：红楼风雨梦中人》（漓江出版社2006年出版）、周伦玲编《似曾相识周汝昌》（百花出版社2011年出版）等。至于以上所列之外的著述则不胜枚举，只能择善而用。

## 一、落落寡合的个性与孤独无助的心境

《顾随致周汝昌书》序言是周汝昌所作，他说："我从1941年之年底冒

昧写信给先生，因不知地址，只好把信寄到辅仁大学，没想到次年之春便接到了先生的复函。从此以后直到先生谢世，除去政治运动和先生患病等特殊缘故之外，我和先生的通讯未尝停断，每接先生一封赐函，皆如获珍宝。经过'浩劫'，许多名流大儒的手札，如涵芬楼主人张元济，如中西贯通文史大师钱锺书诸位先生的赐函手迹皆遭散佚，唯独苦水先生的这一批珍札奇迹般地保全下来，此中似有天意，非偶然也。我所谓天意，大略如佛家所言，冥冥之中自有因缘，似不可解而实以历史条件之所安排也，连我自己也不敢相信这是事实。古人尝云：求师难，寻徒也不易。先生把平生一大部分时间心血花在了给我写这样的信札，可以说先生门墙桃李遍天下，却更无第二人能得到先生这般的赐予，这是第一层。接着我就又想，先生写给我的这些珍札，说是为了我个人，自然不差，然而这批珍贵文献的真正价值却远远超越了我们师生二人之间的种种情缘和文学艺术，乃至中华大文化的多个方面的互相启发讨论。这一点，如果是我个人有意的夸大，那自然是我的言过其实，但我总认为早晚会有具眼有识之士会认可我的那种估量。今天的读者也许很难想象产生这批书札往还的时候的真实情况，我们师生二人的国境、家境、物境、心境，都是什么样的？那恐怕也同后人读'二十四史'那样的陌生而新奇，甚至不敢置信了。"❶ 以上"序言"可以看作周汝昌的真情表白，其中，尤其值得关注的是他提出的"四境"说，即"国境、家境、物境、心境"，笔者对于"四境"中的"心境"与周汝昌为学之间或直接或间接的联系葆有更大的兴趣。（笔者按：闵军著《顾随年谱》有一段记录——1952 年 8 月，"先生在 27 日至 28 日写给卢继韶的信中，报告给继韶一件有趣的事，先生说：'有周玉言者（天津人），燕大外语系毕业（毕业论文是英译陆机《文赋》），于中文亦极有根柢，诗词散文俱好，是我最得意学生。刻被成都华西大学中文系请去教书。可巧闻在宥亦在那里。一日玉言与闻偶谈及我。闻乃曰：顾某已死却了也。其时玉言尚未得我病愈之信，不禁大惊，问：何以知之？闻曰：报上已载过了。言下大有顾某定死无活之意。日昨玉言有信来告知此事。阅悉之下，为之失笑。'"❷ 顾随称周汝昌"是我最得意学生"，可见师生之情深厚，自

---

❶ 顾随. 顾随致周汝昌书［G］. 赵林涛，顾之京，整理校注. 石家庄：河北教育出版社，2010：1-2.

❷ 闵军. 顾随年谱［M］. 北京：中华书局，2006：234.

不同于胡适称周汝昌是他最后收的一个"最得意学生"。)

周汝昌的老师顾随曾在给周汝昌的信（1942年5月19日）中说："兄素性亦落落寡合，津门旧日校友向素无往来，恐亦未能先为道地耳。临颍不胜惶惭之至。"❶ 顾随对周汝昌性情的观察是仔细的，"素性亦落落寡合"若用周汝昌自己的话说即"赋性孤洁，与世多忤"。周汝昌的话见《致胡适信》："我有了先生这样的师友，又有这样的知己弟兄，心中真是说不出的欣慨交集。我兄弟四人中，这个兄长与我两人最相契，他赋性孤洁，与世多忤，作了许多年的事，现在萧然归田，岑寂索寞，我唯有时常与他诗句唱和，或搜些精神食粮给他，以稍解其苦闷。他在脂本副本之后，有一篇抄后记，不久先生会看到的。"❷ 周汝昌又在其晚年所著《红楼无限情：周汝昌自传》一书"自鉴"中道："这本小书之产生与问世，多承出版社的盛情至意，屡加督促，我方决心命笔，心情实际上是很矛盾的……自念平生落落寡合，一无真正值得记录的内涵，二无足以动人的笔力，出来也只是平庸乏味的凡品，有甚意味？自觉无趣。"❸ 纵观周汝昌后半生为学之境遇，其"落落寡合"是造成其"孤独"境遇的内在原因，至于学界对周汝昌《红楼梦新证》（包括其他著作）的批评，尤其"佚诗"事件则是造成其"孤独下去"的外在原因，而且这个外在原因对周汝昌后半生为人和为学之影响不可低估。沈治钧在《红楼七宗案》"后记"中把这个"外在原因"明明白白地落实了，他说："在写作这些东西（笔者按：对周汝昌人品和学品集中批判的七组文章）的过程中，我得到了很多师友的热情帮助，如梅节先生不断鼓励，郭隽杰教授指点迷津，裴世安先生持续关注，吕启祥先生和冯其庸先生的协助调查，蔡义江先生和胡文彬先生耐心赐教，刘世德先生和陈熙中先生及时提醒，孙玉明兄主动约稿，苗怀明兄推荐出版，宋广波兄惠赠图书，旧日同窗朱军兄和郭浩帆兄安排发表，石中琪兄复核引文……还有许许多多的师友曾以不同的方式伸出援手，实在难以尽列。应该特别提出来的是，张庆善先生、闵虹女士和刘继保兄在各自主持的学术刊物上提供了交流平台，使我能够及时得到学界的反馈信息。这些师友的

---

❶ 顾随. 顾随致周汝昌书［G］. 赵林涛，顾之京，整理校注. 石家庄：河北教育出版社，2010：6.
❷ 周汝昌. 献芹集［M］. 北京：中华书局，2006：480.
❸ 周汝昌. 红楼无限情：周汝昌自传［M］. 北京：北京十月文艺出版社，2005：376.

鼎力支持，构成了学术共同体的坚强后盾，如泰山磐石，如黄河砥柱，我将永志不忘，在此对他们表示诚挚的谢意。江苏出版社领导以学术为重，慷慨接纳拙著书稿，吾宗沈亮兄认真负责，付出心力甚多，在此向他们表示由衷的敬意。两年前的夏秋之交，观雪斋主李经国先生索诗，仓促间我凑一首打油钉铰的玩意儿，标题是《观雪斋主助解'曹雪芹佚诗'案中陈方之谜，书此致谢》，虽属蹩脚的顺口溜，也还有点纪念意义。现抄录在下面，作为这篇后记的结束：'自古正邪不两立，浊泾清渭已分明。无为有处小蛮笑，假作真时樊素惊。觅句闭门春雨落，富文开卷夏雷鸣。（宋儒方渐藏书楼名富文阁）斋中观景风光好，何日停杯听晚莺？'"❶ 如果沈治钧的陈述是属实可信的，那么，周汝昌平日里的那些或顾影自怜或愤愤不平的表白就不该是学界一些人尤其"批周斗士"所直陈的"他总是夸夸其谈，虚情假意"，而是有一定的可信度或者完全可信。譬如据梁归智说：1996 年 9 月 13 日于辽阳召开的全国红楼梦学术研讨会上，"其时王畅《曹雪芹祖籍考论》方出，又在北京举行发布会，此乃主张曹家祖籍为'丰润'的代表作，兼以 1995 年 3 月中央电视台播出电视片《〈红楼梦〉与丰润曹》，因而辽阳会议有了很强的针对性，即宣传'辽阳说'而反对'丰润说'。会上气氛有些异样，张庆善试播了一部针对《〈红楼梦〉与丰润曹》的电视片《〈红楼梦〉与辽阳》（因大会代表评价不高，后未播出），冯其庸先生大会发言时点名批评周汝昌，谓"这位先生惯于说谎"云云，全会场哑然，而坐在冯先生旁边的李希凡先生说"我和周先生还能交流……"。会后文化部直属报纸《中国文化报》上发表记者文章，批评辽阳会风。❷ "夸夸其谈""虚情假意""惯于说谎"这些词汇，在红学界某些人心目中就是周汝昌的标签，周汝昌对此标签当然不会心甘情愿地认领。周汝昌曾针对一篇文章说："该'来意'很不善，是一篇刁文，未可易视。故须对待之。我是不回避的（梁注：'不'字上面又写'无从'），也不怕他跳踏。但终怜自身太孤了，匹马单枪，未必是取胜之道。兄阅彼文后，如有意兴，可撰一文，

---

❶ 沈治钧. 红楼七宗案 [M]. 南京：江苏人民出版社，2011：468.
❷ 周汝昌. 周汝昌致梁归智书信笺释 [G]. 梁归智，整理校注. 太原：三晋出版社，2017：139–140.

以为桴鼓之应否？"❶（1984年3月3日第17封）"但终怜自身太孤了，匹马单枪"，孤独之慨也。再譬如周汝昌说："此书并非真写到'好处'，而八十之人，或可'原谅'，况有平生著作的一点'代表性'（今后当然不会再写芹传）。文体是夹叙夹考、夹议、夹叹……这也是无法之法的——逼出来的，不如此写简直写不成也。一介书生，不应在饱暖之余还总说什么不足之心，那会被人误会。但我之'不足'于怀者，是专指受人排挤倾轧，使我无法略获一些些稍为优越的研著条件。倘若遇见半个'知赏'，则我的成就，当不止是耳。此意向不为人道，望弟代言之。"❷（1999年10月2日第96封）"受人排挤倾轧，使我无法略获一些些稍为优越的研著条件"，亦孤独之慨也。1999年10月2日的信说自己"倘若遇见半个'知赏'，则我的成就，当不止是耳。"如果说"终怜自身太孤了"不免有顾影自怜之嫌，那么，未遇见"半个'知赏'"则显然激愤之慨了。值得一提的是，如何理解此前周汝昌一再表白他对梁归智"知赏"的态度呢？譬如周汝昌1994年10月17日致梁归智信中说："知己平生有归智，尔曹空妒奈余何？从知日月有盈昃，天网恢恢疏不多。"❸此一疑问确因缺少关键性的文献资料，只能存疑。笔者以为，"孤独"的周汝昌最需要的不是高山流水般的"知赏"者，最需要的是能够为他排遣"孤独"的"斗士"。周汝昌曾一再叮嘱梁归智撰文参与争鸣或回应批评，前引周汝昌说有一篇刁文未可易视，并希望"梁兄""可撰一文，以为桴鼓之应否？"周汝昌又曾因嘲讽与自己观点不合者引来批评和攻击，即致信梁归智道："湖北张某（笔者按：湖北张国光）因我嘲他'伟大的是高鹗，不是曹雪芹'，衔我入骨，自春间对我恶毒攻击，已越学术范围，至今其势未已。弟亦尝闻之否？我为雪芹申冤，甘受小人损害，亦无伤我事业，但此非我个人之是非短长也，天下后世，将谓之何？吾弟其亦有感于衷乎，应以笔助我作战，不尔年高势孤，亦不可不虑而。"❹"桴鼓之应""笔战

---

❶ 周汝昌. 周汝昌致梁归智书信笺释[G]. 梁归智, 整理校注. 太原：三晋出版社, 2017：28.

❷ 周汝昌. 周汝昌致梁归智书信笺释[G]. 梁归智, 整理校注. 太原：三晋出版社, 2017：170.

❸ 周汝昌. 周汝昌致梁归智书信笺释[G]. 梁归智, 整理校注. 太原：三晋出版社, 2017：117.

❹ 周汝昌. 周汝昌致梁归智书信笺释[G]. 梁归智, 整理校注. 太原：三晋出版社, 2017：71.

助我"之请正是周汝昌彼此处境下的迫切需求,这种需求乃自王利器《〈红楼梦新证〉证误》以来越来越迫切的渴望和向往,尽管实际上情非所愿。周汝昌的这些"孤独之慨"至少保持了后半生,而且愈至晚年,则愈加沉郁慷慨。这不免令人困惑:谁能肯定地说诸如此类的"顾影自怜""自怨自艾"甚或"激愤不已"果真就是周汝昌的烦恼自惹?即便有人如此说,却难以令人置信。其实,诸如此类的"顾影自怜""自怨自艾"甚或"激愤不已"当然有周汝昌个性方面的原因造成的,同时一定还有其他方面的原因。且看沈治钧给出的答案:《红楼七宗案》一书的写作过程是由"如泰山磐石,如黄河砥柱"的"学术共同体"一直在支持着。无独有偶,另一位更加过激的"批周斗士"胥惠民也在其撰述的《拨开迷雾——对周汝昌〈红楼梦〉研究的再认识》一书"后记二"同样揭示了沈治钧所指称的这一"学术共同体"的隐性存在。他说:"回忆这些论文的写作,不少朋友的支持是不能忘记的。没有张锦池、周中明兄的鼓励,《论周汝昌先生"写实自传说"的失误》是写不出来的。邓绍基先生得知我在撰写这篇文章时,就在1997年给我的元旦贺卡中特别写上一句:'盼早日读到你的论文。'冯其庸先生多次叮嘱我:'你这篇论文还可以继续修改,论文的语气不要剑拔弩张,语言要平和。语言越平和,论文就越有说服力。'我接受了冯先生的意见,在发表前不知就此改了多少遍。蔡义江先生曾经向《大河报》首席记者详细介绍这篇论文。《〈红楼梦〉并不存在万能的'大对称结构'——与周汝昌先生商榷》在《广西师范学院学报》发表后,蔡先生专门去信表示支持。他给我的来信说:'您写的批周文章,我完全支持,且非常钦佩您的勇气和正义感。'《广西师范学院学报》编审翟建波兄对我说:'周汝昌的谬论太多了。胥先生批评周汝昌的论文给我们,我们安排优先发表。'……《乌鲁木齐职业大学学报》执行主编胡建舫兄,在他们的《当代红学》栏目中多次发表我的尖锐的批周氏的论文。正是以上这些支持,极大地鼓励我继续完成自己的批周选题。……2010年年初,冯其庸先生在电话中对我说:'周先生的《〈红楼梦〉"全璧"的背后》至今还没有受到有力的批评。'我对冯先生说:'周先生这篇论文在我心里也搁了三十年。我能以文本为基础批评周先生的谬论,没做过考证,很难胜任这件工作。'我记着冯先生的希望,于是花了两个月撰写了《周汝昌先生辱骂诬陷高鹗的背后》。该文发表后,冯先生专门打电话说:'过去不知道周先生为什么那么恨高鹗,现在读了你的论文就清楚了。'冯先生始终关心着这本小册子的出版。我曾经想到几个书名,有的与已经出版的书名雷同,有的又太尖锐,于是冯先生帮我确定了现在的这个书名。张国光、吕启祥、郑铁生、苗怀明、陈松柏等先生先后也给我不少支持,在此一并表示感谢。"❶以上这段文字,胥惠民多次提及被周汝昌嘲讽的"庸"流即冯其庸对于《拨开迷雾——对周汝昌〈红楼梦〉研究的再认识》这本小册子撰写的支持和关切,冯先生所确定的这个书名"拨开迷雾"一词可谓用心深细。这本小册子的封面封底设计也是匠心独具,象喻着撕下"周氏红学"的真面目的用心。蔡义江为这本小册子作了"序":"胥惠民教授《拨开迷雾——对周汝昌〈红楼梦〉研究的再认识》(新疆青少年出版社)与杨启樵《周汝昌红楼梦考证失误》(上海书店出版社)、沈治钧《红楼梦七宗案》(江苏人民出版社)同为近年批评周汝昌红学谬误的三部最重要著作。三十余年前,王利器曾著文列举周氏谬误十大类,硬伤四十余处是为先导(见1980年《红楼梦研究集刊》第2辑)。杨著以清史学者之演进,指摘周氏之《红楼梦》考证不可信,兼及追随者刘心武'秦学'之荒诞,皆据史实立论,不从臆测;沈著揭露周氏惯用造假、妄言惑人,文德可议,事必详考,用力极勤极深;胥著则是对周氏红学谬误的全面批判,是他多年反复思考、潜心研究的结果,立足高、视野广、剖析深,是一部坚持实事求是科学精神,捍卫我国伟大文学家曹雪芹及其文学巨著《红楼梦》不被任意歪曲的力作。新时期初,我与周汝昌先生曾有过一段交往,先是书信往来,后来也曾多次登门访谈。大概是因为我对《红楼梦》后四十回续书有许多批评,遂被看中,说了许多好话。我出版的几部书也得到他的推介,且赞誉有加。但我行事、治学自有原则,并不因人情而任意附和,作违心之论,比如,我根本不相信他《红楼梦》续书是乾隆阴谋指派高鹗篡改的说法。自上世纪末期到本世纪以来,我们渐行渐远,终至断绝了交往。这主要原因还是'道不同'而绝无个人恩怨。"❷由蔡义江的表述可见,批评周汝昌红学谬误的三部最重要著作全面地盘点了"周氏红学"的家底,并对他的为学与为人之品格做了毫不留情

---

❶ 胥惠民. 拨开迷雾——对周汝昌《红楼梦》研究的再认识 [M]. 乌鲁木齐:新疆青少年出版社,2014:217-219.

❷ 胥惠民. 拨开迷雾——对周汝昌《红楼梦》研究的再认识 [M]. 乌鲁木齐:新疆青少年出版社,2014:1-2.

的揭示和批判，备受蔡义江赞赏。尽管蔡义江也曾蒙受周汝昌的提携，譬如《蔡义江新评〈红楼梦〉》被周汝昌称道为"持论最正，用情最深，评注最详尽，最遵从原著，到目前为止，这是我最喜欢的一个本子。"（笔者按：周汝昌评语见"新评本"封面题词。笔者以为可将蔡义江的"新评"与周汝昌的"校评"、冯其庸的"重校评批"和王蒙的"评点"合称当代《红楼梦》评点"四家评"，其中《〈红楼梦〉王蒙评点》出版最早，因"四家评"评本影响最大，故有此称。）但是，"道不同不相为谋"啊！总之，"批周斗士"如此这般毫不留情地揭示和批判，如何能够指望周汝昌与这"如泰山磐石，如黄河砥柱"的"学术共同体"和平共处、融洽和谐呢？

笔者以为，即便这一"如泰山磐石，如黄河砥柱"的"学术共同体"不过是这两位"批周斗士"的"杜撰虚话"，周汝昌的"落落寡合"的个性以及"直性狭中，多所不堪"的嵇康式情性，也很难完全排遣其沉痛深厚的"孤独之慨"。（笔者按，顾随1942年7月27日信中说："今日阴雨，竟日潮凉有如新秋，而筋骨酸痛，坐立皆无所可。卧床偃息不复欲起。向夕雨止，即如复活，灯下独坐，乃作此书，然中怀郁结，恐亦未能尽所欲言也。平日爱读嵇叔夜《绝交书》，尤喜其'直性狭中，多所不堪'二语，以为殆不啻为苦水写照。"❶顾随与周汝昌表白往往有爱屋及乌之慨，这里所谓"不啻为苦水写照"，若结合周汝昌之个性而言，亦可视为"为周汝昌写照"。）尤其在王利器以及同时期对《红楼梦新证》的严厉批评之后，周汝昌的"孤独感"与日俱增，以致20世纪80年代之后与"学术共同体"的"抗争"中尤其"红学斗士"的严酷批判中达到"我极孤独"的境地。梁归智在2001年11月14日第119封信的【说明】道："谓我极孤独，一语大知己：笔者在《周汝昌红学五十年感言》中说周老治红学有强烈的'孤独感''从根源上说，周汝昌对青年的提携也是他孤独感的一种衍射。在同辈和准同辈中觅不到知音，只有把希望寄托在更年轻的人身上。'等等。"❷梁归智所言不虚，周汝昌在1998年12月23日致梁归智信中说："你带学生来，何不见见面。我喜与青年相识。山东大学马瑞芳、北师大邹晓丽等教

---

❶ 周汝昌. 周汝昌致梁归智书信笺释[G]. 梁归智，整理校注. 太原：三晋出版社，2017：18.
❷ 周汝昌. 周汝昌致梁归智书信笺释[G]. 梁归智，整理校注. 太原：三晋出版社，2017：218.

授皆带研究生来。相聚一处非易,'有缘千里来相会',而交臂失之,岂不太可惜乎。"❶ 周汝昌对于研究生的来访心怀渴望,因为,"我的'本单位'多年把我'孤立'起来,一切中外学术活动线索等绝不令我闻知,也不派带研究生,其计甚毒,然而看来也'封锁'不住吧。"❷ 如果没有机会带研究生,便没有可能培养自己学术的接班人,这应是周汝昌"孤独"乃至"愤怒"的主要原因之一吧。因为,研究《红楼梦》和它的作者曹雪芹已经成为周汝昌的"一种精神需要",几乎如同"一种宗教",这一股子为了自己同时为了读者、为了红学,并且为了中华文化的"痴"劲,堪称"红楼梦中人"可也。周汝昌最希望将这种"痴心"传达给接班人,同样是为了红学,并且为了中华文化的接续,当然,首先是为了"周氏红学"的接续,因为"周氏红学"是迄今为止最成体系的个人研红成果,这是周汝昌最为得意且傲视红学界而不屑与"庸流""常流""俗流"为伍的学术资本,尽管这一资本的价值一直不断地被置疑。

  沈治钧所指称的"如泰山磐石,如黄河砥柱"的"学术共同体",当然包括坚持不懈地与周汝昌做毫不留情的"战斗"而被笔者合称之为"批周四斗士"的四位学者。沈治钧坚持认为"自古正邪不两立,浊泾清渭已分明",他是把周汝昌看作了"浊泾",而他与他的"如泰山磐石,如黄河砥柱"的"坚强后盾"即"这些师友的鼎力支持,构成了学术共同体"则是"清渭"。这种无形间的"正邪"分界,自然不能得到周汝昌的认同,这又是何故?且看周汝昌1998年12月23日致梁归智信:"你的'范型论',我当然感到光荣;但此又非'个人'之事也,是故不敢以个人居之。对相当多之人来说,你此论是'对牛弹琴'——那个'红研所'的人连看也看不懂,遑论'接受'哉。故可悲矣。这正是一个文化悲剧。此文意义重大深刻,影响当俟时间与识力之进展。……因为我们讨论的曹公子与蒙庄叟的联系,亦即此一课题之良例也。但这种'琴韵'你对'牛'而弹,则将何所'收获'乎?当然此乃拘于成语也,实际牛亦知音解意,'红研所'之流辈,并'牛'亦不能同列耳,红学落于彼等之把持,是中华文化的最大

---

 ❶ 周汝昌.周汝昌致梁归智书信笺释[G].梁归智,整理校注.太原:三晋出版社,2017:163.
 ❷ 周汝昌.周汝昌致梁归智书信笺释[G].梁归智,整理校注.太原:三晋出版社,2017:175.

悲剧——我们如此说，必又'惊世骇俗'了，思之又可发一大噱。"❶"红研所"乃沈治钧所谓"学术共同体"之领导机构，周汝昌竟然如此不屑，并称把持这个红学"学术共同体"的领导机构者乃不如"牛"之"流辈"而已，而且这种境况乃"中华文化的最大悲剧"。这是铁了心地与"红界"抗争，周汝昌坚持做红学界的"独行侠"。（笔者按：2010 年 9 月 10 日周汝昌致梁归智信的【说明】部分引录了梁归智致周汝昌的信，信中谈及李泽厚对周汝昌的红学研究的评价："李先生又说四大分支中最重要的是探佚，自己最喜欢探佚，说刘心武则有些太'过'了。又特别说胡适帮助过周汝昌，但周并不会护胡适而标举鲁迅，这很不容易，很了不起。又说：我不了解红学界，原来以为周汝昌在掌控红学界，因为我看 87 版电视剧《红楼梦》按探佚编，《百家讲坛》片头有周汝昌的头像，没想到在红学界那么受欺负，向周老致敬。"❷)

那么，周汝昌坚持与"红界"抗争的内在信念何在？即在于"我占有了真理"。在周汝昌笔下，"真理"被屡屡提及：

> 只要抱着探索真理的精神和志愿，应该这样努力研讨，无所"畏惧"。(1980 年 10 月 31 日第 1 封)❸

> 见示新写美学论文重要一义，我深信不疑。此实红学之最"要害"者也，浅识俗流，何能梦见此义。但正因此故，不免俗论俗议随之。只要你是以真理为标的旨归，不必因是而有所惑，有所动，方能有大成就。古今中外，少有例外也。勉之勉之。(1983 年 4 月 13 日第 11 封)❹

> 我的序，也并未出言失其分寸。如果也"连累"了你，那就太没好人走的路了，难道我们只是怕和退，就"免去"麻烦了吗？"积四十之经验"，知其不尔。你越逊让，他越放肆。手中有真理，

---

❶ 周汝昌. 周汝昌致梁归智书信笺释［G］. 梁归智，整理校注. 太原：三晋出版社, 2017：162-163.

❷ 周汝昌. 周汝昌致梁归智书信笺释［G］. 梁归智，整理校注. 太原：三晋出版社, 2017：306.

❸ 周汝昌. 周汝昌致梁归智书信笺释［G］. 梁归智，整理校注. 太原：三晋出版社, 2017：1.

❹ 周汝昌. 周汝昌致梁归智书信笺释［G］. 梁归智，整理校注. 太原：三晋出版社, 2017：15.

词严义正以待之，可耳。(1983年8月6日第13封)❶

　　揽来书，虽不详述，然深知现在一个青年之人想专心致志做点学问事业之难，时间之宝贵，杂务之重压……种种掣肘，我过去了解不够，实在太书獃气。但你起步好，已是难能，世上事难求一切如愿。什么滋味都得准备尝。但为了真理，要坚持奋斗。苦是苦的，也有回味馀甘，作为"报酬"的。……悲剧那篇文写得好。弄理论确实难，但当今之世你想压得住阵，想服人，非得有点儿理论不行。理论靠学问，但也不是"书橱"的事。多读好书，启沃触磕、印证推衍、自生境界——还得靠自己一副好头脑好心灵，别的不过是借助罢了。但不学却是可怕的事，我自幼聪颖强记，有悟性，因而不肯刻苦读书，浮光掠影为多。至今深愧至悔，有何益哉。然我辈自知不足，故不敢狂妄。彼狂且妄者，皆自以为是，而不知天之高地之厚者也，红界此等最多。良可悲也。(1984年4月9日第18封)❷

　　对文章的"观感"是"渐入佳境"，关键命题是"探佚是美学"。我们看来一清二楚的简单不过的，庸人蠢人却说"不然"——所以我们"很苦"（"很苦"旁边画圆圈），和此两种人对话，多冤枉！！！（"多冤枉"旁边画圆圈，圈内画黑点。）但现实却恰恰要求我们针对这"两种人"作不倦（"不倦"二字旁边画圈内圈，内圈中心画黑点）的斗争工作。苦在这儿，意义也在这儿（这句话旁边画波纹线）：古往今来，凡真理都是先得战胜此"两种人"才能获得自己的"存在权利"的（这句话旁边画连圈线）！！！呜呼。(1984年5月11日第20封)❸

　　因批点而涉及文本，势所必然；但其复杂真是"万状"，绝非夸张之词，而时间不容你十分兼顾，只可量情掌握分寸吧。你能参阅《鉴真》，大佳事也，此书与家兄合作，落纸定稿也费时四个

---

❶ 周汝昌．周汝昌致梁归智书信笺释［G］．梁归智，整理校注．太原：三晋出版社，2017：18－19．
❷ 周汝昌．周汝昌致梁归智书信笺释［G］．梁归智，整理校注．太原：三晋出版社，2017：33－34．
❸ 周汝昌．周汝昌致梁归智书信笺释［G］．梁归智，整理校注．太原：三晋出版社，2017：37．

月，如今也写不出了，所以可贵在"不怕费事"，务求真理。（1994年9月9日第60封）❶

周汝昌将自己所受"种种掣肘"归之于"我过去了解不够，实在太书獃气"，"所以我们'很苦'"，联想周汝昌老师顾随1942年7月27日信中所自叹"直性狭中，多所不堪""中怀郁结，恐亦未能尽所欲言也"，顾随的"自叹"如果看作他的"最得意的弟子"周汝昌的性情写照并不离谱。说起"书獃气"来，又可从《红楼无限情：周汝昌自传》中读到周汝昌的一段诠释："这种不承认梦幻虚无的死硬脑筋，在佛家看来就叫作'痴人'，执着人生，痴迷不悟——不觉不醒之义也。而在世间，这也就是书呆子气了。因为对人生太认真。书呆子的真定义不是'只会抱书本''纸上谈兵'，不是这个意思，是他事事'看不开''想不通'，人家早已明白奥妙、一笑置之的事情，他却十分认真地争执、计较——还带着不平和'义愤'！旁人窃笑，他还自以为是立功、立德、立言。书呆子的另一'特色'是十二分天真，以为世上没坏人，没心地险恶的卑鄙小人，没专门损人利己的无道德、无情义的人——更以为世上没有假文人、假学者，没有借了'学术'去招摇撞骗、到处捞名取利的人。他遇上这种人，不知识别，还以为可与深交，结果让人家利用了之后，再以打击、攻击、贬抑、排挤为'报答'。"❷周汝昌的"中怀郁结"表现在他常常怀抱一种"被迫害""被暗算"的"愤愤不平"情绪，以及由此而来的满腹悲怆感。当然，这种"愤愤不平"和"满腹悲怆"反而激发了他的强烈"抗争"意识。并且，为了有力的"抗争"，周汝昌同时葆有很自觉的"阵地"意识。因为他很清醒，有了阵地才能坚持不懈地"抗争"，尽管这种"抗争"的确"很苦"，为了"生存"，更为了"真理"，也要坚持下去，隐忍是没有希望的，况且隐忍也不是周汝昌的情性所能接纳的。他曾在致梁归智信中说："受委主编'中国当代文化精品'丛书中之红学精品集，委托意重，我念为了'阵地'所关，不宜推卸，斗胆承应下来了，而目坏多年，一切了解太少，恳烦臂助，就你自涉足红学以来所读书文，觉得最有价值的应入选的，为我列一人名文题名的单子，以便保证质量，统筹分配，可分红学、曹学两大类中之史、

---

❶ 周汝昌. 周汝昌致梁归智书信笺释［G］. 梁归智，整理校注. 太原：三晋出版社，2017：110.
❷ 周汝昌. 红楼无限情：周汝昌自传［M］. 北京：北京十月文艺出版社，2005：3.

哲、考订、探佚、评议、辨伪等方面具有创见、贡献者，内容充实、学术特色较高者，在研红史上有促进、推动、突破作用者。"（1998 年 10 月 21 日第 88 封）❶

## 二、"光荣的孤立"与"我占有真理"

如果说"我占有真理"是一种自高自大的"自以为是"，那么，红学中人所谓"自以为是"者又岂止周汝昌一人呢？难道仅仅是红学领域吗？当然不是！

笔者在《红学学案》一书《周汝昌的红学研究》一章中对于周汝昌这种"我占有真理"的个性（或人格）悲剧进行了初步的阐释：

> 周汝昌坚持自己"独异而不同"的姿态而不学俞平伯不断修正自己的观点和研究方法的做法，当然也就为他赢得了"知音难遇"的"旷世孤独"的境遇。如梁归智说："他因此陷入了'光荣的孤立'——一孤立就是几十年……周汝昌因此实在地承继了曹雪芹'谁解其中味'的历史性孤独感。他被迫地成了'斗士'——为坚持和维护自己的学术见解而展开了韧性的、几乎是毕生的'战斗'……这真算得是一种奇遇，在中国历史上，不说绝无仅有，也是很罕见的文化现象。"（笔者按：梁归智．周汝昌红学五十年感言[J]．黄河，1997（6）：150-157．）这"绝无仅有"的"很罕见"的现象自然不是一种常态，这一非常态的"孤立"在梁归智看来无非是由周汝昌红学思想的"高深莫测"而"曲高和寡"所致。"他确有一种迥异常人的悟性思维方式，这又很难为一般只具有常规思路的红学同仁们所企及理解。这种历史的际遇造成了一种'缥缈孤鸿影'的孤独寂寞的学术和人生境界。"（笔者按：梁归智．周汝昌红学五十年感言[J]．黄河，1997（6）：150-157．）那么，除此之外就没有其他方面的原因造成他的"孤立"吗？譬如陈平原所说的一种情形："古今中外第一

---

❶ 周汝昌．周汝昌致梁归智书信笺释[G]．梁归智，整理校注．太原：三晋出版社，2017：156．

流的文人学者，老来不如年轻时激进，立论日趋平实公允，此乃常态；越老越偏激的毕竟罕见，而且给人'冬行春令'的感觉。"（笔者按：陈平原．中国现代学术之建立［M］．北京：北京大学出版社，2010：269.）不妨说，如果仅把周汝昌的"孤立"理解为是红学的悲剧，似乎又太绝对了，抑或还有个性（或人格）悲剧成分呢？

　　设若是个性（或人格）的悲剧又当如何理解？且看蒋孔阳《治学的三点体会》中如何说："我感到我一生当中，给我影响最深的，是马克思的一句话：'真理占有我，而不是我占有真理。'因为我并不认为自己占有真理，所以我总是感到自己的不足。我总是张开两臂，去听取和接受旁人的意见。我不仅没有想到要去建立一个体系，一个学派，而且对各家的学术，也从来不是扬此抑彼，而是采取兼收并蓄、各取所长的态度。"（笔者按：蒋孔阳．美在创造中［M］．桂林：广西师范大学，1997：270.）是否有建立一个体系、一个学派的兴趣，那是学者个人的学术追求不同，本没有一律的要求。我们从蒋孔阳这段话中至少看出两层意思：一则真理占有我，我则顺从之；二则兼收并蓄而非扬此抑彼。此两点堪称学者治学之箴言，关系着学人之境界、学风之正邪。尽管周汝昌也认为："我们应当服从治学的正当态度，从善如流是我们遵循的原则。"（笔者按：周汝昌．红楼家世——曹雪芹氏族文化史观［M］．哈尔滨：黑龙江教育出版社，2007：7.）然而，他那种为人所难以接受的"我占有真理"般的自视甚高的学术态度和"扬此抑彼"的做法，无论如何也不能为他赢得普遍的尊敬。虽然他的红学体系作为"一家之言"没有理由被漠视，尤其他的"中华文化之学说""新国学说""红学四学说"的学术价值更不应被一笔抹杀。这其中的道理何在？或许就如梁归智所说："周汝昌是自有红学以来贡献最大的红学学者，也是备受争议甚至非议和攻击的一位学者。"（笔者按：梁归智．问题域中的《红楼梦》"大问题"——以刘再复、王蒙、刘心武、周汝昌之"红学"为中心［J］．晋阳学刊，2010（3）.）杨启樵也认为："说到红学大家，究竟有哪几位？各有各的看法，姑且说，该选出哪一位打头阵。我选中了周汝昌先生。因为他年事最高，资历最深，著作最富，话题最多。且有一连串头衔，如红学大师、泰斗、集红学考证大成者、新中国红学研究第一人等。此皆本人勤勉、努力而得，应予以高度评价。因此，推他坐第一把交椅，相信置疑者不多。"（笔者按：杨启樵．周汝昌红楼梦考证失误［M］．上海：上海书店出版社，2010：3-4．）❶

梁归智声称周汝昌"被迫地成了'斗士'——为坚持和维护自己的学术见解而展开了韧性的、几乎是毕生的'战斗'"。当然，周汝昌的"战斗"似乎显得"不自量力"，因为他所直面的是沈治钧所指称的"学术共同体"，而且是"如泰山磐石，如黄河砥柱"的"学术共同体"，这里有最勇敢的"斗士"，即笔者称之谓"批周四斗士"。笔者在《红学丛稿新编》一书的《〈红学学案〉外编——红学名家与〈红楼梦〉研究》一文中称：当然，对于"周氏红学"的批评和批判一直也没有歇息过，其中尤其以"批周四斗士"的文章更具影响力。"批周四斗士"源自于蔡义江先生写给笔者的《我的红学简况和对红学的展望》一文，该文作为《红学学案》的附录文献，主要交代"传主"的学术简介，是《红学学案》的重要组成部分。蔡义江先生说："红学的现状确实令人忧虑。越荒谬的东西越走红的怪现象越演越烈，近期也看不出有好转的迹象。我曾经对红学的前途表示过乐观，相信真理终将战胜谬误。从长远看，必定如此，尤其在今天恶劣的气候下，仍有一批不为名利所惑、坚持走科学发展正道的红学研究者，其中像北京语言大学沈治钧教授、新疆师范大学胥惠民教授，在我看来，可称得上是与红学歪风邪气作斗争的勇敢斗士，还有清史研究功力极深、只凭证据说话的杨启樵教授等，都对维护红学的健康发展作了杰出的贡献。"以上这段文字交代了三位"红学斗士"，梅节先生同样以批周闻名于红学界，而且资格最老，是故有此"批周四斗士"之说。他们的代表作分别是《海角红楼：梅节红学文存》（梅节著）、《周汝昌红楼梦考证失误》（杨启樵著）、《红楼七宗案》（沈治钧著）、《拨开迷雾——对周汝昌〈红楼梦〉研究的再认识》（胥惠民著）等。❷ 两军对垒，尽管力量悬殊，但有一个方面是一致的、共

---

❶ 高淮生．红学学案［M］．北京：新华出版社，2013：225-226．
❷ 高淮生．红学丛稿新编［M］．北京：知识产权出版社，2017：207．

同的，即彼此都声称为"真理"和"学术"而战，这是他们"交战"的一面旗帜。可见，其间的是非曲直如果辨析不清，红学的"真理性"何在？红学的"学术性"又何在？所以，对于这些"斗士"们的"战情"的考辨与评价显然应该成为红学学科不可绕过的极其重要的学术话题之一。

周汝昌的"我占有真理"气概使他在红学研究上自许极高，他曾在致梁归智信中说："吾辈目前，势似孤单，但分明已经打破牢笼，而进入一个新的时期了。能解决这个中华民族文化史上最巨大、最深刻的问题，开辟了一个斩（梁注：应即"崭"之通假）新的精神世界，使全人类逐步认识曹雪芹，平生愿足，岂复更有他求哉。"❶ 再看梁归智的评价："从精神气质思想境界的角度说，20世纪80年代以前的学者，只有周汝昌、胡风和鲁迅这'两个半'人真正读懂了《红楼梦》。"❷ 梁归智又说："这就让我们联想起周汝昌在许多文章中推尊鲁迅为红学大师，一些批评意见认为周汝昌是在'拉大旗作虎皮'，其实还是未能了解周汝昌对鲁迅和曹雪芹深刻的观察。尽管鲁迅并无红学方面的专门学术著作，但他的精神气质包括语体文风都在根本上与曹雪芹呼吸交通，这使他能于存在严重历史局限性的条件下说出许多关于《红楼梦》的精辟见解。而胡适，虽然是'新红学'的开山祖师，却从本质上与曹雪芹十分隔膜，这就是为什么他推尊程高本和后四十回，而不能与脂批本和曹雪芹原著神交的原因所在。"❸ 由周汝昌的表白可见，"势似孤单"并不可畏，"开辟了一个斩新的精神世界"则必定令凡庸之辈生畏，正所谓：子非鱼焉知鱼之乐哉！在梁归智的眼中，周汝昌依然远远地超越了那位"新红学"的开山祖师，此又非凡庸之辈所可颈望。

于是，这种"我占有真理"的目空一切使周汝昌自觉不自觉地养成了率性地臧否人物的表达习惯。据庄信正在《张爱玲庄信正通信集》中描述："一九八七年周汝昌来美国，途经纽约时我在台湾《中国时报》十月六日一个饭局上见过。他在'红学'方面的贡献不容置疑，但后来往往率尔操觚，写的太多，予人以浮滥之感。"文化大革命"期间他出的崭新的《新证》是'十年浩劫'期间屈指可数的'学术性'著作之一（另外可能只有郭沫若的

---

❶ 周汝昌. 周汝昌致梁归智书信笺释［G］. 梁归智，整理校注. 太原：三晋出版社，2017：46－47.
❷ 周汝昌. 周汝昌致梁归智书信笺释［G］. 梁归智，整理校注. 太原：三晋出版社，2017：118.
❸ 梁归智. 独上高楼——九面来风说红楼［M］. 太原：山西古籍出版社，2005：252.

《李白与杜甫》和章士钊的《柳文指要》），其风派嘴脸使很多学者不齿。除吴世昌以外，王利器也曾撰长文痛批该书中竟屡屡出现纯学术性谬误，读来更觉辛辣，见其《耐雪堂集》。《红楼梦与中华文化》一九八五年初版，过了二十年，即张爱玲死后十年，周又写了一本《定是红楼梦中人：张爱玲与红楼梦》，笔调仍是阴阳怪气，不够严肃。一方面反驳张对他的批贬，一方面当她批贬别人时则又欣然同意。例如引我的悼文《旧事凄凉不可听——张爱玲与〈红楼梦〉》中节录她一九八〇年九月二十七日来信的一个片段，谈那年美国威斯康辛大学举办红学研讨会，在周笔下张这句话变成：'×××这次也出席，看来他的学说非常靠不住，《论庚辰本》我看不进去也罢，但是放在这里到底放心些。'他在引号内把原文中'冯其庸'三字擅自改为'×××'，已经违反了学术规则，而又妄加评语说'这就是她的精识真知，非庸流可以相提并论'，'庸'字当然是隐刺冯先生——另一位对周很不恭维的红学家，乍读时我想到周此前对张爱玲的冷嘲热讽，顿起'借刀杀人'之感。"❶ "庸"字在周汝昌致梁归智的书信中也出现过：我们看来一清二楚的简单不过的，庸人蠢人却说"不然"，结合"这就是她的精识真知，非庸流可以相提并论"这句话来看，表面上是夸赞张爱玲，其真正指向则是冯其庸，这就是所谓"借力打力"的做法吧。据笔者查阅资料得出的印象：周汝昌并不情愿直呼其名姓，如果说"庸流"尚隐晦一些，"庸人"一词则更加隐晦了，不过，明眼人显然可以联想到周汝昌所指乃冯其庸。当然，周汝昌也曾偶尔使用过更加明显的称呼即"二马"一词。周汝昌致梁归智信道："'红会'闻新会长是林冠夫（二马下台）。"❷ "二马下台"显然是周汝昌十分关注的事件，不过，结果还是令他失望了。除了"庸流""流辈"之外，周汝昌又曾在《怀念先师顾随先生》一文中使用"常流"一词表达他的臧否态度："我认为，先生绝对不是一位文人词客那一类型他实际上是一位学富思深的哲人，而他的真实造诣与境界，并非一般常流所能轻易窥见，因此对他老人家的'评价'，还是有待于非常深入的精研渊览，方能定其品格之高位。"❸ 周汝昌还曾用"俗流"一词表达他

---

❶ 庄信正. 张爱玲庄信正通信集［M］. 北京：新星出版社，2012：261-262.
❷ 周汝昌. 周汝昌致梁归智书信笺释［G］. 梁归智，整理校注. 太原：三晋出版社，2017：182.
❸ 赵林涛. 驼庵学记：顾随的生平与学术［M］. 顾之京，编. 北京：生活·读书·新知三联书店，2016：18.

的臧否态度："见示新写美学论文重要一义，我深信不疑。此实红学之最'要害'者也，浅识俗流，何能梦见此义。"❶笔者曾在《勤于家世版本梳理，试图建设性之贡献：赵冈的红学研究——港台及海外学人的红学研究综论之五》一文中指出："周汝昌习惯于这种评文申说的方式，即表达自己是内核，批评他人是外壳。"❷周汝昌的这种习惯可从他所著《定是红楼梦里人：张爱玲与红楼梦》（团结出版社2005年版）一书中获取鲜明的印象，至于周汝昌借为赵冈著《红楼梦新探》所写的序文以倾吐自家心中块垒，可谓家常便饭了。（笔者按：借为他人著作写序言而倾吐自家心中块垒，并非周汝昌的独门绝活，掌握这门"手艺"的文人学者大有人在。）那么，周汝昌的这种臧否人物的自信从哪里来？当然来自他对于把握真理的自信：手中有真理，词严义正以待之，可耳！笔者以为，"周氏自信"是与他的性情密切相关的，"落落寡合"者往往以"孤家寡人"的姿态而"孤芳自赏"。"孤家寡人"者，终怜自身太孤单了，匹马单枪，难以遇见半个"知赏"，所以"很苦"，这个"苦"，岂不是"孤家寡人"的写照吗？"孤芳自赏"其实是周汝昌曾经一再批评的做派，譬如他在为顾随《苏辛词说》所作序言道："先生所说的，全是以一位诗人的细心敏感，去做一位学者的知人论世，而在这样的相得益彰的基础上，极扼要、极精彩地抉示出了文学艺术的缘由体性，评骘了名家巨匠的得失高低，——而这一切，只为供与学人参考借镜，促其精思深会，而迥异乎'唯我最正确最高明''天下之美仅在于斯'的那种自居自炫和人莫予毒的心理态度。"❸常言道：己所不欲，勿施于人。何其难哉！

周汝昌的身后因其生前的"孤芳自赏"和"孤家寡人"的姿态而落得继续享受批判的境遇，"批周四斗士"中杨启樵的《周汝昌红楼梦考证指谬》刊发于《文学报》（2015年4月9日），胥惠民连续刊发两篇文章批判周汝昌，一篇题为《周汝昌红学观批判》，刊发于《乌鲁木齐职业大学学报》2014第2期，另一篇题为《周汝昌的自我标榜与求名历程》，刊发于

---

❶ 周汝昌.周汝昌致梁归智书信笺释[G].梁归智，整理校注.太原：三晋出版社，2017：15.

❷ 高淮生.勤于家世版本梳理，试图建设性之贡献：赵冈的红学研究——港台及海外学人的红学研究综论之五[J].河南教育学院学报，2014（2）.

❸ 赵林涛.驼庵学记：顾随的生平与学术[M].顾之京，编.北京：生活·读书·新知三联书店，2016：113.

《乌鲁木齐职业大学学报》2014年第3期。周汝昌身后的这种境遇显然比不得他所戏称的"二马"冯其庸，譬如周汝昌仙逝之后，在国家级专业核心期刊《红楼梦学刊》上除了刊发一篇由中国红楼梦学会《红楼梦学刊》编辑委员会署名的《沉痛哀悼周汝昌先生》（2012年5月31日）一文外，至今并未见专题追悼和纪念文章发表于《红楼梦学刊》。而受到周汝昌所"隐刺"的冯其庸仙逝之后则享受着特殊的荣光，2017年，《红楼梦学刊》合计刊发至少45篇报道追悼和纪念文章（其中2017年第2期5篇、第3期7篇、第4期33篇）。这一巨大的反差似乎在验证着沈治钧所指称的"如泰山磐石，如黄河砥柱"的"学术共同体"之说并非虚话。噫戏！公器乎？私器乎？为公耶？为私耶？岂莲舌之口技，宝鉴之两照矣！如果我们把这两位"大师"（周汝昌乃"现代红学大师"，冯其庸乃"新时期红学大师"或"新时期红学第一人"❶）生前身后的境遇相比照，似乎可以得出这样的认识：周汝昌一生的悲剧至少很大程度上可以归结为"性格悲剧"的结论（文学上所谓"悲剧"大体三种：命运悲剧、时代悲剧、性格悲剧），前提是认同周汝昌的人生是悲剧的人生这一判断。这一性格悲剧的根源除了"落落寡合"之外，更在于他的"离经叛道"，用刘绍铭评论夏志清的说法："如果夏公读张爱玲和钱锺书有'石破惊天'的发现，那是因为他'离经叛道'。"❷"离经叛道"者往往发出"石破惊天"之语，为恪守"经""道"者所不容。"经"者何谓？"道"者何谓？"真理"之谓也。蔡义江在给胥惠民所著《拨开迷雾——对周汝昌〈红楼梦〉研究的再认识》一书"序"中说："周先生今已作古，但我国有长期受封建宗法等级制度统治的历史，权威高于真理，既然其生前已享有'大师''泰斗'之名，红学上已被搅浑的水一时恐怕难以澄清，唯有凭一贯坚持走正道的研究者持续不懈的努力。一些同志虽不与人争是非，却有着明确的坚持与取舍，正不容邪，继续批判歪风邪气，从事清污消毒工作，实更为必要。这些都是红学健康发展的希望。"❸《拨开迷雾——对周汝昌〈红楼梦〉研究的再认识》一书共计12

---

❶ 张庆善. 一卷红楼万古情——在无锡冯其庸先生追思会上的发言［J］. 红楼梦学刊，2017（4）：7-11.

❷ 刘绍铭. 爱玲说［M］. 广州：广东人民出版社，2016：179.

❸ 胥惠民. 拨开迷雾——对周汝昌《红楼梦》研究的再认识［M］. 乌鲁木齐：新疆青少年出版社，2014：3.

章，其标题胪列如下：1. 周汝昌先生"写实自传说"的失误；2. "史湘云就是曹雪芹的妻子脂砚斋"是一个伪命题；3. 不要把自己编的"一百零八钗"硬栽到曹雪芹头上；4. 一部距离作者越来越远的校订评点本《红楼梦》；5. 一部充满错别字的《红楼梦》校对本；6. 一部肆意破坏曹雪芹《红楼梦》艺术结构的坏校本；7. 《红楼梦》不存在万能的"大对称结构"；8. 曹雪芹的籍贯、生年和卒年；9. 周汝昌先生辱骂诬陷高鹗的背后；10. 周汝昌先生常用的红学方法论；11. 周汝昌研究《红楼梦》的主观唯心主义及其走红的原因；12. 读周汝昌《还"红学"以学》。"绪论"标题则为"周汝昌根本不懂《红楼梦》!"这13个标题，其中最值得关注的是三个标题：1. 周汝昌研究《红楼梦》的主观唯心主义及其走红的原因；2. 周汝昌先生常用的红学方法论；3. "周汝昌根本不懂《红楼梦》!"为什么说周汝昌根本不懂《红楼梦》呢？核心问题是他的主观唯心主义的认识论以及错误的方法论。说到底就是周汝昌的《红楼梦》研究背离"真理"，所以说"周汝昌根本不懂《红楼梦》!"胥惠民在《周汝昌先生常用的红学方法论》一章中不无遗憾地说："很遗憾，周汝昌先生的这些观点都是不正确的，在红学上周先生一生的努力都是在'证假为真'，站不住脚。"❶ "证假为真"何谈"真理"？胥惠民总结周汝昌"证假为真"的方法有六条：一、随意附会法；二、曲解作品为自己观点服务法；三、大话欺人法；四、泼脏水法；五、无中生有法；六、翻手为云，覆手为雨法。总之，乃主观唯心主义的方法论。笔者以为，"批周四斗士"的著作以胥惠民的《拨开迷雾——对周汝昌〈红楼梦〉研究的再认识》一书最不易令人舒服，至今而观之，其对周汝昌"酷批"的效果或"杀伤力"远不如沈治钧著《红楼七宗案》一书。"七宗案"立意源自西方宗教的"七宗罪"之说，这"七宗案"（笔者按："梅节说，其实就是'骗案'。"❷）分别是：1. 关于"秦学"及其他；2. 关于《爽秋楼歌句》案；3. 关于《木兰花慢》疑案；4. 关于"聂绀弩赠诗"案；5. 关于"曹雪芹佚诗"案；6. 关于"俞平伯匿书"案；7. 关于新版电视连续剧。沈治钧在《红楼七宗案》一书"绪言"中称："有鉴于此，我们批评的对象主要是'周刘配'。除了诘难他们的各类观点，还试图

---

❶ 胥惠民. 拨开迷雾——对周汝昌《红楼梦》研究的再认识［M］. 乌鲁木齐：新疆青少年出版社，2014：150.

❷ 沈治钧. 红楼七宗案［M］. 南京：江苏人民出版社，2011：466.

挖掘他们之所以如此的深层原因，渐渐明了，关于'秦学'的辩论绝不是单纯的观点之争，更重要的是治学方法、治学理念、治学态度之争，是做人原则、行事规则、处世哲学之争。至于旧年间的'曹雪芹佚诗'案与'俞平伯匿书'案，以及近年来谈论的《爽秋楼歌句》案、《木兰花慢》疑案、'聂绀弩赠诗'案则具体关涉学术规范与学术诚信。新版电视连续剧《红楼梦》所表现出来的问题，也同此类学术背景息息相关。当'红学泰斗'带头歪曲《红楼梦》的时候，当知名作家带头糟蹋《红楼梦》的时候，当中央电视台'百家讲坛'带头戏说《红楼梦》的时候，还能指望其他社会成员真诚敬畏文学名著吗？"❶《红楼七宗案》一书以"求真"的愿望试图从学理上对周汝昌为人和为学的品格做全面而彻底的呈现，正如沈治钧所说："我由点到线条，由线到面，由面到体，力图一个问题一个问题来辨析，希冀案情日趋明朗化。……真理越辨越明白，真相越辨越清楚。"❷ 甚至可以说，胥惠民著《拨开迷雾——对周汝昌〈红楼梦〉研究的再认识》一书远不及梅节《海角红楼》中的《说"龙门红学"——关于现代红学的断想》以及《周汝昌、胡适"师友交谊"抉隐——以甲戌本的借阅、录副和归还为中心》等文章的杀伤力和影响力，原因何在？正如胡文彬在《百年红学百年梦——谈红学研究中的"反思"》一文中所道："学术研究中尚存在着一股'左'的干扰。……回想这十几年来，学术研究中实际上存在着靠专断、靠扣帽子、抓辫子、打棍子来整人的事例，影响所及令人愤慨。专断的目的就是要强制人们接受他的管教，接受他的观点，以体现他的'权威'性，这就是迷信，迷信他一个人。正如有人所说，学术研究中排斥异己，利用自己手中掌握的'工具'，批这个批那个，甚至搞缺席审判，都是属于专断的性质。用'一致通过''一致认为'之类的词汇，就是制造一种'迷信'。这种有如转型期的'暴富'者群体心态和行为，破坏了学术研究的学风、文风，损害了'学术'的形象。"❸《拨开迷雾——对周汝昌〈红楼梦〉研究的再认识》一书给人以强烈的意识形态思维的冲击力，这在严肃的学人眼中显然属于"非学术"的惯性思维。吕启祥曾在《〈百年红学〉创栏十周年暨〈红学学案〉出版座谈会实录》中引述了蔡义江对于

---

❶ 沈治钧．红楼七宗案［M］．南京：江苏人民出版社，2011：5．
❷ 沈治钧．红楼七宗案［M］．南京：江苏人民出版社，2011：464－465．
❸ 胡文彬．梦里梦外红楼缘［M］．北京：中国书店出版社，2000：35－36．

"左"的自省和反思：蔡先生不愧是中国红学会老的一位副会长，不愧是老的政协委员和政协科教文体委员会的委员。他始终关注学风，有一个很宏观的视野，有一种很开放的态度。蔡先生把莫言的作品几乎都读了，我非常佩服他这样的精神。因为搞红学和古代文学的人很少有这样子的。在蔡先生的带动下，我也多少读过几本。我问蔡先生："你读了以后有什么感受？"蔡先生讲了一句话："哦，原来小说还可以这样写。"另外，他说，莫言对于一些"极左"的东西是深恶痛绝的。我们这一代人受到"极左"东西的影响是很深的，蔡先生讲，要从这里摆脱出来。对我来说，就更是如此。我很赞成蔡先生刚才关于学风的说法。时间宝贵，我只说两句话。一个叫作彰显特色，一个叫作持之以恒。这八个字，并不是我自己送给这个栏目的，而是这个栏目十年来所呈现给我的。❶ 蔡先生说得十分诚恳：我们这一代人受到"极左"东西的影响是很深的！胥惠民所表现出的"极左"也就不足为奇了。兹录《拨开迷雾——对周汝昌〈红楼梦〉研究的再认识》一书第十一章《周汝昌研究〈红楼梦〉的主观唯心主论及其走红的原因》若干段落以为佐证：

> 把红学界弄成"乌贼横行"状况的"害群之马"不是别人，就是唯一的"红学泰斗"周汝昌。周氏利用改革开放和思想解放的机会，颠覆了曹雪芹的家庭生活，他强迫曹雪芹娶脂砚斋、畸笏叟为妻子；他颠覆《红楼梦》的主要思想内容，说贾宝玉不爱林黛玉，只爱史湘云，最后和湘云结为美满夫妻；他不懂《红楼梦》的艺术，制造了一个"十二乘九"的大对称结构法，支持王国华的"结构的《红楼梦》"，把这部伟大作品富有生命的艺术结构破坏殆尽。正是由于周氏的胡作非为，屡次兴起非学术非道德的喧闹，在红学界带了一个坏头，才使红学界出现了一个"乌贼横行，乌七八糟，乌烟瘴气，乌漆墨黑，乌足道哉"的"黑社会"！周汝昌的龙门红学热销，是改革开放以后中国独有的一个特例。他不仅使中国红学界蒙羞，而且使中国学术界蒙羞。难怪沈治钧激愤地说"面对种种弊端，必要的学术批评往往不能及时到位，歌功颂德之声

---

❶《河南教育学院学报》编辑部．《百年红学》创栏十周年暨《红学学案》出版座谈会实录[J]．河南教育学院学报（哲学社会科学版），2013，32（3）：2-13．

却不绝于耳。物必先腐也，而后虫生之。今天索隐派大行其道，红学界实难辞其咎"。确实是这样啊。批评是一种有思想的生产。我们如果听任周氏的龙门红学横行，听其索隐派大行其道，那我们广大热爱《红楼梦》的读者将永远难以读懂这部作品。所以，破除周汝昌的龙门红学的影响是我们责无旁贷的任务。现在到了彻底分析周汝昌现象的时候了。只有把周汝昌解剖透彻，总结其中的经验教训，红学才可能走上健康的发展道路。❶

为了红学视野的健康发展，我们必须认清周汝昌"新索隐"的内核，正本清源，替新红学清理门户，将周汝昌清除出去。❷

上个世纪末，这个世纪初，周汝昌急剧走红，连续得到以下桂冠："唯一的红学家""伟大的红学家""红学泰斗""文采风流的'新国学'样本"等，不一而足。在一年中竟然能够出版八种红学著作，连续两年共出版十五种著作。什么"红学泰斗"？著名学家蔡义江先生说："所谓泰斗，其实就是大畚斗。但愿少一点到处遗撒。少污染些红学的学术环境。"把装垃圾而且到处遗撒的大畚斗吹捧为"红学泰斗"，反差何其大耶！❸

由上述可见，《拨开迷雾——对周汝昌〈红楼梦〉研究的再认识》一书乃为红学界"清理门户"而著，其学术格局何其大哉？！

## 三、孤独感的另一种衍射：对"红研所""红界"的毫不留情的批评与嘲讽

笔者略做统计，便于读者获取周汝昌孤独感的另一种衍射的鲜明印象，以便做出自己的判断：

你的"范型论"，我当然感到光荣；但此又非"个人"之事

---

❶ 胥惠民. 拨开迷雾——对周汝昌《红楼梦》研究的再认识 [M]. 乌鲁木齐：新疆青少年出版社，2014：165-166.

❷ 胥惠民. 拨开迷雾——对周汝昌《红楼梦》研究的再认识 [M]. 乌鲁木齐：新疆青少年出版社，2014：171.

❸ 胥惠民. 拨开迷雾——对周汝昌《红楼梦》研究的再认识 [M]. 乌鲁木齐：新疆青少年出版社，2014：185.

也，是故不敢以个人居之。对相当多之人来说，你此论是"对牛弹琴"——那个"红研所"的人连看也看不懂的，遑论"接受"哉。故可悲矣。这正是一个文化悲剧。此文意义重大深刻，影响当俟时间与识力之进展。……因为我们讨论的曹公子与蒙庄叟的联系，亦即此一课题之良例也。但这种"琴韵"你对"牛"而弹，则将何所"收获"乎？当然此乃拘于成语也，实际牛亦知音解意，"红研所"之流辈，并"牛"亦不能同列耳，红学落于彼等之把持，是中华文化的最大悲剧——我们如此说，必又"惊世骇俗"了，思之又可发一大噱。(1998年12月23日第92封)❶

日昨已复一札，今再谈"林之孝"问题。我觉你札中所论亦足自圆，不为无理，且诸本皆无"家的"，红研所竟妄增二字，此等鲁莽自是之做法不足为训。(1994年9月24日第62封)❷

关于必须有一批后起之秀我们亦所见略同，但你应指出这早该着手培养而至今尚无一打算与迹象……只说一"非朝夕之事"也等于为他们开脱。请看红研所招来的那几个"人才"!？又经过了这么多年他们信"培养"出什么人?！那"领导"以己之昏昏而欲人之昭昭安可得乎?！悲哉！(1996年7月20日第74封)❸

"红研所"托人向我"游说"要我参加"国际会"，我不会受此荣宠的。且在一个小会上（报界人不少）顺带说："我与××所毫无关系。准备退出红学界。"虽非"正式登报声明"，也能令人知之矣。(1997年5月21日第82封)❹

今早接来札（并打印本），今下午适复奉命到冀中先生朵云，因而终日欣喜。——欣喜之中又有感慨叹息。大约这就叫"病态"吧？……论文好极了，我说不尽的高兴。我多年内心有此愿望，从最根本的问题上讲一讲这个重大课题。但有心无力。去年"学

---

❶ 周汝昌. 周汝昌致梁归智书信笺释[G]. 梁归智, 整理校注. 太原：三晋出版社, 2017：162-163.

❷ 周汝昌. 周汝昌致梁归智书信笺释[G]. 梁归智, 整理校注. 太原：三晋出版社, 2017：114.

❸ 周汝昌. 周汝昌致梁归智书信笺释[G]. 梁归智, 整理校注. 太原：三晋出版社, 2017：133.

❹ 周汝昌. 周汝昌致梁归智书信笺释[G]. 梁归智, 整理校注. 太原：三晋出版社, 2017：147.

刊"索稿，我仅能从"妇女观"的角度来衡量原著与续书，写成一文。那实在浅多了。今睹新作，无比快慰，今夜恐又应喜而不寐。从今日一般水平说，有些同志读了也未必"震动"。曲高和寡，自古为然，虽不免增叹，然亦不必担忧。天下士，高具眼者又何限——但我说的"和寡"，是指"现有的"红界中人耳。(1984年2月24日第16封)❶

悲剧那篇文写得好。弄理论确实难，但当今之世你想压得住阵，想服人，非得有点儿理论不行。理论靠学问，但也不是"书橱"的事。多读好书，启沃触磕、印证推衍、自生境界——还得靠自己一副好头脑好心灵，别的不过是借助罢了。但不学却是可怕的事，我自幼聪颖强记，有悟性，因而不肯刻苦读书，浮光掠影为多。至今深愧至悔，有何益哉。然我辈自知不足，故不敢狂妄。彼狂且妄者，皆自以为是，而不知天之高地之厚者也，红界此等最多。良可悲也。(1984年4月9日第18封)❷

印象中以为，你的三姊妹篇，此篇笔力最沉鸷有力，而又无时下八股造作气，论析精辟，洵佳制也！你能想象得出，我看完后是十分激动感慨的。红学界多年来哪里有过这样看得深刻的文章呢？它会产生巨大影响（未必在一朝一夕间），我深信不疑，信心十足。(1984年5月23日第21封)❸

"红场"极不堪。我数十年观场，至今日中怀更为作恶！若非有兄等二三子为砥柱中流，我真想不再研红了。(1988年6月25日第30封)❹

贵州《红楼》第二期颇有几篇可读之文。有揭"遗腹子论"的，有批"靖伪"的，有讽"红界"学霸的。皆有内容，而非空

---

❶ 周汝昌. 周汝昌致梁归智书信笺释[G]. 梁归智，整理校注. 太原：三晋出版社，2017：25.

❷ 周汝昌. 周汝昌致梁归智书信笺释[G]. 梁归智，整理校注. 太原：三晋出版社，2017：33-34.

❸ 周汝昌. 周汝昌致梁归智书信笺释[G]. 梁归智，整理校注. 太原：三晋出版社，2017：38.

❹ 周汝昌. 周汝昌致梁归智书信笺释[G]. 梁归智，整理校注. 太原：三晋出版社，2017：56.

谈之比。你对这些也许兴趣不大，但也不妨一闻也。……附叙：7月31日河北人士在京举办一个"首发式"，为王畅同志所著《曹雪芹祖籍考论》出版，其书45万字，学术质量甚高，从此"辽阳说"之霸气可稍减矣（9月12—15日辽阳开"红会"……）你对此无兴趣，只是乘便闲叙。但如你肯花时力一阅此书，亦当叹嗟不已也。(1996年7月21日第75封)❶

"红界"我亦无所知——莫测高深。也许都在埋头炮制大文鸿著，又将一鸣惊人吧？"于无声处听惊雷"，可以"歪引歪用"乎？(2000年10月30日第106封)❷

周汝昌对"红界"的不满和嘲讽不仅持续的时间长而且是发自肺腑的恳切，由此说来，他在"红界"口碑的不尽如人意并不能仅仅归之于"红界"的恩怨。这种"酷评"一旦成为周汝昌的思维和行为习惯，则日益加剧了他对"异己者"（不合自己的观点或者为自己所不喜者）的警惕、嘲讽甚至报复。请看以下批评钱锺书、陈维昭举例以略窥其"酷评"全貌：

钱锺书《谈艺录》中论及王国维未解叔本华之语，如不太长，乞分神抄示［因旧有之本早已失去，再觅借翻检则病目实为苦甚（"苦甚"二字旁边画圆圈），故欲弟助我］谢谢。我读《谈艺录》尚是开明书店旧版，时钱先生在清华，我为燕大学生，过从唱和甚契（我还为此书提过若干条细小意见），钱先生亦甚见器许。后"拔白旗"运动开始，人民文学出版社积极奉行，以钱先生《宋诗选》为"目标"，大会"批判"，我为研究宋诗之唯一人，故不得不"发言"，然此内部事也。不料"小组"整理"发言稿"后，报之《光明报》"文学遗产"，而竟用我个人名义（"我个人名义"五字旁边画圆圈）（绝不打招呼!!）。从此钱先生视我为"小人"矣。此极粗略言之，但我亦不能为此去向钱先生"声辩"，有何意味?!我平生负冤事甚多（对俞亦一案……）甚望吾弟知之，异日可为

---

❶ 周汝昌. 周汝昌致梁归智书信笺释［G］. 梁归智，整理校注. 太原：三晋出版社，2017：135–136.

❷ 周汝昌. 周汝昌致梁归智书信笺释［G］. 梁归智，整理校注. 太原：三晋出版社，2017：187.

我一雪之耳。叹叹！

……………………

　　同时接二札，谢谢耗神为抄《谈艺录》。因知还有管锥编四则涉此（涉红？），大是医我寡闻。钱先生此论似借评静安王氏而讥当世"红学家"者"参禅贵活，为学知止"。难道小说里不包含哲思、史状、人情世态（社会学）之成分与价值而需要探讨耶？如你研雪芹之道家思想，是否也应受讥？吾尚未悟其可讥何在也。我极佩服钱先生博学宏通罕有俦匹，非常人也！但我实不喜欢围城。……聪明俏皮而不厚重，终是南士之风流。其宋诗选，我也实在不以为佳。（其序注似皆意不在启沃当世，而在记载自己读书范围。多次重排，皆只增入数种稀见之书引入注中，且亦只列书名，当世读者不可见其书，亦不明引来何义也。）今唯足下为知我者，故敢及此。甚愿吾弟学其弘博广通，而不学其聪明俏皮。吾之语此，并不杂丝毫个人短长（与"拔白旗"一事更不相涉）。古喻南人显处见月，北人牖中窥日，此为学之异数也。盖闲心弟台不作他想也。若语之俗人，必又另作"解释"了。叹叹。（1994年2月15日第52封、1994年2月25日第53封）❶

　　沪复大陈教授有大文，"祭"出王利器、李希凡、余英时三大"法宝"，以光宠不才。可惜丝毫新意亦无。……陈先生"祭"三大"法宝"，而以余氏观点为其衣钵，其二家乃陪衬，其笔巧，寓诋于"赞"，以迷人眼目。其要害是作"史"而无史识，只知以"史迹"充篇，此已非史之本质；又是"思想盲"与"源流盲"。故余谓此貌似史而非史也。……又，陈教授夸我为"巅峰"，意谓是"反科学"的"走极端"之实义也。他评王利器"隔靴搔痒"者，即谓王氏批不到"点子上"，如此之作"史"论也。所以有些人是以流氓、无赖、学棍的姿态批我这区区不才，而陈教授则是以高级教授"博导"的名位而为我增光也。所以，他继余氏，第二次为"考证"宣判"死刑"。佩服佩服。（2004年9月17日第

---

❶ 周汝昌. 周汝昌致梁归智书信笺释［G］. 梁归智，整理校注. 太原：三晋出版社，2017：98-100.

147封)❶

  丽苓彻夜粗翻陈先生《通史》为你提供"要点",然所提是否得"要"? 无从判知。今日儿子建临为我读了一段方知《红楼》所刊之涉我一节文字殊非全文,引我误会不小,深以为愧。特嘱务将前次拙札评陈君者毁去,绝不可存。(笔者按:梁归智"说明"道:"但笔者认为,一切忠实于历史真相,而且后面周老来信,对《红学通史》仍然有所批评,故将2004年9月17日那封信保留照录。")……因听读《红学通史》曾传奉一短简收见否? 我撤销以前对陈君所发之言,是误会他乃"拥余反周"论者,今知他对余英时亦有批评,方悟,所疑遂解。加之他开卷即判曹、高之别,有此一端其他可以缓论矣。(2005年9月17日第156封、第157封)❷

  已传二短札。不能自读,只听人摘读,遂生误会。但也非如此简单,听来听去,又回到初次"感受:其笔巧,以一些表皮[不切实、有选择,有倾向……]来表出骨子里是贬抑。对我甚苛,躲我的真贡献与所起作用、影响……绝口不言;别人微小处,他却大书一笔……然这就大限于'关注自我'了,太小器了,故不拟存旧札所云。他的要害是不言高乃反曹,并非只是什么'三流平庸'之作云云,一也。二、还未听见他指责谁是'曹高混一'论者,这就等于开卷似判原著续书了,实乃空幌子……如此等等,令我感到:识见并不真高,作'史'也并不真老老实实,去'秉笔直书'远矣。以上零零碎碎,仍系'不全面'之粗见。但盼你得其书后能细细读之评之(不一定即时公开),看看咱们二人的'所见',是否'英雄略同',亦有趣而有益也。"(2005年10月29日第158封)❸

---

❶ 周汝昌. 周汝昌致梁归智书信笺释 [G]. 梁归智, 整理校注. 太原:三晋出版社, 2017: 261-262.

❷ 周汝昌. 周汝昌致梁归智书信笺释 [G]. 梁归智, 整理校注. 太原:三晋出版社, 2017: 273-274.

❸ 周汝昌. 周汝昌致梁归智书信笺释 [G]. 梁归智, 整理校注. 太原:三晋出版社, 2017: 274-275.

周汝昌在臧否人物方面从来是立场鲜明而言辞犀利，遗憾的是，他的褒贬的个人感情色彩过于浓郁，怪不得"俗人"们"庸人"们"必又另作'解释'了。"周汝昌特意强调他对钱锺书的褒贬并不掺杂丝毫个人短长（与"拔白旗"一事更不相涉），设若联系这两封信通观，其中的怨气大有不抒不快之状。于是，钱锺书这位见"月"而不见"日"的"南人"之格局气度不过如此，其"聪明俏皮"又何足挂齿。周汝昌在批评钱锺书这位"主角"的同时，顺便甩了一鞭子，把"看客"也抽了一把，不得另作"解释"，否则"俗人"一个，这一思维逻辑令人沮丧。至于他对陈维昭的批评可谓活现了周汝昌特有的个性特征：他的敏感，他的多变，他的猜忌，他的严酷，他的苛求，他的"周氏讥讽"，他的"周氏用心"等，至少难以给人以愉悦的印象。王利器、李希凡、余英时三大"法宝"乃周汝昌所嫌恨或嫌弃着的，陈维昭不能严厉批判这三大"法宝"自然不能获得周汝昌的好感，至于不能"判曹、高之别"则更加令周汝昌失望，于是，周汝昌便送给陈维昭一堆的评语："作'史'而无史识""识见并不真高""思想盲""源流盲""拥佘反周""太小器了""作'史'也并不真老老实实""去'秉笔直书'远矣"，等等，真不知陈维昭能否消受得起？可见，即便并非周汝昌的"异己者"，如果某人的某些观点引起他的不快，也是毫不留情地批评和嘲讽，无论是张爱玲，还是陈维昭，在周汝昌眼中都是一视同仁，毫不留情的。顾随曾如是提醒过周汝昌："大抵異父为人仁厚有余，苦于狠不上来，老驼亦正如此，然吾于世路上栽过几次跟头，吃过几回苦子，虽未得大离氏所谓之无生法忍，亦颇略略理会得咬牙工夫，故有时做事作文有类乎狠耳，惟吾異父定知此非欺人之谈也。"❶顾随当时对周汝昌的印象显然只看到了其中之一面，并没能看到周汝昌性情的另一面，他对于"异己者"以及令他不快者的"狠"，并非"苦于狠不上来"，而是"苦于克制不来"了。这方面还是周汝昌的自我道白更具有权威性，他说："自己为人脾性有毛病，有怪癖。因为实在很多，难以尽举，况且亦有难与人言、不便昌言者，故只随手记其数端，豹斑鼎脔，又何必求益求全乎？"❷

"落落寡合"的性格、自许甚高的个性、"我占有真理"的气概等造成

---

❶ 顾随. 顾随致周汝昌书[G]. 赵林涛，顾之京，整理校注. 石家庄：河北教育出版社，2010：38.

❷ 周汝昌. 红楼无限情：周汝昌自传[M]. 北京：北京十月文艺出版社，2005：5.

了周汝昌为人和为学不同于人的鲜明格调："非求独异时还异,难与群同何必同"。当然,这种"独异""难与群同"的鲜明格调同时也与周围的环境息息相关,或者说正是性情气质和周围环境共同培养了周汝昌"独异""难与群同"的鲜明格调。笔者在《红学学案》中有过评述:周汝昌则并不理会这些批评意见,他的信心是坚定不移的,正如他的自勉诗句所道:"借玉通灵存翰墨,为芹辛苦见平生"(笔者按:诗红墨翠——周汝昌咏红手迹扉页题照),"非求独异时还异,难与群同何必同"。周汝昌清醒地认为:"'红学'是个挨'批'的对象,欲发一言,愿献一愚,皆须瞻前顾后,生怕哪句话就犯了'错误',或惹得哪位专家不太高兴——其后果会十分'严重。'"即便如此,他仍一如既往地坚持自己的"写实自传说""中华文化之学说""新国学说""红学四学说"(即曹学、版本学、脂学、探佚学)和"新索隐说"等红学观。[1]说起周汝昌的自许甚高的个性,还可以从周汝昌致梁归智信中感受到:"大序分三四夕读完(白日强光下病目反不能见字甚怪)。此序乃'扛鼎'之大活计,为你出了这难题,不而完成得如此之好,实深感切于衷。虽说你不认为是溢美,我自生愧。可是你说的又是那么细、深、远,陈义高而目光四射,实又切中了我的几点与众不同之处。此之所见所陈,当世未逢第二人也,讵不令我欣愧嗟叹哉!此意难以数言表,此刻(灯下)亦无力表也。……至于溢美,你虽不承认,有人定会这么说——当然即使不溢美他们也仍然不会承认,要加讥诮。其实这种'顾虑'多了,就连序也写不得了,遑论溢不溢哉。乡语农谚:'听拉拉蛄叫,就别耧麦子!'(拉拉蛄,蝼蛄也,专吃麦根为害。)所以大可不管,你讲的不是'谀周'的事,是'谀'中华文化,'谀'雪芹。与那种不必'对话'的下士争什么,岂不白费精神,自降品位?此真关系中华文化、文学、人才、灵慧的民族大事,当仁不让,也就于心略安了(?)叹叹!"[2]在这段表达中,周汝昌将他的自信自许升华到了"谀周"就是"谀"中华文化、就是"谀"雪芹的高度,可以说,这也就是为什么周汝昌总把"庸流""俗流""常流"挂在嘴边的真正原因,因为他们根本看不到被周汝昌称为"知己"的梁归智所看到的这一层。不仅梁归智看到了,刘再复也看到了,所以,

---

[1] 高淮生. 红学学案[M]. 北京:新华出版社,2013:224-225.
[2] 周汝昌. 周汝昌致梁归智书信笺释[G]. 梁归智,整理校注. 太原:三晋出版社,2017:199-200.

刘再复在为梁归智2010年8月31日再版的《红学泰斗周汝昌传：红楼风雨梦中人》所写序言题为《中国文学第一天才的旷世知音》，直接将"谀周"与"谀"雪芹联系起来了。刘再复不仅"谀周"，同时不忘"谀梁"即周汝昌的"得意门生"梁归智，他在致梁归智信中说："周老先生如此高龄，脑子还如此清晰，诗还写得如此好，真是奇迹。在红学史上，周先生'总成考证'又'超越考证'，可谓'考证高峰，悟证先河'。这一点评价我将写入'序'中。你不愧是他的得意门生，《红楼疑案》《周汝昌传》等三本书我刚读完，写得真好，你才是真正的专业《红楼梦》研究者。谢谢你赠给的书籍，待月中到剑梅处还要好好拜读其他几本。"❶ 有趣的是，"旷世知音"以及"旷世知音的知音"在"落落寡合"的个性气质方面大体是相合的，并且他们都不屑与"庸流""俗流""常流"相往来或相切磋。周汝昌看到刘再复的序文作何感想呢？"听了刘再复先生的大序，一是喜出望外，二是写得真好。一个'喜'字，听来最简单，若讲起来内容就太丰富了。今日就'喜'和'好'二字作为提纲叙一叙我的内心活动。"❷ 总之，"常流"或"凡夫俗子"是难以想象这"喜""好"的微妙之处的，不过至少可以得出这样的印象：周汝昌是重视口碑的，这样的"喜""好"口碑最能驱散他长时期遭遇的孤独和寂苦。正如周汝昌信中所说："我的学术处境别人无法想象而得知，我也不能为此而琐琐繁陈，而对我所施加的那些攻击、诽谤、血口喷人……它们所散发的那种污染作用也可能直接、间接地影响到刘先生的耳目之间。人家若撰此序又当如何下笔，这未免是你给人家出了一个很大的难题。真所谓不情之请。积此三层，我说实话吧，以为你的愿望多半是要落空的，万没有想到刘先生毫不犹豫，慷慨应允并且走笔立成，精彩无比，这就是我所谓的喜出望外的、大大出乎我那种妄揣君子之腹的估量和顾虑。还不止于此，我最大的喜出望外是我绝对不会想到，刘再复先生对你的大著之传主即我这个老书生会给予如此高的评价。我在'两岸猿声啼不住'的学术环境中，至少度过了三十至四十年之久，这是第一次听到刘先生惠嘉予我的这种称许。我几乎不能相信这是事实，然而我

---

❶ 周汝昌. 周汝昌致梁归智书信笺释［G］. 梁归智，整理校注. 太原：三晋出版社，2017：308.

❷ 周汝昌. 周汝昌致梁归智书信笺释［G］. 梁归智，整理校注. 太原：三晋出版社，2017：303.

又绝对不会向你或刘先生表示我的不敢恪当——因为在我们的这种关系之下,我若以谦便俗不可耐,那就是以世俗之言词来回报刘先生的品评,那就是真正的不诚,我若以不诚回报,这就是最大的罪过,因此我只能老老实实地说一声:'欢喜赞叹,得未曾有。'"❶周汝昌的以上表白十分诚恳且曲径通幽,"那些攻击、诽谤、血口喷人"之类"啼不住"的"两岸猿声",尽管加剧了周汝昌的"落落寡合"般的"孤独",甚至养成了周汝昌"那种妄揣君子之腹的估量和顾虑"的思考习惯和心理定式,却毕竟挡不住"轻舟已过万重山"的"喜出望外"。这一"喜出望外"大可慰藉周汝昌"枯寂"的心境。(笔者按:周汝昌2002年10月7日致梁归智信道:"得电传信息,知近况,学术活动表明不断精进,气象不凡。闻之喜慰。不幸老伴突然病逝,心绪自难平静;赖学友知己时惠好音,大可换我精神以济枯寂。"❷)可见,刘再复乃"旷世知音"的真正知音,无疑地通过周汝昌这座桥梁直接通向"情教"教主曹雪芹,于是,"旷世知音的知音"也就是曹雪芹的知音了。

---

❶ 周汝昌. 周汝昌致梁归智书信笺释[G]. 梁归智, 整理校注. 太原:三晋出版社, 2017:303.

❷ 周汝昌. 周汝昌致梁归智书信笺释[G]. 梁归智, 整理校注. 太原:三晋出版社, 2017:227.

# 第二章 《红楼梦新证》：说不完的话题

周汝昌在《我与胡适先生》一书中说："如今先说，没有文怀沙先生，拙著《红楼梦新证》这部书稿的命运如何，就真难预料了，所以至今心感，不敢忘记。诗曰：学报刊行学界惊，谁知著者一书生。不无一二怀疑问，多教方家赐好评。《红楼梦新证》，这是文怀沙先生建议和定名的，他本意是针对胡适先生的《红楼梦考证》而特加这个'新'字的。"❶ 这个"新"字究竟"新"在哪里？"学界惊"又"惊"在何处？"疑问"者谁？"好评"又怎样？

## 一、《红楼梦新证》的几个版本

1. 1953年9月第一版《红楼梦新证》（棠棣出版社）"目次"
关于红楼梦的几点理解（王耳）

————周著：《红楼梦新证》代序

写在卷首
第一章　引论
　第一节　旧社会里的种种歪曲
　第二节　重新认识《红楼梦》
　第三节　科学考证的必要
　第四节　珍秘材料一斑
　　1. 曹氏上世诰命三轴
　　2. 楝亭图四轴

---

❶ 周汝昌. 我与胡适先生 [M]. 桂林：漓江出版社，2005：144-145.

3. 懋斋诗抄

第二章　人物考

　第一节　点将录

　　［附］1. 曹氏世系表
　　　　　2. 贾氏世系表

　第二节　迷失了的曹宣

　第三节　一层微妙的过继关系

　第四节　几门亲戚

　　1. 云贵总督甘文焜［附］甘氏世系表

　　2. 刑部尚书傅鼐

　　3. 平郡王福彭

　　4. 广东巡抚李士祯［附］李氏世系表

　　5. 忠勇公傅恒

　　［附］爱新觉罗氏傅氏曹氏三家世系关系表

第三章　籍贯出身

　第一节　丰润咸宁里［附］丰润曹氏世系总表

　第二节　辽阳俘虏

第四章　地点问题

　第一节　贡院紧邻与禁城西北［附］大观园地址旧说批判

　第二节　影影绰绰的大观园

　第三节　院宇图说［附］荣国府第想象图

　第四节　南京行宫

　第五节　真州使院

第五章　雪芹生卒与红楼年表

第六章　史料编年

　　——起自明崇祯三年（一六三〇年）迄于清乾隆五六年（一七九一年）

第七章　新索隐

　本章附录二十则

第八章　脂砚斋

　第一节　脂批概说

　第二节　脂砚斋是史湘云？

第三节　从脂批看《红楼梦》之写实性

第四节　从脂批认识曹雪芹

附　录

一、戚蓼生考［附］戚氏世系表

二、刘铨福考

跋（周绲堂）

（笔者按：1953年10月第二版《红楼梦新证》"目次"第一章"引论"第四节"珍秘材料一斑"部分增加了"4. 永宪录"一小节。）

2. 1976年4月第一版《红楼梦新证》（人民文学出版社）"目次"

评《红楼梦新证》　　李希凡　蓝翎

写在卷头

第1章　引论

　　第1节　种种歪曲

　　第2节　红学一斑

　　第3节　重新认识

　　第4节　几点理解

第2章　人物考

　　第1节　世系谱表

　　第2节　曹宜曹宣

　　第3节　过继关系

　　第4节　几门亲戚

第3章　籍贯出身

　　第1节　丰润县人

　　第2节　辽阳俘虏

第4章　地点问题

　　第1节　南北东西

　　第2节　院宇图说

　　第3节　北京住宅

　　第4节　江宁织署

　　第5节　真州醲院

第5章　雪芹生卒

第 6 章　红楼纪历

第 7 章　史事稽年

　前期（明万历二十年—清顺治十八年）

　中期（康熙二年—康熙五十一年）

　末期（自康熙五十二年以次）

第 8 章　文物杂考

　一、曹雪芹画像

　二、脂砚斋藏砚

　三、"怡红"石印章

　四、曹雪芹笔山

　　附　程伟元画像

　五、曹雪芹词曲家数

　六、《红楼梦》解

第 9 章　脂砚斋批

　第 1 节　脂批概况

　第 2 节　脂砚何人

　第 3 节　申著作权

　第 4 节　议高续书

　　补说三篇

　　　（一）黛玉之致死

　　　（二）八十回后之宝钗

　　　（三）湘云的后来及其他

　　　（四）《补说三篇》的几句赘语

　附　资料辑录三种

附录篇　本子与读者

　一、戚蓼生考

　二、刘铨福考

　　附　青士椿余考

　三、戚蓼生与戚本

　四、清蒙古王府本

　　附　简介一部《红楼梦》新抄本

五、梦觉主人序本

　　附　钞本杂说

六、靖本传闻录

七、"惭愧当年石季伦"——最早的题红诗

八、"试磨奚墨为刊删"——最早的题红诗之二

九、"续貂词笔恨支离"——较晚的题红诗

十、"买椟还珠可胜慨!"——女诗人的题红篇

　　重排后记

笔者按：1976年4月第一版《红楼梦新证》增删较大一些。尤其是删了1953年版第七章的"新索隐"。1985年5月第二次印《红楼梦新证》（人民文学出版社）"目次"则删去了李希凡、蓝翎的《评〈红楼梦新证〉》，"重排后记"改成"后记"，另加一"附录"。蓝翎在《龙卷风》一书中说："《评〈红楼梦新证〉》第三版于一九七三年十二月由人民文学出版社正式出版了。从前两版都是以作家出版社的名义出版的，这次改变了规格，提高了一个档次，且分平装和精装两种，印刷质量超过了前两版。原准备与此书同时出版的还有周汝昌的《红楼梦新证》，因该书增补太多，直拖到一九七六年四月，才分上下两部分出版，并有大字竖排的线装本，为红学史上从未有过的特殊版本。'文革'伊始，郭沫若为了表示坚决拥护，说他的书应当全烧掉，果然'文革'来了个消灭'封资修'的全面大焚烧，没有烧掉的也不敢流行了。新书出版困难，旧书重印更困难，关于古典文学的研究旧作的重印，尤其困难。我们的旧作之所以能够修订重印，当属'特恩'允许，但我至今也不清楚究竟是谁最后决定批准的。用当时的眼光看，作者都又站起来，属于特殊待遇的人物了。"❶ 由蓝翎的陈述可见，1976年4月第一版《红楼梦新证》得以重印的特殊意义同样是显而易见的。

3. 1998年8月第一版《红楼梦新证》（华艺出版社）"目次"

基本同于1976年4月第一版《红楼梦新证》"目次"，第一章"引论"部分删去了1976年版的四小节。这一版同样没有恢复1953年版第七章的"新索隐"。这是为什么呢？是周汝昌的学术主张发生了重要变化了吗？不是的，笔者以为，应该是基于以下两个方面的考量：一则是政治批判的考

---

❶ 蓝翎. 龙卷风 [M]. 上海：上海远东出版社，1995：63-64.

量；二则是学人批评的考量。其中政治批判的考量应是第一位的。周汝昌在《红楼无限情：周汝昌自传》中谈及《红楼梦新证》的前后际遇时说："当年下半年，批俞批胡运动就逐步展开而升级了，我很快变成了'资产阶级胡适派唯心主义'的'繁琐考证'的典型代表，批判文章越来越凶，有一篇说我'比胡适还反动'！我由'红'变'黑'了。尔时我年方三十四岁，哪里经过（理解）这么复杂而严峻的'形势'，吓得惊魂不定，而另一方面，我怎么也想不通自己的纯学术著述到底具有何种大逆不道的'极端反动性'。虽然我已被'批倒批臭'，可是后来方知：美国有一位红学家叫米乐山（Miller），在其专著中把我叫作'红色红学家'。这真是有趣至极。"❶ 周汝昌又曾在晚年所著《我与胡适先生》一书中说："《红楼梦新证》'红'得快，'黑'得也不慢。从1953年秋到1954年秋，它只'走红'了一年，就是'批俞''批胡'大运动的启幕之时了。当时风云际会，轰轰烈烈，形势严峻而复杂，可我这书呆子仍在'五十里云雾中'。我无资格说一句如历史评论家般的正确发言，一些零碎'消息'，都是过后很久才得知的，也难保无有讹误，所以不在这儿假充'内幕知情者'。只说运动起来了，我不但要批人，还要自批——批人容易自批难。"❷ 周汝昌自称"书呆子"，自然也是最怕被"运动"了，运动起来了，既要批人，又要自批，经历了这样的"批人""自批"过程之后，自然也就变得"乖巧"起来。"'批俞批胡'运动日益发展，大家都在学习如何写'批判文章'。这对我是个新课题。尤其是我必须'批胡'，因为别人和胡适无来往，而我与胡适'大有关系'。不待言，那时批别人可以'自保'，可以显示自己水平高，态度好，思想'进步'，可以像后来的'无限上纲上线'，不怕言过其实。书呆子气，在这儿没用场。我倒是真真实实、诚诚恳恳地去学的，尽管学的成绩不是很高，揣想胡先生在境外见了（其时有其友人专门搜集'批胡'文章给他看），必以为我的'水平'也不是太低吧？"❸ "批胡"容易，因为是"自保"，又为什么说"自批难"呢？"自批"不仅是难以启齿，对于周汝昌而言，主要还是不情愿改变自己的学术主张。于是，他在1976年4月再版《红楼梦新证》时删去了"新索隐"一章。至于学人批评方面，自

---

❶ 周汝昌. 红楼无限情：周汝昌自传[M]. 北京：北京十月文艺出版社，2005.
❷ 周汝昌. 我与胡适先生[M]. 桂林：漓江出版社，2005：157.
❸ 周汝昌. 我与胡适先生[M]. 桂林：漓江出版社，2005：163.

1954年批判俞平伯运动以来，经过李希凡、蓝翎的集中批评（即李希凡、蓝翎合作的《评〈红楼梦新证〉》一文），尤其王利器（即王利器撰《〈红楼梦新证〉证误》一文）的重创之后，已经使得这位"书呆子"心有余悸了。（笔者按：1955年上海新文艺出版社出版了《胡适思想批评资料集刊》，其中选录了5篇评价《红楼梦新证》的文章（第395－424页），诸如褚斌杰的《评〈红楼梦新证〉》，李希凡、蓝翎的《评〈红楼梦新证〉》，王知伊的《评〈红楼梦新证〉及其他》，周绍良的《驳〈红楼梦新证〉中的"假定"》，晓立的《〈红楼梦新证〉的功过》等，李希凡、蓝翎以及晓立批评周汝昌《红楼梦新证》的观点和方法受胡适及俞平伯资产阶级唯心论的影响，同时肯定了它的学术贡献，而其他三篇则对周汝昌所谓错误的观点和方法进行了仔细的剖析和尖锐的批判，文章的政治意识形态意味十分浓郁。）况且，这方面的批评至今没有间断过，尤其"批周四斗士"的全面批评和批判，其中胥惠民的著作中的政治意识形态意味十分浓郁，不能不使周汝昌保持应有的顾忌和戒备。再者说，自胡适批评蔡元培的"索隐"乃"猜笨谜"以来，红楼"索隐"的口碑是不尽如人意的，周汝昌《红楼梦新证》初版标举"新索隐"的勇气已经备受关注了。

（一）关于索隐以及新索隐

陈维昭著《红学通史》第二节"周汝昌：新红学的巅峰"对《红楼梦新证》的版本做了如下分析和评价："《红楼梦新证》集中体现了周氏主要的文学观点与成就。该书初版共39万字，由八章组成：第一章引论，第二章'人物考'，第三章'籍贯出身'，第四章'地点问题'，第五章'雪芹生卒与红楼年表'，第六章'史料编年'，第七章'新索隐'，第八章'脂砚斋'。可以看出，这主要是一部'曹学'专著，第一章至第四章属于'曹雪芹家世研究'，第五章属于'曹雪芹身世研究'，'红楼年表'与第六章'史料编年'则是把史学中的编年史方法引入了红学之中，以传统的治经史方法治红学，赋予'曹学'以传统经史的学理形态。第七章'新索隐'对与曹雪芹或《红楼梦》有关的历史本事进行索隐，所谓'新'，是针对以往的一些索隐结论而言。第八章是关于脂砚斋的研究，其中的'从脂批认识曹雪芹'一节则是一则探佚研究。如果从周汝昌所说的曹学、版本学、脂学、探佚学等'红学四支柱'来看，初版《红楼梦新证》的主体是'曹学'，而兼及一点脂砚斋研究、探佚研究和版本研究。其'红学'体系的雏形已经出现。"❶ 陈维昭的分析和评价是客观的、合理的,尤其是"以传统的治经史方法治红学,赋予'曹学'以传统经史的学理形态"这一判断,正是"周氏红学"基本方面之一,如果将"传统的治经史方法"以治"曹学"与由"新索隐"而引出"中华文化之学"以及"新国学"的义理合观,则足以把握"周氏红学"的基本要点。陈维昭对"新索隐"的辨析也是值得关注的,即不同于以往的索隐结论的历史本事索隐。在笔者看来,所谓的"不同"主要在于周汝昌的索隐结论已然提升到了格局和视野更加开阔的"文化视野""文化观照"层面了,譬如周汝昌极力赞赏《红楼梦》所表现出的"诗礼簪缨,文采风流"的中华文化特征。在周汝昌看来,"《红楼梦》的学问,离开了中华文化史这盏巨灯的照明,就什么也看不清,认不彻,就成了一桩庸人自扰式的纷纭胶葛。"❷ 当然,周汝昌并没有止步于"《红楼梦》乃中华文化小说"的倡导,而是由此提出他的"新国学"乃至"情教"的构想。他认为《红楼梦》乃"新国学"之经典,曹雪芹乃"情教"教主。2010年9月19日,周汝昌撰述了一篇《为芹宣情教》的宣言:"雪芹创新教,我为情教僧。皈依大教化,至幸超三生。……孔之仁,佛之悲,雪芹情教总所归。中华文化何结穴,核心一字'情'最奇。"❸ 周汝昌的上述立意和用心,应该才是"新索隐"的真正结穴所在,而非传统的"政治视野""道德视野"或"政治观照""道德观照"层面的"旧索隐"所可比拟。换句话说,周汝昌的"新索隐"不是为了猎奇,尽管"批周"者视为"猎奇",当然也并非仅仅为了还原历史本事,"批周"者视为"哗众取宠",就其学术用心和学术归宿而言,则是为了"经世致用"。当然,周汝昌的"经世致用"是与当代不断出现的其他"新索隐"诸如霍国玲、王国华、刘心武等的"新索隐"有着明显区别的,这区别的根源正在于霍国玲、王国华、刘心武等的立意、格局、胸襟、眼光难以望周汝昌之项背。进一步说,周汝昌之所以将自己一生所建构的红学体系结穴在"经世致用"的"新国学"以及"情教"的构想方面,既与他的一生经历有关,而且也与他对于世道人心的看法密切相关。周汝昌一再感叹自己"很苦":"种种掣肘,我过去了解不够,实在太书獃气。但你起步好,已是难能,世

---

❶ 陈维昭. 红学通史 [M]. 上海:上海人民出版社,2005:242-243.
❷ 周汝昌,周伦玲. 红楼梦与中华文化 [M]. 北京:中华书局,2009:4.
❸ 周汝昌. 寿芹心稿 [M]. 北京:中国大百科全书出版社,2012:81-82.

上事难求一切如愿。什么滋味都得准备尝。但为了真理，要坚持奋斗。苦是苦的，也有回味馀甘，作为'报酬'的。"❶ 感叹"'红场'极不堪。我数十年观场，至今日中怀更为作恶！若非有兄等二三子为砥柱中流，我真想不再研红了。"❷ 周汝昌的如此感慨常见于文章之中，无疑既有从自我的层面上感发的，同时也有明显超越了自我层面的成分。周汝昌对此种种不堪深有所悟："我若真为此等'走心'，早活不到今日了。"❸（笔者曾发表过一段感慨：当今之世，为官者骄妄，为学者骄妄，为商者骄妄，为民者骄妄。未知周汝昌是否也有如此之想？）可以认为，周汝昌的"新索隐"是抱有生命温度的，如果说从中可以窥见某种家国情怀（中华文化情怀）也并非虚话。笔者以为，周汝昌之所以竭尽全力地维护着自己所建构的"新索隐"的一套说教毫不让步，主要原因应当就在于此吧。否则，如何合理地理解"周汝昌是把自己的一生都献给了《红楼梦》，献给了曹雪芹，献给了红学"❹ 这种说法的确切指谓呢？深识周汝昌的黄裳曾在1955年3月10日致周汝昌信中说："汝昌兄：信悉，病已大痊否？至念。目前在'人文'做何工作？修改之事诚甚难言，稍待时日，候诸公议论稍定，风向稍准时再说，亦并非坏事。此次讨论，颇有'失风'之辈，别觉可悯。世风日'下'，于此可见一斑也。"❺ "世风日'下'"岂止彼时之慨，所以说，若将周汝昌的"新索隐"之"经世致用"结合世风考量，或许更能窥见其用心吧！

周汝昌的"新索隐"不断地受到批判，梅节说周氏的这一套不过是摆龙门阵的"龙门红学"，胥惠民则认为周汝昌的"新索隐"乃主观唯心主义的产物（当然，这种说法并不新鲜，几十年前的李希凡早已说过）。同时，周氏"新索隐"受到了冯其庸所领导的红学共同体的集中批评和批判，据叶君远著《冯其庸年谱》记载：1996年3月7日，"在京红学会常务理事召

---

❶ 周汝昌. 周汝昌致梁归智书信笺释［G］. 梁归智, 整理校注. 太原：三晋出版社, 2017：33.

❷ 周汝昌. 周汝昌致梁归智书信笺释［G］. 梁归智, 整理校注. 太原：三晋出版社, 2017：56.

❸ 周汝昌. 周汝昌致梁归智书信笺释［G］. 梁归智, 整理校注. 太原：三晋出版社, 2017：72.

❹ 周汝昌. 献芹集［M］. 北京：中华书局, 2006：489.

❺ 黄裳. 来燕榭书札［M］. 郑州：大象出版社, 2004：17.

开扩大会议,与会者百余人,对周汝昌最近的文章和新的索隐派提出了尖锐的批评。"❶ 周汝昌的"新索隐"果真就是"龙门红学"吗?周汝昌当然不会同意,因为"'索隐'是古人为太史公司马迁的《史记》作注解的用语,不料有一派'红学'因考索《红楼》一书中所'隐去'的'真事',被人称为'索隐派',又因此派考论时所用方法是很离奇而超出了文学艺术的合理范畴,大多数学者不予赞成,于是'索隐'便成了一种贬词。拙见则以为:既有'隐',须当'索',不可以'名'害'义';我试对书中若干词语作些注释,而方法不同于旧时的'索隐派',故特标名曰'新索隐'。"❷ 周汝昌申明:"本人是不赞成'索隐派'的支离破碎、断章取义、穿凿比附的'猜谜'方法的,但也想指出一点:所谓'康熙朝政治'之说,其源还是出自清代多人深知《石头记》'本事出曹使君家'而曹使君(寅、頫、頎)之抄家获罪,确实是由于'康熙朝政治';只是此一正确的'本事'说被传者逐步变讹变性,加上臆说与增饰(讹变为多样,如宝黛为顺治与董小宛,通灵玉是'传国玺',等等不一,'笨迷'取代了历史真内涵。拙见以为,'索隐'的'隐',仍在'曹使君家',原来无误。对其价值评估贵能公允,而首先要洞彻其原委与流变之失。在这儿,又须补明一点:'索隐派'之务欲抉示'微言大义''尊王攘夷',也还是中国文化里的史学、《春秋》学,这与异文化倒是不相交涉的。"❸ 在周汝昌看来,"新索隐"果真是薪火相传"旧索隐"之中国文化里的史学、《春秋》学,其"微言大义"指向新国学乃至"情教",试图拯救时弊,接续中华民族文化精神的血肉命脉。可见,周汝昌与梅节在对待"新索隐"的态度立场上的分歧似乎霄壤之别。可以说,"新索隐"是"周氏红学"的学术精髓,1976年版和1998年版旧版重印皆删去1953年版第七章的"新索隐",无疑使得《红楼梦新证》失去了灵魂。为什么删去这一章呢?笔者是从两个方面的考量即政治批判的考量和学人批评的考量来理解周汝昌的用心的,是否准确,的确需要进一步地推敲。至少难以理解为周汝昌对自己学术观点的修正,因为,几十年之后,即2005年1月由书海出版社出版的《红楼十二层》一书"第十层《红楼》索隐"则明确标举"新索隐"一章,且以诗为证:

---

❶ 叶君远.冯其庸年谱[M].北京:中国社会科学出版社,2015:295.
❷ 周汝昌.红楼十二层[M].太原:书海出版社,2005:210.
❸ 周汝昌.红楼鞭影:中国当代红楼梦研究[M].北京:北京师范大学出版社,1992:4.

"有隐何妨一索,须防陷入歧途。若果言真成理,原为助解良图。"❶ 周汝昌强调的是"有隐"即可索,"言真成理"即可成说。刘梦溪如是说:"红学索隐派的产生,有作品本身的原因,也就是学派观点的发端有其内在理路。"❷ "内在理路"存在于"作品本身"即"有隐"即可索,而"索"成的"真谛"各成其说,其中尤其以蔡元培的《石头记索隐》影响甚大。刘梦溪认为:"就出发点来说,蔡元培的索隐不能说不审慎,因此他所说的自属真诚,有些猜想,亦不无会心处;但因具体方法在求一一套实,结论固多误,就整体而言,又不好以审慎目之。这并不是说可以无视《石头记索隐》在红学史上的价值,揭示出书中的反满思想不必说了,应当承认有一些具体见解也是很有价值的。……《石头记索隐》的失误,主要是征引指实得太具体,致使结论上不易立足,湮没了许多好见解。如果不拘泥于表面比附的索隐的方法,对《红楼梦》给以实事求是的评价,蔡元培的红学见解会引起更多的注意。"❸ 刘梦溪对"红学索隐派"的看法似可为理解周汝昌的"新索隐"提供参考,即周汝昌的"新索隐"同样有其"内在理路",这一"内在理路"同样存在于"作品本身","新索隐"克服了《石头记索隐》"一一套实"的失误,而将结论指向"氏族文化",进而指向"中华文化"。当然,"新索隐"在克服了"旧索隐"之弊的同时,显然也自带其弊端的倾向,即梅节所讥刺的"龙门"之弊。或谓"虚构代替了研究,编造代替了考据,心证代替了实证,谎言代替了事实。"❹ 不过,笔者在前文已经谈过,周汝昌之"龙门"自不同于霍国玲、王国华、刘心武之"龙门",其"新索隐"的"内在理路"应有值得进一步深究的话题价值。

再看余英时对"索隐"的态度,他说:"从晚清算起,红学研究史上先后出现过两个占主导地位而又互相竞争的'典范'。第一个'典范'可以蔡元培的《石头记索隐》为代表。《索隐》写于1915年,但晚清时已有不少人持相似的看法。这个'典范'的中心理论是以《红楼梦》为清初政治小说,旨在宣传民族主义(按:确切地说,即反满主义),吊明之亡,揭清之失。作为一种常态学术,'索隐派'红学是有其'解决难题'(puzzle-

---

❶ 周汝昌. 红楼十二层 [M]. 太原:书海出版社,2005:210.
❷ 刘梦溪. 红楼梦与百年中国 [M]. 石家庄:河北教育出版社,1999:144.
❸ 刘梦溪. 红楼梦与百年中国 [M]. 石家庄:河北教育出版社,1999:172-173.
❹ 沈治钧. 红楼七宗案 [M]. 南京:江苏人民出版社,2011:360.

solving) 的具体方法的，即胡适所谓之'猜谜'。但'猜谜'一词显然有贬义，对'索隐派'并不公允。据蔡元培自己的说法，他推求书中人物和清初历史上的人物的关系，共用三法：一、品性相类者；二、轶事有征者；三、姓名相关者。广义地说，这也是历史考证，简单地称为'猜谜'，似有未妥。但是，蔡元培实际上乃是'索隐派''典范'的总结者，而不是开创者，因此在《索隐》一书出版的时候，这个'典范'下的红学研究已是危机重重。索隐的方法虽然可以解决《红楼梦》中的一小部分难题，而绝大部分的难题并不能依照蔡先生的三法求得解决。……事实上，《红楼梦》全书此后并未能在'索隐派'的'典范'下触类旁通。"❶ 余英时将"旧索隐"称为"典范"，并且认为索隐的方法可以解决《红楼梦》中的一小部分难题，也就是说，"索隐"并不像胡适所讥讽的"猜笨谜"那样一无是处，也并非完全如胥惠民所批判的所谓彻底的主观唯心主义。当然，刘梦溪关于索隐派"已经终结了"的预言也只能是一家之言，他说："索隐作为文学研究的一种方法，将不时地为人们所运用；但索隐派红学，从学术史的角度看，实际上已经终结了。"❷ 既然"索隐"能够解决《红楼梦》中的一小部分难题，它自20世纪70年代以来的"复兴"就值得深究。郭豫适说过："半个世纪以来，特别是70年代以来，在《红楼梦》研究中，海内外出版了一些索隐派著作，从持索隐派观点者看来可以说是索隐派的复兴，从批评者观点来说则是索隐派的复辟，从《红楼梦》研究史的角度来说，则是当年胡适和蔡元培新旧红学争论的继续。举例来说，先后出版的有潘重规的《红楼梦新解》，杜世杰的《红楼梦考释》（是其《红楼梦悲金悼玉实考》《红楼梦原理》的增补本），李知其的《红楼梦谜》，霍国玲、霍纪平、霍力君的《红楼梦解》以及王国华的《太极红楼梦》等。"❸ 如何看待索隐派的"复兴"，或是索隐派的"复辟"呢？余英时如是说："不过公平一点说，复活后的'索隐派'也自有其进步之处。最显明的一点即不再坚持书中某人影射历史上某人，而强调全书旨在反清复明或仇清悼明。然而由于

---

❶ 余英时.红楼梦的两个世界[M].上海：上海社会科学院出版社，2002：8.
❷ 刘梦溪.红楼梦与百年中国[M].石家庄：河北教育出版社，1999：230.
❸ 纪念文集编委会.郭豫适先生八十华诞纪念文集[C].上海：华东师范大学出版社，2013：283.

'索隐派'的解释仍限于书中极少数的主角或故事,因此其说服力终嫌微弱。"❶ 余英时又进一步申说:"但是说《红楼梦》中偶有讥刺满清的痕迹,却并不等于回到'索隐'的'反清复明'理论。'反清'或'刺清'在《红楼梦》中只是作为偶然的插曲而存在,它绝不是《红楼梦》的主题曲。《红楼梦》第一回说所记为作者'亲睹亲闻的这几个女子',又说'亦不过实录其事'。'索隐派'如果坚持《红楼梦》是'反清复明'的血泪史,那就必须把《红楼梦》的全部或至少一大部分加以'实录'化。换句话说,他们必须另编一部晚明抗清史来配合《红楼梦》的整个故事的发展。这部历史纵不能与《红楼梦》吻合无间,至少也应该是大体无讹。这并不是我们特别对'索隐派'苛求,而是'索隐派'的基本假设非如此即不得谓之证实。在这一点上,'索隐派'的处境比'自传说'还要难。因为'自传说'只牵涉到曹家一姓的兴衰史。一家一姓的史料容易散失,证实较难。尽管如此,周汝昌的《新证》已可谓做到差强人意的地步,虽然'自传说'的内在矛盾也不免因此而暴露。而'索隐派'的题目则来得至大无外。它涉及了17世纪全部汉族的被征服史。我们今天虽不能说对晚明时代汉人抗清的事实知道得巨细无遗,但重大的事件和人物总是有文献可证的。'索隐派'至少也该有一部像周汝昌《新证》这样的论著,才能和'自传说'分庭抗礼。否则在数十万言的大书中找出几十条'索隐'是不能证明什么问题的。钱静方说得好:'此说旁证曲引,似亦可通,不可谓非读书得间。所病者举一漏百,寥寥钗、黛数人外,若者为某,无从确指。'所以,我认为,与其误认'反清复明'为《红楼梦》的主题曲,并因此而不得不剥夺曹雪芹的著作权,倒不如假定曹雪芹在穷途潦倒之余逐渐发展了一种'汉族认同感',故在《红楼梦》中偶尔留下了一些讥刺满清的痕迹。但是这个假定究竟能否得到证实,那就要由未来的研究和新资料发现的情况来决定了。"❷ 余英时"索隐"的是作者的"汉族认同感",他在《关于红楼梦的作者和思想问题》和《曹雪芹的"汉族认同感"补论》两篇文章中集中考辨"汉族认同感"问题。他坚持说:"我的基本看法和以前仍差不多,我并不认为《红楼梦》是'反清复明'的政治小说,我从前假定'曹雪芹在穷

---

❶ 余英时. 红楼梦的两个世界 [M]. 上海:上海社会科学院出版社,2002:12.
❷ 余英时. 红楼梦的两个世界 [M]. 上海:上海社会科学院出版社,2002:160-161.

途潦倒之余逐渐发展了一种"汉族认同感",故在《红楼梦》中偶尔留下一些讥刺满清的痕迹',根据我目前所掌握的资料来看,这个假定已得到了初步的证实。"❶ 余英时在"索隐"作者的"汉族认同感"时谈及周汝昌,他说:"周汝昌最反对《红楼梦》具有反满背景说。但客观的证据摆在面前,使他也不能不承认张宜泉《春柳堂诗稿》中所表现的反满意识,其激烈显豁的程度尚在当时引起文字大狱的作品之上。"❷ 周汝昌为什么最反对《红楼梦》具有"反满背景说"呢?因为这一说法狭隘了作者曹雪芹的思想,引导读者在政治仇恨的方向上越走越远,也就是距离《红楼梦》本旨越来越远。周汝昌倡导的"中华文化说"超越了"反满背景说","从具体内容层面上看,'中华文化说'主要包括两个层面:一则重人、唯人的精神层面;一则结构学层面。如何发覆《红楼梦》重人、唯人的精神层面的'伟大'呢?周汝昌是以曹雪芹氏族文化史观形成的历史视野开展其'知人论世'的阐发,并得出'三曹文采慕风流,诗礼簪缨溯有周'的文化认知。'诗礼簪缨''文采风流'这八个字是周汝昌'中华文化说'的立脚跟处,他对诸如'家风'以及'灵心慧性'方面的极大关注则是为了阐发他的'中华文化说'。"❸ 可见,余英时"索隐"的作者"汉族认同感"说与周汝昌的"中华文化说"是有某种联系的,当然,视野要更阔大许多。

**(二)关于"议高续书"**

《红楼梦新证》(人民文学出版社 1976 年版)第九章第四节"议高续书"摘要如下:

> 讨论《红楼梦》,有一个很麻烦的问题,就是通行本一百二十回一部书,却是出于二人之手。前八十回是曹雪芹写的,后四十回却是高鹗所作。因此理解、评价《红楼梦》,里面便总"套裹"着一个对四十回高续书怎么看待的问题。高续所写的情节内容——由这里表达出来的思想感情,到底合不合乎曹雪芹的本来?这是一个首先要弄清楚的大前提。❹

---

❶ 余英时. 红楼梦的两个世界 [M]. 上海:上海社会科学院出版社,2002:173.
❷ 余英时. 红楼梦的两个世界 [M]. 上海社会科学院出版社,2002:170.
❸ 高淮生. 红学学案 [M]. 北京:新华出版社,2013:242.
❹ 周汝昌. 红楼梦新证 [M]. 北京:人民文学出版社,1976:875.

只有通过这些偶尔幸存的批语,我们才可以摆脱开高鹗续书的影响,另外建立起新的印象,从而认识曹雪芹的真书和高鹗的伪续不同毕竟何在。利用脂批,整理后半部事迹,已不止一人作过。我个人搜荟的结果,与他们有不尽同处,还有写下来的必要,因为这实在是我们尝试全面认识曹雪芹的最大帮助。❶

明白了这些道理,那么可以看出高鹗的续书,对这一系列的大关键大关目,整个篡改了原作者的意思。鲁迅先生评价《红楼梦》的续书,以"不背于原书伏线"为论析的标准。我们对到高鹗,用什么标准去衡量?没有别的,只能依照鲁迅先生给我们指出的,以原书伏线为定,亦即要看续书者的思想是否与原作者一致。我所以骂高鹗,原因也就在这里。❷

高鹗续书,违背原书本旨,本来有其目的性,他绝不是无所谓而续,他是利用伪续的方式来篡改原著的思想的。❸

黛、钗、湘是关系到宝玉结局的主要三少女,曹雪芹在八十回后如何写她们?长期以来,我们的头脑往往为高鹗续书的框框所束缚,认为就"应该"是那样子,再不肯去想想这里存在的一连串的问题。就黛玉的问题还比较易见。宝钗便不那么容易推考想象。但最成问题的是湘云的问题。研究者对此的意见分歧也最大。就是想试谈一谈,也最难措手。虽然如此,到底也该试作一些推考。推考不一定都对,但研究问题在"卡"住了的时候,有人能提个端倪,作点引绪,往往还是颇有需要的。因为可以由不尽对的引到接近对的,总比全是空白好。推考湘云时,其情况与推考黛、钗不同。最困难的是线索太少。我们简直"抓"不住可资寻绎的凭借。但有一点又很明白:在前八十回如此重笔特写的一个典型人物,绝不会是像高鹗所写那样,全无呼应的,数语"带过",就算"归结"了她。她在后半部的故事和地位显然极关重要。❹

---

❶ 周汝昌. 红楼梦新证 [M]. 北京:人民文学出版社,1976:878.
❷ 周汝昌. 红楼梦新证 [M]. 北京:人民文学出版社,1976:908.
❸ 周汝昌. 红楼梦新证 [M]. 北京:人民文学出版社,1976:914.
❹ 周汝昌. 红楼梦新证 [M]. 北京:人民文学出版社,1976:916-917.

高鹗之续书，是有后台授意的，是有政治目的的，所以它才胆敢那样完全无遮掩地"面世"。我认为，这是我们文学史、思想史上很大的一个事件，很重要的一个问题。❶

从上述摘要可见，周汝昌之所以如此重视高鹗续书问题，那是因为，续书问题不厘清，周氏红学体系就难以建构。如何厘清？周汝昌首先想到了脂批，接着想到了史湘云的"推考"，进而推论高鹗续书问题是中国文学史、思想史上很大的一个事件，很重要的一个问题。把周汝昌的这些"推考"和"推定"联系起来看，正是他所提出的"曹学""脂学""版本学""探佚学"的相关思路，当然，总指向即"索隐"即"文化索隐"。试问：周汝昌为什么要"骂"高鹗续书呢？或者说为什么一定要置高鹗于死地呢？笔者以为，大致是出于以下考量：

一则为了维护周氏自叙说；

二则为了维护周氏"四学"（曹学、脂学、版本学、探佚学）；

三则为了维护周氏"新索隐"（文化索隐）；

四则为了表明周氏与胡适的不同。

以上考量是从周汝昌红学体系建构的整个过程上考察的。周汝昌的自叙说是"曹贾互证"，如陈维昭所说："周汝昌的体系建构的源泉不是来自西学，而是来自传统经学的'实证与实录合一'的知识结构。胡适建立其'新红学'的基本构架——实证与实录合一，周汝昌则把这一架构充实完善为一个庞大的体系，把'实证'与'实录'更加全面地合一起来。……周汝昌把胡适、顾颉刚、俞平伯的'曹、贾互证'方法最大限度地、最完整地发挥出来。"❷"实证与实录合一"以及"曹、贾互证"方法最大限度地、最完整地发挥出来，也使周汝昌对自叙说的维护达到最大限度，容不下高鹗则是题中之义。若从周氏"四学"来看，无论哪一"学"都容不下高鹗。"四学"中尤其"探佚学"，按照周汝昌的说法即"找回曹雪芹"❸，当然不可能容下高鹗。周氏"新索隐"即文化索隐，结合周汝昌所撰《〈红楼梦〉"全璧"的背后》一文来看，这篇文字沿着"议高续书"的思路极尽展延，

---

❶ 周汝昌.红楼梦新证［M］.北京：人民文学出版社，1976：928-926.

❷ 陈维昭.红学通史［M］.上海：上海人民出版社，2005：242-243.

❸ 周汝昌.红楼鞭影：中国当代红楼梦研究［M］.北京：北京师范大学出版社，1992：19.

最终落脚于他的"红楼文化观"之上。周汝昌如是说:"这个绝大的事件是中国文化史上最最令人惊心和痛心的事件。知不知道有此事件,对一个读者、研究者如何看待曹雪芹八十回书和程高后四十回书,是一个关键性的问题。不管你的观点是否同拙见一致,但你无法回避这个问题,必须最好地解决这个问题。对于这一层道理,我深信不疑。"[1]在周汝昌看来,对于红学研究者来说,如何对待高续问题,就是一个必须高度关注的"关键性的问题",在这个问题上,张爱玲和林语堂从正反两个方面"解决这个问题",于是,张爱玲赢得周汝昌为她写了一本推介著作即《定是红楼梦里人:张爱玲与红楼梦》(团结出版社 2005 年版),而林语堂则遭到周汝昌的批评。周汝昌感慨道:"我现今对她非常敬佩,认为她是'红学史'上一大怪杰,常流难以企及。写写她,十分必要,有利于学术发展迈进。……几回掩卷叹张君,红学着堪树一军。"[2]周汝昌尤为赏识张爱玲对《红楼梦》八十回以下"天日无光,百般无味"的评价,并且说:"'天日无光,百般无味',八个字给高氏伪续'后四十回'断了案,定了谳。"[3]林语堂在《平心论高鹗》中不客气地指出:"周是不配谈高鹗的人,因为他是裕瑞一系统来的,只是恶骂,不讲理由,而所恶骂,又完全根据平伯,不加讨论的。"[4]周汝昌是如何"恶骂"的呢?兹列举几则以显见其对高鹗"汹汹"姿态:

> 及至高兰墅才子先生逞五色之笔,便有了"一面"啦、"两面"啦、"低吟"啦、"哽咽"啦、"这边"啦、"那边"啦、"哭"啦、"听"啦;老实不客气讲,此处再也不见了宝玉的真情实感,只是剩下兰墅才子创制的一堆陈言垃圾,在局外扭捏个不了,不仅肉麻可厌,简直令人欲呕![5]
>
> 请看!高鹗把两个天真小孩子的胡闹写成如何下流不堪的神情了?!天下还有比这个更肉麻、更恶劣、更令人恶心的文字吗?!我要大声疾呼在此提醒读者:去翻一下高鹗的程乙本罢,凡是他

---

[1] 周策纵. 首届国际红楼梦研讨会论文集[M]. 香港:香港中文大学出版社,1983:100.
[2] 周汝昌. 定是红楼梦里人:张爱玲与红楼梦[M]. 北京:团结出版社,2005:3-4.
[3] 周汝昌. 定是红楼梦里人:张爱玲与红楼梦[M]. 北京:团结出版社,2005:10.
[4] 林语堂. 平心论高鹗[M]. 西安:陕西师范大学出版社,2004:60.
[5] 周汝昌. 红楼梦新证[M]. 上海:棠棣出版社,1953:8.

所添所改、汪原放先生认为"心折"与"入微"的"细腻"文字，也就正是这些混账已极、笨劣无比的"扭捏"！难道我们容忍叫我们的伟大作家受这样的污蔑糟蹋，还让那种折烂污的本子照旧流传下去，散布毒素，惑乱听闻么？❶

高鹗却正是如此拟想的一位才子，他从八十回就苦心密意地开始安排让宝二爷读书中举，贾家"中落""式微"了一下之后，跟着就天恩浩荡、世泽绵延了，高先生于是乎掷笔长叹，深深地吐了一口气，觉得心胸稍畅，四体略轻起来。但是，拿来和曹雪芹的原意来对对看，不客气地说，真是一派胡言，满嘴梦呓。❷

面对林语堂的毫不客气的批评，周汝昌当仁不让地反唇相讥道："我之批判高鹗，从旧本就开始的，不过那时见事很浅，触及了一些皮毛，还没有批中要害（也是刚刚出版之后，就从广西一位青年读者那里获得了强烈支持的意见。）不料那么一点肤浅的批判，却触怒了一位洋式老爷——我指的就是林语堂。说也奇怪，不知怎么搞的，我这里批高，那里林老爷却怒火十丈，暴跳如雷。到一九五八年，他炮制刊出了一篇大文，题目就叫《平心论高鹗》。这篇大作长达五六万字，共分六大部分，六十四个细目。他的论点，恕我无有那么多的笔墨闲空为之'介绍'，只说分题，就有什么'立论大纲''攻高鹗主观派的批评''客观疑高本的批评'和什么'后四十回之文学伎俩及经营匠心'等，他竟说什么'前八十回之矛盾错谬多于后四十回'。林老爷特别欣赏高鹗的'文学本领''学识笔力''文藻才思''精心结撰'。他的'结论'是：'所以我相信，高本作者是曹雪芹'。这些，我都不想在此评论，单讲一点，只因我批了高鹗，使他极大不舒服，在文中对我破口大骂，并且辱及先人。这可以证明，在林老爷的感觉上，我批高某，却比批了林某的祖宗还可恶。这是什么道理？思之不得其解。后来经人点破，我才有点明白，使他如此难受、与我大有势不两立的架势的缘故，就是本书是我们新中国开国不久最先出版的一部研究《红楼梦》的论著，而这本书，在某一部分已经开始学习着用无产阶级的立场和阶级斗争的观点来分析论证。尽管那是一种小学生的初级习作，就已经足够使

---

❶ 周汝昌.红楼梦新证［M］.上海：棠棣出版社，1953：21.
❷ 周汝昌.红楼梦新证［M］.北京：人民文学出版社，1976：894-895.

林老爷寝食不安起来了，非对我极口辱骂，难解他的心头之恨。我可以告诉林语堂，对高鹗的评价，我们同志之间也有不同意见，但那是另一问题，我们自当商量讨论，用不着他操心。至于他教训人对高鹗要'平心'，既然如此，他想必是个平心者无疑了，破口谩骂当然也是他的平心的定义之一。林老爷一文谩骂可以吓到人吗？现在本书批高的论点又摆在这里，绝不掩饰。有哪一点怎么不平心，我愿意拿这个再来衡量林语堂的'平心'标准尺，到底是个什么公司的产品。"❶ 周汝昌和林语堂之间的"对决"，至少说明在对待高续问题上存在着势不两立的立场观点，孰高孰低不可遽然而断，因为各自看待这一问题的视角和方法是有所不同的。不过，他们各自评论的"学术语言"显然是值得推敲的。那么，第四层面"为了表明周氏与胡适的不同"的说法又将如何理解呢？既然胡适尽力地推广传播程乙本这个为周汝昌所厌弃的"坏本子"，若从周汝昌的认知评价上来理解应该是这样的答案：胡适与周汝昌，高鹗与曹雪芹也！后四十回与前八十回也！这一眼光或境界上的差别主要是从各自对《红楼梦》所反映的中华文化题旨和美学艺术观念上的理解不同所做的评价。譬如周汝昌说："自然，乾隆、和珅等人无法理解曹雪芹的精神世界、思想境界，无法理解时代早已不再是'反清复明'的简单问题，无法理解《石头记》里面反映着中华民族的高度的独特的文化文明，体现着中华民族机器可贵的美学观和艺术造诣。他们无法懂得它的意义，它的伟大。"❷ 显然，以上答案也应是周汝昌最乐于接受的关于他与胡适如何不同的最佳诠释。如果读者能够从这一方面来考察周汝昌对胡适毫不客气的批评甚至批判，也就不难理解了。重申以上述评：周汝昌为什么对胡适有所批评甚至"大不敬"呢？主要的原因正在于胡适竟然对于高鹗打断了中华精神文脉的做法毫无体察，且乐于去做这类促进"伪续"之"谬种"流传的事情。真可谓：是可忍孰不可忍！当然，如果读者推断周汝昌之所以要批倒胡适、俞平伯甚至王国维等百年红学一大批学人其实是想做红界"盟主"，这一想法也并非空穴来风。胡文辉著《现代学林点将录》一书道："胡适在红学史上的开山地位，举世无异词；周氏完全承其方法，成就实在于极力扩张材料。故周之于新红学，可比基督教的圣保罗、禅宗的神会。

---

❶ 周汝昌. 红楼梦新证 [M]. 北京：人民文学出版社，1976：1171-1172.
❷ 周策纵. 首届国际红楼梦研讨会论文集 [M]. 香港：中文大学出版社，1983.

但他晚年却指胡'实未建立一个堪称独立的新创的"学",贬胡所以扬己,实即暗示唯有他才堪当新红学教主耳。'❶ 显然,胡文辉并没有弄明白周氏红学的究竟,却猜测周汝昌贬胡适以图谋做新红学"教主",倒是可以代表部分读者的立场。

"批周斗士"胥惠民对周汝昌"骂倒"高鹗很不高兴,他说:"如此谩骂一位古代作家,这绝对超出了学术研究的规范和界限。鲁迅说:'辱骂和恐吓绝不是战斗。'在学术史上这样痛骂研究对象为我所仅见。凡学术研究都应该是冷静的、客观的、公允的,否则得不出正确的认识。凡是用刻骨语言辱骂研究对象的,背后都隐藏着难以明说的秘密。"❷ 在胥惠民看来,周汝昌"骂"高鹗是有着不可告人的秘密的。不仅这一个方面的错误,"正因为周汝昌治学的方法不多,所以其终生研红的主要结论几乎都是错误的。"❸ 并且,"他之所以恨冯其庸,是因为《曹雪芹家世新考》论定曹雪芹的祖籍是辽宁省辽阳市,等于揭了他'丰润说'这个伪命题的底。"❹ 所以,"把红学界弄成'乌贼横行'状况的'害群之马'不是别人,就是唯一的'红学泰斗'周汝昌。……正是由于周氏的胡作非为,屡次兴起非学术非道德的喧闹,在红学界带了一个坏头,才使红学界出现了一个'乌贼横行,乌七八糟,乌烟瘴气,乌漆墨黑,乌足道哉'的'黑社会'!……现在到了彻底分析周汝昌现象的时候了。只有把周汝昌解剖透彻,总结其中的经验教训,红学才可能走上健康的发展道路。"❺ 胥惠民最后得出这样的结论:"为了红学事业的健康发展,我们必须认清周汝昌'新索隐派'的内核,正本清源,替新红学派清理门户,将周汝昌清除出去。"❻ 由以上评述可见,胥惠民不仅反感周汝昌的"骂"高鹗,而且反感周汝昌在红学界的

---

❶ 胡文辉. 现代学林点将录[M]. 广州:广东人民出版社,2010:446.

❷ 胥惠民. 拨开迷雾——对周汝昌《红楼梦》研究的再认识[M]. 乌鲁木齐:新疆青少年出版社,2014:136.

❸ 胥惠民. 拨开迷雾——对周汝昌《红楼梦》研究的再认识[M]. 乌鲁木齐:新疆青少年出版社,2014:162.

❹ 胥惠民. 拨开迷雾——对周汝昌《红楼梦》研究的再认识[M]. 乌鲁木齐:新疆青少年出版社,2014:157.

❺ 胥惠民. 拨开迷雾——对周汝昌《红楼梦》研究的再认识[M]. 乌鲁木齐:新疆青少年出版社,2014:165-166.

❻ 胥惠民. 拨开迷雾——对周汝昌《红楼梦》研究的再认识[M]. 乌鲁木齐:新疆青少年出版社,2014:171.

"兴风作浪",他信誓旦旦地要"替新红学派清理门户,将周汝昌清除出去。"这种用"刻骨语言"批评和审判研究对象的做法背后是否也同样"隐藏着难以明说的秘密"呢?究竟是什么人赋予了胥惠民"清理门户"的权力呢?胥惠民曾引用梅节先生的一句话揭示《〈红楼梦〉"全璧"的背后》一文的特征:"梅节先生也指出:'笔者相信《〈红楼梦〉"全璧"的背后》经过长期构思和收集材料,明显带着"文革"胎记。'"❶ 试问:胥惠民所著《拨开迷雾——对周汝昌〈红楼梦〉研究的再认识》一书是否同样经过长期构思和收集材料,明显带着"'文革'胎记"呢?不过,如果联系着胥惠民"清理门户"的豪言壮语再来读一读周汝昌的"恶骂"高鹗,不免使人感叹:始作俑者其无后乎!?胥惠民的"骂"周汝昌,无乃其"后"乎?!

且看如何使用学术语言开展对于周汝昌"痛骂"高续的批评,张书才在《程高本〈红楼梦〉问世背景简析》一文中如是说:

> 为了使对程高本的讨论继续深入,我想,首先对程高本问世的背景加以考察辨析,澄清一下基本史实,是必要的。下面先就两个相互关联的问题,即程高本是否是在"书禁最严"之时问世,及是否是在和珅主持下对曹雪芹原著实行"删改抽撤"的产物,作些初步的考察。不妥之处,谨请方家教正。
> 
> ……
> 
> 综上所述,历史的本来面貌是,《四库全书》告成时并非"书禁最严"之时,而是放松书禁、文网之后。因此,无论是曹雪芹原本80回《石头记》开始在社会上以抄本形式"稍稍流布",还是程高本120回《红楼梦》在乾隆五十六年底刊印问世,都是发生在书禁、文网逐渐放宽之后,而非"书禁最严"之时。这一客观存在的史实,只要对纂辑《四库全书》及禁书活动的有关史料稍事排比分析,是不难发现的。
> 
> 那么,为什么有的学者会认为是"书禁最严"之时呢?我想,恐怕主要是未及对纂修《四库全书》及禁毁违碍书籍的全过程进行具体分析研究,当然,正如有的同志所说,也或许是出于彻底

---

❶ 胥惠民. 拨开迷雾——对周汝昌《红楼梦》研究的再认识[M]. 乌鲁木齐:新疆青少年出版社,2014:139.

否定程高本的考虑。但不管出于何种原因，有一点是可以肯定的，即这种认识的直接结果，将首先导致对曹雪芹及其原本80回的否定。

……

提出乾隆帝通过和珅用重金延请高鹗炮制全璧《红楼梦》的学者认为，在乾隆四十五年和珅就任四库全书馆总裁之前，清廷还只会勒令各省将违碍书籍及其板片缴毁，到和珅"来主其事，就发明了'删改抽撤'的新办法"，并断言"和珅对《红楼梦》用的办法，正是四十五年首次提出的那个'删改抽撤'"。

这也是一种误断。

"删改抽撤"，是纂修《四库全书》期间清统治者在存留原书的前提下，对书中的某些违碍字句或篇章实行禁毁的一种特殊办法，也是禁书活动进行到一定阶段后对前此凡稍涉"违碍"便"概毁全书"政策的一种调整或纠正。

……

上述史实说明，"删改抽撤"这一对书籍中的"违碍"字句、篇章进行删削改易、抽撤销毁而存留其原书的特殊办法，是乾隆帝在四十年亲自提出，而后由馆臣"详细酌核"拟定"分别查办"条款的。把它说成是和珅于乾隆四十五年的首次发明，显属误断。

……

至于断言乾隆、和珅对《红楼梦》用的办法正是"删改抽撤"，就不但令人难以置信而且要导致自我否定了。这道理是浅显易明的。无论是从上文所引乾隆帝的有关谕旨看，还是从有关实行"删改抽撤"的书籍实例考察，凡是采用"删改抽撤"办法处理的书籍，都属于虽非"通体完善"而"大端可取"者，即原书只是某些字句、篇目章节有"违碍"之处。质言之，即乾隆、和珅对某书采取"删改抽撤"的办法来处理，是有个前提、原则的，这就是原书必须"大端可取"，基本内容或主流是好的，符合要求的。明乎此，则二者必居其一：或者乾隆、和珅确实认为曹雪芹原本是"邪书"，"不能让它照样'流毒'"，那么，就不会对它采用"删改抽撤"的办法，而只能是实力查缴，概行禁毁，或者乾隆、和珅确实对曹雪芹原本采用了"删改抽撤"的办法，那么，曹雪芹原本就不是"邪书"，而是"大端可取""原不妨弃瑕录玉"，从而也就不存在所谓"定下计策、换日偷天、存形变质、将曹雪芹一生呕心沥血之作从根本上篡改"的问题。显然，坚持乾隆、和珅认为曹雪芹原本是"邪书"的观点，与坚持乾隆、和珅用"删改抽撤"的办法从根本上篡改曹雪芹原本的观点，是互相排斥、互为否定的，不能并存的；希图把两者统一起来，"论证"程高本的出现"是有目的、有计划、有后台的一个政治事件"，以便彻底否定之，非但不能达到目的，相反只会使自己陷入自相矛盾、自我否定的境地。这，恐怕是我们做学问的人时刻都要记取的。❶

问题就在于，周汝昌一如既往地坚持"政治事件"说或"政治阴谋"说，从而在坚持维护自己建构的周氏红学体系过程中不免"使自己陷入自相矛盾、自我否定的境地。"这，的确是我们做学问的人时刻都要记取的。胡文彬在《历史的光影——程伟元与〈红楼梦〉》一书中说："但是，也有一个事实无可否认，新红学考证派不论是其开山泰斗还是其集大成者，在《红楼梦》后40回的评价上和所谓程伟元'书商'说的论断，却是无法让人苟同和称善的。他们的错误论断和某些偏见被一些人无限放大，其影响之深之广，简直成了新红学考证派自身的悲哀，也是整个红学史上的一种悲哀。正因为如此，今天的红学研究者应该以一种自省的态度，把以往的史料、论断加以重新审察。"❷周汝昌为了坚持和维护自己建构的周氏红学体系所做出的对于高鹗和后40回的诸多论断能够经受得住重新审察吗？

（三）关于李希凡、蓝翎的《评〈红楼梦新证〉》

1985年5月第二次印《红楼梦新证》（人民文学出版社）"目次"为什么删去了李希凡、蓝翎的《评〈红楼梦新证〉》？可结合以下几则文献记述合观。

据梁归智说：1996年9月13日于辽阳召开的全国红楼梦学术研讨会上，

---

❶ 张书才. 程高本《红楼梦》问世背景简析[J]. 红楼梦学刊，1993（1）.
❷ 胡文彬. 历史的光影——程伟元与《红楼梦》[M]. 长春：时代文艺出版社，2011.

其时王畅《曹雪芹祖籍考论》方出，又在北京举行发布会，此乃主张曹家祖籍为"丰润"的代表作，兼以1995年3月中央电视台播出电视片《〈红楼梦〉与丰润曹》，因而辽阳会议有了很强的针对性，即宣传"辽阳说"而反对"丰润说"。会上气氛有些异样，张庆善试播了一部针对《〈红楼梦〉与丰润曹》的电视片《〈红楼梦〉与辽阳》（因大会代表评价不高，后未播出），冯其庸先生大会发言时点名批评周汝昌，谓"这位先生惯于说谎"云云，全会场哑然，而坐在冯先生旁边的李希凡先生说"我和周先生还能交流……"。会后文化部直属报纸《中国文化报》上发表记者文章，批评辽阳会风。❶

没想你赴了"辽会"，又将简况告我，深以为谢。也许你怕我尽知而有所顾虑，故有所"淡化"。其实这是不必怕的。我间接闻一说法，仿佛会上攻我甚时，李公希凡尚发言云"不要如此……以后可以召开会议讨论……"云，不知确否？若有之，弟札内不应漏叙，故疑不真。又闻人言"学刊"四期将发苏州贾某一文甚长，题曰"一篇贬人扬己的……"，评拙文《还红学以学》者也。这也证明了我说的红学是"悲剧性"的道理。❷

沪复大陈教授有大文，"祭"出王利器、李希凡、余英时三大"法宝"，以光宠不才。可惜丝毫新意亦无。……陈先生"祭"三大"法宝"，而以余氏观点为其衣钵，其二家乃陪衬，其笔巧，寓诋于"赞"，以迷人眼目。其要害是作"史"而无史识，只知以"史迹"充篇，此已非史之本质；又是"思想盲"与"源流盲"。故余谓此貌似史而非史也。❸

可以顺便一提的是，当时李希凡先生很热情，写来了表示"考证"也具有学术价值的补正意见（后来出版社未采用，似是他又收回了，我不详知）。而且他又来函告诉我：《新证》事，望宽

---

❶ 周汝昌. 周汝昌致梁归智书信笺释［G］. 梁归智, 整理校注. 太原：三晋出版社, 2017：139-140.

❷ 周汝昌. 周汝昌致梁归智书信笺释［G］. 梁归智, 整理校注. 太原：三晋出版社, 2017：138.

❸ 周汝昌. 周汝昌致梁归智书信笺释［G］. 梁归智, 整理校注. 太原：三晋出版社, 2017：261-262.

心,"可能还会有其他的喜事"云云。我此刻推想,应即指随后特印《新证》大字本,专呈毛主席审阅之用。❶

周汝昌的《红楼梦新证》,在运动初期,成了重点冲击的对象,似乎排出了座次,胡适-俞平伯-周汝昌。周汝昌因病住进了医院,大概日子不怎么好过。邓拓找我们说,要写一篇文章,既严肃批评他的错误观点,也体现出热情帮助他和保护他的态度,指出他与胡适不同,是受了胡适的影响。这是上边的意思。我们按照这个精神,写了《评〈红楼梦新证〉》。周汝昌看到后,大出意料之外,来信表示感激得流泪云云。李希凡还奉命去医院看望他。应该说,这篇文章对周汝昌是起到了保护作用的,此后一些批评他的文章,也是只对研究过的立论,而不往政治立场上拉。但是,这功劳不能记在我们名下。在政治运动中,要保护谁,如何保护,是由最权威的人说了才能产生积极效果的。如果地位稍逊,说了不但不会生效,弄不好连自己也会牵进去,这是由无数历史事实充分证明了的。❷

从上述李希凡对待周汝昌的态度以及周汝昌称"李公希凡"的恭敬来看,周汝昌删去李希凡、蓝翎的《评〈红楼梦新证〉》一文显然不是出于某种恶意,主要还是出于"道不同不相为谋"的考量。换句话说,主要还是为了坚守周汝昌自己的学术主张。若从周汝昌因不满陈维昭"祭"出王利器、李希凡、余英时三大"法宝"的提法来看,应以学术立场、学术观点的不同为主要原因。至于时人所谓周汝昌"寡恩"的说法,姑且聊备一说,存疑而已。当然,涉及周汝昌的是是非非常常是学术论争纠结着人事恩怨,往往又折射着为学与为人之间难分难解之窘境。譬如周汝昌在谈文谈学的同时常常不忘记谈人:"第二题我看其文甚好,是端人正士论学,与某派学痞丑类不同。"❸ 笔者以为,端人正士论学应以求真为旨趣,含沙射影地褒贬人物或者撕破脸皮地挖苦攻击对手,显然已非端人正士之论学的"风范"和"雅量"了。周汝昌就常常受到含沙射影的贬斥甚至撕破脸皮的挖苦攻

---

❶ 周汝昌. 我与胡适先生 [M]. 桂林:漓江出版社,2005:173.
❷ 蓝翎. 龙卷风 [M]. 上海:上海远东出版社,1995.
❸ 周汝昌. 周汝昌致梁归智书信笺释 [G]. 梁归智,整理校注. 太原:三晋出版社,2017:150.

击,这必然引起他的"激愤"来。周汝昌的"激愤"也借机时常地发泄一番,譬如周汝昌曾说:"北大学报拙文亦实'忍俊不禁',刺刺他们霸、阀之辈。他们欺我太甚了,忍无可忍。当然此文出后,海内外影响不小,他们已'组织''力量'开始'围攻'了,定有好戏可看。弟其拭目待之(闻已出数篇了)。他们愈'攻',愈表明真刺痛了也。"❶"北大学报拙文"即《北京大学学报》1995年第4期刊出周汝昌《还"红学"以学——近百年红学史之回顾》一文,该文引起了很大的争议。所谓"霸、阀之辈",在周汝昌的眼中也即所谓"某派学痞丑类",说明白了,就是指周汝昌所经常讥讽的"庸流"之辈(暗指冯其庸为首的学派中人)。当然,周汝昌不免也犯了同样的有失端人正士之论学的"风范"和"雅量",也就是庄信正在《张爱玲庄信正通信集》中所描述的:张爱玲死后十年,周又写了一本《定是红楼梦中人:张爱玲与〈红楼梦〉》,笔调仍是阴阳怪气,不够严肃。他在引号内把原文中"冯其庸"三字擅自改为"×××",已经违反了学术规则,而又妄加评语说"这就是她的精识真知,非庸流可以相提并论","庸"字当然是隐刺冯先生——另一位对周很不恭维的红学家,乍读时我想到周此前对张爱玲的冷嘲热讽,顿起"借刀杀人"之感。❷ 当然,冯其庸则一定要正面反击的,据叶君远著《冯其庸年谱》记载:1995年3月29日,冯其庸"去中国社会科学院参加首都红学界'关于曹雪芹家世、祖籍和《红楼梦》著作权'座谈会,与会专家周绍良、刘世德、陈毓罴、邓绍基、杨乃济、张书才、周思源等均对中央电视台本月14日所播放的电视片《〈红楼梦〉与丰润曹》作了认真地分析与批评。先生在会议开始和结束时都讲了话,认为'曹雪芹的祖籍问题,是一个实事求是的学术问题,不是可以毫无根据地编造的'。'同样,《红楼梦》究竟是曹雪芹写的,还是那个丰润曹渊写的,也是要以历史事实为依据的,而不是可以任意编造的。'又说:'我觉得学术界要有正气,不要被邪说吞没了。……另外,要说实话。曹雪芹祖籍丰润说,不是考证,大家不要把它跟考证搅在一块儿。严肃的、科学的考证绝不是这样的。'"❸ 冯其庸严厉指斥周汝昌的"丰润说"是"邪

---

❶ 周汝昌. 周汝昌致梁归智书信笺释[G]. 梁归智,整理校注. 太原:三晋出版社,2017:128.
❷ 庄信正. 张爱玲庄信正通信集[M]. 北京:新星出版社,2012:261-262.
❸ 叶君远. 冯其庸年谱[M]. 北京:中国社会科学出版社,2015:286.

说"，这要比周汝昌的隐斥更有力量。又据叶君远著《冯其庸年谱》记载：1997年10月24日，"应卓琳同志之请，与吕启祥、张庆善、杜景华等同志到原小平同志办公室，漫谈《红楼梦》。卓琳同志对红学界情况非常熟悉，对曹雪芹祖籍之争，她表示赞成辽阳说。对先生说：'你那个五庆堂谱的研究材料那么丰富，证据充足，丰润说却毫无根据。'卓琳同志还表示尽可能请人帮助《红楼梦学刊》解决办刊经费等一些困难。先生还向卓琳同志提及朱淡文的病情，请求帮助。最后与卓琳同志合影而别。"❶ 冯其庸不仅正面批评"丰润说"，同时还善于团结支持自己"辽阳说"的力量，这一句"丰润说却毫无根据"又胜过周汝昌多少次的"隐斥"呢？冯其庸著《敝帚集：冯其庸论〈红楼梦〉》收录一篇题为《曹雪芹祖籍"丰润说"驳论》的文章，该文开篇道："近几年来，对于曹雪芹祖籍'丰润说'，伴随着'曹雪芹家酒'的宣传，一时之间，甚嚣尘上。他们在《浭阳曹氏族谱》上大做文章，把所谓的曹雪芹祖籍'丰润说'说得好像实有其事，许多不明真相的人都信以为真。但其中关键的问题是所谓'曹端明协弟溯江而北，一卜居于丰润之咸宁里，一卜居于辽东之铁岭卫'，这一说法是否有根据？究竟这个'曹端明'到过丰润没有？所谓溯江而北、卜居辽东的说法究竟是怎样产生出来的，是何时产生出来的？如果以上诸说无根无本，站不住脚，那么，其余种种，也就无从说起。"❷ 总之，冯其庸绝对不相信所谓的"丰润说"，他选择了正面进攻，因为他掌握着红学方面的学术力量或者说舆论资源。余英时曾说："'顺我者生，逆我者死'是考证方法上的大忌。"❸ 余英时的这一说法是否会赢得冯其庸的首肯呢？笔者不得而知。不过，笔者知道"顺我者生，逆我者死"不仅是考证方法上的大忌，同样是学术求真过程的大忌。如果冯其庸指斥"丰润说不是考证"，而周汝昌反唇相讥"辽阳说不是考证"，红学的"顺生逆死"问题何时可了？真可谓：成也萧何！败也萧何！红学之学术生态亟待改善并非虚话。且看王畅于《周汝昌与红学论争》一文中如何说："但'辽阳说'在与'丰润说'进行论争中，不仅反复宣称自己'已成定论''证据确凿，无可置疑''有三碑为证，虽百世不可移也'，而且在对'丰润说'的驳难中，用了许多非论辩

---

❶ 叶君远. 冯其庸年谱 [M]. 北京：中国社会科学出版社，2015：311.
❷ 冯其庸. 敝帚集：冯其庸论《红楼梦》[M]. 第2版. 北京：文化艺术出版社，2011：120.
❸ 余英时. 红楼梦的两个世界 [M]. 上海：上海社会科学院出版社，2002：153.

性、非学术性的预语言，诸如'曹雪芹的家世不容篡改''丰润说一类的假考证尽管得逞一时风光一度，但我始终坚信它逃不脱"捣鬼有术，但亦有限"的规律'。'但愿丰润曹之说仅仅是出于做傻事与做错事的"自我分裂，知行歧见"吧'，说周汝昌先生论证的'丰润说''不是考证'，是'假考证'，是'弄虚作假'，是'被邪气吞没了'等。其实，不仅'辽阳说'本身也还存在许多问题，就说嘲讽'丰润说''不是考证'是'弄虚作假'的那位'大家'，在'考证'《五庆堂谱》收入的曹士琦《辽东曹氏宗谱叙言》中：'叔丰润伯匡治及兄勋卫鼎盛'这句话时，居然把与'丰润伯'一样本为职衔与封赠的'勋卫'，说成是与鼎盛并列的兄弟之名，成了'兄勋卫、鼎盛'，于是本为一人的鼎盛，一下子变成'勋卫鼎盛'兄弟两人了。不仅如此，还是在曹士琦《辽东曹氏宗谱叙言》中，原来的'后因辽东失陷，阖族播迁'之句，为了确立'辽阳说'的需要，居然被'校改'成'后因辽阳失陷，阖族播迁'了。请看，周汝昌先生与这位'大家'究竟是谁的考证'不是考证'，是'弄虚作假'呢？究竟是谁'捣鬼有术'，谁在'做傻事与做错事'呢？"❶

且看李希凡、蓝翎《评〈红楼梦新证〉》是如何说的？该文观点和表述能得到周汝昌的认可吗？

  周汝昌同志所著的《红楼梦新证》（以下简称《新证》），自一九五三年出版以来，到现在（一九五五年一月）已经销行了三版，在群众中产生了一定的影响。从《红楼梦》研究工作的某种意义上来说，它是最近和俞平伯先生的《红楼梦研究》相并行的一部书。然而有些人在批评到《新证》时，却往往把它和胡适的《红楼梦考证》、已排版的《红楼梦研究》同等对待，以偏激的态度，草率地将《新证》一步抹杀。我们认为，《新证》和后二者有所不同。在三十九万字的《新证》里，作者在考证工作上确实付出了相当大的劳力，也作出了一些可贵的成绩；不过在观点和方法上，仍然存在着严重的错误，甚至发展了某些传统的错误。❷

我们认为，《新证》的考证成绩，可以概括成下述三个方面。

---

❶ 周伦玲. 似曾相识周汝昌 [M]. 天津：百花文艺出版社，2011：85.
❷ 周汝昌. 红楼梦新证 [M]. 北京：人民文学出版社，1976：1.

第一，《新证》对《红楼梦》产生的前后的一些具体的政治背景，较之过去的"红学家"，提出了很多珍贵的资料。尽管作者对"政治背景"还存在着片面的、错误的理解，有些成绩也是不自觉作出的。但这些考证材料的提出，对于理解《红楼梦》的内容，确实有一定的帮助。……第二，《新证》对曹雪芹的家世事迹的考证，提供了丰富的材料。我们批判胡适、俞平伯以至于周汝昌同志对《红楼梦》的"写实""自传"说的观点，并不等于否认曹雪芹在《红楼梦》中概括着自己的生活经历。一个作家在作品中概括着自己的生活经历，甚至在很大程度上有着自传性特点的小说，和"红学家"所理解的"自传""写实"说是有着根本的区别的。一个是坚决提倡艺术的典型概括，一个是坚决排斥艺术的典型概括。……第三，从上面的一个问题必然引到这样一个结论：正因为《红楼梦》的作者有过这样的生活经历，有过书中人物的思想感情和同样的遭遇感受，他才能创造出像贾宝玉、林黛玉等贵族青年的叛逆形象和悲剧性格，描绘出封建统治者黑暗、虚伪、腐烂的生活真相，以及封建社会崩溃前夕的完整的画幅。但是《新证》在考证上所获得的成就，也绝不意味着完全肯定其观点和方法的正确。《新证》的观点和方法上的错误，不仅妨碍了作者正确地评价《红楼梦》的现实主义的艺术成就，也大大妨碍了作者应该作出更多的成绩。其原因不单是"由于对现实主义的认识有错误"，而是并不了解现实主义艺术创作规律的真实内容。[1]

　　李希凡对《红楼梦新证》的评价可以认为是一种"具体的肯定，抽象的批判"，这比起"具体的批判，抽象的肯定"来，否定的程度要大得多。其实，周汝昌并不打算"了解现实主义艺术创作规律的真实内容"，所以只能是自说自话了。周汝昌曾在《红楼鞭影：中国当代红楼梦研究》一书"导读"中说："1954年的批判运动，是一场新型的政治文化革命形式，在当时的历史环境下起了积极面的与消极面的双重复杂作用。其时，运动是以无产阶级文艺思想批判资产阶级文艺思想的重大之意义而开展进行的。但在当时，文艺思想是尊奉从苏联传来的'车、别、杜'的论点为主；批

---

[1] 周汝昌. 红楼梦新证 [M]. 北京：人民文学出版社，1976：2-5.

判要点集中在两大方面：一是把小说解说成'色空观念''情场忏悔'等的观点，即'思想性'问题；二是'自传说'，即'创作方法'问题。当时思潮，自然是文学是社会的反映，以'经济基础——上层建筑'的理论为根本，就必然要去寻求小说产生的社会性质，因而引出'资本主义萌芽论'及'市民（思想）说'，用以解释《红楼梦》的'反封建'即贾宝玉'叛逆性'的理论。这是批判者一方面的建设性研究的观点。这样，很自然地把对小说作者的家世生平的基本研究排贬于很次要的地位。更加上以'集中概括''典型化'的创作方法理论为唯一准则，用以强烈批判'自传说'，于是'考证'被视为可厌可弃的'错误'方法，而大加反对。还有一点必须提到，积极批判者十分不满于赞曹评高，以为40回伪续很好，有功，完成了'爱情悲剧'，抨击婚姻不自由，有'反封建'的巨大意义价值。'市民说'出后，'农民说'亦出，双方对立——不承认'资本主义萌芽论'论点，争议甚烈。当时历史学界纷纷致力于搜索明末清初经济中的'萌芽'迹象，这自然会找到一些被认为是证据的零碎字句。但结论却难以遽定，因为异议者也可以找出'反证'。大约当时这场红学巨澜，可能有一种治学的弊端，即：先有一个思想理论的框子前提、随而去搜找论据，而并非从研究对象本身内部去抽绎它的真正意蕴与价值。倘若如此，便不易获有心得体会，灼见真知。"❶（笔者按：蓝翎在《龙卷风》一书中谈及修改他与李希凡的旧作《红楼梦评论集》时说："既然是以'文革'时流行的思想观点审视旧作，不合尺度之处自然很多。不修订不行，但又不能全改。如关于'人民性''人道主义'和'人性'等问题，只好作了一些文字上的修饰，并在文后的'附记'中作些检讨或说明。又如，一些不合时宜的引文（如别林斯基、杜勃留波夫、车尔尼雪夫斯基等人的）尽量删去。但是，这个大前提就错了，一改已非本来面目，且似乎有'超前意识'，难免有欺世之嫌。而在这个大前提下所增强的'战斗性'，其实就是大批判形式的上纲上线，变成了政治批判，和旧作的精神大不一致。这些变动，不了解历史情况的人看不出来，了解历史情况的人一看便知，变历史戏法也。理论文章能像狗皮袜子那样反穿正穿都可以吗？"❷ 由蓝翎的上述表述可见，周汝

---

❶ 周汝昌. 红楼鞭影：中国当代红楼梦研究［M］. 北京：北京师范大学出版社，2003：7-8.
❷ 蓝翎. 龙卷风［M］. 上海：上海远东出版社，1995：61-62.

昌是深知别林斯基、杜勃留波夫、车尔尼雪夫斯基等人的"引文式"写作的弊端的，《评〈红楼梦新证〉》一文也难免因增强了"战斗性"而减损了理论文章的学术性。）李希凡正是这可能有的"一种治学的弊端"的实践者，这就与周汝昌的治学旨趣和方法相去甚远，周汝昌当然不会同意李希凡的"具体的肯定，抽象的批判"，即带有一个思想理论的框子的批判。李希凡、蓝翎对周汝昌《红楼梦新证》的批判结论是："《新证》强调科学考证的必要是对的，在批判了一些'旧红学家'错误的考证观点的方法之后，似乎认为自己的考证就是科学的考证。但是，通过以上的分析，可以看出，这所谓'科学的考证'，是受着怎样一种强烈的主观主义的支配，实际上仍未跳出实验主义考证学的阵地。"❶ 由此可见，几十年后的胥惠民著《拨开迷雾——对周汝昌〈红楼梦〉研究的再认识》一书时"实际上仍未跳出李希凡、蓝翎思想理论的框子的阵地。"

再看杨启樵对周汝昌删去李希凡、蓝翎合撰《评〈红楼梦新证〉》一文的分析评论：

> 1976年，《红楼梦新证》重版问世。卷首有李希凡先生等书评。似序非序，原载于一九五五年一月二十日《人民日报》。一般序文，大致阐明全书主旨，加以适当颂扬；偶尔也稍为挑剔一二瑕疵，以示公正。唯独此文独异处，评多赞少，词语严厉，充斥火药味，如：
>
> 1. 观点和方法上存在着严重失误。
>
> 2. "人物考"一章的错误，在于较胡、俞更强调曹、贾混合为一说。大部分是臆想揣测之说。
>
> 3. "史料编年"最为庞杂，篇幅虽多，但对曹雪芹的部分却提供得很少。
>
> 4. "人物考"一章中最无意义的部分就是关于曹家几门亲戚的考证。
>
> 5. "籍贯出身"一章，也同样远离了和作者直接有关的家世事迹的考证，竟上溯到曹雪芹的远祖时代，这正是周汝昌同志对社会政治背景的狭隘理解的具体表现。

---

❶ 周汝昌. 红楼梦新证［M］. 北京：人民文学出版社，1976：16.

6. 如果说以上两章最大的弊病是烦琐无关的考证，那么在"地点问题"一章中，就完全走向了揣测的境地。

7. 在"新索隐"一章中，作者又走向了另一条错误途径。"新索隐"则是牵强附会地企图证明《红楼梦》虽虚亦实之处。

8. "雪芹生卒年与《红楼梦》年表"一章，是作者认为"最有意义的一个收获"，实际上却是作者的错误观点发展到了顶峰。

以上是李、蓝两位先生的评语，宛如长辈教训后辈，周先生竟然"冠于卷首"，还"请读者尽先取阅。"

如此雅量，无法理解。且对此，无只言片语辩解？沉默岂非等于全盘接受？

以后笔者也略窥知其中玄机，当时有需要转载此文，譬如评语中道："尽管《新证》在观点和方法上存在着严重错误，但作为一部《红楼梦》考证的书，还是有着不少可取的东西。"即此一句，便可视作护身符；无此，《新证》根本不可能重版。

即使此评着重时局，保护周先生过关。但并非全属无的放矢，无理取闹。其中一部分颇有道理，有应答的必要，譬如上列八点就是。❶

杨启樵看到了"保护周先生过关"这一层，却对周汝昌为什么保持"沉默"并将该序文兼书评置于卷首的"雅量"惑而不解，其言语中不乏揶揄的成分。可见，这亦非所谓"道不同不相为谋"的问题，杨启樵这段评论的"雅量"也同时显露无疑了。他在如此自信地评论周汝昌的同时，葆有了"批周四斗士"共有的心态，即"不满"与"讥讽"的道德义愤，这与胡适所倡导的作文与写信都"不可动'正谊的火气'"尚存实际的距离。笔者在《梅节红学学案》一文中引述了胡适所多次倡导的"不可动'正谊的火气'"的学术主张：

胡适在1961年7月24日《复苏雪林》信中说："你也不可生气，作文写信都不可写生气的话。我们都不是年轻人了，应该约束自己，不可轻易发'正谊的火气'。我曾观察王静安、孟心史两

---

❶ 杨启樵. 周汝昌红楼梦考证失误 [M]. 上海：上海书店出版社，2010：98-99.

先生，他们治学方法何等谨严！但他们为了《水经注》的案子，都不免对戴东原动了'正谊的火气'，所以都不免陷入错误而不自觉。"胡适在 1961 年 8 月 4 日《致吴相湘》信中又说："在几年前，我给你题心史先生的遗墨，就指出一点：我劝告一切学人不可动火气，更不可动'正谊的火气'，一动了火气，——尤其是自己认为'正谊的火气'，——虽有方法最谨严的学人如心史先生，如王静安先生，都会失掉平时的冷静客观，而陷入心理不正常的状态，即是一种很近于发狂的不正常心理状态。"胡适劝告"一切学人不可动火气"，即便是"正谊的火气"，但是，他是理解这些动了"正谊的火气"的学人的——即"性情上的根本不同"。胡适在 1953 年 6 月 16 日《答朱长文》信中说："你必须平心静气地明了世上自有一种人确不能信任一切没有充分证据的东西。他们的不能不怀疑，正如某些人的不能不信仰一样，——一样是性情上的根本不同。"梅节之所以动了"正谊的火气"，不仅因为他的"怀疑"，同时因为他的"信仰"——嫉恶如仇、刺伪颂真！❶

"批周四斗士"同时葆有共有的心态即"嫉恶如仇、刺伪颂真"，他们把各自的道德义愤和善恶观念融入了对"周氏红学"的学术辨伪过程之中，他们的文章往往显露出一种令读者大呼"过瘾""痛快"之佳处，可谓"奇文共欣赏，疑义相与析"之现代版。不过，在笔者看来，红学之所以成为"烂泥潭"，当与红学中人总动辄激发起"正谊的火气"不无关系。笔者在《"回顾与展望——〈红楼梦〉文献学研究高端论坛"学术综述》一文谈了"几点启示"，既谈了如何理解"红学的门槛"，又谈了如何走出"红学的困境"。笔者认为："苗怀明教授在他的发言感想中十分痛心地谈及所谓的红学圈子里'拍砖'之风盛行的不良现象，并诚恳地希望红学研究者提高自身素质，为红学的健康发展担起一份责任。苗教授同时坚定地认为：红学是有门槛的！高淮生教授回应道：苗怀明所提到的问题，比如说素质问题，学术共识问题，其实这就是学术门槛问题，也是红学的门槛。一个学者不去认真求真地研究问题，老是'拍砖'，总不愿意促成或接受学术共识，那就不具有做一个学者的基本素质。徐州会议和郑州会议反复地讨论这个问

---

❶ 高淮生. 梅节红学学案 [J]. 河南教育学院学报，2013（2）.

题，就是期望红学研究者真正重视这个问题，做红学健康发展的促进派而不是促退派。……通过徐州会议和郑州会议的研讨，参会者基本形成了这样一个共识：即红学的愚妄之'学'太多，大胆假说却经不起推敲；红学深受非学术的绑架，动辄兴师问罪，不能达成基本的学术共识；红学虽有所谓的'泰斗''大师'，却没有学术权威，缺乏认同感，易于受到来自各方面的挑战。红学需要自律，红学需要基本的学术共识，红学需要开放的学术空间，红学需要公认的学术权威。红学不需要造神，红学不需要宗派小团体。"❶ 学术门槛问题以及红学的困境问题，都不能说与学术雅量问题没有直接联系。可以这样说，如果没有学术雅量，就不要陷进红学的这个"烂泥潭"，因为，会越陷越深，不能自拔。

## 二、《红楼梦新证》的写作缘起

先来看苗怀明著《风起红楼》一书"对《红楼梦新证》写作缘起的考察"一节如何说：

接下来，另一个需要认真辨析的问题是，周汝昌当时写作《红楼梦新证》乃至终生研究《红楼梦》的最初起因与目的究竟何为？之所以要探讨这个问题，是因为他的事后回忆不仅前后说法不一致，而且与当年的实际情况也存在着较大的差异，因事关胡适的形象和评价，有必要进行一番考察。

周汝昌在《真本石头记之脂砚斋评》一文中曾这样介绍其《红楼梦新证》一书的写作目的：

我之写一部《证石头记》，唯一目的即在坚持前见，以科学的历史方法与材料证明所见之不误。

这个"前见"并非指周汝昌与胡适之间的观点分歧，而是指周汝昌当时完全赞成的、胡适所提出的有关《红楼梦》的一个观点，那就是：

作者是曹雪芹，一部小说即是他家写实自传。

在《真本石头记之脂砚斋评》一文中，周汝昌是这样评说的：

---

❶ 高淮生. 红楼梦丛论新稿 [M]. 徐州：中国矿业大学出版社，2016：225.

直到胡先生作《考证》，才证明作者是曹雪芹，一部小说即是他家写实自传。这个说法，有的接受了，有的接受一部分，有的还不大以为然。从那篇文字发表到今天，又快三十年了，可是人们对这部小说的看法，还是在纷纷揣测。我是完全赞成胡先生的说法的，觉得那一篇文字还没有把人们说服，仍须继续光大这个说法，使人人得以对这部名著树立起正确的观点来，然后才谈得到欣赏、研究与批评。可是当我提到这个，连胡先生也劝我不要看得太死了。因为小说究竟是小说，不是历史。他本人先让了步。这样一来，不甚坚固的基础先自动摇，邪说谬见，更得而有所云云了。我之写一部《证石头记》，唯一目的即在坚持前见，以科学的历史方法与材料证明所见之不误。

周汝昌发表《真本石头记之脂砚斋评》一文时，刚结束和胡适的交往不久，上述引文，实际上代表了其当时的真实想法。但几十年之后，周汝昌对自己起初研究红学及其撰写《红楼梦新证》一书的动因和目的却有了新的说法。在《致刘心武先生》一文中，他是这样介绍的：

最早我是与胡适争版本才引起决意治红学的。

在《倡导校印新本〈红楼梦〉纪实》一文中的说法是：

胡适对我拙文论点只同意一半，我当时少年气盛，遂又撰文与之商榷，……由此一发而"不可收拾"——我本无意研究"红学"，但为争辩真理，就难以中止了。

《还"红学"以学——近百年红学史之回顾（重点摘要）》一文中的说法则是：

1948年我曾与胡适先生通信争议版本，并有文稿请他阅看，他将其中一页用紫色笔打了通页的大"叉"，二人意见相左，我因发奋自作汇校本。

从周汝昌的上述言论来看，当初与胡适在《红楼梦》年表、曹雪芹生卒年、《红楼梦》版本等问题的争论对他构成刺激，使他从此走上红学研究道路。❶

---

❶ 苗怀明. 风起红楼 [M]. 北京：中华书局，2006：174-183.

苗怀明引证的周汝昌自我陈述的资料颇为充分，他得出的结论是：

> 从时间顺序上看，显然是周汝昌起意要写《红楼梦新证》一书在先，见到甲戌本《红楼梦》，与胡适谈论版本问题在后，周汝昌很快萌生了撰写《红楼梦》专书的想法，其中有胡适的重要影响和作用，这是十分明显的。退一步说，即使周汝昌与胡适之间发生过激烈的争论，那也是在其发愿要写《红楼梦新证》之后了，后面发生的事情如何会成为前面事情的原因？《红楼梦新证》最初的写作动因与周汝昌日后的追述可以说存在着很大的差异。

周汝昌在《〈红楼梦新证〉的前后左右》一文中还曾有这样的说法：

> 从1947年起，与家兄祜昌立下誓愿，一为努力恢复雪芹真本，二为考清雪芹家世生平的真相，以破除坊间流行的伪本与学界不甚精确的考证结论。

> 这是不可能的，因为1947年的时候，周汝昌根本就没有见到过脂本《红楼梦》，甚至连找一本亚东版的《红楼梦》都费那么大功夫，俗语说，巧妇难为无米之炊。他没有看到甲戌本，就不可能产生这种想法。这种想法是1948年借到胡适所藏的甲戌本《红楼梦》后才有的，他本人多次这样说过。比如在《我与胡适先生》一书中，周汝昌这样介绍他第一次翻阅甲戌本的感受：

> 掀开第一页，我不禁惊呆了！原来真《红楼梦》是这个样子！可数十年坊间流行的程高"全本"原来是个假货——把雪芹原笔糟蹋得好苦！

> 1947年，周汝昌会有这样的想法吗？答案是否定的。再说胡适的第一封书信虽然写于1947年12月7日，但是直到1948年1月18日才寄出，2月20日才发表在《天津民国日报》上，1947年，周汝昌是不可能看到胡适这封信的。[1]

苗怀明以上对《红楼梦新证》写作缘起的考察，最终落实到对周汝昌的道德审问，这一道德审问过程是在"求真"的意愿下进行的，他说：

---

[1] 苗怀明. 风起红楼[M]. 北京：中华书局，2006：187.

从周汝昌致胡适9封书信的内容和语气来看，周汝昌完全是以学生甚至是胡适传人的身份与胡适交往的，对胡适充满尊敬和感激之情，与胡适的交往让他感到"光宠""惊宠"和"庆幸"，正如他在1948年7月11日致胡适的信中所说的：

先生事情一定很忙，但若能抽空赐一复函，实感光宠！不胜延伫倾渴之至。

可见，当时的情况并不是像周汝昌日后所说的："在不止一个场合，口头书面地对之提出过批评意见。"周汝昌在红学研究的起步阶段，得到了胡适的大力帮助，这种热情帮助和"开明、亲切的指导"使他产生了研究《红楼梦》的兴趣，并得以完成其成名之作《红楼梦新证》。

总的来看，胡适、周汝昌两人在1948年的往来信中曾经讨论过一些有关《红楼梦》的问题，胡适在书信中也确曾较为委婉地批评过周汝昌，但都是出于善意，出于对后辈的关爱，并极力避免伤及周汝昌的自尊心，周汝昌在书信中也表示愿意接受这种批评，并一再向胡适表示感谢。两人的交往基本上是在友善、融洽、愉快的气氛中进行的，没有发生不可调和的激烈争论，胡适的言行也没有构成对周汝昌的伤害和刺激。

不知出于何种考虑，周汝昌日后再回忆这段交往时，对胡适当时给予的热情、耐心的指导和帮助往往谈论甚少，总是刻意强调和夸大两人之间的分歧与争执，而事实上这些争执、争论又大多是不存在的，和实际情况并不符合。对一位曾经帮助过自己、已经去世多年的老师和长辈，不谈他对自己好的一面，反而专门强调其对自己不好的一面，这不仅不够全面，而且对胡适也是不公平的。胡适固然可以宽宏大量，不予计较，但周汝昌本人是不是要对自己的这些言行进行一些反思呢？[1]

笔者之所以大段引录苗怀明"对《红楼梦新证》写作缘起的考察"的过程，一则是为了清楚地了解周汝昌写作《红楼梦新证》的缘起或动机；二则是为了呈现这一段学术公案所能反映出的问题。关于《红楼梦新证》

---

[1] 苗怀明. 风起红楼 [M]. 北京：中华书局，2006：187－188.

写作缘起问题，周汝昌早年致胡适信说得清清楚楚："先生当日作考证是以雪芹为主要目的，家世背景只明大概，而我现在却非仅以雪芹个人为考证目标，举凡关于曹家之只言片语，皆在搜集之内，皆有其价值用处，故同一材料，先生当日看过用过的，有弃有取，到我手中未必不是全有用处。又先生作考证事隔多年，自兹而后，材料难保不陆续发现，或交游之中有所闻获而举以示先生者，亦未必无有。先生如自己无作续考之意，可否将以后续得材料及线索一举而畀余?！我预备就暑假中两月之暇，先就目前手中材料草初稿（惧其散乱），以后有续得再随时增益修改。以上所请，如先生有能办到或惠然首肯的，务请早日赐覆，以便暑期离平去津之前，得聚齐诸材料，而安心动笔。"❶ 周汝昌立愿所作"续考"《红楼梦》或者说"曹家家世"之材料书，若结合1953年初版《红楼梦新证》"写在卷首"语来看（"写在卷首：这是一本关于小说《红楼梦》和它的作者曹雪芹的材料考证书。"❷），似乎并无歧义可言。周汝昌在《石头记鉴真》一书《后记》中说："我们当时一见甲戌本，的确是被它惊得怔住了——'原来我们一向看的《红楼梦》竟是将原本篡改到如此不堪的地步的太不像话的本子！'我们愤愤地说。于是我给胡适写信，一是告诉他，为了保护原本，我们冒昧地录了副，如不同意这样做法，当将副本一并也归他有。二是提出当前一大要事，是应当聚集珍本汇校写定，再不要为程乙本这种坏极了的本子做宣传流布的工作了。胡适对汇校抄本表示了赞助，但是他对我揭露程乙本的糟糕，反对他为之宣传，却很不以为然。——这就是种下了争论的根由的中心，也成了激起我们非争不可的动力的来源之一。"❸ 由周汝昌以上表白可见，《红楼梦新证》的缘起竟由胡适"种下了争论的根由"。为什么要"争论"呢？周汝昌说："胡适作为五四以后红学的开创者，是有不少贡献的，不应忘记历史，不应因人废言。但是他在程乙本这个问题上则犯有很大的罪过，这也是不能原谅的，——程乙本原来刊印后流程甚稀，未起作用，百年间坊间本一直是程甲本系的支裔本。而到胡适这么一做（拿出程乙本让亚东废弃旧版，重排新版，为之作序赞助宣传），这个最坏的本子才得以大行其道，流毒深广，无法尽述。胡适对这个恶果要负主要历史责任。

---

❶ 周汝昌. 献芹集 [M]. 北京：中华书局，2006：480.
❷ 周汝昌. 红楼梦新证 [M]. 上海：棠棣出版社，1953：1.
❸ 周祜昌，周汝昌. 石头记鉴真 [M]. 北京：书目文献出版社，1985：292.

我们两个村童子，看清了这件事，怀着一腔天真义愤和热情，决心要为此而力争。力争的办法就是，要用一切可能和终生的力量，去校辑一部接近曹雪芹原来文意文字的本子，和程乙本争争真伪。"❶可见，周汝昌用尽其"终生的力量"考辨《红楼梦》的最初动机包括《红楼梦新证》的写作缘起皆为了一个字"争"，即因胡适的赞助宣传而使得程乙本这个坏本子流毒深广。至少在《红楼梦新证》写作之初，周汝昌并没有明确的发掘和弘扬《红楼梦》中华文化精神这一深刻义理的动机或认知。且看《红楼梦新证》第一章第一节如何说："亚东图书馆后来（民十、一九二一）校印程甲本，爱出风头的胡适，抓住这个机会，便大做其所谓考证疏解式的文章，但，六年以后，汪原放先生忽然又抛弃旧版，改弦更张。程甲本已然是够拆烂污了，现在明知程乙本又添改了程甲本前八十回中一万五千五百三十七字之多，移动的还不算，若算起来恐怕还要多十倍！距离曹雪芹原本最远，同时也就是改得一塌糊涂最要不得的本子，却把它又从土里掘出来，排印流传；而且积年夙愿，一旦得偿，大有踌躇满志之意！风头主义者胡适又照例写序赞助。可是我们却有点糊涂了：这是表扬真呢？还是提倡伪呢？我们的欣赏对象是曹雪芹呢？还是高兰墅呢？汪先生的意思似乎程乙本的语句更为'白话'化了，'描写'得也更'细腻'了，所以便更可取。我要问：假如有人把《红楼梦》重新改写一遍，一律改用更道地的白话，大量地按照'描写辞典'之类作些'描写'文章加入，则汪先生难道就又将三次重排么？"❷"风头主义者胡适"以及"爱出风头的胡适"竟然为程乙本写序赞助，究竟是表扬真呢？还是提倡伪呢？周汝昌是为了争辩《红楼梦》的真伪而写作《红楼梦新证》这部'材料考证书'。笔者以为，周汝昌写作《红楼梦新证》的缘起应当以这一段文字为依据，至于他自己以后的表述是否准确，其实已经不重要了，因为当时的时间或空间皆无隐晦写作《红楼梦新证》真实缘起的必要。

不过，若从这一段学术公案所能反映出的问题来看，苗怀明花如此多笔墨所作"对《红楼梦新证》写作缘起的考察"的用心并非无事生非。这一段学术公案所能反映出的问题可从两方面来看：一方面学术应求真，另

---

❶ 周祜昌，周汝昌. 石头记鉴真 [M]. 北京：书目文献出版社，1985：294.
❷ 周汝昌. 红楼梦新证 [M]. 上海：棠棣出版社，1953：1-2.

一方面为学与为人应兼美。笔者以为，这两方面的不尽如人意正是造成百年红学纷争不断之"活水源头"。甚至可以说，这两方面的问题解决不了，红学的纷争也就不能消停，红学也就很难从"烂泥潭"中走出来。"烂泥潭"一词是笔者在 2015 年于江苏徐州中国矿业大学举办的"纪念曹雪芹诞辰 300 周年学术研讨会"上提出的："当谈及红学的学科危机时说：红学从一度的学术'风向标'，成了现在的'烂泥潭'。"❶ 如何走出这"烂泥潭"呢？笔者在《"纪念曹雪芹诞辰 300 周年学术研讨会"综述》的"几点启示"中道："红学共同体应崇尚'学术为先、学术为公'理念，摒弃宗派作风。只有这样，才能从'烂泥潭'里走出来，奔向红学的春天。红学能否从'烂泥潭'里走出来，并非能不能作为的问题，而是愿不愿作为的问题。最不该以妄自尊大而自缚，更不该以学术名义行践踏人间情谊之实。……红学研究需要厚培基础，需要戒除躁戾之气，显而能隐，沉潜以待新命。众所周知，世风影响学风，如果为官者'骄戾'、为商者'骄戾'、为民者'骄戾'，那么，为学者又岂能不'骄戾'。'骄戾'之气不除，红学之前途无望。"❷"烂泥潭"之"烂"全在于学人之"烂"，即"骄戾"之气凌人，为学与为人之严重背离。笔者在写作《红学学案》的实践中逐渐明确了为学人立案的两项"兼美"：一则考据、义理、词章三者兼美；二则为学与为人二者兼美。如果从"考据、义理、词章三者兼美"考量红学学人，已经不易，再要求结合"为学与为人二者兼美"一起考量则更加难得了。纵观红学百年，能够做到两项兼美者能有几人呢？若由此而观，所谓"了解之同情"，所谓"温情的敬意"，若用以考量或观照前辈学人则并非虚话。周汝昌曾一厢情愿地说："其实我和胡先生的关系本来分为师友交谊和学术论断的两重关系，不容混淆；然而不时还是有人将这两点故意混淆，利用它来作些挑拨文章，这原是十分无聊的勾当，可以不必提到它；不过这样的居心挑拨就不仅仅是胡、周二人关系之事情了。"❸ 由此表白可见，周汝昌是把他与胡适的师友交谊同与胡适的学术论争分开对待的，问题在于人们并不按照周汝昌的意愿看待这两者的关系。况且，师友交谊和学术评判常常交织在一起，如何分得清呢？其实，如果学品与人品做到了兼美，正如

---

❶ 高淮生. 红楼梦丛论新稿 [M]. 徐州：中国矿业大学出版社，2016：204.
❷ 高淮生. 红楼梦丛论新稿 [M]. 徐州：中国矿业大学出版社，2016：213.
❸ 宋广波. 胡适批红集 [M]. 北京：北京大学出版社，2009：3.

考据、义理和词章兼美一样,又何来"故意混淆"?更不必说"居心挑拨"了。当然,能够分得清的学者堪称有眼光、有识力、大格局、大胸襟的学者,堪称名副其实的善于求真的学者,他们既不是"乡愿",也不想"战斗"。笔者在《"'周汝昌与红学'座谈会"综述》(2017年1月14日于北京召开)一文的"几点启示"中说:"3. 态度决定高度,尤其对于现代学人的评价最需要博观、善待、理解的态度。孙伟科研究员说:我赞同淮生兄的观点,'从不让我的研究生做批评文章,倡导他们做学人学术研究,从而更好地学习,进而建立自己。'其实,批评更难做!如果一个人的学科知识体系不完善,对这个学科的历史不清楚,这个批判对象的理解不深入,实际上是没法进行批评的。红学是一个自我严格审视的领域,同时又是一个问题纠缠不清最多的领域,所以必须提升红学批评的水平。"❶

## 三、《红楼梦新证》的揄扬贬抑

自《红楼梦新证》出版以来,对于它的揄扬贬抑迄今不绝,笔者只能择取其中极少数评论略作述评,试图由小处而窥大端。

### (一)赞扬或正面的评价

1.《顾随致周汝昌书》(赵林涛、顾之京整理校注)

一九五三年十月二十七日至二十九日

上次发书次日之上午,即收到大著两册。其时手下正压着一点活须于一两天内作完,所以拆封之后,仅仅欣赏了一下书的封面,并不预备读下去。还有一番意思,说来我不怕你见怪,而且也不一定会见怪,就是:我知道这部书是用了语体写的,而我对于玉言之语体文还缺乏信心,万一读了几页后,因为词句、风格之故,大动其肝火,可怎么好?(一年以来,每看新出刊物,辄有此情形。)不意晚夕洗脚上床,枕上随手取过来一看,啊,糟糕,(糟糕云云,恐此夕将不得早睡也。)放不下手了,实在好,实在好!再说一句不怕见怪的话,简直好得出乎我意料之外!

---

❶ 高淮生. 红学丛稿新编[M]. 北京:知识产权出版社,2017:115.

我是从大著最末的部分读起的,即是从玉言讲脂砚斋评本的"评"那一部分读起的。脂砚斋是枕霞公,铁证如山,更无致疑之余地。述堂平生未曾见过脂评红楼,见不及此,事之当然。却怪多少年来号称红学大师的如胡适之、俞平伯诸人,何以俱都雾里看花,眼里无珍?(自注:适之为业师,平伯为同门,然两人都不在述堂师友之列。)若不得射鱼大师抉出庐山真面,几何不使史公(云老)窃笑而且叫屈于九泉之下也?!以云老之豪迈,或竟大笑而不窃笑,不过云老之"咬舌子",假如叫屈,不知又作何状耳。而又非宁唯是而已。玉言风格之骏逸,文笔之犀利,其在此书,较之平时笔札(自然以不佞所见着为限),直是百尺竿头,更进一步。若夫当代作家之谬说百出,钌铞满纸,齐在下风,当所在不论。概是玉言见得到,所以说得出,而又于雪老之人之书,不胜其爱好,于是乎文生情,情生文,乃能不期于工而自工(自注:是"概"非"盖"。"概"云者,述堂不欲自必之辞也。)述堂欲断言:而今而后,《新证》将与脂评同为治红学者所不能废、不可废之书。天下明眼人亦将共证述堂此言之非阿其所好也。好笑郑振铎氏近日在《人民日报》上发表了一篇文字,居然欲说:一切考证皆是"可怜无补费精神"。(自注:难为"该"氏居然记得一句遗山诗,而又一字不差地引用出来。)不过持此语以评旧日红学家的文章,亦或可说是道着一半。"该"氏亦特未见《新证》耳,使其见之,当不为此言。但此亦甚难说,"该"氏不学(当代妄庸钜子之一),即读《新证》,亦绝不能晓得其中的真正好处(文笔之工、考据之精、论断之确)也。写着写着,又动了肝火,(自注:写至此,遥望窗前,草木黄落,夕阳下楼,天远无际,掷笔叹息,不能自已。一言以蔽之:闹起情绪来而已。)玉言试看,述堂老子还十足的一个孩子哩,斯人斯疾,何时是了!

　　闲气少生,如今且说《新证》此章标题下面加了个"?",(记得仿佛是"脂砚斋即史湘云")足见玉言之虚心,不欲遽然自以为是,这原是治学的人应有的态度。述堂看来,却以为不必,如今玉言不必过谦,述堂亦绝不肯为吾玉言代谦。根据《新证》之引证、之考订,脂砚斋绝对是云老,断不可能是第二个人。即有可疑，亦是云老自布下的疑阵，故意使后人扑朔迷离，不能辨其雌雄，而却又自己留下漏洞来，使后之明眼人如今世之射鱼村其人者，得以蛛丝马足地大布其真相于天下。若问云老当日何苦如斯，述堂答曰：这便是旧日文士藏头露尾的相习成风，云老快人亦复未能免俗，然而如此说，亦是屈了云老。所以者何？云老盖深信自家之评将与雪老之书天地比寿、日月齐光者也。彼不愿俗子（满脑袋封建和教条的人）知其为出自自家之手，而又绝不肯使眼光四射（不止射"鱼"而已）、心底纯洁如吾玉言其人而不知其为出自自家之手者也。藏头露尾云乎哉果也。百年（？）之后，枕霞外（？旧？）史得一知己——此非偶然，亦非皇天不负苦心人，历史发展、势之所必至也。此玉言所以不必自谦，而述堂亦绝不肯为吾玉言代谦者也。

可惜《新证》此时不在手下（为系中一同仁借去了），不然，述堂将于可能之处，一一抉之，为玉言助喜。于此，即有人谓述堂与玉言在演双簧，亦在所不顾也。（廿七日写至此）

《新证》就本《记》考定雪老生卒年月，并证明本《记》中事实是编年写出，才大如海，即亦未欲奉承，要是心细于发。此等工作，除玉言外，亦复谁人做得？至为证明当年"芒种"，并万年历亦用上：可知吾辈文人博学多能是极本分事，但不可与痴人说梦而已。要之，《新证》是本《记》铁的注脚，且使读者得知雪老当时创造是如何的适合于今日所谓现实主义。若说射鱼是雪老功臣，即未免抬他"玉兄"，屈我玉言。述堂于雪老到今仍是半肯半不肯：肯者，是他的"贤美"；不肯者，是他的"未学"。如谓其"未学"是时代局限性，述堂亦难于轻轻放过他。即以文辞而论，述堂亦时时嫌他忐忑作态，特别是其四六；作呕当然不道德，然而每一见之，辄觉肉麻，此肉麻之感，亦且与述堂之年龄以俱增。难道述堂真的老了么？玉言于此，于意云何？

述堂以上云云，不免以爱憎为去取。然而《红楼》一书，佳处在白描而不在雕饰。玉言于此，当有同感。即如《新证》所举"玉兄"出祭玉钏，"一弯腰"云云，实是雪老天才底光辉灿烂处也。（其余自然可以类推）附带一笔，玉言此处引拙作一段，来书又致歉意，此则未免谦之过当。所以者何？《新证》如此好书（好者，不朽之意），而采及谬见，则述堂"与有荣焉"也已。

现代人为文好讲究作品中的思想性。《新证》的思想性如何？述堂自家的思想尚不能正确，故亦难于下断。唯浅见所及，《新证》一书于思想性方面，的确做到了"可以无大过矣"。若夫掂斤拨两，吹毛求疵，则"大风吹倒梧桐树，自有旁人说短长"，而述堂不与焉。（曹頫进龙袍，被雍正帝训了一顿，玉言于此下曰"可怜可叹"，此似不可。盖今世之判断事理，一本理智，是是非非，一一分明，不须怜他，亦不须为之叹耳。玉言云尔不？）至于其他意见，以原书（《新证》）未在手下，又未曾精细读过，此刻随想所及，随手写出，容未有当，玉言察之。

《史料编年》过于求备，颇有"贪多"之嫌，将来必有人焉出而指摘。（鲁迅翁当年作《小说史略》，而"溢"出了一部《小说旧闻钞》。如说《新证》相当于《小说史略》，则《史料编年》章中之材料，太半《小说旧闻钞》耳。）深望再版时之"考殿最于锱铢，定去留于毫芒"也。此其一。行文用语体，而兴之所至，情不自禁，辄复夹以文言，述堂不在乎，亦恐有人以为口实。此其二。行文有时口风逼人，锋芒毕露，此处不复能一一举例，切望玉言自加检点。此其三。❶

一九五三年十月三十日至三十一日

来书谓《新证》"泛滥四十万言""虽小有创获，实亦无聊"云云。私意以为泛滥或诚有之，特以史料编年为甚，此于前书中已有所论列，兹不絮烦；至于创获，绝不为小，所谓小，玉言自谦，谦而又谦，谦之过当，遂乃自小之云尔。此非故为称誉，更非阿其所好，玉言不信，予别有说。先决问题是《红楼》有无价值，今世之人已公认《红楼》为不朽矣，然则玉言之《新证》于雪老之人之书，抉真索源，为此后治红学者所必不能废，则大著与曹书将共同其不朽，自不烦言而解。创获纵小，终是创获，况

---

❶ 顾随. 顾随致周汝昌书［G］. 赵林涛，顾之京，整理校注. 石家庄：河北教育出版社，2010：112-116.

其初本不小。使无玉言之书,世人至今或仍将高改《红楼》与金改《水浒》等量而齐观之矣。即此一事,已复甚是了得矣,而况且不止于一事而已耶!兹意亦已于前书中略发其端。既明斯义,则"无聊"一词压根儿无从说起。此而无聊,将必若之何而始为有聊乎?即以此时之述堂论之,自上午起草此札,断断续续乃至上灯,(下午往听此间蒋教务长之粮食供应计划报告,未能续写。)天阴如墨,夜寒侵肌,尚复挥笔疾书,不能自休,将以寄似数千里外之射鱼村人,有聊乎?无聊乎?如此而尚有一毫发之聊(此一句非谓其无,正谓其有),则吾玉言之《新证》之有聊也大矣!而玉言顾犹自小之耶?……《新证》一出,名驰京国,招致者将大有人,而南大与师院恐又未必有出死力相邀之决心,念此唯有怅恨而已。❶

一九五三年十一月二十一日
　　　　和缉堂迓《新证》问世之作

老去何曾便少欢,未将白发怨哀残。一编《新证》初入手,高着眼时还细看。

《红楼》行世之后,仿作者大有其人,钻研评论者更如积薪,至于短篇零稿、随笔涉及亦数不见鲜,不独不能为曹书重轻,而道听途说、揣籥叩槃,适足以乱人耳目、聋瞽后昆。兹之《新证》,虽小涉出入,而大节无亏,读曹书、治红学者得此,譬若拨云雾而见青天矣。其于玉言不当尸而祝之、社而祭之乎?曹书之史实至是而大白,然曹书之价值犹未论定,此则更有待玉言之贾余勇竟全功也。

前者不佞只见之载籍,后者即耳闻目睹且身历之。廿岁后怕看《红楼》,此其一因。书至此有余痛焉。❷

一九五四年三月十二日

大著《新证》,众口流传,居今日之所谓文化人,之所谓文教

---

❶ 顾随. 顾随致周汝昌书 [G]. 赵林涛,顾之京,整理校注. 石家庄:河北教育出版社,2010:121-123.
❷ 顾随. 顾随致周汝昌书 [G]. 赵林涛,顾之京,整理校注. 石家庄:河北教育出版社,2010:130-132.

机关，而不知有玉言，而不思相招致，乃真大怪事耳。❶

一九五四年六月二十七日

木兰花慢

得命新六月廿三日书，欢喜感叹，得未曾有，不可无词以纪之也。

石头非宝玉，便大观，亦虚名。甚扑朔迷离，燕娇莺姹，鬓乱钗横。西域试寻旧址，尚朱楼碧瓦映觚棱（笔者按：又作稜）。煊赫奴才家世，尫隤没落阶层。燕京人海有人英。辛苦著书成。等慧地论文，龙门作史，高密笺经。分明去天尺五，听巨人褒语夏雷鸣。下士从教大咲，咲声一拟蝇声。

昨午得书，便思以词纪之，而情绪激昂，思想不能集中，未敢率尔孤负佳题。下午睡起茗饮后，拈管伸纸，只得断句，仍未成篇。今晨五时醒来，拥被默吟，竟尔谱就，起来录出，殊难惬心。逐渐修改，迄于午时，乃若可观。兹录呈吟政，想不至蹙頞攒眉耳。原稿一并附上，令命新见之，如睹老马不任驰驱，但形竭蹶也。❷

笔者附记：周汝昌著《芳园筑向帝城西：恭王府与〈红楼梦〉》一书复印第二稿手迹与《顾随致周汝昌书》所录相同，同时排印了第三稿："石头真宝玉，题大观，岂虚名。甚扑朔迷离，燕娇莺姹，鬓乱钗横。西域试寻旧址，尚朱楼碧瓦映觚棱（笔者按：又作稜）。金帝包衣家世，魏王诗赋才情。燕京人海有人英。辛苦著书成。等慧地论文，龙门作史，高密笺经。分明去天尺五，听哲人褒语夏雷鸣。下士从教大咲，咲声一拟蝇声。"❸

笔者按：1.《顾随致周汝昌书》中对于周汝昌著《红楼梦新证》的评价可谓极而言之，其中的"褒扬"难免带有师生之谊的夸饰，这是传统文人的评文习惯，不至于从所谓道德方面置疑。顾随的评论涉及了《红楼梦新证》的可取与不可取两个方面，而且评价得都很坦诚，所谓"言为心声"

---

❶ 顾随. 顾随致周汝昌书 [G]. 赵林涛，顾之京，整理校注. 石家庄：河北教育出版社，2010：134.

❷ 顾随. 顾随致周汝昌书 [G]. 赵林涛，顾之京，整理校注. 石家庄：河北教育出版社，2010：144-145.

❸ 周汝昌. 芳园筑向帝城西：恭王府与《红楼梦》[M]. 桂林：漓江出版社，2007：275.

而已。尤其对《红楼梦新证》的学术影响和社会影响方面给予了充分的评价，这些评价不仅彼时甚或今日看来都并非虚话。尤其顾随以下评价，已经被迄今的红学研究所证实了："先决问题是《红楼》有无价值，今世之人已公认《红楼》为不朽矣，然则玉言之《新证》于雪老之人之书，抉真索源，为此后治红学者所必不能废，则大著与曹书将共同其不朽，自不烦言而解。"顾随所谓《红楼梦新证》乃红学研究之不朽之作的评价过时了吗？没有过时，自今日观之，该书出版之后，它为红学学科奠定了实实在在的文献基础。李泽厚说："对于《红楼梦》，我赞同周汝昌的看法。他考证得非常好，我认为在百年来《红楼梦》研究里，他是最有成绩的。不仅考证，而且他的'探佚'很有成就。"❶

2. 顾随在信中说："兹之《新证》，虽小涉出入，而大节无亏，读曹书、治红学者得此，譬若拨云雾而见青天矣。"这段话是出于解除周汝昌心理顾虑或者说心理焦虑而说的，因为周汝昌"来书谓《新证》'泛滥四十万言''虽小有创获，实亦无聊'云云。"此后的事实证明，"虽小涉出入，而大节无亏"给予周汝昌面对各种批评的勇气，当然，他自己的自信乃至自负起到更为决定的作用。

3.《木兰花慢》引起争议：周汝昌如是说："顾随先生词一首《木兰花慢》，精彩、名贵，兼而有之。然其经过亦三易其稿。如今复印之手迹，是第二稿清写本，而排字者是第三稿，因顾随师当日是托友人捎于我的，友人给的是录复本，其手迹遂落于友人手中。今不可再得。"❷ 周汝昌著《北斗京华：北京生活五十年漫忆》一书有一篇纪念顾随的文章道："一九五三年之秋，拙著《红楼梦新证》由上海棠棣出版社出版。首先寄呈与先生一册。……老师对于学生的成绩所表现出的衷心喜悦，溢于言表。他给友人写信时曾说：'有周玉言者（天津人），燕大外文系毕业（毕业论文，是英译陆机《文赋》），于中文亦极有根柢，诗词散文皆好，是我最得意学生。'他先后为《新证》题诗数首，有绝句，有律诗，有词曲。有一首《木兰花慢》，其下阕写道：'燕京人海有人英。辛苦著书成。等慧地论文，龙门作史，高密笺经。分明去天尺五，听巨人褒语夏雷鸣！下士从教大咲（xiào），

---

❶ 周汝昌. 五洲红楼 [M]. 北京：东方出版社，2013：40.
❷ 周汝昌. 芳园筑向帝城西：恭王府与《红楼梦》[M]. 桂林：漓江出版社，2007：333.

咲声一拟蝇声。'先生说,这部著作好比刘彦和的作《文心雕龙》、司马子长的著《史记》、郑康成的笺注经书,具有文评、史证和笺诗的内涵与功夫。老师也对全书加之赞赏评议——比如先生认为:那沈尹默先生的五字题签,并非真迹,乃其家人助手的代笔。书中引了先生的《小说家之鲁迅》中论及小说写人物行动的'诗化'一段创见,先生非常高兴,至言'如此好书引及拙文,与有荣焉'的语意,令我惭感难忘。"[1] 梁归智如是说:"对《文心雕龙》,周汝昌则更为热爱推崇。《文心雕龙》是中国文学批评史上空前绝后的一部体大思精的文学理论著作,它的作者是南朝梁代的刘勰,后来出家为僧,法名慧地,因此顾随曾以'慧地论文'赞赏《红楼梦新证》。周汝昌撰有《〈文心雕龙·原道〉篇的几个问题》和《〈文心雕龙·隐秀〉篇旧疑新议》两篇论文,分别刊于《河北大学学报》1982年第1期和1983年第2期。"[2] 梁归智是坚信《木兰花慢》词是顾随赞赏《红楼梦新证》的。反对的声音则以沈治钧的"辨惑"最为有力量,沈治钧如是说:"到了现当代,关于曹雪芹与《红楼梦》的咏叹调,仍在不断大量涌现。有一阕《木兰花慢》词,人气急升,我以为当属其中的佼佼者。遗憾的是,该词自从公之于众,便笼罩着一袭神秘莫测的黑幕,如同沙特首都利雅得街头的阿拉伯美女,终日长袍加身,绢纱蒙面,长期不得以真面目示人。其结果是,人们对该词的误会日渐加深,误解日渐加重,已经到了积重难返、积非成是的地步。……而今要谈的这阕《木兰花慢》词,就我所知,最早是由《恭王府与红楼梦——通往大观园之路》(北京燕山出版社1992年1月版)作为'顾随先生题词(遗作)'披露的,后来又在多种论著中反复出现,并逐渐嬗变为'顾随为《红楼梦新证》写赠'的作品。我印象较深的是《苦水词人倦驼》一文,作者再三强调的是该词的下半阕。兹据周文抄录如下:'燕京人海有人英。辛苦著书成。等慧地论文,龙门作史,高密笺经。分明去天尺五,听巨人褒语夏雷鸣!下士从教大咲,咲声一拟蝇声。'这半阕《木兰花慢》词,我早已能够倒背如流,并且可以断言,红学界中人能够记诵它的,还大有人在。缘故有四个:一是它的作者为著名学者兼优秀词人顾随,不由人不重视;二是它的气韵生动,措辞工巧,颇具震撼

---

[1] 周汝昌. 北斗京华:北京生活五十年漫忆 [M]. 北京:中华书局,2007:254-255.
[2] 梁归智. 红学泰斗周汝昌传:红楼风雨梦中人 [M]. 桂林:漓江出版社,2006:367-368.

力与感染力，使人一见难忘；三是它在各种场合重复露面，读者必然耳熟能详；四是它由'红学泰斗'隆重推出，被赋予了明确含义，用来揄扬自己的《红楼梦新证》（以下简称《新证》），因而格外瞩目。既然该词是顾随寄给弟子的，老师既逝，弟子便获得了天然的诠释优势，进而演化为诠释权势乃至诠释定式，完全不容置疑。弟子对该词万分偏爱，曾经解读过许多次，其中最充分的一回当属在自传里的表述。……在作者看来，顾随那半阕《木兰花慢》词对《新证》的'奖掖之盛'是'足以冠冕群伦，标示品位'的，'最是难得'。它准确概括了《新证》的学术特点，即考据、词章、义理这'三长'是'兼擅'的，真真难能可贵。尤其以刘勰《文心雕龙》、司马迁《太史公书》、郑玄《毛诗传笺》作比，深惬其怀。因此，作者每每言及该词，皆以'等慧地论文，龙门作史，高密笺经'三句作为论述的焦点，别的诗文只起烘云托月的作用。……然而，若将现有材料排比一下，便会发觉，其中不无蹊跷。单是版本，至少就有三种。《苦水词人号倦驼》《周汝昌自传》《我与胡适先生》《北斗京华》等论著中均附载顾词手迹的影印件，加以对照可知，老师手迹的影印件与弟子公布的排印件差异不小。"❶ 沈治钧经过一番考辨后的结论："可悲的是，眼前的景象竟彻底违背了常规常理。弟子在论著中采用'可能是'自己'改动'过的《木兰花慢》文本，却反反复复诠释老师如何'奖掖'自己，如何'褒奖'自己的《新证》。读者未免纳闷：究竟是老师夸弟子，还是弟子偷天换日，巧借老师之口自夸？"❷ 梅节在拜读了沈治钧的《木兰花慢》考辨一文后如是说："顾词下阕领起'三排句'者为'是'，周改'等'。'是'是绝对级，'等'是比较级。顾词用'是'，意谓《红楼梦》在小说（稗官）之地位，同史学之《史记》，经学之郑注，文论之《雕龙》。周氏既改赞《红楼梦》为赞《红楼梦新证》，他自己也就综合了中国传统文化文、史、哲三顶峰的'体性'。上下两千年，恐怕没有哪人敢如此高比。周先生想屁股冒烟，骑火箭上位，十之八九走火入魔。沈治钧的文章就是要拆这个局，指出顾词原本是赞颂《红楼梦》的，周汝昌将之篡改为褒奖自己的《新证》，实际是对老师的亵渎，对读者的欺骗。他要求周公公布顾随的原件，解释那些改

---

❶ 沈治钧. 红楼七宗案［M］. 南京：江苏人民出版社，2011：144-147.
❷ 沈治钧. 红楼七宗案［M］. 南京：江苏人民出版社，2011：150.

文是怎么回事。我支持沈先生。周氏学术不端,案底累累。这里谈点自己所知道的周先生的功底,供关心此案的读者参考。"❶ 梅节所说的"周氏学术不端,案底累累"之《木兰花慢》一案究竟是如何定案的呢?且看沈治钧自己如何说:"总而言之,窃以为,顾随的此阕《木兰花慢》是现代红学史上题咏《红楼梦》的优秀词作,与《红楼梦新证》毫无瓜葛,值得大家记在心里,传之久远。自1992年年初以来,该词屡获称引,广为播扬,享受到了异乎寻常的特殊礼遇,自然可喜可贺。至于它是否遭到了有意篡改、故意误读与刻意误导,目前只能作为一种疑问提出来,有待进一步证实,姑且不下定论,可以肯定的是,对于该词的长期误会与严重误解,确是存在。顾随早已作古,不能亲自出面澄清了。我们有责任恢复该词的本来面目,有义务给老辈学人一个公正的学术交代。与该词直接相关的原始材料,目前尚未全部公开。因此,我在这篇东西里的论述,很可能是主观武断的,欠准确的。"❷ 沈治钧的结论应该是《木兰花慢》一案难以遽然地定案,因为与该词直接相关的原始材料,目前尚未全部公开。《木兰花慢》一案是出自《红楼七宗案》的第三宗大案,是关乎人品与学风的要案,沈治钧的学术责任心无须置疑,梅节的道德义愤同样可以理解。笔者这里提出两方面的疑问:一方面,即便出于"学术责任心"是否可以葆有"道德义愤"?即学术"求真"与"求善"之间究竟是什么关系?是否可以"兼美"?如何做到"兼美"?另一方面,学术造假肯定会侵害学风,那么,以"道德义愤"的刺激话进行学术求真的活动是否同样会污染学风?动机与效果的统一是否在红学争鸣或辨惑过程中具有规范的效力?沈治钧出于学术责任心的"辨惑"最终止步于"与该词直接相关的原始材料,目前尚未全部公开",那么,如何遽然地给周汝昌"定罪"呢?(笔者按:《红楼七宗案》"后记"交代了该书名的缘起和来历,由起意的《红学疑案丛谭》至于《红楼七宗案》,便是由严谨走向了"杀气腾腾"的"道德义愤":"出版界的朋友认为那个书名略显沉闷,提议改用比较活泼的《红楼七宗案》,我觉得也不错,便欣然从命了。上帝用七天的时间创造了宇宙万物,又用亚当的第七根肋骨塑造了夏娃,魔鬼撒旦本是七个脑袋的火龙,故西方宗教中不

---

❶ 梅节. 海角红楼:梅节红学文存[M]. 北京:国家图书馆出版社,2013:364.
❷ 沈治钧. 红楼七宗案[M]. 南京:江苏人民出版社,2011:168-169.

仅七天一个礼拜，还有'七宗罪'（Seven Deadly Sins）之说，指贪婪、傲慢、嫉妒、暴露、怠惰、饕餮、淫欲。"❶ 读了"后记"这段话是否读者会感到现书名"比较活泼"呢？反正笔者读到了"杀气腾腾"。而且在阅读过程中时时在比对周汝昌符合"七宗罪"的哪一宗？或哪几宗？或全部的七宗？梅节先生读到了"痛快"或"过瘾"，笔者读到了"沉重"或"困惑"，原来学术求真的文字可以这样来写！这大概就是读者接受理论实际产生效力的一个阅读实例吧？）尽管沈治钧的"辨惑"过程好过中国足球运动员的足球盘带，可毕竟缺少那激动人心的"临门一脚"，如何激起球迷们的欢呼呢？众所周知，《金瓶梅》的作者迄今已有数以百计的人选，但令人绝望的正是缺少那激动人心的"临门一脚"，尽管这一话题的考辨文字精密无比、漂亮非常，兰陵笑笑生依然在向读者微笑着，使人联想到蒙娜丽莎的微笑。当然，笔者从未怀疑沈治钧以及梅节那种为红学正风气的勇气和实力，至于其用心是否果真形成了正学风的好的效果，笔者是有所保留的。当然，其学术用心不外乎两方面，一方面为了"真理"，"因真理而得自由以服务"；一方面为了红学那"如泰山磐石，如黄河砥柱"的"学术共同体"利益服务。正如沈治钧在《红楼七宗案》"后记"中所表达的那样："当代红学史上的各种症象相当显明，但露出端倪的只是冰山一角而已，绝大部分还隐藏在浩瀚的海水里。由于学殖浅薄，没有太大的把握，有些问题只好略而不谈，期待其他学人去发现、去分析、去深入。"❷ 笔者以上疑问也同样期待其他学人去发现、去分析、去深入。当然，"其他学人"也不断地去发现、去分析、去深入，譬如梁归智在评价苗怀明讨论周汝昌与胡适一段公案时如是说："新一代的硕士博士学人，往往在'知人论世'和'体贴'方面力有未逮。比如苗怀明先生以淮茗的笔名发表《周汝昌与胡适一段红楼公案——对红学史上一段学术公案真相的考察》（2005年7月15日《新京报》）一文，有一百零八个注解，表面上是相当'深入史料'的，但由于不能真正理解周汝昌和胡适之间的同异，就在貌似客观的行文中得出浮浅的结论。……至于说周汝昌文章中似乎有对胡适的'怨气'——那主要出于胡适居然对曹著和高续之思想和艺术巨大差异缺少感觉而来，而

---

❶ 沈治钧.红楼七宗案[M].南京：江苏人民出版社，2011：466.
❷ 沈治钧.红楼七宗案[M].南京：江苏人民出版社，2011：466.

这正是周汝昌感受最深切的。如果说有'怨',那也是学术文化的'公怨'而不是个人利益的'私怨'。"❶ 沈治钧同样是"新一代的硕士博士学人",《红楼七宗案》的每一宗"公案"的考辨皆能相当地"深入史料",至于能否得出客观而深刻的结论,至少《木兰花慢》一案尚待"原始材料"全部公开,如此而言,沈治钧的"辨惑"是否纯然出于"公怨"则尚待进一步地考量。如果是纯然出于一种"公怨"则不仅说明其学术责任心之可贵,同时说明其学术"雅量"之可贵,至于"私怨"则两者皆失。"私怨"的两者皆失是否就是梁归智所谓"知人论世"和"体贴"方面力有未逮呢?笔者以为这是常识问题,这个常识往往被一些红学学人所违背。笔者由此萌生一个善意的主意:"原始材料"全部公开之前,最可取的做法应该是全面、客观、深入地考辨"周氏红学"是否具有综合了中国传统文化文、史、哲之"体性",或者说《红楼梦新证》是否兼有《史记》、郑注以及《雕龙》之美。如果既没有这样的"体性",又不能兼有《史记》、郑注以及《雕龙》之美,周氏所预设的这个局同样是不攻自破了。尽管"周先生想屁股冒烟,骑火箭上位",也不过是痴心妄想。这样做的学术意义更加深远,不仅可以揭穿周氏"骗案"(梅节称沈治钧《红楼七宗案》中的"疑案"就是"骗案"。见《红楼七宗案》"后记",第 466 页),并且可以为红学史留下重新评估红学学人的范例以及可资后人借鉴的文献资料。

2.《胡适红学研究资料全编》(宋广波编校注释)

> 关于周汝昌,我要替他说一句话。他是我在大陆上最后收到的一个"徒弟",——他的书绝不是"清算胡适思想的工具"。他在形式上不能不写几句骂我的话,但在他的《新证》里有许多向我道谢的话,别人看不出,我看了当然明白的。……汝昌的书,有许多可批评的地方,但他的功力真可佩服。可以算是我的一个好"徒弟"。❷

笔者按:胡适是看好《红楼梦新证》的,在他看来,《红楼梦新证》是接着他的《红楼梦考证》做下去的,他在佩服周汝昌的功力的同时,应该还有自我慰藉的心理成分吧。胡适认为《红楼梦新证》"绝不是'清算胡适

---

❶ 梁归智. 红学泰斗周汝昌传:红楼风雨梦中人 [M]. 桂林:漓江出版社,2006:447-448.
❷ 宋广波. 胡适红学研究资料全编 [M]. 北京:北京图书馆出版社,2005:393.

思想的工具'"，这一句为周汝昌开脱的话不仅显见胡适的大度，同时有助于读者设身处地理解1953年版《红楼梦新证》里批评胡适的用心，尽管这种理解终归是"仁者见仁，智者见智。"如果再放开了想一想：设身处地理解那一时代的风气以及处于那一时代风气中的学人。

3.《红楼鞭影：中国当代红楼梦研究》（周汝昌主编）

  新中国之肇建是1949年之10月。自此为始的短期之内，学术界自然不会把目光注射到"一部小说"上。1953年9月，上海忽有一部新书出版，即拙著《红楼梦新证》，是开国后的第一部接近40万言的学术型论著。此书在三个月内连印三版。这在那年代是向来未有之新鲜事，一时海内外"洛阳纸贵"，供不应求，盗版充斥。此事对于开国伊始的学术界来说，自然所占地位不是十分微小（其前一年俞平伯《红楼梦研究》出版，但系20年代旧著改名重印，故影响反不如1953年的《新证》）。❶

笔者按：《红楼梦新证》出版的影响力可见一斑。自今日观之，《红楼梦新证》与《红楼梦研究》于同一时期出版所掀起的"红学热"仍具有红学史话题价值。

4.《龙卷风》（蓝翎著）

  一九五四年三月三日，《人民日报》广告栏登出了《新建设》杂志的要目，其中有俞平伯先生的文章《红楼梦兼论》。我是在教师休息室里看到的，引起了注意。几天后杂志刚到，我一口气便把此长文读完。……解放后，结合中国古典文学课，又读了人民文学出版社第一次出版的新校本，才读出点味道来，有了文艺理论的基础，便形成了自己的想法，所以考试时才敢于那样自信的回答，并非瞎猫撞上了死耗子。如果没有这点因由，我干嘛去读俞平伯先生的那篇文章？不仅如此，我还从工农速成中学图书馆借读过棠棣出版社出版的他的《红楼梦研究》和周汝昌的《红楼梦新证》。现在坦白地说，后来写评《红楼梦简论》的稿子时，关于清楚的情况，我就直接参考了王耳（据传为文怀沙教授）为后

---

❶ 周汝昌. 红楼鞭影：中国当代红楼梦研究［M］. 北京：北京师范大学出版社，2003：5.

者写的长篇序言，有所获益。向前辈学习并不丢人，过去不愿讲，因作者大概也"出了事"，避开了。❶

笔者按：《红楼梦新证》曾经影响了蓝翎评论俞平伯《红楼梦简论》的文章，可见这部书的作用之大。参考利用了《红楼梦新证》却"不愿讲"，蓝翎是否开了先河呢？此后，这类人或这类事情已经不胜枚举，引起了周汝昌的"牢骚"也是情不得已。更为难得的是，由蓝翎在《龙卷风》一书所谈《红楼梦新证》再版情形来看，再一次证明了《红楼梦新证》的影响力，同时也验证了顾随"为此后治红学者所必不能废，则大著与曹书将共同其不朽"之论的先见之明。

5.《来燕榭书札》（黄裳著）

　　唯更有一言，望兄于清代朴学家之余，更为马列入室弟子，如此发为新解，用以纪念雪翁百年纪念，斯为双美也。近来论《红楼》者多矣，然无一文足观。其稍有内容者，亦只言清初社会经济，徒于有关处截搭一二，如此泛泛，何足称耶？此亦狂言，不惜为兄发之。《红楼新证》一书缺点固有，然佳处亦不少，弟意似宜于此基础上更下功夫，大处落墨，小处着力，切忌空疏，必有可观。际此明时，必有能识其佳胜者。兄意以为如何？❷

笔者按：黄裳所言可谓知者之言，所谈恳切，知人且论世。所谈内容：一则既做朴学家，又为马列者，旧学新知融为一体，足可发为新解；二则《红楼梦新证》"缺点固有，佳处不少"，当及时修订，以求完善；三则修订之法："大处落墨，小处着力，切忌空疏，必有可观"；四则修订之作，必得知音心赏。黄裳恳切之言，周汝昌最为上心者乃修订完善《新证》，故于1976 年版做了较大修订。至于旧学难续新知，则可从1976 年版之后的《新证》显见，亦可从《新证》之外的周氏红楼著述显见。且看乔福锦在《在"周汝昌与现代红学"学术座谈会上的发言》一文中如何说：我曾做过20世纪"红学五代人"之判断。我觉得，红学"五代人"之代际划分，也可以成为中国现代学术史研究框架的世代坐标以及"现代学案"撰写的时间

---

❶ 蓝翎. 龙卷风 [M]. 上海：上海远东出版社，1995：28-29.
❷ 黄裳. 来燕榭书札 [M]. 郑州：大象出版社，2004：18-19.

界标。从"现代红学"之角度观,所谓"民国先生",其实指的即是在20世纪"五代学人"中的前两代。在"红学五代人"的论述中,我将周汝昌先生称为第二代红学家之典范,自然也将周先生划入"民国学人"行列。尽管周先生之"九五"人生岁月,经历过三个"大时代"之社会变革,我以为他的精神品格,仍具有典型的"民国气质"。周先生之所以能够在红学领域取得令人无法绕行的巨大学术成就,很大程度上与他所诞生的特殊时代有关。我觉得,在文化历史的代际坐标中,周汝昌先生比一般民国学人尤其是"五四"学术"新秀"更为传统,更为亲近中国之"旧文化"。这也是他对作为传统经典的《红楼梦》文本及作为"旧红学"最重要成果的"脂砚斋批"的理解深度远远超越一代宗师及现代"新红学"开山胡适之先生,其艺术感悟力超越城市贵族家庭出身因而可得风气之先的俞平伯先生的重要原因。他同更老一辈学者如邓之诚及落伍于时代的世家子弟张伯驹等人交往之顺畅,亦可作为他更为传统之旁证。在周先生身上不仅可以看到"民国学人"的风范,甚至也可以看到"传统学人"的影子。周汝昌先生这样一位从民国走来又被华夏旧文化浸透且具个性色彩的独立学人,很难被时代新说所同化,在其中年以后的岁月中,注定要与红学第三代学人即20世纪50年代初至"文革"前进入大学读书并由此接受从苏联传来的西方文艺理论系统教育的一代新人发生学术冲突。这是历史的安排,也是他个人大半生际遇之必然。❶

6.《红学通史》(陈维昭著)

  1953年,周汝昌出版了《红楼梦新证》,这是红学史上第一部较有系统性的研究专著。《红楼梦新证》的主题完成于1948年,原名《证石头记》,文怀沙为其改名《红楼梦新证》。该书已出版,在三个月内连出了三版,印数达17000册。该书把胡适搭建起来的红学框架以空前的丰富性和逻辑性充实起来。1975年,该书的增订本出版,篇幅上增加了一倍,成为《红楼梦》研究的必读书,为此后的《红楼梦》研究奠定了一个坚实的基础。它在红学史上的贡献与影响是全方位的。❷

---

❶ 乔福锦.在"周汝昌与现代红学"学术座谈会上的发言[J].河南教育学院学报,2017(4).
❷ 陈维昭.红学通史[M].上海:上海人民出版社,2005:233.

笔者按：陈维昭这一段评价的要点有三：一则红学史上第一部较有系统性的研究专著；二则该书把胡适搭建起来的红学框架以空前的丰富性和逻辑性充实起来；三则它在红学史上的贡献与影响是全方位的。前两则旨在说明《红楼梦新证》对于"周氏红学"体系建构的贡献，这一体系迄今为止都是最为系统的，无与类比的。是故，笔者在认知和评价"周氏红学"时着眼于体系建构的必要性和重要性，这一必要性和重要性同样适用于红学学科建设。笔者曾在《红学学案》中这样评价道："周汝昌由考据而通向义理，积六十年之力精心构筑了一个看似精密的宏富的红学体系，这一体系集红学考证派大成之功无人可与匹敌，这一认识已然成为常识。然而，通观其红学体系，似可谓：体大而虑不周备，证悟而辨难精审；摒弃小说学而显门户之见，出入新索隐则又悖乎常理。周汝昌的这一红学体系既为他赢得了无上的荣誉，也为他招来了诸多的非议与批判。"❶ 乔福锦则对《红楼梦新证》的学术范式意义别有会心，他认为："通过《红楼梦新证》一书，在新材料发现、新方法创造、新体系建立等方面为一门专学的发展进步做出举世瞩目之重要贡献，也为整个红学学科建构起一个赖以存在的知识论系统。《新证》所创造的超越考据、索隐与文艺评论三大派别的学术新范式，不只为红学研究开拓出继续探索的广阔学术天地，也为中华人文学术之现代重建及再度繁荣，留下独具个性风采的历史文本依据。"❷ 乔福锦不仅看到了《红楼梦新证》在材料梳理与文献考证的史学特征，同时看到了《红楼梦新证》方法论层面的学术创造。并且，更加注重《红楼梦新证》的学科建构意义以及中华人文学术之现代重建的意义。可以说，乔福锦以开阔的学术史视野看到了周汝昌与《红楼梦新证》两方面的贡献。

(二) 批评或负面的评价

1. 《〈红楼梦新证〉证误》（王利器撰）

周汝昌同志著《红楼梦新证》，一九五三年九月初版。一九七六年四月又出版增订本。经过二十多年加工修改之后，他向读者宣称："作者个人今天的见解与能力都已有所提高了。"我把这本

---

❶ 高淮生. 红学学案 [M]. 北京：新华出版社，2013：223.
❷ 乔福锦.《红楼梦新证》的学术范式意义——在中华书局新书发布会上的发言 [J]. 辽东学院学报（社会科学版），2013 (6).

有些参考资料的书翻了一遍之后，总觉得"其貌似新，其质实旧"，爰本责备求全之义，提出一些他山攻错的意见。

一、不知妄说——周汝昌同志前后两次企图把"棠棣之戚"说成是"贾环对他有侵辱逼凌的事情"，或者说"一为庶弟，时见凌逼，如小说中所谓贾环之流者，为可慨叹"。我认为"鹡鸰之悲，棠棣之戚"，二句一义，都是说兄弟死丧之事。周汝昌同志由于不知其义，从而不明其句读。

二、不知妄改——不知妄改，在《红楼梦新证》里有一个典型的例子。《脂批》之意，是说：再出一芹一脂，则是书芹可以写完，脂可以批完，何幸如之！这本来是文从字顺的，然而周汝昌同志却改为"付本"，不仅此也，他又在《脂砚斋批》里引作"唯愿造化主再出一芹一脂，余二人亦大快遂心于九泉"，删去了"何本"句，也未加省略号。

三、不伦不类——周汝昌同志把努尔哈赤当成皇太极，把父亲当成了儿子。

四、以讹传讹——以讹传讹，主要由于知识贫乏之故，以致熟视无睹，甚而还产生歪曲原文的毛病。

五、张冠李戴——张冠李戴，主要由于知识贫乏之故，以致熟视无睹，甚而还产生歪曲原文的毛病。

六、辗转稗贩——《红楼梦新证·重排后记》1125页自称："一切文献，尽可能地根据原书原件，不敢蹈稗贩欺世的恶习。"还自诩他的大著"毕竟不同于转贩"。但他在《史事稽年》759页写道：倪鸿《桐阴清话》卷七引《樗散轩丛谈》所称"苏大司寇"本。……有些人就是束书不观，不深入调查研究，人云亦云；即此《樗散轩丛谈》谈《红楼梦》一事，就提供一个很要紧的线索何年从苏大司寇家传出来的问题，惜乎，谈《红楼梦》流传的，都从这些稗贩的材料知道在乾隆某年而已。

七、顾此失彼——顾此失彼的情况，在《红楼梦新证》一书中，表现为：一，同属一书，而发生顾前不顾后的事情；二，同为一人所著之书，而发生知有此而不知有彼的事情；三，同为曹寅要好的朋友，而发生知有甲而不知有乙的事情。

八、道听途说——道听途说，人云亦云，甚至于没来源，"不加称引，攘为已有"，这在《红楼梦新证》中屡见不鲜。

九、数典忘祖——数典忘祖之弊，不仅如此而已，甚至还"捕风掠影，任意牵合"。数典忘祖，大都由于缺乏实事求是的治学态度，遇事浅尝辄止，不求深入调查研究，是一种懒汉思想的反映。这种弊病，不仅不能深入地研究问题，有时，甚而大大地歪曲了历史真实。这种情况，在《红楼梦新证》中是相当普遍的。

十、"前知五百年"——《红楼梦新证·人物考》67页写道："大家都没有'前知五百年'的本领，不独是谁一个。"本来是嘛，然而周汝昌同志却认为明初人就有知道清朝"旗下"风俗的本领。❶

笔者按：周汝昌2004年1月25日致梁归智信中道："旅游后当已返家过年，谢谢临行还为拙作《新证》多费神思。所提数点，拜领胜意，岂不愿为，但恐年事目力之不许了。所以虽曰'修订'，实难大修大补，仍限零碎而已。此书原是30岁少作，疵病与不惬之处本多，故亦不作'尽善尽美'之想，知者必信斯言。（因为以后再无条件重整也，可怜的人力、物力、时力、财力，外人绝不相信。）"❷王利器当然不会相信周汝昌所言，于是，这部"疵病与不惬之处本多"的《新证》所引发的误解和批评也因此不会歇息的。即便王利器的批评不无苛求之意，然读者所苛求者也只能是周汝昌了。周汝昌为什么没有善纳雅言而对第二版《新证》做"尽善尽美"的"修订"？迄今为止的解读均难以令人满意，只能存疑了。

2.《周汝昌红楼梦考证失误》（杨启樵著）

周先生名其代表作为《红楼梦新证》，足见其重视考证。在《考证之乐》一文中，他阐述得十分清晰，说："其实哪一行也从未离开它这一法宝，只不过名称不叫'考证'而已。"又说："不考无从证，得证皆由考。经济须'考证'，医学须'考证'，'声光化电'，皆由考证而来。"

---

❶ 王利器. 红楼梦研究集刊 [M]. 第2辑. 上海：古籍出版社，1980.

❷ 周汝昌. 周汝昌致梁归智书信笺释 [G]. 梁归智，整理校注. 太原：三晋出版社，2017：248–249.

周先生如此重视考证，应该滴水不漏，无比严谨。遗憾的是，周著中考证失误处不一见。三十年前，王利器先生撰文指出其十大类、四十多处谬误，甚有见地，可惜周先生不能虚心接纳，改正一小部分即止。

当年王先生评论，不可能对周著网罗无疑，因此尚有批评余地。特别是周著中要义，如曹家没落、年表写实及曹家因卷入政治风波而惨遭毒手等，王评未及，拙著正可填补此一空档。尚有，王先生只评一书，拙著则包含较广，除《红楼梦新证》外，还涉及周著《曹雪芹传》《红楼无限情：周汝昌自传》等二十来种。

周汝昌先生考红失误，大别之有以下数点：

（一）曹家没落说

周先生断定《红楼梦》是自叙传，因此处处与历史挂钩，归诸于康熙末造储位之争作出独特的见解；雍正篡了太子允礽之位，曹家乃太子死党，因而遭到雍正毒手，百年望族，毁于一时。此一论调作为主线，早在1953年《红楼梦新证》中呈现，至今未变，笔者以为不符合史实。

（二）编年混淆

为了证明《红楼梦》是自叙传，周先生于《红楼梦新证》中编制了一个年表，名之为"红楼纪历"。将小说中重要情节，摘要编排于十五年内，且与真实年代对照……这一"红楼纪历"，周先生甚为自负，说："它的功用非凡。"在《我与胡适先生》书中，有一节专论红楼年表，篇名竟是"年表功高"。自我赞赏如此，古今罕有。其实红楼年表根本不可能编排，因为曹雪芹并非写史，时间上模糊不清之处甚多。

（三）周刘配失误

数年前，刘心武先生于中央电视台"百家讲坛"开讲《红楼梦》。其后最初十八讲结集成书，名之曰《刘心武揭秘红楼梦》，成为红学界热门话题。刘书中若干重要论点，实来自周汝昌先生旧作……红学大师与著名作家合作，确是珠联璧合，相得益彰。只可惜刘先生选糟粕而弃精华。

（四）矛盾曲解

周先生著作等身，原属可喜，但往往前言不符后语，自相矛盾……同一内容，记载分歧，令人困惑。……再有是周先生落笔太轻，毫不自惜羽毛。当年王利器先生指责他每页都有错误，未免言之过重，但问题频出确是事实。

（五）史事稽年芜杂

《红楼梦新证》中"史事稽年"一章，庞大芜杂，达570页篇幅，占全书一半。翻阅后，觉得很多处与《红楼梦》无关；即使稍有牵连，用百字即可概括，《红楼梦新证》却大量照抄，以致眉目不清，用意不明。

（六）考证失误

众所周知：考证首重举证，证据欠缺，无从议论。周汝昌先生提倡考证不遗余力，遗憾的是本身却未身体力行，以致著作中疑问丛生。可分为三点：

1. 根本不提出典，只说前人早已考定。前人是谁？出自何处，只字不提。

2. 《红楼梦新证》中，一再提及北京师范大学李华教授。说出自李教授见示。这表示谦虚和忠实，原应赞赏。但周先生每每囫囵吞枣，和盘接受，自己未作进一步考实，也不指出来龙去脉，读者无从复核。

3. 史料选择不精。史料有真伪精粗之别，人所共知。有等史料一片荒唐，绝不可信，周先生却在这方面并不严守。……此外，周著往往插入"怪力乱神"的野史，譬如喇嘛僧助雍正夺位。

早在1976年，周先生已许下心愿："作者个人今天的见解与能力已有所提高了，对于这部东西（指《新证》）自然不会满意。……我但愿将来能有机会全部重写。"（《新证》1976年版"写在卷首"）事到如今，不仅重写尚未出现，且以后陆续梓行的著作中，又增添了不少新的谬误。周先生每年出书几部，若能稍为减少，腾出少许时间修订旧作，更为切要。如此，拙作就派上用场了。周

先生如虚怀若谷,据愚见一一更正,使周著更臻完美,得益匪浅。❶

笔者按:杨启樵的指谬的确是搔到了周汝昌的痒处,即固守自叙传。当然,他的指谬总不免表露出"正谊的火气",这"火气"自比其他几位"批周斗士"毕竟含蓄了些,似乎容易被读者忽略而已。当然,其用心并非不善,所言乃恳切之情,譬如说"周先生如虚怀若谷,据愚见一一更正,使周著更臻完美,得益匪浅。"基于此,蔡义江高度评价了杨启樵的学术贡献:"还有清史研究功力极深、只凭证据说话的杨启樵教授等,都对维护红学的健康发展作了杰出的贡献。"❷ 蔡义江如此高度地评价杨启樵的红学贡献,其中深意不言而喻。

3.《海角红楼:梅节红学文存》(梅节著)

1953年《新证》出版,周汝昌读研究生都毕不了业,私下利用胡适的原甲戌本与张伯驹、陶洙等交换资料,爬罗剔抉,可算是研究曹雪芹家世的一本资料书。红学界人士认为有用,学院派的学者则指为"繁琐考据变本加厉的典型"。1976年《新证》经周氏增订再版,王利器先生发表《〈红楼梦新证〉证误》,指责《新证》"不知妄说""以讹传讹"等十项错误,并说此书"每一页都有错误"。周汝昌说,他是念洋书出身的,"此时撰《新证》,'每一页都有错误'也不足为奇"。周氏以此为初版《新证》辩解尚可,为增订版《新证》辩似太皮厚。周先生"八十年代,走向辉煌",一连四届政协,学术上的谬误,怎么好意还赖读洋书?❸

笔者按:梅节一向以批周最为闻名,这位香港"布衣红学家"往往出言惊人,他把"周氏红学"定义为"龙门红学"。他说:"'龙门红学'的开山之作是周先生1949年发表在第三十七期《燕京学报》上的《真本石头记之脂砚斋评》,这是继胡适《红楼梦考证》后影响最大的红文。它为'龙门红学'开不二法门,现丈六金身,将之提升到学术层次。"❹ 作为蔡义江

---

❶ 杨启樵. 周汝昌红楼梦考证失误 [M]. 上海:上海书店出版社,2010:5-14.
❷ 高淮生. 红学学案 [M]. 北京:新华出版社,2013:325.
❸ 梅节. 海角红楼:梅节红学文存 [M]. 北京:国家图书馆出版社,2013:371.
❹ 梅节,马力. 红学耦耕录 [M]. 北京:文化艺术出版社,2000:23.

所称道的"批周四斗士"之首,他的批判话语锋芒逼人,丝毫不留情面,甚或有刻毒之嫌。譬如他在《周汝昌、胡适"师友交谊"抉隐——以甲戌本的借阅、录副和归还为中心》一文中说:"促使周汝昌对师门重作考虑的,是宋广波先生编成《胡适红学研究资料全编》要出版……'曾见大师容末学,不期小著动高流',差点就跪下了,宽恕弟子昏聩吧!他感觉自己正从'新红学顶峰'急速坠落,慌忙抱住祖师爷的大腿,以图在红学史上保持一个后人可以看得见的位置。"❶ 这一段"刺激的话"一定会刺激到周汝昌敏感的神经,甚至会刺激到周汝昌的拥护者和朋友,当然也不免引来必要的反击。周绍昌在《名人效应与学风——关于周汝昌学长》一文"附言"道:"本篇在《人民政协报》发表,惜乎编辑'先生'是删削未经本人校订,错讹多出,至感遗憾。再者,11月26日晚,惊动沈治钧先生打来电话,澄清动机云云,乃告诫他我之本意在端正学风,绝无恶意,望'到此为止'。承沈君实告所称'老前辈'者即身在香港的知名人士梅节先生。我才恍然大悟,背后拿沈先生当枪使的人竟是燕京新闻系五〇年入学且与汝昌及我不相识无交往的梅挺秀。从沈文与他在沈文发表后再在香港(?)发表的文章可证,不磊落的是此公!不知'道德文章'之于今时当作何解!怕也怕也!到此为止吧!"❷ 笔者是这样评价的:"梅节之所以动了'正谊的火气',不仅因为他的'怀疑',同时因为他的'信仰'——嫉恶如仇、刺伪颂真!"❸ 仅就此"信仰"而言,自与周汝昌当年与胡适争锋的"信仰"一般相同,此乃性分所致,夫复何言?陈平原在评论清代大学者汪中的为人与为文时说:"我们可以这样为汪中辩解:千古文章未尽才,人家51岁便英年早逝,难怪其著作没能写完。可我想,还有一个原因,那就是作者的过于愤世嫉俗。这对文章有好处,对著述则未必。'述学'需要的是对于古人的理解、体贴、同情,而不是没来由的愤怒。汪中文章写得漂亮,那是因为他有一腔抑郁不平之气。可这种抑郁不平,转移到学术著述,则使其无法全心全意投入专业研究。"❹

---

❶ 梅节. 海角红楼:梅节红学文存[M]. 北京:国家图书馆出版社,2013:383.
❷ 周伦玲. 似曾相识周汝昌[M]. 天津:百花文艺出版社,2011:76.
❸ 高淮生. 考论立新说,辨伪以求真:梅节的红学研究——当代港、台及海外学人的红学研究综论之二[J]. 河南教育学院学报,2013(1).
❹ 陈平原. 从文人之文到学者之文[M]. 北京:生活·读书·新知三联书店,2004:242.

《红楼梦新证》是新红学考证派的一部力作,也有人称之为集大成之作。刘再复在为梁归智2010年8月31日再版的《红学泰斗周汝昌传:红楼风雨梦中人》所写序言题为《中国文学第一天才的旷世知音》,直接将周汝昌的"考证"概念化为:"总成考证""超越考证""考证高峰",再加上"悟证先河",这便是"周氏红学"之"周氏考证"了。周汝昌自己则说:"我是让人家赐呼'考证派'的人,可我不相信考证有多大神通。如我所记于此的真情实境,我若不叙,谁其知之?单凭'专家'去'考证',能讲清讲对了多少?我是十分怀疑的。所以又想,记一记也好,省得日后捕风捉影,也可'预防'妄人有意歪曲、编造、污谤抹黑。"❶

周汝昌如是说——

我相信"自传说"的理由,是本人的感知,而不是先读了专家学者的权威论证。

我最深切的感悟是雪芹写下的那两首《西江月》——

"天下无能第一,古今不肖无双。"

"富贵不知乐业,贫穷难奈凄凉。"

"潦倒不通庶务,愚顽怕读文章。"

"无故寻仇觅恨,有时似傻如狂。"

"可怜辜负好时光,于国于家无望!"

…………

这些"难听"的话,是说谁呢?

奇极了——我没见一个人出来讲讲,他读了这些"评语"之后想到的是什么?是"同意"作者对宝玉的"介绍"和"鉴定"?还是略为聪明一层,知道这乃是反词——以讥为赞?

无论如何,读至此处之人,该当是有一点疑问:世上可有一个大傻瓜,他十年辛苦、字字是血的著作,就是为了偏偏要选这么一个"怪物"作他全部书的总主角(一切人、事、境、变……都由他因他而发生而展开而进行……)?这个"偏僻""乖张"的人物,如此不堪言状,选他的目的用意又在哪里?——即使你已明白此乃以讥为赞的反词,那你也该进而追问:如果他是写不相

---

❶ 周汝昌. 红楼无限情:周汝昌自传[M]. 北京:北京十月文艺出版社,2005:376.

干的赵钱孙李以至子虚乌有的捏造产物，那他为何不正面大颂大扬大称大赞？他为什么要费这一番"纠缠"而引人入其迷阵？难道他神经上真有毛病？

经此一串推演，智者已悟：雪芹特意用此手法以写宝玉者，乃其"夫子自道"也——除此以外，又能有什么更准确的"解读"？

——以上这一段，说的不是别的，就是着重表明一点：读《红楼梦》，你玩味他的笔法，只要有点儿悟性，就能晓知此书写宝玉——石头入世的红楼一梦，即是"作者历过一番梦幻……借通灵之说而作此《石头记》"的真实原委；此书的"自况""自寓""自叙""自传"的性质本来丝毫不误。作者雪芹不过因为当时此一性质惊世骇俗怕惹麻烦，故此小施"文字狡狯"而已，并无多大玄妙神秘可言。

这就是需要一点悟性——比"考证"更重要。书中类此之笔法，例子也不少，我谓举一足以反三，可以不必絮絮而罗列无休了吧。❶

上述文字有助于理解周汝昌为什么坚定不移地相信"自传说"的深层动机。他强调自己的"感知"，也就是"悟性"，"悟性"比"考证"更重要，能悟者自通，尤其对于《红楼梦》和红学而言。如此说来，《红楼梦新证》不仅是一部"材料考证书"，同时也是一部"悟书"，读者信不信并不要紧，要紧的是应从"悟性"上阅读理解这部"材料考证书"，方不辜负作者之用心。

张中行在《红楼旧影》一书中如此评价孙楷第的学问："总的说，可以简而要地论断，他是老牌的货真价实的没有任何搀和的汉学家。先要说明一下，这论断是叙述事实，不是或主要不是赞扬成就。赞扬当然可以，但这会引来疑心，是有意贬低宋学，甚至新学。所以还是客观主义的好，只说汉学，不管是不是超过其他，老牌的汉学，以乾嘉学派为代表，是题材限于四部，即所谓国学，用考证的方法求实，即弄清某一历史情况的真相，而不谈，至少是不很注意，应该怎样希圣希贤，这样的学风有优点，是脚踏实地，不空口说白话。缺点也不是没有，往大处说是躲开现社会的争端

---

❶ 周汝昌．红楼无限情：周汝昌自传［M］．北京：北京十月文艺出版社，2005：177-178．

（起初并且是有意的），往小处说是躲开正心诚意一类问题；而人，有了生，不能无所求，因而就不能跳出自己的关系网，总是闭门考大禹是不是虫子，曹雪芹是不是死于壬午除夕，也未免过于松心了吧？但这是就整个社会说，至于个人，那就还可以从分工方面着眼，有的人走陈涉、吴广一条路，有的人走马融、郑玄一条路，也不坏。孙先生走的是马融、郑玄一条路，而且没有什么搀和。所谓搀和，是指材料、注意点等的超出传统，如刘勰、严羽之外也引亚里士多德，生霸死霸考之外也谈《红楼梦》的艺术价值之类。在这方面，孙先生是家风纯正，用笑话说，够得上真正老王麻子，郑重其事地说，可以算作乾嘉学派的殿军。"❶ 由孙楷第而观照周汝昌，则可见周汝昌的"家风"并不见得"纯正"，他是以乾嘉学派入，而以义理之学出，《红楼梦新证》初版标举的"新索隐"已然为他此后大谈"中华文化之学""新国学"引导路径，他不仅于"生霸死霸考之外也谈《红楼梦》的艺术价值之类"，同时超越"艺术价值"层面直达思想文化层面或哲理层面。周汝昌所走的路子显然迥异于新红学的开山胡适之先生了，"正心诚意一类问题"可谓"周氏红学"的结穴所在。在张中行看来："评价或推崇成就，称为乾嘉学派的殿军，孙先生可以当之无愧。举证，不难，但是太多。只好大题小做，以点代面，先泛说治学方法，是从疑开始，即在故纸中。像是没有问题的地方发现问题；然后要博，即查阅一切有关材料，中间经过慎重比勘，舍去不可信的，取其可信的，最后得出结论。这里显然有两难：一是肚子里要装满古籍，有用的都不遗漏；二要头脑清楚，能看到问题，辨析真伪。汉学家的本领就在于能够克服这两难。孙先生也是这样，能够由博而精，所以医生喜欢考，考这考那，几乎都取得使人信服的成果……悬揣而合于事实，这就可见汉学的力量和汉学家的高明。"❷ 再由孙楷第而观照周汝昌，则可见周汝昌的"考证"同样离不开"悬揣"，这"悬揣"在周汝昌的语汇中即"悟性"，只不过他却并没有孙先生那么神通，"几乎都取得使人信服的成果"。不过，关于曹宣的"悬揣"已经为周汝昌带来了荣耀，当然也不免为他的考证"悟性"说或者"悟证"说提供了事实依据，以此显见"悟证"的高级境界和不同凡响。毋庸讳言，周汝昌这

---

❶ 张中行. 红楼旧影 [M]. 南京：江苏凤凰文艺出版社，2017：176.
❷ 张中行. 红楼旧影 [M]. 南京：江苏凤凰文艺出版社，2017：176–177.

一方面的主张和自信同时也为他赢得了毫不留情的批评和批判,"悟证"说的主观唯心主义本质岂容掩盖呢?

张中行又如是说:"凡事都会有得失两面,博而精,考证有大成就,是得的一面。还有失的一面,是容易成为书呆子。而二十年代后期我认识孙先生的时候起,到八十年代前期我最后一次看见他的时候止,我的印象,除去书和他专精的学问以外,他像是什么也不想,甚至什么也不知道。应该知道而不知道的,其中之一,依常情,相当重要,是世故。例如一次谈闲话,也是未名湖畔,他提及写了一篇批评某书的文章,某书作者表示谨受教。希望不必发表,他不接受,跟我说的理由是:'我发表我的意见,别人管得着吗?'这就是只看见学问,没看见世态。"❶如果再由孙楷第而观照周汝昌,周汝昌的"书呆子气"则显然越来越不同于孙先生,愈到晚年则愈加凸现他对于"世态"的明察,他"世故"的一面也愈加鲜明。

《红楼梦新证》为什么具有说不完的话题价值呢?这不仅因为《红楼梦新证》的话题空间比较大,也不仅因为周汝昌其人以及"周氏红学"话题空间比较大,还因为围绕着《红楼梦新证》、周汝昌其人以及"周氏红学"的时代风气以及学术生态的话题空间同样比较大,更在于诸如此类的比较大的"话题空间"对于百年来的红学史、思想史、学术史、文化史等的"话题价值"比较大的缘故。譬如王平陵著《三十年文坛沧桑录》一书中题为《考证小说的影响》一文道:"我觉得在五四时期,倒是有真正的文艺批评的,那就是一时盛行的'红学'的研究。……继蔡胡之后,研究'红学'的批评家们接踵而起,所写出的关于'红学'的批评,汗牛充栋,有些各执己见,莫衷一是的主张,甚至挑起激烈的论争,至今尚未能获得'心平气和'的解决。……基于这一个事实,从五四到今天,不是没有纯正的文艺批评,但纯正的批评风气,始终没有建立起来,恐怕还是要文艺作者多负点责任。"❷尽管王平陵对于继蔡胡之后的红学研究和批评的生态分析已经距离今天半个多世纪了,但这一方面的评估至今仍有启示意义。可以认为,围绕着《红楼梦新证》、周汝昌其人以及"周氏红学"的时代风气以及学术生态诸多问题至今尚待"心平气和"地解决。

---

❶ 张中行. 红楼旧影 [M]. 南京:江苏凤凰文艺出版社,2017:178.
❷ 王平陵. 三十年文坛沧桑录 [M]. 北京:海豚出版社,2016:116–118.

## 第三章 "红学四学"：红学何为？

周汝昌在《我与胡适先生》一书中说："1927年，胡适先生在上海买得一部古钞本《石头记》，即海内外人人艳称乐道的甲戌本。此本虽然只有残存的十六回书文，而它出现于人世却为'红学'开辟了一片崭新的境界；说是'石破惊天'，乃至是'开天辟地'，也不为太过。这是因为：它第一次让普天下读者晓悟曹雪芹所著之《红楼梦》的原貌，是与坊间久已流行的一百二十回'程高本'大大地不同，原书所附有的脂砚斋批语有极其重要的研读价值。但在1927至1947这二十年的岁月之间，世人是不曾，也无法得见此庐山的真面目，至1948年夏天，我从胡先生处借得了这部珍本，并与亡兄祜昌抄录出一部副本，方得仔细研索，赢得了前所未知（也难以臆想）的重要成果——从此方才正式建立了作者、版本、脂批、探佚'四大分支'这一完整体系的'新红学'。"[1]尽管周汝昌介绍得如此方便，其实这"四大分支"之"学"不仅经历了草创到成型的过程，同时也经历了不断被批判的过程，自然也经历了不断被阐扬的过程。在这个阐扬的过程中，周汝昌说："胡先生晚年自述平生，对'建立新红学'很觉得意。但摆其实际，这只是一种'马后课'。他从来也没有要建立一个'红学'专科学术的动机与观念。他做了一般性的考订工作，贡献不小，但这儿并没有什么新的思想内涵与学术体系可言。因此，从严而论，我们称之为'红学'，原是有些张皇其词了，胡先生自己也发生了错觉，以为自己真曾建立了一种新的什么'学'。其实并非如此。胡氏之于《红楼梦》研究，实未建立一个堪称独立的新创的'学'。可知世之所谓'新红学'，原是一种夸大了的名目和概念。综而观之，俞先生本来比胡先生的'红学'更有学术本质与

---

[1] 周汝昌. 我与胡适先生［M］. 桂林：漓江出版社，2005：16.

发展的能量，但仅仅开了一个端，以后的学术性著述没有跟上。这确实是红学史上令人惋惜的现象。"❶ 于是乎，周汝昌对于建构"体系"的觉悟和热情一直激励着他60年的红学生涯。

冯其庸、李希凡主编《红楼梦大辞典》（增订本）这样界定"红学"："红学，是指研究《红楼梦》的学问，它包括研究《红楼梦》的思想意义、艺术价值、创作经验、作者曹雪芹的生平家世，《红楼梦》的版本、探佚、脂评，等等。也有人认为，红学研究的范围是曹学、版本学、探佚学和脂学，与对《红楼梦》自身的研究无关。这种意见没有得到广泛赞同。"❷ 这样界定"红学"并不尽如人意，或以为失之宽泛，这是指界定的前半句说的；或以为失之狭窄，这是指界定的后半句说的。其实，并非研究了《红楼梦》就都是"学问"，并非研究《红楼梦》的学问就都具有"红学"之"学"的品质，这些都是问题。周汝昌尤其强调"红学"之"学"的品质，这并没有错，他究竟"错"在哪儿呢？自然是仁者见仁智者见智，总之，他以"四学"规范"红学"终究是有问题的，当然会引来争议。刘梦溪说："周汝昌先生对红学的学科特点注意最多，多年来一再发表自己的见解，致使不少研究者对这方面的问题产生了兴趣。"❸

## 一、什么是红学？

### （一）"红学"不废百家言

周汝昌如是说："'红学'的名词称号，起端于清代后期，其时虽稍后于乾、嘉'朴学'极盛之世，而'经学'仍是当时中国学术文化的主体，'红学'一词，本是与'经学'并列而提出的新命题新理念。它亦庄亦谐地'自封自赞'的文化高位，却不料竟随着历史进展而获得了正式严肃的涵义与份量。经学是中华群经、典籍之学，向来有汉、宋两大流派之分。大致说来，汉重训诂字句，宋偏义理宗旨。再粗略来说，明承宋派，而清踵汉风（此特指乾嘉，朴学本质是汉学一脉），精通经学的清代文士，如果来研

---

❶ 周汝昌．还"红学"以学 [J]．北京大学学报（哲学社会科学版），1995（4）．
❷ 李希凡，冯其庸．红楼梦大辞典 [M]．北京：文化艺术出版社，2010：473．
❸ 刘梦溪．红楼梦与百年中国 [M]．石家庄：河北教育出版社，1999：379．

究'红学',就不会是与后世今时之人一样的观念与方法。以现今的语言来表述,清人的红学还是中国文化学,而不是后来的小说文艺理论学。以我们所能见到的清人'红学'专著为例,撰于乾隆之末的《阅红楼梦随笔》(周春著)其内容可分三部分:一,诗文字句的笺注;二,故事情节的'本事'的探究;三,对同时流传的手抄80回本(原著)与活字120回本(伪续'全本')的记叙。这就很分明,清代'红学',其意度、方法,与对待'红学'是一致的,是中国史学、文化学,而甚异于后来西学传入的小说文艺之学。从那以后,经过了种种曲折,直到近年,无论国内海外,都逐步地把'红学'由'一部小说'的浅层观念'回归'到中国文化的本质深层意义上来了。国内出版了《红楼梦与中华文化》的专著,海外则传出了世界汉学的'三大显学'之一就是'红学'——与甲骨学、敦煌学分足鼎立的新说法。"❶ 笔者按:周汝昌自学术史视角看"红学",强调"红学"与"中国史学""中国文化学"之意度、方法上的一脉承续,这就是他毕生以诠释《红楼梦》乃"文化小说","红学"乃"文化之学"为己任的学理依据和精神依据。周汝昌注重"清躔汉风"的观念与方法,这也与后世今时之人的观念与方法不同。总之,周汝昌自始至终是从"异"于时人的眼光看待"红学",所以难与时人一般"同"。其实,周汝昌并非"唯予一人"之倡言"红学"之旧学观念与方法,钱锺书不仅认同"红学"这学科属性,而且是从中国传统学术上理解"红学"。"红学"是否"显学"呢?置疑者有之,坚信者有之,置疑者不做例举也罢,坚信者何人?且看刘梦溪在《红楼梦与百年中国》一书中如何说:"中国近百年来的学术界,很少有一门学问像《红楼梦》研究这样,既吸引大批学有专攻的专家学者,又为一般的读者和爱好者所倾倒;而且历久不衰,学术发展过程,大故迭起,雨雨风风,《红楼梦》里仿佛装有整个的中国,每个有文化的中国人都可以从中找到自己。因林黛玉焚稿断情而疯癫,埋怨母亲'奈何烧杀我宝玉',固是辗转流传下来的文坛佚话,未必尽真;现在深研红学而达到物我两忘的境界,或者突然宣布自己于红学有重大发现的'红迷',却代不乏人。甲骨学和敦煌学,在世界上有东方显学之目,如果说红学已成为当代显学,自

---

❶ 周汝昌. 红楼鞭影:中国当代红楼梦研究 [M]. 北京:北京师范大学出版社,2003:1-2.

是无可否认的事实。"❶ "红学"是否"显学"呢？一些置疑者至今尚抱有"不平之气"，刘梦溪说："莎士比亚研究是世界性的学问，《红楼梦》研究也在变成世界性的学问。对这种状况，有人感到不可理解，认为是一种不公正的发展，提出《红楼梦》研究可以成为专学，研究其他作家的作品为什么就不能？比如说，为什么不可以有'水浒学''三国学''西游学''金瓶梅学'或'聊斋学'？其实，不是不可以的问题，是能不能名实相符的问题。'水浒学''三国学'人们已在叫了，但能否叫得开，最终能不能获得一门学科应有的内容；叫开了，在学科建设上有无科学依据，仍是未知数。应承认，以一书名学，绝非寻常之事。中国从前有'选学'的说法，那是由于昭明太子萧统的《文选》对后世影响太大了，唐以后经常把《文选》与儒家经典并列，文士手中必备此书，恰同于《红楼梦》的'家置一编'。"❷ 刘梦溪的以上说法显然难以抚慰置疑者的不满之心。

钱锺书如是说："词章中一书而得为'学'，堪比经之有《易》学'《诗》学'等或《说文解字》之蔚成'许学'者，惟'《选》学'与'《红》学'耳。寥落千载，俪坐俪立，莫许参焉。'千家注杜'，'五百家注韩、柳、苏'，未闻标立'杜学''韩学'等名目。考据言'郑学'、义理言'朱学'之类，乃谓郑玄、朱熹辈著作学说之全，非谓一书也。"❸ 笔者按：钱锺书之说出自《管锥编》第四册全上古三代秦汉三国六朝文一三七则，则二一"全梁文卷一九"。刘梦溪在《现代学人的信仰》一书中道："他对'专学'的看法也很特别。他说因研究一种书而名学的情况不是很多。一个是'选学'，《文选》学；一个是'许学'，研究许慎的《说文解字》的学问，它们可以称为专学。《红楼梦》研究称为'红学'，是为特例，但他认为此学可以成立。其余的研究，包括千家注杜（杜甫）、百家注韩（韩愈），都不能以'杜学'或者'韩学'称。可见他对学问内涵的限定，何等严格。"❹ 笔者在《钱锺书〈红楼梦〉引证辑录》一文中说："《管锥编》第四册中一则对于何为'学'的评述，即'红学'堪比'许学''《选》学''《易》学''《诗》学'等，这就尤其难得了，其难得在于对

---

❶ 刘梦溪. 红楼梦与百年中国 [M]. 石家庄：河北教育出版社，1999：18.
❷ 刘梦溪. 红楼梦与百年中国 [M]. 石家庄：河北教育出版社，1999：22-23.
❸ 钱锺书. 管锥编 [M]. 第二版. 北京：中华书局，1986：1401.
❹ 刘梦溪. 现代学人的信仰 [M]. 北京：商务印书馆，2015：85.

于《红楼梦》研究之成为一门学问的合理性以及合法性的认定。'红学'之为'学'已历百年,然今日之排斥乃至否定红学者大有人在,关于'红学何为?''何为红学?'的辩论十分尖锐,红学学科的合理性以及合法性有待于从学理上认定。显而易见,'弘博广通'如钱锺书者能够慧眼独具地识别《红楼梦》之学科属性,也就十分难得了。"❶ "引证辑录"将为进一步地考辨与述论钱锺书阅读和接受《红楼梦》的立场、观念与方法提供第一手文献资料,而厘清钱锺书阅读和接受《红楼梦》的立场、观念与方法,又将对《红楼梦》的研究以及红学的学科发展具有不可忽视的学术启示意义。钱锺书之说同样难以抚慰置疑者的不满之心,因为缺乏学理阐释的逻辑说服力。

刘梦溪如何说的呢?他说:"究竟是何种缘由使得《红楼梦》研究能够一书名学呢?我认为首要的一点,还是《红楼梦》这部作品自身的特点决定的。《红楼梦》不是一般的著作,而是在一个特殊的时代,作者经历了一番特殊的经历之后,用独特的艺术手法,写出来的具有划时代意义的伟大作品。她的问世,为中国古典文学的发展作了一个总结,标志着小说创作的最高峰。她与其他几部长篇小说不同,无论内容还是形式都带有特殊的质的规定性。概括言之,可以说《红楼梦》具有反映时代的深刻性、思想内容的丰富性、艺术表现手法的多样性和成书过程的复杂性。"❷ 再者说,"考据学引入《红楼梦》研究,是使红学成为一门专门学问的重要因由。"❸ 至于说"另外几部古典文学名著虽然也存在类似问题,如《金瓶梅》的作者问题迄今无定论,《水浒传》的成书过程也相当复杂,但情形都不像《红楼梦》这样严重。而解决这些问题,就须借助于考证。……我认为考证对于使《红楼梦》研究成为一门专门学问,有功不可没的贡献。"❹ 当然,除了以上几方面,"红学之为红学,还因为'五四'以来出现了一批深孚众望的毕生以研究《红楼梦》为业的学者,他们的劳动及其成果为社会所注意,受到人们的尊敬。……特别近三十年来红学一直是热门学问,古典文学工作者必涉足红学不必说了,许多史学家、思想史家、经济学家和外国文学

---

❶ 高淮生. 红学丛稿新编 [M]. 北京:知识产权出版社,2017:25.
❷ 刘梦溪. 红楼梦与百年中国 [M]. 石家庄:河北教育出版社,1999:23-24.
❸ 刘梦溪. 红楼梦与百年中国 [M]. 石家庄:河北教育出版社,1999:32.
❹ 刘梦溪. 红楼梦与百年中国 [M]. 石家庄:河北教育出版社,1999:35-36.

专家，也热心红学，使《红楼梦》研究带有超学科的特点，结果大大提高了红学的身价，增加了这门学问的知名度和影响力。"[1] 笔者按：刘梦溪谈了三点意见，即一则特殊的质的规定性；二则考据学的引入；三则大批有影响的学者的参与研究。以上三个方面共同成就"红学"这一门"专学"，并且使《红楼梦》研究带有超学科的特点。不过，以上三点仍显得不够充分和不够独特，或者说，"红学"作为一门"专学"的说服力仍显不足。当然，就其强调"红学"的特殊性以及"红学"作为一门"专学"的意见来看，大体与周汝昌的意见相一致。若从对"红学"学理方面的阐述上说，均不如乔福锦做得更加系统、深入、充分，或者说，乔福锦对"红学"作为一门"专学"的学科属性和学科价值的思考贡献最大。尽管周汝昌对红学的学科特点注意最多，多年来一再发表自己的见解，不过，他对"红学"的学理性阐释仍然要输于乔福锦。

乔福锦是怎样看待"红学"的呢？乔福锦这样认为：作为一门专业学问，红学之学科特征，可从独立性、系统性与综合性三个方面进行概括。其中独立性是学科成立的内在依据；系统性是学科成熟的逻辑体现；综合性是学科格局的整体反映。三个方面相互依托、互为补充，共同彰显着这门中华专学的特殊风貌。学科独立性是学科成立的内在依据，是专业自主的学术体现，也是一门学科区别于另一门学科的特殊标志。红学之学科独立性，首先体现于研究对象的独立。以一本书为一门学科之研究对象，在中国学术史上，主要表现于经学研究之中。《诗》《书》《礼》《乐》《易》《春秋》，乃儒学之六部经典，是六经之学的学科对象，也是六门专业学问学科独立存在的文献基础。实际上，只有"红学"，是"辞章"之学中唯一以一书为研究对象的专门学问，堪与经学研究相比。此一现象的产生，恰与红学文本之特殊性相关。作为一部"千古奇书"，《红楼梦》不只与西方意义上的一般小说不同，即使在中国的传统中，她也是一个特殊存在。红学之学科独立性，即基于"拟《春秋》"这一"文""事""义"三位一体之文本之特殊。朱子美曰："吾所专攻者，盖红学也"。将自己所"专攻"之学比作"少一横三曲"之"经学"，从某种意义上讲，正是基于独立性品格追求之需要。换言之，堪比儒学经典的文本性质，是红学文本区别于古

---

[1] 刘梦溪. 红楼梦与百年中国 [M]. 石家庄：河北教育出版社，1999：39-40.

代其他"野史小说"从而具有独立性品质的原因所在，也是红学之所以成立的根本理由。依"反面《春秋》"——"石经"文本而建立的"红学"——"经学"，是指对于中华历史文化之"第十四经"即"拟《春秋》"文本进行研究的专业学问。从性质上讲，它与外来学问并无直接联系，却是中华传统儒学研究的一部分，属于儒家经典之学。传统儒家经学，每一学科都有独自的学术观念与理论体系。《春秋》学所特有的观念与理论，是红学的精神生命所在，也是这门专学实现学术自觉与学科独立的思想前提。独特的研究方法，是红学学科独立性特征的另一体现。红学研究之所以区别于其他小说研究，一方面基于文本性质的不同，另一方面也是由学科发展过程中所形成的独有师法与家法所决定。因有自己的师法与家法，传统经学各门得以形成各自独立的学术传统。红学第一人脂砚斋，即是这门学科独特师法与家法的创立者。由于直接参与了《红楼梦》的撰写，熟悉作者著书本意，知晓"文""事""义"三位一体的文本内在系统，脂砚斋与脂批所开创的以"反面《春秋》"文本解释为中心的考据、索隐与思想艺术评论方法，不仅成为红学研究的唯一师法与红学方法论建立的基础，也成为红学学科独立的学术前提之一。脂砚斋所开创的具有独立性品质的红学学统，在"旧红学"时代即已中断，在现代红学史上，也未得到学统传承意义上的延续。胡适之先生建立的"新红学"，基本属实证性史学，到俞平伯先生，则开始发生文学转向。红学的学科系统性，主要体现在学科理论的系统性、学科知识的连贯性与学科体系的完整性等方面。红学学科综合性特征，首先与研究对象内涵之丰富相关。产生于中华历史文化"综汇期"——清代"乾隆盛世"的《红楼梦》，乃是一部百科全书式的历史文化巨著。华夏民族所特有的价值观念、典章制度乃至社会生活方式，《红楼梦》书中均有生动的反映。❶ 笔者按：乔福锦从独立性、系统性与综合性三个方面阐述了"红学"的学科特征，其学理概括性相对最强。红学学科独立性特征是"三性"中最基本的方面，这方面的阐述主要强调了中国学术史的延续性，尽管"红学"是"辞章"之学中唯一以一书为研究对象的专门学问，但其"经学"特质基本保存着。尤其是关于《红楼梦》乃"第十四经"的说法，其实是对周汝昌的直接继承，他们都在强调《红楼梦》作

---

❶ 乔福锦. 红学学科之三大特征[J]. 辽东学院学报（社会科学版），2013（5）：58-63.

为经典的特殊性或传统"经学"特质,而非一般意义上的文学经典。如果从一般意义上的文学经典来理解,所导致的结果正是"外来观念的引进与学术方法的运用,留下日后以教条主义方式西方文艺理论套用于红学研究之隐患。"❶ 乔福锦的"隐患"说不仅自觉地与周汝昌的态度保持了一致,同时也是乔福锦对于红学研究前途和命运忧患的体现。正因为乔福锦的"忧患"深重,他才能一直保持着对于"红学学科"这一话题的自觉思考和学理阐发。所以,在乔福锦看来:"'新红学'跨越两大时代,学脉仍在延续。《红楼梦新证》的问世,不仅将以'作者'与'版本'为主要研究对象的'新红学'发展到相当完备之地步,从某种意义上说,红学研究至周汝昌先生,才具备了现代意义上的'专学'品格。《红楼梦新证》之出版,标志着三大派整合的开始,这一进程随后即被批判运动打断。港台及海外索隐派与科学考证派红学学统虽仍延续,由于材料的限制及考证方法本身的局限,并无大的进展。"❷ 所以,乔福锦特别强调百年红学新的转型期红学学科建设的重要性和学术意义。乔福锦对此一时期红学学科的学理性思考形成了一批研究成果,诸如《红学与"经学"——世纪末关于《红楼梦》研究的回顾反思、范式命定及前景瞻望》(《邢台师范高专学报》1996 年第 4 期)、《红学之学术反思与学科重建纲要》(《红楼梦学刊》2002 第 1 辑)、《经学品质 国学架构 汉学视域——红学之学术反思与学科重建纲要》(《南都学坛》2002 第 1 期)、《红学学科建设的三大课题》(《山西大学学报》2006 年第 5 期)、《关于红学学科理论建设的思考——〈红学概论〉导言》(《辽东学院学报》2007 年第 3 期)、《现代学术视野中的红学学科架构》(《河南教育学院学报》2008 年第 3 期)、《"红学"成因之辨》(《辽东学院学报》2009 年第 4 期)、《〈红楼梦〉历史文化精神论纲》(《辽东学院学报》2013 年第 2 期)、《华夏固有学术视域中的"红学"》(《辽东学院学报》2013 年第 3 期)、《红学历程述略》(《辽东学院学报》2013 年第 4 期)、《红学学科之三大特征》(《辽东学院学报》2013 年第 5 期)、《学理分歧·学术对立·学科危机——曹雪芹诞辰 300 周年之际的红学忧思》(《中国矿业大学学报》社会科学版 2015 年第 4 期)。在乔福锦看来:"学科体系之重

---

❶ 乔福锦. 红学历程述略 [J]. 辽东学院学报(社会科学版),2013 (4).
❷ 乔福锦. 红学历程述略 [J]. 辽东学院学报(社会科学版),2013 (4).

建,是'红学'与现代学术接轨并与国际学界对话的前提条件。如果说'红学'是独立于文、史、哲等人文基础学科之外的'一级学科',现代学术视野中的这门中华固有专学,至少应包括学科理论与方法研究、作者及其家世研究、版本文献研究、文本研究、红学史、红楼文化、翻译与比较研究、海外红学研究八个'二级学科'。"❶

应必诚又如何说呢?他说:"在我看来,'红学'也就是'《红楼梦》研究','红学'就是人们对《红楼梦》这部伟大作品的欣赏、解读、认识和研究,'红学'的历史也就是人们欣赏、解读、认识和研究《红楼梦》的历史。'红学'包含两个方面的内容:一个是材料文献的发现和研究,比如曹雪芹家世生平和版本材料的发现和研究等;二是《红楼梦》本身的研究。这两者之间的关系不是如周汝昌先生所说'耘麦'和'植桑','修路'和'盖房'那样的关系,而是统一'红学'内部的两个不同的方面的关系。'红学'材料的发掘和研究可以推动和深化我们对《红楼梦》的认识,而《红楼梦》本身的研究对材料、文献的研究起规范和指向的作用。'红学'研究最根本的目的是不断推进和深化、提高我们对《红楼梦》这部伟大作品的认识。因此,在'红学'研究的范围内,红学材料和文献的发掘、考证和研究不具有独立的意义。"❷ 笔者按:应必诚的"红学"观最大众化、常识化,所拥有能理解的读者也最多。这一"红学"观与冯其庸、李希凡主编《红楼梦大辞典》(增订本)关于"红学"的界定联系最近。应必诚是代表"红学"大众发言,所以他最反对周汝昌所谓"红学特殊性"之说。其实,坚持《红楼梦》是一部"特殊"的小说、研究《红楼梦》的学问同样是"特殊"的学问观点的学人大有人在。譬如冯其庸对《红楼梦》以及"红学"的"特殊性"也是有所会意的,他说:"归根结底,研究《红楼梦》是一门非常严肃的学问,也是很艰辛的学问。我个人觉得,它的艰难性,不下于研究先秦古籍。因为先秦古籍,无论《论语》也好,《孟子》也好,其他的《大学》《中庸》,都没有隐晦曲折的事情,只是古代的语言难懂,要从历史的角度来解读这些语词的当时的含义,就可以得到确解。《红楼梦》里,隐藏了很多不能表面上讲,比如说元妃省亲,要不是脂砚斋批,

---

❶ 乔福锦.现代学术视野中的红学学科架构[J].河南教育学院学报(哲学社会科学版),2008,27(3):48-56.

❷ 应必诚.红学何为[M].上海:复旦大学出版社,2006:2.

读者怎么样也想不到,这是写南巡盛事。……先秦的古籍没有这些曲曲折折的情况,它讲的都是自己的思想,只是时代隔得很远了,语言的方式,语词的内涵有历史性的变异。所以我们解读先秦古籍,要按先秦时期的历史环境来阅读,要把同时期的各种书对照着读,但是不用发掘它背后还隐藏什么东西,不存在这种情况。《水浒传》《三国演义》都明白得很,七分虚构三分真实。大家知道《三国演义》里面有很多虚构的情节,但是没有隐藏的意思。唯独《红楼梦》跟别的小说不一样,字面上读起来很热闹,也可以明白大致。要仔细研究呢,它字句里、故事情节里还隐藏着更深的一层内涵,这是跟别的小说完全不一样的地方。所以读《红楼梦》需要结合作者的历史背景、家庭背景来读。这是实际存在的事实,不是凭空造出来的。……所以《红楼梦》这部书,内容太深,它里面有些话你看不出来有什么内涵,实际上它隐含着自己心里的悲痛,所以俞平伯先生和其他一些人说,《红楼梦》写到最辉煌热闹的时候,都带着一种悲凉的味道。"[1] 冯其庸强调"唯独《红楼梦》跟别的小说不一样",这无疑是在强调"红学"的"特殊性",这部小说是不一般的小说,那么,研究这部小说的学问自然也是不一般了。假如取消了"红学特殊性",其结果又将如何呢?乔福锦这样认为:胡适之先生建立的"新红学",基本属实证性史学,到俞平伯先生,则开始发生文学转向。俞先生讲:《红楼梦》可从历史、政治、社会各个角度来看,但它本身属于文艺的范畴,毕竟是小说;论它的思想性,又有关哲学。这应是主要的,而过去似乎说的较少。王国维《红楼梦评论》有创造性,但也有唯心的偏向,又有时间上的局限。至若评价文学方面的巨著,似迄今未见。《红楼梦》行世以来,说者纷纷,称为"红学",而其核心仍缺乏明辨,亦未得到正确的评价。今后似应多从文、哲两方加以探讨……杜景华先生讲:目前红学已成为一个较宽阔的领域,涉及的范围不仅有文艺学、小说学、修辞学、版本学,还涉及哲学、美学、社会学、文化学等。随着人们对《红楼梦》这部小说愈来愈广泛的兴趣和关注,又不断发现了它在园林学、建筑学、绘画学、医学及人们日常生活中的饮食文化、服饰文化等方面的借鉴价值。当然就严格意义讲,红学之根本的还属于文学范畴,或者说它更多的是属于文学范畴之内的一种学术研究。俞、

---

[1] 冯其庸,宋本蓉. 风雨人生:冯其庸口述自传 [M]. 北京:商务印书馆,2017:272-274.

杜等先生均承认红学是一门具有多学科特征的学问,却认为《红楼梦》说到底,还是一部"小说",认为这门学问本质上属于"文学"范畴,属于"文学大系"中的小说学研究。此种论说,不仅将《红楼梦》文本从根本上"小说"化,也已从根本上消解了红学的学科独立性与存在合理性。王文元先生在《红楼梦研究的现状与问题——兼论红学非学术》一文中说:"'红学'一词可以用,但它不是学术;《红楼梦》研究应纳入到'文学评论'之中……。"从现代学科立场观察,这样的认识,恰以俞、杜两先生的认识为前提,红学的尴尬现状正是由这一认识所造成。在以现代意义上的"文学"为基本知识背景的学人心中,一方面,红学是一门专学,而且还是一门"显学";另一方面,却又属于中国古典文学专业中国小说研究的一个领域。这样的认识,正是将红学研究"文学"化,混淆红学与其他"野史小说"的本质区别的必然结果,也是造成红学学科存在基础动摇的根源。[1] 其实,这种将红学研究"文学"化的做法因为存在着显而易见的不确定性,必然使其红学研究中的"学"的品质受到置疑。即如洪涛所说:"回顾近代的《红楼梦》版本研究,我们可以看出《红楼梦》的文本研究地位是不稳定的。……考察过各类文本研究,我们可以断定:从'内在结构''有机性'来理解作品,本身是正当的,因为这免除了挟'外证'来框套于作品的危险,但本书和各种抽样调查都显示文本的'内在结构'和'有机性'往往不是完全客观的'文本特征',因为'内在结构''有机性'还须靠评家去'发现'。一旦承认这点,那么,借'内在结构'所推导出来的'作者本意',也就不是完全客观自存的了。评论者的意见必然已渗透其中。评家读者的权威,有时候会压倒文本的权威;评家读者的意图,也可能假借'作者的意图'而呈现在世人面前。"[2]

总之,"红学"这一话题的话题价值至今仍具有诱惑力,尽管至今也没有真正形成具有权威说服力的共识性的说法(部分共识已经形成)。当然,即便具有权威说服力的共识性的说法没有最终形成,也并不影响人们对"红学"的关注以及发表研讨意见或学术成果,因为"红学"的影响力一直存在。为什么至今也没有真正形成具有权威说服力的共识性的说法呢?笔

---

[1] 乔福锦. 红学学科之三大特征 [J]. 辽东学院学报(社会科学版),2013 (5):58-63.
[2] 洪涛. 红楼梦与诠释方法论 [M]. 北京:北京图书馆出版社,2008:170.

者更愿意接受梅节的观点:"其实,红学现在仍是摸索、开拓、成型阶段"。❶

**(二)"红学"争辩为哪般**

刘梦溪著《红楼梦与百年中国》第八章上篇将"什么是红学"的论争列为红学十七次论争中的第十四次论争,刘梦溪说:"红学论争中竟然有什么是红学这样的题目,似乎有点奇怪;其实,任何学科都有一个如何理解该学科的对象、范围和特性问题,红学也不例外。"❷"什么是红学"的这一场论争是由周汝昌发表在《河北师范大学学报》(1982年第3期)上题为《什么是红学》的文章引起的。最先回应者即应必诚,他发表在《文艺报》(1984年第3期)上题为《也谈什么是红学》的文章中对周汝昌提出的"红学特殊性""红学四学""《红楼梦》小说学"等观点做出了系统的批评。《文艺报》在1984年第8期又刊出了赵齐平的文章即《我看红学》,对周汝昌的观点进一步加以驳难。刘梦溪总结道:"当然问题并没有解决,对什么是红学,周汝昌以及别人不会放弃自己的看法。"❸其实,迄今为止,问题仍然并没有真正地解决,所以,什么是红学?这一问题也就成为红学领域的一个十分棘手的问题,又是必须应该面对的问题。应必诚说:"红学是什么,有研究者认为,'红学'以曹学为核心,包括版本学、脂学、探佚学;它与甲骨学、敦煌学一起,成为汉学的三大显学。对《红楼梦》本身的研究,不能叫红学,应该叫'小说学',属于小说学的范围。我是不赞成这样一种说法的,于是就有了一篇我与持以上看法的周汝昌讨论的文章。周汝昌先生文章的题目是《什么是红学》,我的文章的题目是《也谈什么是红学》。这篇文章发表在《文艺报》,现在我也把它收在这个集子里。后来,《文艺报》还发表了周汝昌先生的答辩文章和赵齐平先生的文章《我看红学》。之后,《文艺报》就没有再发表这方面的文章了。由于这个问题的讨论涵盖了整个《红楼梦》的研究,所以讨论一直以不同的形式在继续,几乎没有间断过,而且在我们可以预见到的时间内还会继续下去。这对于《红楼梦》研究的深入和发展是一件大好事。周汝昌先生在第二篇文章中把

---

❶ 高淮生. 红楼梦丛论新稿 [M]. 徐州:中国矿业大学出版社,2016:190.
❷ 刘梦溪. 红楼梦与百年中国 [M]. 石家庄:河北教育出版社,1999:379.
❸ 刘梦溪. 红楼梦与百年中国 [M]. 石家庄:河北教育出版社,1999:383.

他所说的'红学',也就是他所说的曹学、脂学、版本学和探佚学与《红楼梦》研究比作一个是耘麦,一个是植桑;一个修路,一个盖房。周先生文章的题目叫作《"红学"与"〈红楼梦〉研究"的良好关系》,他始终把'红学'与'《红楼梦》研究'看成是两回事。"❶ 应必诚坚持认为"红学"与"《红楼梦》研究"是一回事,而周汝昌则坚持认为"红学"与"《红楼梦》研究"不是一回事。孰对孰错?若各执一词,显然难分对错;若通而观之,则各有对错。问题就在于争论的双方均未能"通观"而已,一则为"红学"正名,一则为"红学"正名的同时维护自家的"体系"。

"什么是红学"的论争的确没有间断,又曾在应必诚与陈维昭之间激起了一波涟漪。应必诚与陈维昭之间的论争则是由周汝昌引发的"什么是红学?"论争的一段小波澜。《红楼梦学刊》2013年第3辑刊发了陈维昭撰《"红学"何以为"学"——兼答应必诚先生》一文,回应了应必诚《红楼梦学刊》2012年第5辑刊发的《红学为何 何为红学》一文中的观点,引起了彼时彼刻彼此的一段不愉快。应必诚在《为红学一辩:红学为何,红学何为》一书"后记"中说:"文章中有一段文字对陈维昭先生上个世纪'什么是红学'讨论的评论提出不同的看法。文章发表不久,陈维昭先生在博客上就有回应,共有两篇,一篇题目是《应必诚先生:何必呢?何苦呢?》,另一篇题目是《'红学'何以为'学'》。后一篇注明即将在某刊物上发表。文章开头就说:'应氏文中并未标明我的观点的出处,这种做法究竟是出于对当今学术规范的公然蔑视,还是别有存心,不得而知。'另一篇说:'应必诚的宏文里,有二十处提到我的名字,让我受宠若惊,但没有一处注明,我的那些观点来自我的哪一本书。尽管应先生已经是我系的退休老师,但也曾经是教授,学术的规范当然是懂的。之所以不注明出处,或许是要表示他的不屑。这当然是自我放大的结果。'看到这些文字,我很吃惊,这从哪里说起!我哪里要公然蔑视学术规范,对陈维昭先生也没有'不屑'的意思,当然也不会是自我放大、别有存心。先生言重了。尽管我心里明白,引文没有注明出处这样的事不好,但也难以上升到'公然蔑视学术规范''对人不屑''自我放大''别有存心'这样吓人的高度。但是,《学刊》上我的文章引用陈维昭先生著作的文字,没有注明引文的出处总是

---

❶ 应必诚. 红楼何为 [M]. 上海:复旦大学出版社,2006:1-2.

事实。怎么会出这样的差错呢？想到这里，心里倒是有些烦躁起来。……我翻出《学刊》，原来我的原稿中注文有多条被删除，除了陈维昭先生，还有多位先生的引文也没有出处。文字和标点也有错漏。《学刊》一次次来信表示歉意。《学刊》之所以多次来信真诚地表示歉意，我猜想，是因为他们出了错，让我去顶杠，觉得过意不去。《学刊》出错的原因，我未曾问及；我想，只是工作上的疏忽或者失误吧！……还有一点需要说明，'红学何为，红学为何'并不是已经弄清楚的问题，我写《为红学一辩：红学为何，红学何为》的目的，是希望这个红学的基本理论问题能引起大家的注意和进一步的讨论。但以上说的都是体外的话，与讨论的题旨没有关系，只因为陈维昭先生在博客中郑重地提出来，我不得不在《后记》里做以上必要的说明，想来读者是能理解的，自然，我烦躁的情绪早已消逝，但心里反而变得沉重起来！"❶（笔者按：《为红学一辩：红学为何，红学何为》一书是此前刊发于《红楼梦学刊》2012年第5辑《红学为何　何为红学》一文的订正稿，可以看作是应必诚对"什么是红学？"的最新思考成果。）应必诚所记录的这一段小波澜所引起的彼此"烦躁"自然与"什么是红学？"的辩论有直接关系，并非"闲笔"吧？笔者理解应必诚"但心里反而变得沉重起来"的深层原因应该同样是与"什么是红学？"的辩论有着直接联系的。说白了吧！应、陈两家的"口舌之辩"皆与周汝昌有着直接的关系。

　　陈维昭认为："什么是红学"这个问题由周汝昌先生于1982年提出，当时即在学术界产生强烈的反应，引起了一场令人关注的学术讨论。我曾在一些讨论红学史的论著中对这场论争进行梳理与评判。周氏的观点是否有价值？我的梳理是否符合事实？我的评判是否正确？关心红学史的人或许对此会有自己的论断。2012年第5期的《红楼梦学刊》上刊载了应必诚先生的宏文《红学为何　何为红学》（以下简称"应文"），对此作出了回应。由素有"诗意栖居的儒者"之美誉的应必诚先生以这样一种诀别诗意的严厉词锋提出，可见这些问题事关重大。应文的观点归纳起来大致有两个方面：第一，再次重申周汝昌的观点是错误的；第二，认为我对那场论争的评判是错误的。在第一个方面，应文基本上重复他在1984年参加讨论时的观点。在那场讨论中，周汝昌究竟为学界竖起了一个怎样的靶子呢？周氏

---

❶　应必诚. 为红学一辩：红学为何，红学何为 [M]. 上海：复旦大学出版社，2014：170 – 173.

于 1982 年发表了《什么是红学》的演讲（讲稿后来刊于《河北师范大学学报》1982 年第 3 期），提出两个观点：1. "红学"有其特殊性，研究《红楼梦》的学问不一定就是红学。他说："我的意思是，红学有它自身的独特性，不能只用一般研究小说的方式、方法、眼光、态度来研究《红楼梦》""红学不是要去代替一般小说学，它却补充和丰富一般小说学。一般小说学也不能代替红学。" 2. "红学"包括曹学、版本学、探佚学、脂学。周氏的观点非常明晰："红学"是一种独特的学问，不同于小说学；"红学"指曹学等四学。周氏的意图也不难把握：他考虑到《红楼梦》的独特性，认为关于《红楼梦》之"学"应该是一种独特之学，而不是一般的小说学。他并不是要借"红学"去反对"曹学"等四学之外的《红楼梦》研究，而是把《红楼梦》研究中那个特殊的部分——"曹学"等四学界定为"红学"。周氏这种关于"红学"的界定，可以视为一种"概念的界定及其逻辑展开"的行为。为"红学"定义，并不是要画地为牢，以此为律令去限定《红楼梦》研究的权利。一个人为"红学"定义，只是表明，他接下去就准备在这一限阈下展开研究，在这一意义上使用"红学"一词。周氏的界定自是他的个人心得。他选取了"一切有关《红楼梦》的学问"中他认为最具独特性的那一部分——曹学等四学，把此限定为"红学"的内容。此后，他关于"红学"的讨论就在这一界定之下进行。这是一种关于"红学"的狭义的、专门化的界定。这种界定谈不上正确还是错误。如果有人把"红学"界定得更加狭义，比如仅仅把"红学"定义为曹学；或者有人最为宽泛地把"一切关于《红楼梦》的学问"界定为"红学"，那都只不过是表明其个人观点、个人兴趣而已。但我必须指出，并不是说把"红学"的外延定义得越宽泛就越正确。周氏的红学界定与他一生的红学研究大致对应。面对周氏的红学界定，我们只能说其界定过于狭窄、过于专门化。但我们没有理由因此而认为，周汝昌否定对《红楼梦》的思想艺术进行研究。应文说："《红楼梦》的本体性质是审美的、文学的、小说的"，这种逻辑展开对应于应氏的红学界定："红学就是研究《红楼梦》的学问"。应氏的红学陈述也是自足的。应氏与周氏的不同，就在于选取的研究对象不同。周氏的选取是否别有用心，是否具有人际关系方面的影射，甚至是否具有某种政治意识形态背景，对此，或许那些与他一起共同经历政治运动的人才能心有灵犀。但是，就学术研究价值的认定和研究对象的选取来说，每个人都有他选择的权利。撇开周氏红学界定对广大《红楼梦》爱好者的感情伤害不说，其红学界定最不能令人满意的是，这种红学界定把"红学"设定为历史学性质或文献学性质。这种界定违背了文学研究界的常识：《红楼梦》是一部小说，它首先当然是文学；"红学"首先是文艺学，是美学。这也是以应氏为代表的一批讨论者所自认为是掌握了真理的地方。——这其实是周氏与其反对者之间的一种理解上的错位。周氏的红学界定的内容固然令人惊诧，令人拒斥，但是，由其红学界定引发的公愤所蕴含的文化心理，同样值得我们去深思。周氏的"概念界定及其逻辑展开"的最终指向，是指向《红楼梦》研究中最为独特、最为专门的部分（请不要用他的结论的偏颇或荒谬去嘲笑他的学术指向）；应氏的"概念界定及其逻辑展开"的最终指向是告诉我们一个老生常谈的常识：《红楼梦》是一部小说，"红学"主要是一种文艺学、美学（其间的文献考证是辅助的）。周氏与应氏这两种不同的学术指向，究竟哪一种更有学术价值，只要我们把对周汝昌这个现实的人的种种品性的优劣善恶评价暂时搁置一边，那么，我们的评判就可以走向客观、公允。我们不妨作一个假设：假如我们的学生提交类似这两种学术指向的两份开题报告，那么，研究生导师的选择将不会面临太大的困难。因为我们对开题报告的评估主要是看它的学术研究价值，而不是要让学生去作放之四海而皆准的高头文章。周氏对红学的界定，尤其是他后来的定位于"新国学"，都是我所不能同意的。但是，周氏对"红学"的特殊性的执着，对"红学"之所以为"学"的学理依据的追问却是具有重要意义的。这种追问至今并未过时。事实上，"红学"于当今在一定程度上已被娱乐化；"红学"在某些场合已经成为一个大众狂欢的广场。其作者之多、作品之多、受众之多，已是一个令人瞩目的现象。"红学娱乐化"已是一种势不可挡的倾向。只要我们把"红学"界定为"一切关于《红楼梦》的学问"，那么，其必然的逻辑展开就是红学的普泛化、娱乐化，是红学的自我消解。周汝昌曾说：否认《红楼梦》需要专学，"这实质上，是不承认事物具有各自的特殊性，是主张把'红学'一般化，亦即取消红学——存其名而废其实。"这话同样值得我们深思。❶ 陈维昭的以上阐述的系统性和学理性都比较强，他阐明了至少以下几个方面的问题：1. 周氏的红学陈述

---

❶ 陈维昭．"红学"何以为"学"——兼答应必诚先生［J］．红楼梦学刊，2013（3）．

是自足的，应氏的红学陈述也是自足的，不能简单地判定某一方的观点就是完全错误的；2. 周氏与应氏不过是"南辕北辙""同床异梦"，永无"和解"的可能；3. 周氏的"红学"界定强调"学"的特质和品格，应氏的"红学"界定乃文学研究界的常识；4. 周氏与应氏这两种"红学"界定的学术指向不同，学术价值也不同，周氏指向"红学"的专门化、学理化，应氏指向"红学"的普泛化、娱乐化；5. 学术价值评判时应当暂时搁置对于周汝昌这个现实的人的种种品性的优劣善恶的评价，所做的评判才可以走向客观、公允，或者说，"学术求真"的过程应当暂时搁置"道德义愤"。（笔者按：应氏《红学为何 何为红学》这一长篇论理性文章超过 4 万多字，《红楼梦学刊》刊发这么长篇的文章也是特例了，而陈维昭竟以"老生常谈的常识"而"并无新意"视之，怎能不引起应氏"心里反而变得沉重起来！"）陈维昭《"红学"何以为"学"——兼答应必诚先生》一文的结论是："红学"的"学"究竟是一种专门的学问，还是指一切对于《红楼梦》的言说？历来的学人因各自不同的学术旨趣而提出见仁见智的看法。周汝昌的红学界定有其特定的文化语境，代表他个人的学术兴趣。其界定过于偏狭，一些论证和结论并不正确，但他对"红学"的特殊性和专门化的强调，则有学术意义和现实意义，我们可以以此为契机，在这个问题上作进一步的探讨，去寻求正确的答案。陈维昭的善良愿望正在逐步实现的过程中，这一逐步实现的契机即由笔者所策划和主持的召开于 2017 年 1 月 14 日的"周汝昌与现代红学"专题座谈会（北京朝阳区惠新里"湘西往事"酒店），这次专题座谈会集中研讨了"红学是什么？"的问题。

　　说起"老生常谈的常识"而"并无新意"这一话题，周汝昌甚至将王国维的《红楼梦评论》同样看作对这小说的读后随想、杂感、角色爱憎议论、文艺方面的常识常谈一类文字，即"大型读后感"。周汝昌说："对'红学'定义与内涵，也早有不同意见：一种认为，只要一沾《红楼梦》话题的文章，都算'红学'；一种则主张，既称为'学'，须是学术研究的成果表述，而不能是指对这小说的读后随想、杂感、角色爱憎议论、文艺方面的常识常谈一类文字。主前者的抱怨批判后者界划太狭隘太'偏'，'还是宽阔好'；而后者主要理由是，不管怎么'宽广'，反正不可以把无学术质素成分的信口信笔、逞心逞臆的'说梦'闲谈一概混为'学'的庄严称号之内。我本人是后一派主张者。我们该把学术与一般欣赏品评的本质特点分清，而这种分别并非人为的抑扬取舍所决定。比如王国维的《红楼梦评论》出现甚早，声望很大，可是它只是一篇字数较多的、分章节形式的'大型读后感'，其中并无他的研究成分，只是拉来一个西方叔本华，以其（王先生自己诠释的）哲学思想'套'在曹雪芹身上，目的实是借题发挥，述说自己的人生悲观之论点——因为，他对曹雪芹是何如人一无所言（知而未言？根本不知？略无交待），对80回原著与后40回伪续之巨大差别问题，又毫无所见；甚至连多少引用一些小说原文以'证实'他的论点的形式做法（似学而实不够'学'的常见之文体）也没有显示分明。这是感想，不过以'论文'的面貌出现，常人即以为，'论文'就等于'学术'了。其实哪有如此简单易为、'自说自话'的学术？"[1] 周汝昌批评王国维的观点主要围绕着王氏之《红楼梦评论》并无"学"的质素展开的，当然也包括他批评胡适和俞平伯。至于有些人批评周汝昌试图"打倒一切"，图谋"称霸"红学界，这一批评即便有几分道理，同样也是从"道德义愤"的方面发表"一家之言"。这类"一家之言"是否具有学术价值呢？答案不言而喻。陈维昭已经明确指出：只要我们把对周汝昌这个现实的人的种种品性的优劣善恶评价暂时搁置一边，那么，我们的评判就可以走向客观、公允。如果说周汝昌批评王国维、胡适和俞平伯是夹杂着"道德义愤"的成分，我们批评周汝昌同样也可以夹杂着"道德义愤"的成分，那么，何以奢谈所谓"为真理而辩"？况且，夹杂着"道德义愤"而写作学术著述，必定也会影响文风的醇正。周汝昌对"文风醇正"问题很是看重，他曾在王畅著《曹雪芹祖籍考论》一书序言中说："粗结以下我对本书的观感，认为至少有以下几大优点……六、文风的醇正。著者在论辩之际，不管对象的论点与文字是多么超出学术范围、多么可笑可讶，他也不会'光火''动意气''以牙还牙'，而总是一味讲理立证，此外决不见一字一句的杂言秽语，讥嘲讽刺。这是表明一位真正学者的可贵品德的标志，老实忠厚的仁人君子的本色（足使有些人对之反省生愧的吧？）。"[2] 这"文风的醇正"若是从"一味讲理立证"而"决不见一字一句的杂言秽语，讥嘲讽刺"方面考量，的确并不容易就能做得好，包括倡导"文风的醇正"者也未必就能够真正

---

[1] 周汝昌. 红楼鞭影：中国当代红楼梦研究 [M]. 北京：北京师范大学出版社，2003：15.
[2] 王畅. 曹雪芹祖籍考论 [M]. 石家庄：河北教育出版社，1996：9.

完全做得好。

若问"红学"争辩为哪般？至少可以提供两种堂而皇之的答案：一则，为了真理而辩；二则，为了生存权利而辩。为了真理而辩，这样的理解显然不会引起异议。当然，这只是问题的一个方面，问题的另一方面则同样存在，不过是更加隐蔽而已，只有周汝昌表达得最为鲜明直白，他曾明确地表述过：古往今来，凡真理都是先得战胜此"两种人"才能获得自己的"存在权利"的！❶

应必诚如是说："红学为何？红学何为？对'红学'意义的追问和探寻，贯穿在整个'红学'研究的历史之中。虽然历史上的各个红学派别各有其地位和意义，而且他们之间也有过激烈的争论，逞辩逞才，各执一词，自谓独得红楼真谛，但却有一个共同的特点，这就是：他们中的许多人都在《红楼梦》之外去追寻《红楼梦》的意义，而且愈演愈烈，以致'红学'不是阐发《红楼梦》的意义，反而遮蔽了《红楼梦》的意义。在这样的学术背景下，'红学为何''红学何为'的问题就凸显出来了。'红学为何''红学何为'，这也是每一个从事红学研究的人都要思考和回答的问题。而且只要你从事红学研究，即使你每一明确地意识到什么，但在你的研究实践中总会自觉不自觉地隐含着对这两个问题的思考和回答。我们应提倡自觉的学术精神，反思红学的历史和现状，追问和探寻红学的意义，努力对'红学为何''红学何为'作出符合实际的回答。当然，当前特别提出'红学为何''红学何为'这两个问题进行讨论，自然与周汝昌先生有关。在红学研究者中间，至少表现在文字上，大概只有周汝昌先生高度自觉地提出'红学为何''红学何为'两个问题，并在理论上和实践上给予了明确的回答。"❷ "各执一词"说得好！周汝昌与应必诚均为各执一词而已，都自以为"占有了真理"。周汝昌所谈乃红学之"学"的体系性架构，应必诚所谈乃红学的终极目的，不应是唯一目的。其实，什么是红学？或者说，红学为何？红学何为？这个问题从新红学创始起就一直存在了，尽管那时的学科意识尚不如今日更加地突出，只是因为周汝昌的自觉提出与阐述，才凸显必须解决的重要性，这一重要性乃红学作为一门独立学科的意义。应

---

❶ 周汝昌. 周汝昌致梁归智书信笺释［G］. 梁归智，整理校注. 太原：三晋出版社，2017：110.
❷ 应必诚. 为红学一辩：红学为何，红学何为［M］. 上海：复旦大学出版社，2014：1-2.

必诚说:"红楼何为?首先碰到的问题是'红学是什么'?对红学有不同的理解和观念,也就会有不同的回答。"❶ 说得同样不错!既然"各执一词"是因为对红学有不同的理解和观念,那又为什么争得不可开交呢?说白了,就是"我占有真理"的态度在支配着这般不可开交的争辩。

## 二、何谓红学"四学"?

### (一)"四学"一家言

周汝昌如何阐述"四学"呢?周汝昌如是说:

除去以红楼为理由反对甚至要"消灭"考证研究之外,还有两派反对者:一是拿"典型化"的创作方法之说来否认中国有过写实手法,如鲁迅就正言抉义"正因写实,转成新鲜"的事实。另一派则搬来西方小说"虚构观念"来否定写实之实例,他们竭力搜觅书中一些零碎的"荒唐言",以此"反正",让人觉得并非写实——但他们完全忘记了(或知而不肯言):若非人家以坚实的考证实例早已证明那么多的实文例,他们又是怎样(以何标准)区辨那些"虚构"之非实呢?主体精神意旨在实,还是在"虚"?他们的反证有多大斤两?这些疑问,自然就成了学人们反复讨论的话题。虽说是遭讥受讽,八面楚歌,毕竟"曹学"却建立而发展起来,而且相当数目的人也拥挤到"曹学"的圈里来了("拥挤的红学",刘梦溪语)。曹学成就辉煌,尽管枝节上争议繁多,到底把曹家的远源近况、来脉去龙、氏族文化、荣辱兴衰,一一考明了,这对理解"作品本身"起了决定性的巨大作用。相伴而来的,又有"脂学"和"探佚学"。与"曹学""版本学"合在一起,构成红学的基本"组织",四大分科,——好比"红学"这个生命体是由"单细胞"发展进化而形成的复杂的"高级生物"。虽说是四大分科,当然红学还是一个整体学术,四者是错综复杂,谁也离不开谁的。"脂学"是研究脂砚斋批注的学问,原来雪芹设

---

❶ 应必诚. 红楼何为 [M]. 上海:复旦大学出版社,2006:1.

计的定本，都带有"脂批"，为数极多，虽系依附正文而存在，却是不容分割的"有机组成部分"。而早年不为研者重视，加上抄、印偷工减料，渐归湮没。但脂砚斋批注对作者、对书的旨义、对文笔的鉴赏、对难懂之点的揭露、对小说内容思想感情的共鸣与叹慨……，无所不包，莫不十分重要。所以研究脂批，渐渐也成为专学。此学业并不像有人认为的是"外"，而恰恰是"作者本身"至关亲密切要的"文献""文本"。由"脂学"又引出一个"探佚学"。此学同样十分之重要。……这门学问极为重要。重要何在？自从乾隆末年伪"全本"出笼之后，人们的研究评赏都是在它的欺蔽之下所得的印象、感受，全非雪芹的真际，全是被歪曲、破坏、篡改、偷换……的假相。那么，欲求窥见原著的真、善、美的庐山面目，只有依靠这门极其独特的探佚学了！正因为其极为独特，无例可循，于是一些人便不"接受"，怀疑这种考论的意义价值，——甚至有名家讥评为"猜谜""算命"。这大约也是个识见高低、文化深浅的大问题，与什么"仁智之分"是不同科的事情。而"红学"研究工作中不时发生的激烈论证根源正在于此。一切研究，如上四大分支也好，不赞成这种分科法另出新目也好，总之都是为了一个目的：尽可能地证明考清雪芹原著的真相本旨，也就是从根本上帮助读者（包括研者自己）读懂《红楼梦》，看到它在中华文化史上的意义轻重，价值高低。是以，凡真诚抱此愿望、为此目的而努力工作的研究成果，必然就会是真"学"，堪当"红学"之实名实迹。反是异是者之"学"，必不诚不真，有其名而无其实。❶

　　周汝昌以上对"四学"的阐述尤其强调其终极目的，即考清雪芹原著的真相本旨。周汝昌为此目的坚守红学领域60年，这种执著甚或是执拗依靠的是信念的力量。这种凭借信念力量的坚守成就了周氏红学，尽管振振有词的批判者不乏其人，周氏红学的影响力不仅没有受到显著的负面影响，反而成为了另一种不可低估的阐扬过程，于是乎，周氏红学由于肯定与否

---

❶ 周汝昌. 红楼鞭影：中国当代红楼梦研究[M]. 北京：北京师范大学出版社，2003：16-19.

定两方面的"阐扬"进而成为了红学学科建设难以绕过的话题。

1. 曹学的灵魂是"自传说"

进入90年代，却出现了惊动学界的两大争论：一是作者曹雪芹的祖籍老问题，一是作品版本真伪先后的新问题——这有点儿讽刺意味地"退回"到了"红学"的开头去了！这个最"新"现象清楚地表明：离开作者与文本两大根本，空泛讨论是很难切中"红学"之要害的。所以，两条纲领必须反复讲清——也才能真算是导读的主脉。一、首先注意"曹学"的重要。二、此学的"灵魂"归结到"自传说"上。三、曹雪芹的原著真书到底是80回，还是120回？亦即有人提出的程、高伪续的"全本"倒是曹著原本，而80回脂批抄本乃是清末人之伪造品。"红学"50年，西方文化所谓的"半个世纪"之久，竟然没有真地离开这两个"命根子"问题！你看可惊不可惊？可异不可异？"曹学"始终是红学的"热点"或"聚集"，事非偶然，尤其当人们悟知了"自传说"之重要性时，更加如此。大家印象中多以为"自传说"创自胡适，实则远自雪芹同世人如脂砚、明义、吴云皆如是观如是说（前文已略及）。再看拙著《红楼梦与中华文化》上编所举众多例证，就可无疑了。❶

笔者按：黄裳如是说："传记要围绕着传主来写，人们是不会有异议的。《红楼梦》研究围绕着曹雪芹来做，也应该是题中之义。人们说'红学'已经变成了'曹学'，这批评是尖锐的，但也只有在研究已经对著作与作者本身毫无意义时才是如此。人们也曾对'曹雪芹卒年'这样的讨论表示不耐。其实对这么一位伟大的作者连生卒年都弄不清楚，也并非什么光彩的事！不弄清雪芹的生卒年，又怎能确知他的生活时代，家族与社会政治生活的变化，又怎能具体分析作品产生等种种微妙因素呢？"❷

2. 探佚学的目标是为了"找回曹雪芹"

探佚，不是为了想听"新鲜"的"故事"，虽然这故事确与伪

---

❶ 周汝昌. 红楼鞭影：中国当代红楼梦研究 [M]. 北京：北京师范大学出版社，1992：32-33.
❷ 黄裳. 门外谈红 [M]. 上海：上海书店出版社，2011：13.

"全本"大不相同。探佚,是为了"找回"曹雪芹"字字看来皆是血,十年辛苦不寻常""滴泪为墨,研血成字"而写出的最为崇高伟丽的大悲剧——这个大悲剧被高鹗之流扭曲、缩小、庸俗化为一个廉价的"小悲剧",拿它以欺蒙举世读者达二三百年之久,流毒尚在,势力依然。何谓大悲剧?"千红一哭(窟)""万艳同悲(杯)""三春去后诸芳尽","薄命司"中梦随云散,花逐水流——"花落水流红"——"沁芳溪"上桃花"落红成阵""花谢花飞花满天",这一总象征所标志的大悲剧是也!何谓"小悲剧"?两个小姐争当"宝二奶奶",由"最坏"的女人出了一个浅薄无聊的"掉包计",骗了两小姐中的一个伤情气愤而死——所谓一男二女"争婚",所谓"婚姻不自由",爱情悲剧的世俗不幸结局是也。鲁迅先生早就批判了如此这般的"小悲剧"。他也表示了另有雪芹原书真本,惜不可复见,也十分关切"伏线"的问题(即所包涵的后半部情节变化的重要"信息")。实际上,这就昭示了应有一门"探佚"之学的建立与开展。没有此学,我们将永远"圈禁"在高鹗设下的那个"居心叵测"(胡风之语)的牢笼之内而不知其可悲可痛。中华文化史上一个特别伟大的头脑与心灵,竟然遭此浩劫,沉冤似海。高鹗等人欺骗我们的不是什么"故事",是思想、心灵、智慧、精神世界。❶

笔者按:李泽厚如是说:"对于《红楼梦》,我赞同周汝昌的看法。他考证得非常好,我认为在百年来《红楼梦》研究里,他是最有成绩的。不仅考证,而且他的'探佚'很有成就。他强调如把《红楼梦》归结为宝黛爱情那就太简单了。他认为黛玉是沉塘自杀,死在宝钗结婚之前。我也觉得两宝的婚姻,因为是元春做主,没人能抗。姐姐的政治位势直接压倒个人,那给宝、黛、钗带来的是一种多么复杂、沉重的情感。周汝昌论证宝玉和湘云最终结为夫妇,不然你没法解释'因麒麟伏白首双星';还有脂砚斋就是史湘云等,我觉得都很有意思。周说此书写的不仅是爱情而是人情,即人世间的各种感情。作者带着沉重的感伤来描述和珍惜人世间各种情感。

---

❶ 周汝昌.红楼鞭影:中国当代红楼梦研究[M].北京:北京师范大学出版社,1992:22-23.

一百二十回本写宝玉结婚的当天黛玉归天,具有戏剧性,可欣赏但浅薄。周汝昌的探佚把整个境界都提高了,使之有了更深沉的人世沧桑感,展示了命运的不可捉摸,展现了色即是空,空即是色。这是大的政治变故给生活带来的颠覆性的变化,以后也不再可能有什么家道中兴了。所以我很同意可以有两种《红楼梦》,一个是一百二十回,一个是八十回加探佚成果。后者境界高多了,情节也更真实,更大气。但可惜原著散佚了,没有细节,只见大体轮廓,而且很不清晰,作为艺术作品有重大缺陷。我不知道你们看《红楼梦》有没有这个感觉,这部书不管你翻到哪一页,你都能看下去,这就奇怪啊!这就是细节在起作用。看《战争与和平》没有这感觉,有时还看不下去。尽管也是伟大作品。读陀思妥耶夫斯基也没有这感觉,尽管极厉害,读起来像心灵受了一次清洗似的。这使我想起亚里士多德《诗学》中的'净化说',与中国的审美感悟颇不相同。《红楼梦》最能展示中国人的情感特色。"❶

　　由以上引述可见,周氏红学"四学"奠基于"曹学"而归结于"探佚学",这显然是将考据与义理结合的整体考量。由此整体考量所建构起来的"周氏红学"体系是将《红楼梦》文本的内外文献作为文学史料,再由义理阐发的精神粘合这些文学史料,使得实证研究为其意义阐释服务,实现了体系的自足自洽。其实,对于《红楼梦》的研究而言,任何一种所谓红学"体系"都只能是一种"自足自洽"的"强词夺理"的主观建构,因此,所谓"坚守真理"的"体系"只能是学者的主观愿望。是故,从红学学科发展的意义上说,红学中人首先应做的不是对某一"体系"的批判(批倒批臭),而是建构起各自的"自足自洽"的"强词夺理"的"体系",以便支撑这个学科的独立存在并促进这个学科的持久发展。即便是"批判",更具有学术价值的工作应该是帮助修补堪称为"体系"的主观建构的"学术工事",进而加强其学术生命力。笔者在《勤于家世版本梳理,致力建设性贡献:赵冈的红学研究——港台及海外学人的红学研究综论之五》一文中说:"为学术而论学术"至少在红学的一亩三分地是很不易的。当然,赵冈在这方面表现出的学者风范还是可圈可点的,试举一例说明:刘梦溪在《红楼梦与百年中国》一书中将"赵冈与余英时讨论《红楼梦》的'两个

---

❶ 周汝昌. 五洲红楼[M]. 北京:东方出版社,2013:40.

世界'"列为第十六次论争。赵冈的问难文章《"假作真时真亦假"——〈红楼梦〉的两个世界》一文在肯定余英时"为《红楼梦》研究开辟了一条崭新的途径"的同时,对这个理论体系展开了深刻"检讨"。这一"检讨"意见集中在"真假主从关系"和"创作动机与创作主题问题"两方面,并将主张"家族盛衰说"的"旧的理论"同主张"理想世界说"的"新的理论"对照,从而对"理想世界论"的防御工事展开了"火力侦察",以暴露其破绽。肯定了"家族盛衰说"的合理性,希望余英时能够弥补"理想世界论"的"新理论"的破绽。而余英时的文章《"眼前无路想回头"——再论〈红楼梦〉的两个世界兼答赵冈兄》则反驳赵冈的问难,进一步阐发他的"两个世界"说。刘梦溪评价这次论争:"这是一次有较高学术水平的讨论,不像有的红学论争那样,学者的意气高于所探讨的问题。赵冈在文章中一开始就声明,他是站在为朋友效忠的反对者的立场,来检讨对方的观点和理论;余英时亦表示感谢赵冈一再诚恳指教的好意,观点虽各不相让,却不失学者风度,使论争起到了互补的作用。"如果红学论争都能起到"互补的作用",红学还是值得做下去的一门学问。❶

刘再复在《中国文学第一天才的旷世之音》一文中如是说:"周汝昌先生从'新证'开始,接着又用数十年的功夫深化研究,结果创造了曹学、版本学、脂学、探佚学互参的红学思维结构,把'考证'推向高峰。可以说胡适是《红楼梦》考证的开创者,而周汝昌则是总集成者。"❷刘再复对于周汝昌所建构的"曹学、版本学、脂学、探佚学"等"四学"评价的关键词有两个:一则"红学思维结构",二则"总集成者"。刘再复不仅看到了"周氏红学"体系的独特性,也看到了"周氏红学"的红学史意义。之所以说周汝昌是总集成者而没有说周汝昌是独辟蹊径者,正如唐德刚所说:"胡适是中国学术史上第一个把经、子合一的人,这方法到今天还不是个样板?他也是第一个以传统考据方法治俗文学的人,当今的红学家、小说家们,哪一个曾经跳出胡适'方法'的窠臼?……胡适的'方法',到现在为止,并没有被另外一套'新方法'所代替啊!"❸曹聚仁也表达了同样的看

---

❶ 高淮生. 勤于家世版本梳理,致力建设性贡献:赵冈的红学研究——港台及海外学人的红学研究综论之五[J]. 河南教育学院学报(哲学社会科学版),2014,33(2):1–11.
❷ 周伦玲. 似曾相识周汝昌[M]. 天津:百花文艺出版社,2011:112.
❸ 唐德刚. 书缘与人缘[M]. 第2版. 桂林:广西师范大学出版社,2015:30.

法:"胡适在学术研究上最大的贡献,乃在他所介绍的'历史的方法',即'祖孙的方法'。……他这一种方法,到了现在,再回看起来,又有了新的时代意义,历史的方法乃成为对一切独断的学说的正面的批判,很少主张能够经得起他这样的考验的。"[1]在曹聚仁看来:"旧红迷和新红迷,代有其人,近十多年间,发现了许多新史料,俞平伯、周汝昌、吴恩裕诸氏的红学研究,远远超过了当年的胡适之。"[2]"周氏红学"并非另外一套"新方法",所以是"总集成者"。胡适的方法论至今影响都在,周汝昌当然是清楚的,至于周汝昌是否怀有"影响的焦虑"暂且不论,若想与胡适比较高低长短,立志在"经、子合一"的方法指导下建构起自己的红学"体系"来不失为最有效的途径。从"开创者"到"总集成者",其间的学术承传脉络清晰,可以肯定地说,没有开创之力,何来集成之功?如果评论者或批周者立足于这一认知展开学术批评的话,应该能够对周汝昌贬斥胡适红学考证并未建立"体系"给予"了解之同情"。尽管周汝昌在评价胡适(包括王国维、俞平伯等红学前辈)方面表露出了他那横空出世般的傲慢,并因这"傲慢"留给人以"不敬"的印象,若从个性孤傲以及学术自信方面来理解似乎更为合理宽容些。当然,若从道德人格方面进行评价也是评论者或批周者的自由选择。不过笔者更为欣赏陈维昭的态度:只要我们把对周汝昌这个现实的人的种种品性的优劣善恶评价暂时搁置一边,那么,我们的评判就可以走向客观、公允。

应必诚如何看待"四学"呢?应必诚在《为红学一辩:红学为何,红学何为》一书中如是说:

> 周先生具体地讨论了红学研究的范围,他认为应包括:(一)曹学,(二)版本学,(三)探佚学,(四)脂学。他说:"红学也可能还有第五、第六个方面,这是完全可以的。不过,在我的心目中,不如这四个方面重要。"周先生讲了这么多红学研究的内容,独独不提《红楼梦》本身的研究,把《红楼梦》本身的研究,排除在红学研究的范围之外。譬如,周先生说:"'形象鲜明,性格突出',无奈不只是《红楼梦》,许多成功的小说创作照样如此。

---

[1] 曹聚仁. 书林又话 [M]. 修订版. 北京:生活·读书·新知三联书店, 2010:115.
[2] 曹聚仁. 人事新语 [M]. 北京:生活·读书·新知三联书店, 2007:54.

你可以把古今中外的许多小说用这个'十六字真言'(按：指"形象鲜明，性格突出，语言生动，结构谨严")套进去，这就是一般到一般，这样的研究能算红学吗？"红学的特性在哪里？首先，这里所说的"一般"两字的意思很不清楚，作为一种研究方法，总带有一般的普遍的意义，问题在于一般和具体、普遍和特殊的结合，在于对具体问题的具体分析。一切成功的小说固然都具有"形象鲜明"之类的特点，但是"小说学研究"并不只是用"十六字真言"去套，套的文章是有的，我们应该纠正这样一种一般性的研究，提高研究的水平。但不能说"小说学研究"就是从一般到一般的研究，就是用"十六字真言"去套。❶

就周汝昌先生提出的胡适的红学没有什么学术体系可言问题，也说几句。胡适在五四时期介绍进来的实验主义，就是一个有完整体系的哲学思想，只是在红学研究中，更多地是强调"问题"和"方法"。周汝昌先生批评胡适没有什么"学术体系"可言，并不妨害他是新红学的创始者。上个世纪八、九十年代的体系热中确实产生了不少体系，其中也有好的，但也有不少不是一些大而无当的空架子，要不就是把各种观点机械地拼凑在一起，或者二者兼而有之。这样一种"体系"，其实也无"学术体系"可言。周汝昌先生有建立红学体系的追求，无可非议。……胡适提出作者和版本两大分支，无体系可言；而周汝昌先生不过是把版本这一分支再加区分，分为版本、脂批、探佚三个分支，其基本内容和思想并无什么区别，就正式建立了完整体系的新红学，道理上难以说通，对胡适也似乎欠公平。周汝昌先生提出"本体论"的问题，自然也是建构体系首先须要解决的问题，但是他主张的大中华文化视野下的中国小说"历史本体论"，是一种错位的理论，违反作为小说《红楼梦》的基本事实，在这样本体论的基地上，是谈不上学科科学理论体系的建构的。❷

按照周汝昌先生对胡适的评价，接下来的问提必然是：谁建

---

❶ 应必诚. 为红学一辩：红学为何，红学何为 [M]. 上海：复旦大学出版社，2006：198.
❷ 应必诚. 为红学一辩：红学为何，红学何为 [M]. 上海：复旦大学出版社，2014：148.

立了一种什么"学",并造成值得说起的影响? 这个使我长久困惑的问题,一直到看了周汝昌先生在天津津南区水沽镇"周汝昌红楼梦学术馆"开馆仪式上的讲话才明白过来。在这个讲话中,周汝昌先生已经不讲自己"如果勉强冒称一个'学者',也不过是在三流层次"之类的话,而是表示"要超越个人的谦虚"说出他自己才是红学的创立者。他说:"很多评者都认为我是胡先生的一个'门徒',好像是人家胡先生开辟了红学的一个大道路,我只不过是一个追随者,我还是要表明一点,胡先生三篇论文二十六年后,并没有引起任何值得说起的影响,我是二十六年后接起来,但我个人和胡先生有不同的观点、论点,我的拙作出版以后,很快红学成为全国乃至世界性的一门学问。"当我第一次看到这段文字的时候,我怀疑自己是否看错了,我揉了揉眼睛,再从头至尾看了一遍,确认没有看错。从此悟出周汝昌先生在先否认胡适是新红学学派的创始者,正是为了好让自己去占有这个位置,表明是他不仅使红学成为一门学问,而且成为全国乃至世界性的学问。谦虚使人进步,骄傲使人落后,谦虚何需超越,需要超越或者反对的是那些假谦虚的矫情。不过,这里提出的问题已经不仅仅是谦虚和骄傲的问题了。如果仅仅是谦虚还是骄傲的问题,没有必要在这里提出来讨论;这里提出的问题是事实的真假的问题,是如何认识历史的本来面貌的问题,是要不要尊重历史的问题。假作真时真亦假,此之谓也。周汝昌先生如果真以为胡适的著作"并没有引起任何值得说起的影响",只是二十六年后,"我的拙作出版以后,很快红学成为全国乃至世界性的一门学问。"那不过是周先生的"错觉"。❶

红学"四学"界定并不是周汝昌先生一时的心血来潮,也不是余英时先生的文章引发出来的,而是从胡适开始的新红学派固有的一贯的理论观点。1961 年胡适在《答李孤帆》信中还在这样说:"你不妨重读我的《红楼梦考证》,看我如何处理这个纷乱的问题。我在那时(四十年前)指出'《红楼梦》的新研究只有两个方

---

❶ 应必诚. 为红学一辩: 红学为何, 红学何为 [M]. 上海: 复旦大学出版社, 2014: 151-153.

面可以发展：一是作者问题，一是本子问题'，四十年来'新红学'的发展，还只是这两个问题的新资料的增加而已。"周汝昌先生只不过把胡适提出的两个方面再加以细分，提出"红学"有以曹学为核心的脂学、版本学和探佚学四个组成部分，他说还可以进一步细分，但不管如何细分，其基本思想是相同的，并没有什么大的区别。据此，至今我还以为，在"红学"研究中，把排除"《红楼梦》研究"的这样一种红学观念提出来加以讨论，即使是单独提出来讨论，也是必要的，至少总是可以的吧！为什么提出来讨论这个问题就是"舍本逐末"，而且还是"显然的舍本逐末"？说得如此肯定，不容置疑，是不是也多多少少犯了一点点"偏激"的毛病呢？❶

应必诚的以上陈述的大意是说周汝昌的"四学"并非是一个完整的体系，即便他自己声称是完整体系，不过是大而无当的空架子，谈不上学科科学理论体系的建构。这与刘再复的"红学思维结构"说的认知乃正相反的意见，这意见大体缘于应必诚看不到"四学"中每一"学"之间存在某种内在联系之故。当然，由于他看到的是"四学"显然是把《红楼梦》本身的研究排除在红学研究的范围之外了的事实，所以发生了对"四学"的严肃批评。不过，即便说这"四学"有相对完整的体系，那也不过是从胡适开始的新红学派固有的一贯的理论观点，而不是周汝昌一时的心血来潮，也就是说"四学"并非周汝昌精心建构的结果。应必诚的评价不仅与刘再复的评价迥异，同时也与黄裳的评价相去甚远。黄裳说：*"*《红楼》之出现于清乾隆中，实未尽其用。此'曹学''脂学''探佚学'歧义渐出之源，实亦汝昌研红别创之新局，开阔研究局面之新猷也。"❷ 黄裳显然堪称周汝昌的知己，周汝昌一直坚信自己的"四学"是别开生面的，譬如周伦玲说："父亲说，《红楼梦新证》并非是一种简单的承接胡适《红楼梦考证》的著作。《新证》是胡适《考证》的二十五年之后，又一次从头做起。《新证》是新的建立而非旧话重提的重复翻版。其建立的内涵，可以清晰地看到几项重要分科密切联系的学术体的构建已然展示。这个体系是新的开始，包括了曹学、脂学、版本学、探佚学四大分支，相互依伏钩互成一新整体的

---

❶ 应必诚. 为红学一辩：红学为何，红学何为 [M]. 上海：复旦大学出版社，2014：21-22.
❷ 周伦玲，竺柏松. 琳琅满纸忆前时：怀念周汝昌先生 [M]. 北京：中华书局，2013：1.

研究方法。"❶ 当然，应必诚对"四学"的严肃批评必定不能引起周汝昌的兴趣，这主要是两种思维、两种方法、两种文艺观的差别所致，如果以周汝昌惯用之嘲讽说法即看不到"四学"本旨精神便是"常流"或"庸流"的见识这般的评价，必然徒增意气之争而无益于红学的健康发展。

且看梁归智是如何看待"四学"的，他在1984年3月3日"周汝昌致梁归智信"第17封【说明】中说：周老于1981年7月24日撰《〈石头记探佚〉序》，其中提出何为"红学"的看法，即红学有四大分支："研究曹雪芹的身世""研究《石头记》版本""研究脂砚斋""研究八十回以后的情节"，并首创"探佚学"的概念。但由于《石头记探佚》出版须待以时日（1983年5月山西人民出版社出版），周老乃又撰《什么是红学》，于《河北师范大学学报》1982年第3期刊出，立即引起社会反响。上海复旦大学教授应必诚写《也谈什么是红学》即针对此文而发，发表于《文艺报》1984年第4期。编辑部不想过分"开罪"周老，并希望引起讨论活跃学术空气，乃约周老再写答辩文章。周老应约写了《"红学"与〈红楼梦〉研究的良好关系》，即此信中所谓"连日赶出一文，约万言"。此文后于《文艺报》1984年第6期发表，但编辑部于文前加了一个"按语"，明显表示赞成应文观点的倾向，同时，《文艺报》1984年第8期又刊出赵齐平《我看红学》，基本观点也是不赞同周老的红学观。此后多年来各种报刊断续发表过不少批评周老"红学观"的文章，大抵都是说《红楼梦》首先是文学作品，而周氏红学"四分支"说却"远离"了文学文本、将文本研究"排斥于红学之外"云云。……红学界某些对周汝昌的"批判"，正是批判者与研究对象曹雪芹、《红楼梦》，与批判对象周汝昌之间气质隔阂、才性横绝、思想差距而"误读"的产物。比如周汝昌说红学有根本性的四大支，即曹学、《石头记》版本研究、脂批研究和探佚学。一些人就驳论说这是把《红楼梦》文本研究排斥在红学的范畴之外，其实这最典型的表现了驳论者僵化的思维定势和麻木的艺术心灵。难道周汝昌连《红楼梦》文本研究属于红学范畴这样的常识都不懂？他又为什么要写那么多文本研究的著作和文章呢？周汝昌强调"四大支"说，言下之意就已经把基础性研究和文本研究分成两大部分，无非是说红学首先要在那四个最基础最关键的分支学科方

---

❶ 周伦玲，竺柏松.琳琅满纸忆前时：怀念周汝昌先生［M］.北京：中华书局，2013：365.

面取得突破性进展，才能够进一步在小说文本领域升堂入室。他说："在关键意义上讲，只此四大支，够得上真正的红学（《〈石头记探佚〉序》）"，强调的正是"关键意义"。红学的发展不正有力地证明了周汝昌早在80年代初就揭出的这种洞见卓识吗？《红楼梦》文本之"意义"（思想、审美）研究的长期滞后，其中一个根本原因不就是受制约于那四项基础研究还不够清晰深入吗？（另一个根本原因是研究者的思考力和艺术感悟力的问题。）驳论者们连周汝昌提出这一点的真意何在、本质何属都没有看懂弄清，却以简单可笑的形式逻辑推论方式说周汝昌把《红楼梦》文本研究排除在红学领域之外，并针对性地提出什么"红学就是研究《红楼梦》的学问"这种绝对"正确"但毫无意义的形式逻辑上同语反复的"命题"。让人齿冷的是，这些标榜研究"文本"的人却在那里大搞非文本研究并以此为红学唯一正宗，谁又写出过像周汝昌《红楼梦与中华文化》《红楼艺术》那样高水平的文本研究著述呢？周汝昌的这两册文本研究著作写在《红楼梦新证》等考证性著作之后，十分清楚地显示了"四大支"与文本研究的关系。……"关键"在何处？就在于只有深入"四大支"的分支研究，才能达到严格区分"两种《红楼梦》"的目的，才能一扫不严格区分曹著和高续的所有似是而非的"思想"和"艺术"之认知、评论的浅薄和谬误，也就是才能让家世和版本等考证研究和思想艺术的文本认知密切联系起来，而实现考证、义理、辞章三者不是各自为政，而是相辅相成的真正的学术实践，从而让"两种《红楼梦》"各自的思想、文化、艺术、审美的研究走出瓶颈，获得真正的学术动力，开辟出红学新天地。但受习惯惰性影响而迟钝麻木的"红学界"，却缺少认知这种学术内在机理的基本素质和能力，而以简单化的形式逻辑批评周先生"不研究《红楼梦》本身""远离文本"，是用"红外线"排斥"红内学"，这些似是而非的"荒唐言"一直不绝于耳，也可谓贯穿三十多年的红学发展历程。不过，真应了一句"真理越辩越明"的老话，情势的发展，使越来越多的读者明白了争论的真相和实质，周派红学的"四大支"学术框架，逐渐大行于天下。其实证谬这种"形而上学"（孤立、绝对、片面）只拘泥于形式逻辑而不懂辩证逻辑思维方式的最好例证，就是周先生本人的红学实践，《红楼梦与中华文化》《红楼艺术》二书，不就是研究《红楼梦》的"思想"和"艺术"最深入的学术著作吗？而其所以超越了那些所谓"评红"著作，就在于这两本"思想""艺术"的研究著作是奠基于那"四大支"基础研究之上。红学应该分为基础研究和文本研究两部分，基础研究即四大分支：曹学、版本学、脂学、探佚学。之所以如此，是由《红楼梦》的特殊情况所决定的。四个分支研究都环绕着一个总目标：严格区分曹雪芹原著和后四十回"两种《红楼梦》"。这是红学的第一个台阶，迈上了第一个台阶，才能继续上第二个台阶，即比较客观、准确、深入的文本研究，也就是对"两种《红楼梦》"的思想、哲学、艺术、审美、文化做出判断评析，进行思考鉴赏。而水到渠成，这样做的结果必然要导向第三个台阶，即必然引发对中华文化的深刻思索和本真理解，以及与西方文化的比较对比。《红楼梦》研究，红学，因而成为"中华文化之学"和"新国学"。而所谓"红学就是研究《红楼梦》的学问"，乃是一种形式逻辑上同语反复却没有实际内涵和学术针对性因而毫无意义的"红学定位"。《诗经》学就是研究《诗经》的学问，《楚辞》学就是研究《楚辞》的学问，杜甫学就是研究杜甫的学问，苏轼学就是研究苏轼的学问，《西厢》学就是研究《西厢记》的学问，《水浒》学就是研究《水浒传》的学问……有什么意思？❶ 梁归智意犹未尽，他又在1984年6月22日"周汝昌致梁归智信"第22封【说明】中说：四大分支的红学观，乃周老一大学术建树，而又遭到红学界普遍的误解和批评，故十分在意问我的"评议"。不过那时我也还没有把四大分支与文学评论之间的关系彻底想透"理顺"，而达到1998年写《学术范型的意义》时那么清晰的认识，回信可能也是泛泛而言吧。今有研究者说四大分支是胡适开创的，但胡适只是在具体研究时涉及了曹家历史、版本、脂批、探佚的内容，却并没有达到明确的学科分类意识，更没有作自觉的学理阐述。由自为而自觉，红学四大分支学科之理性的提出和建立，还是应该归在周老名下，而理顺红学四大分支之基础研究与《红楼梦》文本的思想和艺术等"文学评论"的关系，更经历了漫长的历史过程。❷

梁归智的以上陈述可与刘再复的评述参看："他对红学研究的贡献，还在于他是红学的相关分支学科的开辟者。正因为周先生的研究，才产生了

---

❶ 周汝昌. 周汝昌致梁归智书信笺释 [G]. 梁归智, 整理校注. 太原：三晋出版社，2017：28－32.

❷ 周汝昌. 周汝昌致梁归智书信笺释 [G]. 梁归智, 整理校注. 太原：三晋出版社，2017：41－42.

曹学。一开始,其他的研究者是以批评的眼光来看的,说你不是研究红楼梦,你是研究曹雪芹,研究他的家世,你这是曹学。后来我们这些人仔细一想,曹学有什么不好?那样丰富的和整个清史连在一起的学问,难道不值得尽我们的毕生之力吗?所以周先生是曹学一科的开辟者,而且几个相关的专学,脂学、芹学、版本学,这些名称是不是周先生最早提出来的?而且他有一个特殊的看法,当时我们不一定很理解,他说什么叫红学?只有研究这四个分支,曹学、脂学、探佚学、版本学,这个才叫红学,不同于小说评论的红学。只有学问做到相当程度的人才能感受到这个话的学问力量。力量在哪里?他把对一部书的研究变成了真学问。其实红学研究的吸引力很多情况下不在于对书本身的研究,而是对包括背景、作者身世等相关问题的研究和探索,有无穷无尽的魅力,因为它有很多谜。所以周先生还是红学相关学科的开辟者,他在当代红学史上的地位,我可以讲没人能比。……周先生的红楼梦研究,不见得每一点都是对的,但是我们会细心体会他那种做学问的功夫,那种沉醉于学问的态度,叫我们感到钦佩。因为人文学科的真理性探讨,本来就不像社会科学那么明显,有的是看其中的学问味道,不必因为哪一个观点或者不同的人事,就低估了周先生的学问,低估了他的整体红学成就。"❶ 从刘再复的评述可见,他不仅从红学史的方面考察过周氏红学的影响和价值,而且对于红学这一"界"的人事纠纷或恩怨有所了解,所以才要学会"看其中的学问味道"的观点。总之,以应必诚、胥惠民为代表的周氏红学否定派与以刘再复、梁归智为代表的肯定派可谓泾渭分明,如果一定要问"鱼与熊掌两者不可得兼",该取哪一种态度,答案不言自明:从红学学科建设和发展的角度上自然应该取肯定的态度。其实,刘再复在肯定周氏"四学"的同时也看到了其中的弊端,他说:"他主张红学包括曹学、版本学、探佚学、脂学,研究《红楼梦》本身的思想和艺术不属于红学范围,置考证派红学于压倒一切的地位,这正是学术宗派的所谓'严家法'。周汝昌先生自己或许并未意识到,尽管对红学的学科树义不无学理价值,实际上却局限了包括考证在内的红学研究的天地。"❷

---

❶ 周伦玲,竺柏松. 琳琅满纸忆前时:怀念周汝昌先生 [M]. 北京:中华书局,2013:10-11.
❷ 周伦玲,竺柏松. 琳琅满纸忆前时:怀念周汝昌先生 [M]. 北京:中华书局,2013:14.

乔福锦对于周氏"四学"的意义也有自己的不与人同的看法,他说:1980年6月,首届国际红楼梦学术研讨会在美举行。"新典范"的学术倡导者余英时先生与考证派"旧典范"的代表人物周汝昌先生在会上相遇。余先生进一步将建立在"作者"与"版本"考据基础上的考证派红学说成是"曹学""外学",由此便引发了周汝昌先生对新红学学术立场和学科体系的维护与重构。1980年12月,周汝昌先生写下《红学辨义》一文,随后又有《红学的艺术与艺术的红学》《什么是红学》《"红学"与"红楼梦研究"的良好关系》《还红学以"学"》《红学应定位于"新国学"——访著名红学家周汝昌先生》等论文、讲演稿、访谈录陆续发表。周先生的基本观点是:红学的"肇始"有其特殊背景;"讨寻本事的学问,才是红学的本义,才是红学的正宗";"红学"不同于"一般小说学","一般小说学"意义上的所谓"红学"只能叫作"红楼梦研究";"红学"的范围包括"曹学""版本学""脂学""探佚学"四大分支(甚至也可以包括"校注学");红学这门"中华文化之学""应定位于新国学"。平心而论,以"历史与思想"考论见长的余英时先生,其文章思路十分清晰,立论极其精审。关于红学由"史学"转向"文学"的学术倡导,在"小说"研究的规范之下考察,无疑具有学术合理性。关于"边缘问题"向"中心位置"靠拢的倡仪,亦属界定学术范围、建构学科体系的必要举措。然而一旦将余先生的观点放置于中国独特的学术传统和20世纪的学术实际中考察,问题立刻暴露出来。首先,按照余英时先生文章中的"典范"更新说,红学史上几种"典范"的依次更替,均可被认为是由于"科学危机的核心"——"技术上的崩溃"所引起。然而证诸20世纪红学史,从蔡元培先生的"索隐派"到胡适之先生的"考证派"再到五十年代的"斗争派"红学,没有一次变革由学科内部"技术上"的原因引起,均是涉及"全套信仰、价值和技术"的革命,是学术观念、学科体系和治学方式的整体变革。其次,以王国维先生为开山的"文学批评派"之所以一直未能占据现代红学的"中心位置",近几十年以来,虽倡导颇力但仍然处于实际的学科"边缘",即是因为这种外来的"文学批评"方式很难在中国的学术土壤中找到生长点与立足之基。实际上,中西"小说"之产生背景、文化内涵、学术品质大不相同。《红楼梦》不仅异于西方意义上的"小说",即使在中国的传统中,她也是一部"千古奇书"。你可以说它再"特殊"也还是一部"小说",但"野史小说"这种文体仅是曹雪芹在思想高压极其残酷的时代不得已而采用的"文本形式",它并不能从根本上规定这部书的"文本性质"。从红学产生的历史角度考察,正因为"红楼梦"不是或不仅仅是一部小说,才有了这门特殊学问的存在,反之,《红楼梦》若仅是一部"野史小说",也不会有红学的产生。即使用西方的艺术标准衡量,曹雪芹之书也是第一流的,但这并不能说乾隆时代的作者即已接受了现代文学观念。余英时先生的文章虽未正面谈及学科体系之建构问题,"红学"变成"曹学"之批评,主要就学术内涵而言,但"边缘问题"占据"中心位置","外学"代替"内学"之论,实际上已经涉及学科架构问题。作为胡适派"新红学"的学术传人,周汝昌先生始终遵循着"实证"师法。尽管周先生对于《红楼梦》文本的"非小说"性质尚无明确判断从而给文学批评派留下了"再特殊还是部小说"的口实,对于"红学"与"红楼梦研究"的性质判别,还需保持时代变迁、中西交会意义上的必要张力,但周先生关于作为一门"专学"的"红学"与作为"一般小说研究"的"红楼梦研究"应区别开来的观点,关于"红学应定位于新国学"的主张,特别是关于"四大支柱"基本学科分支的论述,乃是红学史上第一次展开的关于红学本义、范围、学科体系的正面论说,已然为红学的学科建设亮明了坚定的中国立场。还在20世纪,"红学"这门"专学"即被人们视为可与"甲骨学""敦煌学"鼎足而立的三大"显学"之一。然而红学之真正成为"显学",必须完成传统学术资源清理基础上的当代世界性学科重建。学科本质的重新认识,学科体系的现代建构,学科空间的全面拓展,乃是红学学科当代重建的三大基本课题。经学品质、国学架构、汉学视域,即是自历史、现实与未来的历时性层面,在基于本土又超越国界的更大范围,从学科建设之本质要求和整体意义上,对于红学的定性、定式与定位。完成学科重建的红学,作为经学一家、国学一门、汉学一支,将会成为既有丰富历史文化底蕴,又有严密学术体系,更有超越国界的广阔学术发展空间的"显学"。以复兴中华文化为志事的红学专家,亦将在这门"显学"中找到自己安身立命的精神家园。❶

笔者以为,刘梦溪、刘再复、梁归智、乔福锦等四位学者对于"四学"

---

❶ 乔福锦. 经学品质、国学架构、汉学视域——红学之学术反思与学科重建纲要[J]. 南都学坛(人文社会科学学刊),2002(1).

的阐释各具自己的学术视野和诠释视角,其学术态度则具有明显的一致性,即对周氏红学"四学"的学科树义以及学术启示给予严肃认真的学术史评价,即便这种态度难免会被批周者视为一种主观偏颇的态度,至少不应轻率地怀疑他们的学术用心。其实,批周者同样难以确保自己完全克制了那些主观偏颇的态度,譬如胥惠民在读了梁归智撰著的《红学泰斗周汝昌传:红楼风雨梦中人》之后,随即表达了这般态度:"最近读了梁归智先生撰写的《红学泰斗周汝昌传:红楼风雨梦中人》(以下称《泰斗传》),感慨良多,作者在《写作缘起》中申明:'我确定写传记的策略,只能以学术为主体''我确定了一个原则,就是只从周先生经历这一角度写,而且只从正面写'。本来一个学者的传记应该遵从'好处说好,坏处说坏'的原则,梁先生却要'只从正面写',即只就'好处说好'这一面来写了。这自然是作者的自由,只要做到了真正的'好处'才'说好',谁也不能干涉。遗憾的是这一点作者没有做到,反而多次利用歪曲毛泽东同志的观点来把周汝昌的'坏处'说成'好',对读者起了误导的作用。这需要辨明。"❶ 可见,当梁归智主要看到的是周汝昌的"好处"时,胥惠民则主要看到的是"坏处",他们各自的态度和眼光显然泾渭分明了。于是,胥惠民所做的如下判断也就不足为怪了:"周汝昌靠拉鲁迅作自己自传说的挡箭牌,梁归智却靠毛泽东来无限抬高周汝昌的红学地位,手法有异曲同工之妙。只是梁归智比周氏走得更远,主观唯心论更强烈,因此对青年的毒害也就更大。"❷ 这真是:有人看到了秋后的春,有人则看到了春后的秋,恰是两种迥然不同的心境。

  吴秀明主编的《中国当代文学史料问题研究》一书谈及史料研究与实证及文化研究时说:"以史料研究为基本方法之一的实证研究,其重要性不在于史料本身,而在于史料为研究奠定了坚实的实证基础,是进入更深层学术研究的必要条件。因此,强调研究的实证性,重视史料,重视考证,对维护学科的生命力具有根本性的意义。实证研究是文学研究的基础。但是,实证研究无法解释材料的意义,无法阐释材料和研究对象的精神联系,这使文化研究的必要性得以彰显。文化研究开拓了文学研究的惯性视域,

---

❶ 胥惠民. 拨开迷雾——对周汝昌《红楼梦》研究的再认识[M]. 乌鲁木齐:新疆青少年出版社,2014:201.

❷ 胥惠民. 拨开迷雾——对周汝昌《红楼梦》研究的再认识[M]. 乌鲁木齐:新疆青少年出版社,2014:210.

强化了文学研究的开放性和伸展性。……文学研究不应排斥实证研究，因为文学需要事实；也不应排斥多维的文化研究，因为文学研究的目的和事实不通过文化阐释，目的就是空的，事实就是死的。文学史料不能仅仅是实证性研究，也应该是文化研究的材料基础。"❶ 若由以上陈述对照周氏红学之红学"四学"说和"中华文化学"说（《红楼梦与中华文化》一书倡言"中华大文化学"之说）来看，就其整体研究意义上说，周氏红学是在统一了实证研究与文化研究的基础上建构起来的，即便如胥惠民所批判的那样："周氏对《红楼梦》文本的解读，不管是思想主题还是艺术成就，其主体无不是绝对主观唯心主义的顽强表现"❷，周氏红学至少具有颇具影响的学术体系的完整性以及文本研究的启示性，至少可以说如此这般的完整性和启示性密切结合的红学成果并不多见。遗憾的是，批评（包括批判）周氏红学的"红学那些人"并未能建构出明显地超出"周氏红学"影响的"完整性"的红学体系来，当然也很难说他们的文本研究的启示性就一定明显地超出了"周氏红学"在文本研究"启示性"方面的影响。换句话说，这类对于周氏红学的批评（包括批判）的说服力或者信度究竟有多大或者多高？既然愈来愈多的学者认同"红学是有门槛的"，那么，红学的批评（包括批判）是否需要"门槛"？

（二）"四学"的启示

顾颉刚最先将胡适所开出的《红楼梦》考证路径称之为"新红学"，对于这一路径的研究前途，他是葆有很谨慎的态度的。顾颉刚说："我们虽是愈研究愈觉得渺茫，但总是向光明处走。可以考实的总考实了，有破绽的地方也渐渐地发现了。这很可以安慰我们的劳苦。"❸ 是啊！胡适、顾颉刚和俞平伯等共同开创的新红学已经走了一百年的路程，依然是"可以考实的总考实了，有破绽的地方也渐渐地发现了"。尽管愈研究愈觉得渺茫，但红学的前路并不就是绝境，红学的前路正该是"把从前附会之说一扫而清，拨云雾而见青天"（笔者按：顾颉刚日记[1921年4月2日]："胡先生送《红楼梦考证》来，看一过，把从前附会之说一扫而清，拨云雾而见青天，

---

❶ 吴秀明. 中国当代文学史料问题研究[M]. 北京：中国社会科学出版社，2016：409.
❷ 胥惠民. 拨开迷雾——对周汝昌《红楼梦》研究的再认识[M]. 乌鲁木齐：新疆青少年出版社，2014：171.
❸ 顾颉刚. 顾颉刚书信（卷一）[M]. 北京：中华书局，2011：43.

可喜。"❶）今天的红学学人应继续努力把"附会之说一扫而清，拨云雾而见青天"，红学才真正有希望，这应是顾颉刚的这段话给予人们的最大启示。这"附会之说"究竟如何辨别？是周氏红学么？抑或是应必诚的"小说学"呢？黄裳的意见值得参考，其实也回答了以上疑问："目前的'红学'大致似乎可以分为两大流派，一支是从文学评论的角度出发，一支是从历史学的角度着眼。事实上情形也正是如此。照我的看法，这两支研究大军是应该齐头并进的。而前者的工作应以后者的成果为基础，倒不是说，要等彻底弄清了康乾之际政治、社会经济的情况之后再来进行《红楼梦》的艺术探索，这是不切实际的可笑想法。但前一步工作做得愈深入、踏实，后面的工作才有可能得到更大的收获。这一'存在第一'的真理，是已由过去的研究经验充分证明了。想根除一切空论，舍此并无他法。"❷陈平原说："正因为胡适及其同道过于沉醉在以作者家世证小说的成功，忽略了小说家'假语村言'的权力。'红学'逐渐蜕变为'曹学'，'自传说'引来越来越多的批评。50年代初俞平伯对此有过认真的反省，承认'《红楼梦》至多是自传性质的小说，不能把它作为作者的传记行状看啊'。其实这种区别传记与小说的警惕，胡适等人当初未尝没有，只是'拿证据来'的诱惑实在难以抗拒，这才有了'红学'向'曹学'的转变。"❸也就是说，胡适及其同道们已经习惯于用"历史的眼光"看《红楼梦》，"文学的眼光"顶多是一种"趣味的阅读"，或艺文品读，却不能算作"学问"，这也正是周汝昌倡导"还'红学'以学"的出发点和归宿点。问题在于，周汝昌不仅习惯于用"历史的眼光"看《红楼梦》，他同时也习惯于用"文学的眼光"看《红楼梦》，虽然这个习惯是随着人们对胡适红学批判深入而愈加自觉地养成的。当然，周汝昌与其他用"小说学"的"文学的眼光"看《红楼梦》显然不同，这不同即在于他是将用"历史的眼光"看《红楼梦》与他的用"历史的眼光"看《红楼梦》融为一炉的，这两种眼光看《红楼梦》共同建构起"体系"化的"周氏红学"了，这个体系是以"四学"为基本结构的。

周汝昌以"四学"规范"红学"究竟"错"在哪儿呢？是否正如胥惠

---

❶ 宋广波. 胡适红学研究资料全编［M］. 北京：北京图书馆出版社，2005：43.
❷ 黄裳. 门外谈红［M］. 上海：上海书店出版社，2011：33-34.
❸ 陈平原. 中国现代学术之建立［M］. 北京：北京大学出版社，2010：184.

民在其所著《拨开迷雾——对周汝昌〈红楼梦〉研究的再认识》一书"前言"中所信誓旦旦地强调的那样呢？即"聂绀弩先生对周汝昌《红楼梦》研究的经典评价是'周汝昌根本不懂《红楼梦》'！本书的所有文字无不在说明这个评价的正确无误。"既然"聂绀弩先生"评价"周汝昌根本不懂《红楼梦》"，这必然意味着"聂绀弩先生"至少是"懂《红楼梦》"的，否则，他说这句话的逻辑依据何在？既然胥惠民坚信"聂绀弩先生"的评价是"正确无误"，那就意味着胥惠民与"聂绀弩先生"乃"英雄所见略同"，同样的是"懂《红楼梦》"的。既然"聂绀弩先生"与"胥惠民先生"都是"懂《红楼梦》"的，为什么没有留给"红迷们"（所有喜爱阅读和研究《红楼梦》的读者）一部甚或一篇"达诂"的《红楼梦》解读"心法"？也可省去"红迷们"胡乱地"猜谜"的精力或心力。既然不能给"红迷们"留下这样一部"心法"，胡乱地"调侃一通"和"猛批一通"，这是否会给"红迷们"留下"羡慕嫉妒恨"的印象甚或"别有用心"的猜测呢？

其实，周汝昌以"四学"规范"红学"毕竟不过是他自己对"《红楼梦》研究"的解释系统或诠释系统而已，大可不必以"红学打假"斗士的姿态急欲置之死地而后快。你可以这样"解释"，他可以那样"解释"，至于谁的"解释"更具有权威性，迄今为止并没有出现所谓的"权威立法者"。红学这一领域更是如此，正如笔者在《"回顾与展望——〈红楼梦〉文献学研究高端论坛"学术综述》"几点启示"中所说："通过徐州会议和郑州会议的研讨，参会者基本形成了这样一个共识：即红学的愚妄之'学'太多，大胆假说却经不起推敲；红学深受非学术的绑架，动辄兴师问罪，不能达成基本的学术共识；红学虽有所谓的'泰斗''大师'，却没有学术权威，缺乏认同感，易于受到来自各方面的挑战。红学需要自律，红学需要基本的学术共识，红学需要开放的学术空间，红学需要公认的学术权威。红学不需要造神，红学不需要宗派小团体。"❶"权威立法者"即学术权威没有在红学界生成，或者已经生成却不被尊崇，自然"缺乏认同感"。当然，笔者同样愿意相信蔡义江在《拨开迷雾——对周汝昌〈红楼梦〉研究的再认识》一书"序"中的一番表述有其所言的道理：新时期初，我与周汝昌

---

❶ 高淮生. 红楼梦丛论新稿[M]. 徐州：中国矿业大学出版社，2016：225.

先生曾有过一段交往，先是书信往来，后来也曾多次登门访谈。大概是因为我对《红楼梦》后四十回续书有许多批评，遂被看中，说了许多好话。我出版的几部书也得到他的推介，且赞誉有加。但我行事、治学自有原则，并不因人情而任意附和，作违心之论，比如我根本不相信他《红楼梦》续书是乾隆阴谋指派高鹗篡改的说法。自上世纪末期到本世纪以来，我们渐行渐远，终至断绝了交往。这主要原因还是'道不同'而绝无个人恩怨。……周先生今已作古，但我国有长期受封建宗法等级制度统治的历史，权威高于真理，既然其生前已享有'大师''泰斗'之名，红学上已被搅浑的水一时恐怕也难以澄清，唯有凭一贯坚持走正道的研究者持续不懈的努力。一些同志虽不与人争是非，却有着明确的坚持与取舍，正不容邪，继续批判歪风邪气，从事清污消毒工作，实更为必要。这些都是红学继续健康发展的希望。"❶ 不过，笔者对蔡义江在《走红学健康之路——写在红楼梦学会成立三十周年之际》一文中把"泰斗"比喻成"大畚斗"不敢赞同，他说："记得张爱玲曾说过一句调侃话：所谓权威，其实就是有权利胡说八道的人。我姑效颦也作戏语新解曰：所谓泰斗，其实就是大畚斗。但愿少一点到处遗撕，少污染些红学的学术环境。"❷ 蔡义江期待红学走健康之路的愿望是值得认同的，但他把周汝昌比作收运垃圾的"大畚斗"的戏谑无论如何不利于"红学走健康之路"（周汝昌被封为红学"泰斗"是众所周知的）。笔者同样不敢苟同蔡义江对胥惠民所做的这种"清污消毒工作"的"必要性"的赞同，这类"清污消毒工作"做得越多，红学泥潭已被搅浑的水恐怕就愈加难以澄清，红学的"烂泥潭"就会继续地"烂"下去。且看胥惠民致蔡义江的信如何说："我觉得21世纪红学界自发批判周汝昌先生的人数虽然不多，但是批判的领域宽广，问题尖锐，有深度，考证、文本、学业、不端学术行为，方方面面都涉及了。但是由于缺乏学士界领军学者的参与，影响似乎不大，周汝昌先生照样还是香饽饽，他的《周汝昌校订批点本石头记》被多家出版社抢着反复出版，如您所说到处遗撕垃圾，贻害读者。我去年支持乌鲁木齐职大学报开办'当代红学'专栏，想把批评周汝昌先生的新索隐派龙门红学的思想斗争继续深入进行下去。但我们身

---

❶ 胥惠民．拨开迷雾——对周汝昌《红楼梦》研究的再认识［M］．乌鲁木齐：新疆青少年出版社，2014：1-3．
❷ 蔡义江．追踪石头2——蔡义江论红楼梦［M］．杭州：浙江文艺出版社，2014：192．

处边疆，本身智力资源不足，深感势单力薄。我们需要红学界的支持，尤其需要具有狭义风格的蔡先生的大力支持。《周汝昌校订批点本石头记》把曹雪芹的《红楼梦》糟蹋到令人愤慨的程度。……我对《红楼梦》版本素无研究，不通校订的要求，盼望蔡先生尽快就此书发言，以正视听。《周汝昌研究〈红楼梦〉的主观唯心论及其走红的原因》将发表于乌鲁木齐职大学报今年第一期。寄上文稿，请蔡先生指正。盼尽早读到先生批评'大剑斗'的论文！"❶ 蔡义江的"大剑斗"说成为了胥惠民的"口头禅"，他自己说"我对《红楼梦》版本素无研究，不通校订的要求"，但是却能撰写批周著《周汝昌校订批点本石头记》一书，并且判定这是一个"误导读者"的本子。不仅如此，竟可以对整个"周氏红学"做出"完全错误"的评判，即"其终生研红的主要结论几乎都是错误的"。这样的批判竟然为他赢得了热烈的喝彩。既然批周者最反感的就是周汝昌《还"红学"以学——近百年红学史之回顾（重点摘要）》一文"批倒一切，使百年红学史几乎变成一片白地"的作风或学风，❷ 那么，胥惠民批周所做的"其终生研红的主要结论几乎都是错误的"的评判难道不会同样为自己招来了"义愤的批判"么？显而易见，这样批来批去的"道德谴责"式的"清污消毒工作"的"必要性"实在值得怀疑。学术首先关乎求真，这正与道德首先关乎求善的特性有所不同，是故，我们也不能由此猜测胥惠民如此这般勇往直前地批周的道德动机或人格品质，至于所受何人指使这样的猜测更与学术求真无涉。当然，蔡义江并没有积极响应胥惠民的"期盼"，也参与撰写批评"大剑斗"的论文，他的理智使他作出如下回应："您写的批周文章，我完全支持，且非常钦佩您的勇气和正义感，而我现在来写批评周汝昌先生批点本，却没有条件。主要是因为近来多病，不时地跑医院就诊、检查、配药，精力大不如前，许多活动，只好请假缺席，当然也疏于动笔了。周汝昌先生批点本，我有，不但没有看，至今也未拆封，现在都暂时装箱封存了。即使拿出来，也没有精力去看。将来如果身体好一点，也许还能写些不必多翻资料的短文。杨启樵、沈治钧和您的文章都是非常难得的，是为红学的健康发展作出了杰出贡献的。您感到'影响似乎不大'。我以为不在于有无

---

❶ 蔡义江. 追踪石头 2——蔡义江论红楼梦 [M]. 杭州：浙江文艺出版社，2014：211 - 212.
❷ 胥惠民. 读周汝昌《还"红学"以学》——兼说《红楼梦》研究的学术品格 [J]. 红楼梦学刊，1996（3）.

'领军学者的参与',而在于目前的学术大环境不好,风气不正,如果把'百家争鸣'理解为可以放任自流的自由市场,就会不加管理,也不要求媒体正确引导,以为既是学术问题,就让他们去'争'好了,把讲科学、讲证据、讲实事求是都丢在一边,视野说在学术领域完全没有贯彻、落实科学发展观。这样歪风邪气还能不滋长吗?我这是在发牢骚了,希望不会影响您继续为文的积极性。我全力支持您挽狂澜于既倒的决心和信心!"❶ 笔者果真是困惑了,这困惑来自"挽狂澜于既倒的决心和信心"能否将红学推向健康发展的轨道?姑且不谈这"挽狂澜于既倒"的能力究竟该如何储备。

笔者在此谈一谈以上判断和评价的依据何在?这依据乃基于以下认识:

### 《由〈红学学案〉写作谈起——纪念曹雪芹逝世250周年》
#### (2013·河北廊坊市·新绎酒店)

各位参会的先生、女士:

我的发言题目是《由〈红学学案〉写作谈起》,我的《红学学案》写作,应当说符合今天大会的议题。

曹雪芹逝世250周年了,我们的曹雪芹研究、《红楼梦》研究究竟取得了哪些可取的成果?我在《红学学案》(简称《学案》)写作过程中,逐渐建立起这样的认识:《学案》的学术质量,不仅取决于写作者的努力(德才学识),更取决于所立案学人的努力(创新的成果)。

有些人说:你写《学案》,应当把你的评价鲜明地表达出来!我说:学术史写作要比专题研究站得高,视野宽阔。我的认识也是在不断地深化过程中,我很担心我的评价不能客观公正。所以,我把各方面的观点、争议呈现出来,读者自己去判断,我的倾向性、我的观点就在其中。并且,随着写作的深入,我的计划也在调整中,是不是写60位学人,要根据写作的过程调整。

《学案》究竟该如何写?我在写作过程中建立了这样的信念:既要有仁厚之德,又要有智慧。

仁厚之德,就是钱穆所说的"温情的敬意",就是陈寅恪所说

---

❶ 蔡义江. 追踪石头2——蔡义江论红楼梦[M]. 杭州:浙江文艺出版社,2014:212-213.

的"了解之同情"。我的《学案》中所写的老一代学人，那么执着于学术几十年，我应当对他们表示敬意，要有仁厚之德。我在与赵建忠教授、乔福锦教授的交流中形成了这样的共识：我们年轻一代学人只继承老一代学人的学术成果，不继承老一代学人的个人恩怨。

学术是我所要的，友情，就是人间情谊，也是我所要的。

说到友情，我在与李希凡先生的通信中，李先生的一段话给我印象很深：我们的观点不同，这并不影响友谊。红学界我有很多朋友，尽管学术观点不同，但并不影响友谊。

为什么倡导仁厚之德？因为，学术能够影响世道人心，当然，学术也受世道人心的影响。我在《学案》的周汝昌一章中说：当今之世，为官者骄妄，为商者骄妄，为学者骄妄，为民者骄妄。

谈到智慧，这就涉及：哪些可以写，哪些不可写；哪些今天可以写，哪些今天不可写。我写出来的文字应当能够释放正能量，而不是负能量。

2013年4月17日中国艺术研究院召开的《百年红学》创栏十周年暨《红学学案》出版座谈会上，孙伟科先生总结我的《红学学案》的写法有两条：借力打力，曲终奏雅。这两条总结得好，我与伟科先生交流过，这正是我的做法。这两条体现了仁厚之德，也体现一种智慧。我在《红学学案》前言中谈到两个原则，一个写作原则，一个心理原则，其中谈到"仰视其人格"，这正体现了仁厚之德。因为，我所写到的老先生都是我的长辈，我要尊重他们。中国人讲"仁义"，这"仁义"今天仍然需要。

我写作过程中，蔡义江先生、胡文彬先生给了我很大的帮助。

我们既要学术，又要友情即人间情谊，这就需要智慧。譬如周汝昌的学术观点，可以批评商榷，但是，用大批判的方式不可取。全盘否定，彻底打倒，再踏上一只脚，置之死地而后快，这样就可以吗？最起码周汝昌不是阶级敌人，用阶级斗争的方法肯定是不可取的。

学术争议就好比夫妻间的矛盾，至少有三种解决办法：一种是拳脚相加，大打出手，这种办法的结果要么是打一辈子，要么是马上散伙；一种是互揭隐私，互相声讨，这种办法的结果必然是增加互相的不信任；一种办法是谈判，谈判需要智慧，要能把各自的利益降到最低，达到彼此都能接受的程度，这样才能和谐。

红学里的打打杀杀，无休止的争吵，摧毁的是读者的阅读信念。❶

"周氏红学"是否正是蔡义江所说的应该清理的红学"泥潭"中之"污泥"？红学"泥潭"之"烂"是否正"烂"在"周氏红学"这一部分？甚或如胥惠民所判断的那样："把红学界弄成'乌贼横行'状况的'害群之马'不是别人，就是唯一的'红学泰斗'周汝昌。……正是由于周氏的胡作非为，屡次兴起非学术非道德的喧闹，在红学界带了一个坏头，才使红学界出现了一个'乌贼横行，乌七八糟，乌烟瘴气，乌漆墨黑，乌足道哉'的'黑社会'！……现在到了彻底分析周汝昌现象的时候了。只有把周汝昌解剖透彻，总结其中的经验教训，红学才可能走上健康的发展道路。"❷ 胥惠民信誓旦旦所得出的结论究竟是否具有"权威性"？胥惠民正是"红谜们"所期盼的"权威立法者"吗？他说："为了红学事业的健康发展，我们必须认清周汝昌'新索隐派'的内核，正本清源，替新红学派清理门户，将周汝昌清除出去。"❸ 笔者以为，时至今日的红学正值转型期，首要的学术工作不是批判，当然更不是"清理门户"，而是建设，重建红学学科，这就更需要各种自圆其说的红学体系推进这一学术领域的发展和进步。这般"清理门户"的"权威立法者"越多，红学这个"泥潭"的"清污消毒"工作便愈加难以收效。谓予不信，毕竟可以拭目以待！

笔者对于红学事业的"健康发展"也曾做过不成熟的预期和展望：

这30年来，无论是红学的文献研究，还是红学批评，都积累了很多的成果，所以，我在2010年8月的北京学术研讨会上呼吁大家重视当代红学以及现代红学学人的研究。这是《学案》第一部（或第一编）写作的学术基础。常言道：巧妇难为无米之炊。

---

❶ 高淮生. 红楼梦丛论新稿 [M]. 徐州：中国矿业大学出版社，2016：7-8.
❷ 胥惠民. 拨开迷雾——对周汝昌《红楼梦》研究的再认识 [M]. 乌鲁木齐：新疆青少年出版社，2014：165-166.
❸ 胥惠民. 拨开迷雾——对周汝昌《红楼梦》研究的再认识 [M]. 乌鲁木齐：新疆青少年出版社，2014：171.

《学案》乃"有米之炊"的成果。此外,30年来的问题层出不穷,旧话题重提,新话题迭出,当然,新话题中有不少是"伪话题"。将来的红学发展应该有一个"辨伪存真"的阶段,大家把精力放在"真话题"上,红学的健康发展才有保障。当然,红学的健康发展首要的问题还应当是学风问题,譬如"新索隐"(如"秦学")问题、"意气之争"问题、"话语权之争"问题、"捧杀""棒杀"问题,等等,都涉及学风问题,这个问题解决不好,红学越"红",问题越多,"红学"的"美誉度"越低。学风问题将伴随着红学发展相当长一个时期,不过,吹尽狂沙始到金,只要红学值得"立案"的学人还在,"红学"也就还在。如果一定要说上一句"未来的走向",我以为,文献研究将走向以"复垦"为方向的学术之路;红学批评将会继续不断地出新,至于是否能够形成如王国维《红楼梦评论》那样影响力的成果,只能拭目以待;而红学学术史研究将成为热点,新的写法将还会不断出现。红学正在进入一个新老交替的阶段,老一代学人正在进行自己的学术整理,中年一代学人必须走出来,并为年青一代学人示范,年青一代学人需要不断地学术积累,这样一种学术生态,才是良性的,未来的红学也才能真正有希望!这只是一己之陋见,大家如果有兴趣,可以就此问题展开交流。❶

笔者对于红学事业的"健康发展"所做的不成熟的预期和展望乃基于《红学学案》写作的学术实践和经验基础上的认识和思考,这一认识和思考的表达能否具有一定的启示意义,笔者是没有把握的,但这一认识和思考是审慎的且负责的则是不容置疑。

---

❶ 高淮生. 红楼梦丛论新稿[M]. 徐州:中国矿业大学出版社,2016:192-193.

# 第四章　中华文化之学与新国学

周汝昌说:"我六十年治《红》的总目的除上述之外,还是梁归智教授替我作了我自己最感荣幸的一个定位之论:周汝昌不是一个什么红学考证家,而是一位中华文化思想家。他的这句话道破了我从20世纪40年代末以来,一直独立奋斗至今的一个藏在内心而不会充分表达的重要的心愿。"❶ 周汝昌称自己"不会充分表达的重要的心愿",可与梁归智的自我表达合观:"周老与笔者治学,都比较偏重'灵感'和'悟性',不同于一般所谓'科学研究'。如果比较周老与笔者的同异,除了'悟性'的共同点,可能周老的'考证'功力更强,而笔者则尤擅'论证'。还是那句老话,做学问,要史、哲、文,或曰真、善、美,考据、义理、辞章,也就是考证、论证、悟证三者兼顾,才能真进入'境界',才能感受到'做学问'是一种充满发现和创造欢快的赏心乐事。这或者才是周老这些给笔者信件所昭示的'知音''知赏'之真谛吧。……一切的考证和史论最后都要落实于文本的'思想'和'艺术',实现与天才作家的心灵对话,这才是文学研究的正途和终极目的。"❷ 梁归智又曾针对周汝昌信中谈及他的《论〈红楼梦〉的美学系统》一文"解决这个中华民族文化史上最巨大、最深刻的问题"的评价说道:"周老后来提出红学是中华文化之学,是'新国学',我从各种角度发掘、论证'两种《红楼梦》'的差异有其深刻的文化内涵,皆此句之'展开'与'注脚'也。"❸ 的确,梁归智在阐扬中华文化之学与新国学方

---

❶ 周汝昌. 寿芹心稿[M]. 北京:中国大百科全书出版社,2012:94.
❷ 周汝昌. 周汝昌致梁归智书信笺释[G]. 梁归智,整理校注. 太原:三晋出版社,2017:4.
❸ 周汝昌. 周汝昌致梁归智书信笺释[G]. 梁归智,整理校注. 太原:三晋出版社,2017:47-48.

面是尽职尽责的，不遗余力的，当然，也同时受到批周者的毫不留情的批判。

## 一、红学是中华文化之学

周汝昌两次赴美，都将"《红楼梦》与中华文化"作为主要话题进行传播和研讨。1980年第一次赴美即接受"美国之音"的采访，据他回忆："一日，午会方散回寓，'美国之音'的梁君手携录音机来了，说：请您把声音留在美国吧。我便说道：《红楼梦》是中华文化的精华，是海外华人同胞与我们互相联系在一起的纽带（大意）。"❶ 1986年第二次赴美则集中撰著《红楼梦与中华文化》一书，并在唐德刚的邀请下为纽约市立大学文学院院长、系主任等讲授《红楼梦》的文化意义。据周汝昌《海外红学三友——浦安迪、夏志清、唐德刚》一文回忆：唐德刚"正好为他所在的纽约市立大学筹备一项新课程：世界各国文化代表作。将《红楼梦》列为代表中国文化的名著。彼校的文学院长、系主任等根本不懂《红楼梦》是怎么回事，难做决定，他遂让我去给这些领导人士和教授等讲讲芹书的意义。……这是个大难题！向全然不懂的洋人讲什么《红楼梦》？比'一部二十四史'麻烦大得多呀！我记得也是先从解说'红楼梦'三字的意义讲起。他们听了也似茫然不得其'味'。好不容易归到了一句话'这部小说是中国小说中最为伟大的一部，因它包含有最丰厚的中华文化意义'时，德刚兄听到了我说出cultural significance时，他立刻大声呼出'There'一字。这个字，在我们中国话语里不能译为'这里'，而应译成'正是这话了！''这才对了！'。"❷ 周汝昌以"《红楼梦》与中华文化"为主要讲题以及研究课题，其用心是十分明确的，一则适应西方人对于了解中华文化的迫切期待，二则充分表达自己对于《红楼梦》义理阐释的愿望，三则顺应时代时势尤其海内外华人心理期待。20世纪40年代末之后，由于历史和政治等多种原因，中国与美国、大陆与台湾的关系十分紧张，时至20世纪80年代，以文化交流完成破冰之旅已成迫切之事。如何实现文化交流的破冰之旅在当时

---

❶ 周汝昌. 我与胡适先生 [M]. 桂林：漓江出版社，2005：176.
❷ 周汝昌. 天地人我 [M]. 南京：江苏文艺出版社，2011：390.

来说的确是一个棘手的问题。机缘恰逢，1980年，周汝昌以著名红学研究学者的身份，赴美国参加"首届国际《红楼梦》学术研讨会"。当时的国内外政治形势复杂严峻，人们余悸未消，涉及外事活动更是十分谨慎，不敢轻易活动和发言。然而，周汝昌却不但出席会议还能从容地接受了"美国之音"的采访，发表了广播讲话，使全世界都听到了中国大陆学者的声音，也使《红楼梦》成了海内外华人文化感情的纽带。据周汝昌《我与胡适先生》一书"国际红缘"一节写道："这时，同屋者忽然回来，查看此状，面色不佳，不客气地对我大声发话：'你不要和他们搞这个！'其实国内此时立即收听到我那几句话了。回国后，就有同仁提及此事，而且国内电视台也编印了一本书，收录了美国之音的这个广播节目，其中即有我的那段讲话，可以为证。"❶ 周汝昌真诚地称赞与会的台湾红学家潘重规先生，使得潘先生倍受感动。于是，"周汝昌与台湾红学家潘重规亲切交谈"也成为当时的一段佳话。自此之后，与台湾红学家建立了良好的学术交谊。就在那次会上，美国前教授 Miller 称周汝昌先生为"红色中国的石头学者"。《人民日报》还在头版刊发了照片消息，首次标出：这是两岸红学家的聚首。含有开辟文化交流的历史意义。周汝昌说："我又不禁忆起，早在一九八〇年六月，我到威斯康辛大学参加首届国际《红楼梦》研讨会时，'美国之音'的出席代表梁先生要我作广播发言，我就提出了一点，我说：《红楼梦》联系着海外千百万华裔同胞的民族文化感情，而这种联系的意义极为重要。凡是听到这个发言而又见到我的，都表示很赞同这一见解。"❷

徐复观认为："近三百年来，中国人对于自己文化的精神面貌，真正能了解的不多。西方人士治汉学的，更没有一个人曾接触到中国文化的核心问题。但从二十世纪以来，在西方思想家的反省中，常常流渗出一种为他们自己所不了解，而实际却是向着中国文化这一条路的迫切的祈向。把文化的中国'原型'，向世界人类贡献出来，这不仅是出于中国人的自敬心，同时也是出自世界文化的真切需要，并且在今日风气之下，只有先在世界文化中确定了中国文化的地位，才能恢复中国人的信心，因而可以真正开始中西文化大融合的努力，以产生一新的文化。"❸ 由此而言，周汝昌两次

---

❶ 周汝昌. 我与胡适先生 [M]. 桂林：漓江出版社，2005：176.
❷ 周汝昌，周伦玲. 红楼梦与中华文化 [M]. 北京：中华书局，2009：4.
❸ 徐复观. 无惭尺布裹头归·交往集 [M]. 北京：九州出版社，2014：79.

赴美都将"《红楼梦》与中华文化"作为主要话题进行传播和研讨毕竟是出于文化的自觉,这一自觉的文化意义不可低估。周汝昌也是有很高期许的,他说:"《红楼梦与中华文化》,是在美国讲学客居时的研究成果(1986—1987),北京、台北分出两本。此为首次将《红楼梦》与中华文化两结合的特例,前所未有。这并不是说此书即能包括偌大辉煌内涵,而是要点醒这一重大文化关系与芹书的文化地位与价值。仅此一点,其历史意义也就很重要了。"❶

(一) 何谓"中华文化之学"?

周汝昌如何谈讲"红学是中华文化之学":

1.《红楼梦与中华文化》(周汝昌,周伦玲著)

"《红楼梦与中华文化》,是在美国讲学客居时的研究成果(1986—1987年),北京、台北分出两本。此为首次将《红楼梦》与中华文化两结合的特例,前所未有。这并不是说此书即能包括偌大辉煌内涵,而是要点醒这一重大文化关系与芹书的文化地位与价值。仅此一点,其历史意义也就很重要了。"❷

"《红楼梦》的学问,离开了中华文化史这盏巨灯的照明,就什么也看不清,认不彻,就成了一桩庸人自扰式的纷纭胶葛。'红学'所要涉及的众多问题,只有将它在文化史上的来龙去脉弄清楚,才能谈得到分析评议——来龙去脉一清,分析评议自然随之而出。又要讲《红楼梦》,又不肯虚心下气地多学一点儿自己的民族文化传统上的丰富的内容和其间种种交织的关系,只凭'就事论事'算是'本领',我看那不知会把'事''论'到哪一个国度里去了。"❸

"一九八六年六月,第二次国际《红楼梦》研讨会议在哈尔滨召开时,一家重要报纸的记者前来采访。我对他谈了国际《红楼梦》会的意义和红学今后发展的前途。这篇采访不久全文刊出,我记得大标题中有一句话,说是我认为'红学'向前推展的一个

---

❶ 周汝昌.《红楼梦》与中华文化[M]. 北京:华艺出版社,1998.
❷ 周汝昌,周伦玲. 红楼梦与中华文化[M]. 北京:中华书局,2009:2-3.
❸ 周汝昌,周伦玲. 红楼梦与中华文化[M]. 北京:中华书局,2009:4.

重要趋势是探索《红楼梦》的文化内涵。我的这种见解，如果换一个方式来表述，那就是我认为《红楼梦》是我们中华传统文化的具有极大的代表性的伟著，因为我们应当从'文化小说'这个角度来重新看待它，并应当全力以赴地对这部伟著的文化内涵进行深入的探讨。"❶

"敦诚挽吊雪芹，用了'邺下才人'一词，他虽然是以同姓同宗相为比拟之旨，但无意中却道着了我们文化史上的这一条脉络：若论文采风流这个类型的天才文学人物，正以子建为先驱，而以雪芹为集大成，为立顶峰，为标结穴！《红楼梦》有多方面的意义和内涵，但它的文采风流的这一文化特征，识者道者极少。讲中华民族的文化，而不能认识这一重要特征及其脉络源流，便不免令人欲兴宝山空入——至少也是买椟还珠之叹了。"❷

"宝玉的最大特点是自卑、自轻、自我否定、自我牺牲。……宝玉是待人最平等、最宽恕、最同情、最体贴、最慷慨的人，他是最不懂得'自私自利'为何物的人！正因此故，他才难为一般世人理解，说他是'疯子''傻子''废物''怪物''不肖子弟'，因而为社会所不容。他之用情，不但及于众人，而且及于众物。所谓'情不情'，正是此意。所以我认为，《红楼梦》是一部以重人、爱人、唯人为中心思想的书。它是我们中华文化史上的一部最伟大的著作，以小说的通俗形式，向最广大的人间世众生说法。他有悲天悯人的心境，但他并无"救世主"的气味。他如同屈大夫，感叹众芳荒秽之可悲可痛，但他并没有那种孤芳自赏、唯我独醒的自我意识。所以我认为雪芹的精神境界更为崇高伟大。很多人都说宝玉是礼教的叛逆者。他的思想言谈行动中，确有'叛逆'的一面，自不必否认。但是还要看到，只认识了'叛逆'是事情的一面。真正的意义也在于他把中华文化的重人、爱人、为人的精神发挥到了一个'唯人'的新高度。这与历代诸子的精神仍然是一致的，或者是殊途同归的。我所以才说《红楼梦》是我

---

❶ 周汝昌，周伦玲. 红楼梦与中华文化 [M]. 北京：中华书局，2009：3.
❷ 周汝昌，周伦玲. 红楼梦与中华文化 [M]. 北京：中华书局，2009：3.

们中华民族文化的代表性最强的作品。以上就是我称《红楼梦》为'文化小说'的主要道理。"❶

"所以要分清：痴本是贬词嘲语，但到了中华文化发展到六朝时期，痴已经取得了新的高等的涵义，成为我们文学艺术上的一个大课题了，而到雪芹这里，可谓登峰造极，赋予了更鲜明更辉煌的光彩。这种'天分中生就一段痴情'的人，乃是中华民族文化所产生的人物的菁华。不理解这一层意义，就必然将《红楼梦》的品格大大地降低，把它拉向了十分庸俗的方向去，——程高伪续的百二十回'全本'，恰恰是做的那个工作，即：将宝贵的'两赋而来'的'痴儿'拉向了他对立面去！请来看看，伪续四十回里的宝玉，不就成为了一个呆头呆脑的'不慧'的低智者和'痴迷不悟'的世俗人了吗？"❷

"我多年来冒天下之大不韪，时时疾呼：《红楼梦》的真主题并不是什么'爱情悲剧'，而是人与人的高级的关系问题。即最博大、最崇高的情。到此或许能博得部分人士的首肯，承认冯梦龙为我们作了旁证。宝玉之为人，总结一句话：是为（去声 wèi）人的，而不是为己的。冯氏至以为情能治国理民，情能改变薄俗浇风，情堪奉为'宗教'，这宗教也绝不是'虚无''色空'的，恰恰相反。但世俗之人，不解此义。所有这些，都是我们中华民族文化史上的一项绝大的题目，可以说是一切问题的核心枢纽。冯氏不过搜辑旧文，雪芹则伟词自铸——这伟词，真是何其伟哉！然而也只有弄清了上述一切，才能真正体认这种伟大的真实斤两，真实意义。"❸

2. 《红楼鞭影：中国当代红楼梦研究》（周汝昌主编）

"红学的主体和主要任务，应该是中华文化之学，这个命题，已然渐为学人所共识所赞襄合作。……或许会有疑问的：中华文化毕竟是什么？曹雪芹不是大笔特书'破陈腐旧套'吗？鲁迅不

---

❶ 周汝昌，周伦玲. 红楼梦与中华文化 [M]. 北京：中华书局，2009：9.
❷ 周汝昌，周伦玲. 红楼梦与中华文化 [M]. 北京：中华书局，2009：129.
❸ 周汝昌，周伦玲. 红楼梦与中华文化 [M]. 北京：中华书局，2009：175.

是早就说过《红楼梦》的写法完全打破了以往的'传统'吗?如今强调红学是中华文化之学,岂非倒退?又有何意义可言?这样疑点,可以回答——文学的写作,从手法到观念,有陈陈相因,即'旧套';也有创意'变法',是即'打破传统'。创新是进展,是可贵的,但创新并不与伟大二字划等号。而我们的'红学'是除了研讨雪芹的文笔的创新之外,还要探索他的精神的伟大——这才更是重要的目标。这样的创新,并不是'打破'了中华文化的精华神髓。为此,他才伟大。新,不一定大。真正的新,也只能从中华文化大母体中诞生的英才俊杰,既非掉自云间天上,也非来自异性他乡。欲求雪芹的伟大(这是久已公认的),就是要看他如何深切领悟与体现了中华文化的伟大——而不是什么别的'伟大',或'另有伟大'。"❶

"一切研究,如上四大分支也好,不赞成这种分科法另出新目也好,总之都是为了一个目的:尽可能地证明考清雪芹原著的真相本旨,也就是从根本上帮助读者(包括研者自己)读懂《红楼梦》,看到她在中华文化史上的意义轻重,价值高低。是以,凡真诚抱此愿望、为此目的而努力工作的研究成果,必然就会是真'学',堪当'红学'之实名实迹。反是异是者之'学',必不诚不真,有其名而无其实。"❷

"以现今的语言来表述,清人的红学还是中国文化学,而不是后来的小说文艺理论学。以我们所能见到的清人'红学'专著为例,撰于乾隆之末的《阅红楼梦随笔》(周春著)其内容可分三部分:一,诗文字句的笺注;二,故事情节的'本事'的探究;三,对同时流传的手抄80回本(原著)与活字120回本(伪续'全本')的记叙。这就很分明,清代'红学',其意度、方法,与对待'经学'是一致的,是中国史学、文化学,而甚异于后来西学传入的小说文艺之学。从那以后,经过了种种曲折,直到近年,无论国内海外,都逐步地把'红学'由'一部小说'的浅层观念

---

❶ 周汝昌.红楼鞭影:中国当代红楼梦研究[M].北京:北京师范大学出版社,2003:43-44.

❷ 周汝昌.红楼鞭影:中国当代红楼梦研究[M].北京:北京师范大学出版社,2003:19.

'回归'到中国文化的本质深层意义上来了。国内出版了《红楼梦与中华文化》的专著，海外则传出了世界汉学的'三大显学'之一就是'红学'——与甲骨学、敦煌学分足鼎立的新说法。"[1]

"本人是不赞成'索隐派'的支离破碎、断章取义、穿凿比附的'猜谜'方法的，但也想指出一点：所谓'康熙朝政治'之说，其源还是出自清代多人深知《石头记》'本事出曹使君家'而曹使君（寅、颙、𫖯）之抄家获罪，确实是由于'康熙朝政治'；只是此一正确的'本事'说被传者逐步讹变讹性，加上臆说与增饰（讹变为多样，如宝黛为顺治与董小宛，通灵玉是'传国玺'，等等不一），'笨谜'取代了历史真内涵。拙见以为，'索隐'的'派'，仍在'曹使君家'，原来无误。对其价值评估贵能公允，而首先要洞彻其原委与流变之失。在这儿，又须补明一点：'索隐派'之务欲抉示'微言大义''尊王攘夷'，也还是中国文化里的史学、《春秋》学，这与异文化倒是不相交涉的。至于胡适的《考证》，批判者称言是受杜威'实证主义'影响的资产阶级反动之论，其实若就那篇考证而论，乃是很平实的、中国方式的乾嘉考据朴学的流风余韵，何尝含有什么'杜威'或其他外国人的成分在内？"[2]

"无论怎样说，由此可以看出红学是从80年代逐步升级升格了，红学不能总是社会学分析下的人无论和'爱情悲剧'的'反封建论'了。我在此提及此文，仍然不是要对它作什么'我的看法'的'评论'，而是想借它来说明红学应为中华文化之学的理由。按这个题目中的三'学'，其关系应是'三位一体'，而不是一派三支。'红学'既是中华的，民族的（外国没有'土生土长'的红学），则此题中的'人学''美学'，也应是中华的，民族文化的，而不是从外国移来的名词概念。比如，一提'人学'，就会想起高尔基的名言'文学即是人学'——仿佛这是外来语义。实则中华自古即讲'人学'——就是孔子的'仁'学（'仁'，本字就

---

[1] 周汝昌.红楼鞭影：中国当代红楼梦研究［M］.北京：北京师范大学出版社，2003：2.
[2] 周汝昌.红楼鞭影：中国当代红楼梦研究［M］.北京：北京师范大学出版社，2003：4.

是'两个人',即'人与人的关系',这在文字训诂上早就明白了。)孔子在2500年前讲'仁',雪芹在250年前讲'情',其致一也,所以'红学的人学'是中华的,民族文化的'人学'(孔、曹之同之异),那正是必须深入研究的大课题,但此处不能乱了步子。同理,红学的美学,也绝不是与西方的Esthetics一模一样,好比葫芦之与瓢。曹雪芹心目中的女儿,她们的模样与打扮,神情与气味,都有丰厚的文化内涵,民族传统;对自然景色,时运节令,园林环境,生活环境,也是如此,都是中华的女性美之美学观,不会与'西方之美人'的标准相同。所以,这个重要的论文命题,既是艺术的,也是哲学的——更是文化的。红学必然要逐步升格到这条大道上来。"❶

3.《红楼十二层》(周汝昌著,周伦玲编)

"曹雪芹的一支妙笔,有文,有史,有哲,囊括了'真、善、美';他的手法千变万化,昔人说得'活虎生龙'一般。他写的书,人谓'百科全书',其实不同于'词典'死知识的罗列,他不仅是小贩'摆摊儿',《红楼梦》是一部充满生命、生机、生趣的活生生的中华文化的艺术体现。每当与西方或外国访问者晤谈时,我总是对他们说:如果你想了解中华民族的文化特点特色,最好的——既最有趣味又最为便捷(具体、真切、生动)的办法就是去读通《红楼梦》。这说明了我的一种基本认识:《红楼梦》是我们中华民族的一部古往今来、绝无仅有的'文化小说'。这话又是从何说起的呢?我是说,从所有中国明清两代重要小说来看,没有哪一部能够像《红楼梦》具有如此惊人广博而深厚的文化内涵的了。"❷

"近年来,流行着一种说法:从清末以来,汉学中出现了三大显学,一曰'甲骨学',二曰'敦煌学',三曰'红学'。也有人认为把三者相提并论,这实在不伦不类,强拉硬扯。但是我却觉

---

❶ 周汝昌.红楼鞭影:中国当代红楼梦研究[M].北京:北京师范大学出版社,2003:46-47.

❷ 周汝昌.红楼十二层[M].太原:书海出版社2005:5.

得此中亦深有意味，值得探寻。何则？'甲骨学'，其所代表的是夏商盛世的古文古史的文化之学。'敦煌学'，其所代表的是大唐盛世的艺术哲学的文化之学。而'红学'，它所代表的则是清代康乾盛世的思潮世运的文化之学。我们中华的灿烂的传统文化，分为上述三大阶段地反映为三大显学，倒实在是一个天造地设的伟大景观。思之绎之，岂不饶有意味？从这个角度来讲，我觉得《红楼梦》之所以为文化小说者，道理遂更加鲜明显著。那么，我既不把《红楼梦》叫作什么政治小说、言情小说、历史小说、心理小说……而独称之为'文化小说'，则必有不弃愚蒙而来见问者：你所谓的《红楼梦》中包孕丰富深厚的文化内涵，究竟又是些什么呢？中国的文化历史非常悠久，少说已有七千年了。这样一个民族，积其至丰至厚，积到旧时代最末一个盛世，产生了一个特别特别伟大的小说家曹雪芹。这位小说家，自然早已不同于'说书'人，不同于一般小说作者，他是一个惊人的天才，在他身上，仪态万方地体现了我们中华文化的光彩和境界。他是古今罕见的一个奇妙的'复合构成体'——大思想家、大诗人、大词曲家、大文豪、大美学家、大社会学家、大心理学家、大民俗学家、大典章制度学家、大园林建筑学家、大服装陈设专家、大音乐家、大医药学家……他的学识极广博，他的素养极高深。这端的是一个奇才绝才。这样一个人写出来的小说，无怪乎有人将它比作'百科全书'，比作'万花筒'，比作'天仙宝镜'——在此镜中，我中华之男女老幼一切众生的真实相，毫芒毕现，巨细无遗。这，是何慧眼！是何神力！真令人不可想象，不可思议！我的意思是借此说明：虽然雪芹像是只写了一个家庭、一个家族的兴衰荣辱，离合悲欢，却实际是写了中华民族文化的万紫千红的大观与奇境。"❶

"中华民族面对的'世变'是'日亟'的！中华民族文化的基本色彩与境界，都是不应也不会亡失的——它就铸造在《红楼梦》里。这正有点儿像东坡所说的：'自其变者而观之，天地曾不能以

---

❶ 周汝昌. 红楼十二层[M]. 太原：书海出版社 2005：6.

一瞬。自其不变者而观之，则物与我皆无尽也。'所以我说：《红楼梦》是一部文化小说。"❶

4.《献芹集》（周汝昌著）

"再举一种例。在红学上，我似乎成了'考证派'的'代表人物'，以为我是在'搜集史料'上做过一点事情的，'尚称丰富'云。但是说也奇怪，云南一位青年（当时是农场工人）却投函来说：他读了所有的红学著作，觉得只有我是最注意探索雪芹的思想的研究者。说实在的，我听了这话，不能不有高山流水，知音犹在之感。我确实十分感慨，也十分高兴——我高兴不是因为听了他'夸奖'的话，是借此而证知，青年一代大有人才，我并不曾错料。他们有眼光，也有心光，看事深，见物明，并不像有些专家那样皮相。……本集所收《曹雪芹所谓的"空"和"情"》，也属于上述这个主题范围。它仍然很粗糙，但是提出了关系到理解《红楼梦》的思想的根本问题。其实，我从多个角度，多个方面来考察探索曹雪芹的种种，中心目的便是为了了解这一位奇突人物的思想和心灵。我的一切考证和论述，都是围绕着这一中心而进行的。'知我者，二三子。'能看到这一点的，却是在普通读者当中大有其人。"❷

5.《寿芹心稿》（周汝昌著，周建临整理）

"我自己研《红》的历程，大致是由史学考证入手，然后集中在花费大力气在纷纭错乱的不同文本中校订出一种比较接近真实的曹雪芹的原文手笔文本，不如此则无法对《红楼梦》进行真正的研究。这两个步骤基本上可以算作能够信赖。在此奠基工作之后，我才决定提出《红楼梦》是一部'中华文化小说'的崭新命题，此时已经到了20世纪80年代的中期了。正像李泽厚先生说他自己的经历那样，《美的历程》问世后，受到的责备、批评非常严厉，但从今天来看，那里边的新见解已然成为美学界的常识了。

---

❶ 周汝昌. 红楼十二层 [M]. 太原：书海出版社 2005：7.
❷ 周汝昌. 献芹集 [M]. 北京：中华书局，2006：12-14.

我能体会到这几句话里是包含着多少的感慨和诚信。我提出'《红楼梦》是中华文化小说'的命题之后,再进一步,才逐步地把自己的目标明确起来,即我的愿望是把读《红楼梦》的那种无以形容的美加以研究体会、解说;若无这一步骤,那么我几十年来的研《红》工作就没有什么真正的意义可言了。我的这个愿望初步地表现在《红楼艺术》的后记中,我说曹雪芹作书所追求的,保卫的真目标应该是真、善、美——这样,虽然很浅薄、很幼稚,但已然表明我的路向是不太错误的。如今,我幸运地读到李泽厚先生这一段'答词',这才独坐于我的陋室里长长地舒了一口气,自言自语地说:这回我才找到了真师和真理。诗曰:考证功能探佚行,仁人不斥转嘉评。高山流水琴何幸,霁月光风镜最明。审美崇阶形而上,论红尊次十三经。灯宵花市才收罢,又见禅师内照灯。"❶

从以上引述可见,周汝昌最得意的不仅仅是所谓"脂砚即湘云"的信念,同时包括他的"红学即中华文化之学"的阐释,他极力试图全面而深刻阐释清楚,以致于喋喋不休,往往语焉不详。周汝昌对于《红楼梦》所体现的中华文化精神的确有自己的解读,除了受周策纵的启发而对魏晋六朝时期出现的"'痴'于情"之精义不断地阐发,又极力强调其中华文化之精义在于"重人""爱人""为人"甚至"唯人"之精神,不惜极而言之。至于从"文史哲"与"真善美"之对应关系中讲论中华文化之精义往往语焉不详,不过,由于周汝昌不仅强调研究者的"悟性",也同时看重读者的"悟性",所以,他并不担心颇具"悟性"读者的理解力。周汝昌为什么如此热衷于红学的中华文化阐发呢?答案正如周汝昌所说:"我相信的另一条原则:欲求高境界,先务基本功。"❷ 这一条原则是在告诉读者:周氏红学是追求高境界之学术体系,"四学"不过是"基本功"而已。无论读者如何看待或评价周汝昌喋喋不休的阐扬,至少在笔者看来,其学术用心毕竟不同凡俗,他的"中华文化之学"说本身所呈现出的开阔气象,并未限制读者的接受视角,却呈现出读者接受上的开放性。他的这般义理阐释以发掘

---

❶ 周汝昌. 寿芹心稿 [M]. 北京:中国大百科全书出版社,2012:61-62.
❷ 周汝昌,周伦玲. 红楼梦与中华文化 [M]. 北京:中华书局,2009:141.

文本之微言大义为能事，基于传统而面向现代，虽与现代西方阐释学呼应却始终保持中华文论之旨趣，即便不免过度阐释之嫌，却极少意识形态化之时弊，如果作为红学一家之言，其在红学史上应有立足之境。

陈维昭在《红学的本体与红学的消融——论二十一世纪红学走向》一文中曾把红学视为一个开放的领域，并认为21世纪的红学将走向更高层次的综合。这一"更高层次的综合"不仅摆脱旧索隐方法和庸俗社会学的红学意识形态化倾向，而且势必摆脱80、90年代的红学新方法论与价值学诠释的红学工具化倾向。这一弱化红学的意识形态化和工具化的结果，才是"红学趋于成熟的标志"。这"更高层次的综合"体现在21世纪的红学极境便是有效诠释"《红楼梦》与中华文化"的命题。❶

陈维昭同时认为："将红学有效地融入其文化背景，这要求研究者的知识结构应具有更博大的包容性。在这方面，周汝昌先生提出了'学力'的问题。周先生对'红学'的界说、对'中华文化'的理解、对一般小说研究的观点、对20世纪红学的评价标准和结论，等等，尽管很多学者提出保留意见，但周先生在'学力'问题上的要求，窃以为符合红学深化的时代要求。这不仅是对《红楼梦》研究的要求，这是对一般的中国古典文学研究的要求。与其说，红学不是一般的小说学，倒不如说，今天的小说观念已不同以往。作为20世纪80年代中期以来的文化意识觉醒思潮的成果，人们已经不仅仅把小说研究理解为'人物形象''艺术特色'的分析，而是理解为对于文化的表层与深层结构密切相关的精神产物的研究。"❷也就是说，周汝昌对"红学"的界说、对"中华文化"的理解、对一般小说研究的观点、对20世纪红学的评价标准和结论包括周汝昌反复强调《红楼梦》文化内涵之"大"的观点等，都并不仅仅止步于对《红楼梦》与红学内涵与性质的认知和评价，同时表达了对研究者"学力"或素养的严格要求和深切期待。如周汝昌所说："我们中华从来的治学要求是词章、义理、考据，'三才'俱备，必如此方称上乘，否则只够一个'偏材'而已。这三者就是文、史、哲的'别名'，中国人对事理早就洞彻，只可惜后人不知重己尊

---

❶ 陈维昭. 红学的本体与红学的消融——论二十一世纪红学走向 [J]. 红楼梦学刊, 1997 (s1): 49-59.

❷ 陈维昭. 红学的本体与红学的消融——论二十一世纪红学走向 [J]. 红楼梦学刊, 1997 (s1): 49-59.

我，一味认着'外来的和尚会念经'，以致流弊无穷，很多大事大业都弄糟了，令人扼腕，令人思痛。'红学'如仅局限'小说文艺学'（特别是移植西方的一套）必然是路子越走越窄，必须回到'学'——即中华文化之学上来，那才海阔天空，前程万里。环顾当前，哪个以"权威红学家"自居的自己掂量掂量，能懂多少文、史、哲而胸怀一个'大文科'的努力目标呢？这也就是我大声疾呼'红学的悲剧性'。要拿中华文论艺论的丰富而珍贵奇丽的遗产来对待我们的《红楼梦》，然后必有一番似'旧'而真新的境界。应当梳理生命精气的运行流动的中国文化之主脉——《红楼梦》是中国文化的活生生的传播感染的伟大表现与载体。因此，讲红学是中华文化之学，斯义不诬不妄。"[1] 讲红学是中华文化之学，之所以斯义不诬不妄，不仅源自于《红楼梦》文本自身所蕴含的意义。同时，这样讲《红楼梦》更易于彰显其引申意义，即经世致用之文学接受意义，即召唤中华人之文化自信的意义。可见，红学是中华文化之学的倡导，最大限度地释放了阐释的力量，从而使这部古老东方的神圣经典中的那些伟大思想与迷人魅力得到有条不紊的一一呈现，这也许就是倡导者深隐的内在动机和诠释信念。甚至可以这样说，红学是中华文化之学的倡导使红学阐释获得了现代之品格，从而为红学的现代阐释提供"接着说"的话题空间。乔福锦曾在《红学发展的希望及未来专题座谈会》（笔者按：2016 年 10 月 29 日召开于北京朝阳区惠新里"湘西往事"酒店的座谈会）谈了如下想法：红学的"返本开新"是红学发展的路径问题，一方面要接受知识考古学启迪走往回找的路径，一方面也要接受接受美学的路径以便"接着说"或"照着说"。[2] 讲红学是中华文化之学，说到底是把"往回找"的路径与"接着说"的路径联系起来了，因而独具深广的话题意义。

周汝昌对于"红学文化新态势"曾有自己的分析和理解："大约进入 90 年代不久，红学界出现了两种异象：一是'倒退'，一是'翻新'。倒退的是在版本学上有人提出'程本在先、脂本在后'之说，认为 120 回程刊本是'原本'，而 80 回脂本是'伪造'；其艺术评价也是程高脂劣，云云。翻新的举出王国维的《红楼梦评论》作为源头，加上美国的夏志清、余英时，

---

[1] 龙协涛. 红学应定位于"新国学"——访著名红学家周汝昌先生 [J]. 北京大学学报：哲学社会科学版，1999，36（2）：83-91.
[2] 高淮生. 红学丛稿新编 [M]. 北京：知识产权出版社，2017：120-123.

中国的刘小枫等诸位，将他们对于《红楼梦》的理解议论标称为'本体价值论'和'诠释学'新流派。倒退的，似乎所遇到的赞同者远远不逮反对的人数之多，能否为学术界的认可，尚未可知。翻新的是一种好现象，因为它能推动研讨，进而打开更好的局面。'本体价值论'的诠释学，若以拙见看来，也还是一种'思想内容'意义的解说。它与早先五、六十年代的特重'思想性'之不同在于：后者是社会学的、政治性的、阶级论的，而前者是哲学文化的。从我个人的主张来说，这种流派倒是符合我认为的'红楼梦是一部文化小说'的理念。所以我说它是最近期开始'明朗化'的新'走向'（实质早在，不过并无正名目标号），这一流派对《红楼梦》的诠释：王国维是欲与痛苦的解脱；夏志清是'爱与怜'（Love and Conpasion）；余英时是'两个世界'（现实与理想）；刘小枫是'拯救与逍遥'……这儿已可看出一点：措辞不同，用意则一也，都是力图以自己的理解感受来'图解'曹雪芹的心境与文境。他们的意思是说，贾宝玉是彷徨、徘徊于'色'与'空''执着'与'放弃''痴'与'悟''补天与出家''为人'与'为己'、用世与出世之间，他在痛苦中寻求一种'解脱'或'归宿'。从历程看，其中又出现了一个特点，王国维是拉来一个西方哲学叔本华，夏志清是以基督教的'圣爱'精神来看宝玉，余英时是重拾'乌托邦思想'来解释大观园，只有刘小枫的'逍遥'是从庄子来的，是中国文化的。我自己对西方哲学是门外之门外，不敢妄议。但我也可以蓄疑发问：难道假如欧西不出一个叔本华，我们中国人就永世也没有诠释《红楼梦》的资格与方式？岂不怪哉。……拉一位来即为辅助之说，是开拓视野、启沃智田的外来营养，但决不能对自己的文化结晶只凭不同文化思想的模式来作'主体'的诠释吧？曹雪芹未曾在欧美生长、生活、就学、就业，他只见过一些西洋玩物用物，觉得新奇；他的作品产生于中华大文化背景，是民族的文化大师、文学巨匠。人类当然有'共性'，但我们这儿是研究发扬中国文化的精华命脉，还是先把民族个性之优美伟大之点多加阐发展显，方为当务之急，事业之本。"[1] 周汝昌出于对于中华传统文化的理解以及深思熟虑的考量阐扬《红楼梦》的文化意蕴和文化意义，他所强调的此乃"当务之急，事业之本"对于热爱《红楼梦》、热爱中华文化的读

---

[1] 周汝昌. 红楼鞭影：中国当代红楼梦研究[M]. 北京：北京师范大学出版社，2003：47.

者而言，并无可置疑之处。

(二) 如何评价"中华文化之学"？

先来看梁归智如何评说："万派归源，可以说周先生的红学研究是中华文化精义的一种学术实现。那么这种中华文化的精义又是什么？《〈红楼梦〉与中华文化》中有一段话这样说：'试看这一切，即我上文所论述的晋贤的"痴"，晏小山的"四反"，张宗子的"七不解"，以至雪芹的"作者痴"，宝玉的"痴狂""疯傻"，悉皆相通相贯，而这种类型的人物，即是雪芹所说的"正邪两赋而来之人"，……是的，这是我们中华民族的人英。他们的头脑与心灵，学识与修养，显然是我们中华民族文化的最宝贵的精华部分。迨至清代雍乾之世，产生了曹雪芹，写出了贾宝玉，于是这一条民族文化的大脉络，愈加分明，其造诣亦愈加崇伟。'这种'中华文化上的异彩'就是'正邪两赋'，就是'痴'。而周先生的何须研究，也正好十分有趣地体现了这种'痴'，所谓'风雨如晦，鸡鸣不已；锋镝犹加，痴情不已'。有了这种'痴'，才一往情深，才无怨无悔，才生慧心，具慧业，造就出一代红学大师。周先生的这册《红楼小讲》，我只看了目录，但已经感到是能够引领普通读者进入《红楼梦》真境圣境的宝筏南针，能够让读者对曹雪芹的'痴'所体现的中华文化之精义初尝滋味。"❶ 笔者按：在梁归智看来，周汝昌对红学文化精义的阐发正是周氏红学精义的一种学术实现过程，曹雪芹的"痴"所体现的中华文化之精义可与周汝昌对于曹雪芹与《红楼梦》的"痴"合观。正是基于以上的认识，梁归智提出并且不遗余力地阐扬"周汝昌是曹雪芹的隔代知音"这一说法。譬如梁归智说："正如周先生说曹雪芹是'文采风流第一人'，也可以引申说《红楼梦》是'文采风流第一书'，要把这文采风流第一书和文采风流第一人的本质、要义、精彩阐释出来，评赏股价到位，这个讲话者和评赏人当然也得有一点'文采风流'的素质和特点了，这是不言自明的事。简明扼要地说，周先生的红学著述具有考据、义理、辞章三者咸备的特色，考据是'真'和'史'，义理是'善'和'哲'，辞章是'美'和'文'，也就是具有真、善、美或文、史、哲三者结合而相得益彰的品质。这真是十分难得，能达到这一境界，在今天的学术界文化界，不说凤毛麟角，也是百不得一。周先生能臻此胜境，

---

❶ 周汝昌. 红楼小讲 [M]. 北京：北京出版社，2002：9–10.

当然既有他的天赋资禀，也和他长期的修养历练分不开。周先生是一个十分聪颖的人，是一个多才多艺的人，他在诗词和随笔的创作，外文的翻译，书法艺术的操习，乃至音乐吹弹、戏曲表演甚至梅花大鼓词的写作和欣赏等多个方面，都有不同寻常的修养和建树，更不必说他对中国传统文学文化如唐诗宋词、民俗工艺等方面的研究讲解了。周先生是学者，是诗人，是文章家、书法家，尤其善于作创造性的感悟思索，这多种因素的综合作用，形成'合力'，体现在《红楼梦》研究上，就特别能发抉彰显出《红楼梦》和曹雪芹的精、气、神，其底蕴内涵，文情艺韵。这其间的'理路'和'张力'也很容易了解，因为《红楼梦》本来就是中华文化的'百科全书'和'一条主脉'，曹雪芹本来就是一位集诗人、哲人、艺术家和小说家于一身的中华文化的'文曲星'。❶ 笔者以为，上述所阐发的精义有二：一则周汝昌乃当今"文采风流第一人"；二则周汝昌乃阐扬"红学是中华文化之学"精义的不二人选。试问：既然周汝昌能臻此真、善、美或文、史、哲兼美之胜境，红学史中华文化之学的精义已由其发抉彰显，那么，红学阐释之路该如何"接着说"或"另辟蹊径"呢？红学阐释学的意义将向何处寻求呢？如梁归智所说，能达到周汝昌之天赋资禀、修养历练境界者，当今学术界文化界凤毛麟角、百不得一啊！梁归智为此赢得了周汝昌"杰出的红学专家"的褒奖："感谢辽宁师范大学梁归智教授为制佳序，作为一位杰出的红学专家，他给予了拙著以高度的评价。我对他的溢美、奖借的文章深为感愧，自问难以克当。但知己之言，环顾之论，梁先生也未必是一时率意下笔之作，谨著于卷端，以志高谊，并望广结墨缘，则厚幸矣也。"❷周汝昌之"厚幸矣也"，是否读者红迷之"厚幸矣也"，吾不知也！

  梁归智又如是说："俞平伯把胡适的历史性眼光转换为文学眼光，周汝昌进一步突出了思想性和文化性眼光。这是'新红学'的'三部曲'。胡适提供的是'科学方法'，俞平伯确立的是文学鉴赏范式，这都关乎他们的个性、趣味、家承、学养、经历等个人背景。同样，周汝昌更着重于思想性、文化性视角也和他的个人的气质及背景有关。……胡适的考证与文本的思想和艺术不太相关，俞平伯在相当程度上深入了《红楼梦》的艺术世界，

---

❶ 周汝昌. 红楼小讲 [M]. 北京：北京出版社，2002：8-9.
❷ 周汝昌. 红楼小讲 [M]. 北京：北京出版社，2002：290.

但在思想上比较隔膜。还有谁能比周汝昌更关注《红楼梦》文本的思想和艺术呢？还有谁能比周汝昌对《红楼梦》文本的思想特征、艺术独创和文化内涵感受更深切说得更透彻呢？这只要看《〈红楼梦〉与中华文化》和《〈红楼〉艺术》两本书就足以说明问题了。……周汝昌是比胡适、俞平伯，比后来的许多红学家都更关注《红楼梦》之思想和艺术的研究者，更接近了曹雪芹原著《红楼梦》的精神和审美实质，因为他的气质和才性与曹雪芹更接近。……从精神气质思想境界的角度说，20世纪80年代以前的学者，只有周汝昌、胡风和鲁迅这'两个半'人真正读懂了《红楼梦》。而要把这种'绝异'揭示得明白清楚，那就必须从研究《石头记》版本、脂砚斋批语、作者家世等'考证'基础做起，特别是对原著八十回后佚稿的研究，更具有决定性的意义。在做这些研究的过程中，红学才逐渐显示出不仅仅是'一部小说'的文艺性研究，而关系到中国人'国民性'的得失优劣、中华文化的本质和灵魂等重大课题，到了20世纪末21世纪初，时代的演进才向红学提出了'中华文化之学''新国学'的学术要求和文化取向，而'文采风流'正是《红楼梦》凸显出来的中华文化的一个根本特征。这是撇开红学史上种种琐末纠纷的表象，从精神实质上勾勒出来的一个红学发展演变历史的涯略鸟瞰。……首先是曹雪芹的家世生平研究。周汝昌从曹雪芹的年卒考订做起（这也是周汝昌最初涉足红学的研究），逐渐牵及曹雪芹的生年、祖籍、家世等方方面面，最后落足于'诗礼簪缨''氏族文采'的中华文化传统。也就是从对一个作家的具体'微观'研究上升到中华文化的'宏观'视野，体现了红学乃'中华文化之学'的一个例子。"❶

梁归智以上阐述包含以下要点：1. 周汝昌对《红楼梦》文本的思想特征、艺术独创和文化内涵感受最深切、表达最透彻；2. 周氏"四学"相对于"中华文化之学"乃"微观"研究与"宏观"视野之关系；3. 周汝昌的气质和才性与曹雪芹更接近，所以更便于把握《红楼梦》的文化意蕴；4. 时代的演进才向红学提出了"中华文化之学""新国学"的学术要求和文化取向。总之，梁归智不仅强调了周氏"四学"对于"中华文化之学"的独特意义，同时也强调了周汝昌其人气质和才性的独特之处，从而突出周汝昌与周氏红学在红学史上的独特贡献。当然，若就周氏红学的别具一格而言，

---

❶ 梁归智. 独上红楼：九面来风说红学[M]. 太原：山西古籍出版社，2005：115-118.

这种"强调"和"突出"并非全无道理，不过，其言过其实之弊同样显而易见。试问：20世纪80年代以前的学者中真正读懂了《红楼梦》的是否如梁归智所说只有周汝昌、胡风和鲁迅这"两个半"人呢？回答这个问题就需要重温旧文，请看王小隐发表于1920年第二卷《新中国》上的《读红楼梦剩语》一文："如此就知道拿《红楼梦》去研究文学，可以说是能'启发思想'同'推论意思'，不能只说是看看他的'章法''句法'，就算完事。于是乎我这本《读红楼梦剩语》，就有三种主意：是要研究他的文学手段，去推出让他的哲学理解，并且考证他与史事有关的实际。《红楼梦》确实包含了'文学''哲学''历史'的三项，不能够单单的靠定了一途立论，不然怎么算得起'横看成岭侧成峰'的书啊？"❶ 以上见识，20世纪80年代以前的40年代，至少在周汝昌撰写《红楼梦新证》那一阶段尚不得见，读者可以1953年9月第一版《红楼梦新证》（棠棣出版社）"目次"参证。20世纪80年代，《红楼梦与中华文化》一书"才有意地将侧重点放在了文化意义上"，❷ 不过，该书上编主要谈论《红楼梦》创作观尤其自传性小说的意义，中编以贾宝玉这个人物为集中讨论对象尤其"痴"的命意和文化意义，下编集中谈讲《红楼梦》的结构学，通观全书则未见融文史哲、儒释道等方面于一书的博观圆照之见识。的确，周汝昌在"卷头总论"标举了全书总题"《红楼梦》——中华民族的一部文化小说"，而将文史哲、儒释道等方面融于一书的博观圆照之见识要在此后所出版的著作中加以不断地阐扬。尽管周汝昌对"什么是文化？"有自己的理解和诠释，却无论如何不能把从《红楼梦》里看到"文学""哲学""历史"等的内涵视为中华文化之外吧？周汝昌的确具有将《红楼梦》中"文学""哲学""历史"等的内涵视为中华文化的自觉，他说："《红楼梦》堪称人类智慧才华的第一精华，并非夸大。而称之为中国伟大作家的曹雪芹作的'文化小说'，集中华文化之大成，综合了文、史、哲的三大因素的精髓，也就因之显示分明了。"❸ 周汝昌在《红楼小讲》一书表达的这般见识显然晚于王小隐《读红楼梦剩语》一文的这般见识，如此说来，从《红楼梦》里看到中华文化的深广内涵并非周汝昌的首倡，尽管他的中华文化认知不乏新见，如果说周汝昌乃

---

❶ 吕启祥，林东海. 红楼梦稀见资料汇编 [M]. 北京：人民文学出版社，2001：47.
❷ 周汝昌，周伦玲. 红楼梦与中华文化 [M]. 北京：中华书局，2009：5.
❸ 周汝昌. 红楼小讲 [M]. 北京：北京出版社，2002：289.

倡导"中华文化说"最有力者是否更为确当呢？其实，即便说起周汝昌一再阐扬的《红楼梦》中华文化"性灵"说，也可以在熊润桐发表于1922年上海《革新》上的《八十回红楼梦里一个重要的思想》一文中看出阐发的端倪："曹雪芹觉得认识有灵肉两方面的，他书中畅论人类灵肉的由来，和宋儒朱熹很相像。我们且把朱熹的话，引来比较一下，便容易明白。朱熹说：'人心'惟危。'道心'惟微……盖尝论之：心之虚灵知觉，一而已矣。而以为有'人心''道心'之异者，则以其或生于形气之私，或原于性命之正，而其所以为知觉者不同；是以或危殆而不安，或微妙而难见耳。(《中庸章句序》) 这段所说的，就是人的心有'人心''道心'两方面的。'人心'是'生于形气之私'，属于肉的方面；'道心'是'原于性命之正'，属于灵的方面。雪芹把这个道理，说得比朱熹更明白，更深刻。《红楼梦》第二回，冷子兴说宝玉将来是色鬼无疑，贾雨村和他分辩道：……这段议论真是何等精到！简直可以当作一篇'正邪两赋'说！'正'便是朱熹所谓'道心'，'邪'便是朱熹'人心'。前者属于灵，后者属于肉。"❶ 尽管熊润桐所阐发的《红楼梦》中的"性灵"说不比周汝昌阐发得更加宏阔、更加深挚、更加地个性化，至少是把八十回《红楼梦》里的一个重要思想作了一番方法论般的诠释。熊润桐是从朱熹《中庸章句序》里阐发"正邪两赋"精义，周汝昌是从魏晋南北朝"痴"的文化意蕴理解"正邪两赋"精义，殊途同归而已。况且，这一理解思路还是由周策纵首倡，周汝昌说："他在序中首次提出了雪芹书中的'痴'义，是受晋代阮氏诸贤的影响。在他的启示下，我于1986年重到'陌地生'而撰作《红楼梦与中华文化》时，便特设了专章细论这个重要的文化精神问题。"❷ 周汝昌所提及的"序"即周策纵为周汝昌著《曹雪芹小传》所作文字，周汝昌能够念念不忘此一段交谊因缘，可见其为学可贵之处。

王小隐说："我读《红楼梦》宁可教古人说'未免负我苦衷，尚有不宣之蕴义'，不教古人说'无乃师心自用，致陷吾书于芜杂'。"❸ 他同时又谈道："自来研究《红楼梦》的人，都不免有'用力过猛'的地方——小生亦蹈此弊，唯力求其减少——自己有了主意，就认定了一条路往前走。任凭

---

❶ 吕启祥，林东海. 红楼梦稀见资料汇编 [M]. 北京：人民文学出版社，2001：87-88.
❷ 周汝昌. 红楼无限情：周汝昌自传 [M]. 北京：北京十月文艺出版社，2005：328.
❸ 吕启祥，林东海. 红楼梦稀见资料汇编 [M]. 北京：人民文学出版社，2001：41.

有旁的说法，总以为不可信。"❶ 如此看来，王小隐见识并不落后于周汝昌，他的拿《红楼梦》去研究文学能够"启发思想""推论意思"的见识至今仍有启示意义，至于是否曾对周汝昌的红学研究起过直接或间接的启示作用则不得而知。说起"师心自用""用力过猛"的弊端来，不仅令人会心会意，简直令人诧异他的先见之明如此地敏锐，仿佛已然预见到了周汝昌与周氏红学的必蹈之弊。众所周知，由于周氏红学以"悟"性思维为基本底色，自然免不了"师心自用"，甚至"用力过猛"，譬如陈维昭就曾面对周汝昌的"证悟"惊叹道："有时则因其在材料与观点之间强行飞越而令人瞠目结舌（如关于史湘云的考证）。"❷ 当然，不仅周汝昌蹈此"师心自用""用力过猛"之弊，百年红学蹈此弊者不胜其数，再譬如从梁归智著《红学泰斗周汝昌传：红楼风雨梦中人》中则不难发现著者对于周汝昌的认知和评价即歌功颂德难免"亦蹈此弊"。再看刘再复在《中国文学第一天才的旷世知音——梁归智〈周汝昌传〉序》一文中如何说："周先生的成就不只是考证。今天借此作序的机缘，我想用八个字来评价周汝昌先生，这就是'总成考证，超越考证'……二十年来，我无论是读周先生的《新证》，还是读周先生的《曹雪芹小传》《曹雪芹新传》《红楼家世》《红楼梦与中华文化》等著作，都从中吸取了丰富的思想营养，这些营养概括起来，大约有三点：（1）确认《红楼梦》乃是空前启后的中国文学的最伟大的作品，是人类世界精神水准的伟大坐标之一；（2）一切考证、探佚的最终目的是为了把握《红楼梦》的无量文学价值；（3）感悟《红楼梦》关键是感悟其无人可比的精神境界，而不是什么'文学技术'之类……周汝昌先生能抵达这一境界，不是考证的结果，而是悟证的结果。换句话说，这不是'头脑'的结果，而是心灵的结果。正如归智先生在'传'中所说：'周汝昌研究《红楼梦》，只是凭着一颗天赋以诗才、哲思、史识的心灵，在搜集的大量史料和小说文本之间游弋感受，与作者曹雪芹作心魂的交流，这样得来的所感所见，自然与那些在新旧教条笼罩下的研究者大为不同。很自然，他的所感所见，也就不能为那些研究者所认同和理解了。'周先生用的'天赋的心灵'去和曹雪芹交流，以心传心，以心发现心，这便是悟证，便是

---

❶ 吕启祥，林东海. 红楼梦稀见资料汇编 [M]. 北京：人民文学出版社，2001：39.
❷ 陈维昭. 红学通史 [M]. 上海：上海人民出版社，2005：629.

超越考证的悟证。所以我除了用'总成考证,超越考证'八字之外,还要用另外八个字来评价周先生,这就是:考证高峰,悟证先河。二十年来,我在阅读《红楼梦》和写作《红楼四书》时,用悟证取代考证与论证,着意使用另一种方法和语言,使悟证更具规模,但这种'以心发现心'的方法,其实周汝昌先生已开了先河。他在《红楼十二层》中说:悟性——比考证更重要。为表达这一意思,他特作诗云:'积学方知考证难,是非颠倒态千般。谁知识力还关悟,慧性灵心放眼看'。说的多么好!倘若局限于考证或实证,周先生绝不可能重新提出陈蜕九十年前的大问题与真问题,也绝对不可能成为中国文学第一天才的卓越知音。"❶ 刘再复的这一番通宏论可以称得上是对周汝昌"证悟红学"所谓"天地大境界"的"酷评",再没有哪一篇文字竟能够与之媲美了,以至于难免会引起人们对他撰写这篇激情飞扬的文字背后动机的揣度:刘再复竟同样是可比肩周汝昌的"中国文学第一天才的卓越知音"吗?至少笔者以为,刘再复同样难免"亦蹈此弊"。余英时说:"在知识面前,在学术面前,在认识面前,谁都没有特权。如果强调一点要'有慧根',才能跻身某一领域,那就是要确立一部分人在这个领域的特权。这就是要求特权。先儒里面,孔子平易,不追求特权。孟子的气势高人一等,给人以'舍我其谁'的印象,但还说不上特权。如果再进一步,从思想的特权发展到社会特权,危害就大了。"❷ "中国文学第一天才的卓越知音"不免给人以一种"舍我其谁"的印象,只要不是声称这才最有资格配谈红学就好,否则,这种特权思想必然危害红学发展。余英时在谈及关于钱锺书研究形成的"钱学"时说:"钱先生自负则有之,但很有分寸。经'钱学专家'火上加油,便完全走样了。这对钱不很公平……我所看到的'钱学'文字,又似流露出一种'个人崇拜',特别强调钱先生于书无所不读,过目不忘,自古及今,无人能及。"❸ 余英时这段话的启示意义十分鲜明,如果"周氏红学"研究的"个人崇拜"者也做起了"火上加油"的事情,周汝昌以及他的学术一定会走样的,这其实对周汝昌很不公平。钱锺书早有感言:"大师无意开派,而自成派,弟子本意尊师,而反害师……是故弟子之青出者背其师,而弟子之墨守者累其师。常言弟

---

❶ 周伦玲.似曾相识周汝昌[M].天津:百花文艺出版社,2011:112-114.
❷ 梁归智.红学泰斗周汝昌传:红楼风雨梦中人[M].桂林:漓江出版社,2006:192.
❸ 陈致.余英时访谈录[M].北京:中华书局,2012:156-157.

子于师'崇拜倾倒',窃意可作'拜倒于'与'拜之倒'两解。弟子倒伏礼拜,一解也;礼拜而致宗师倒仆,二解也。古籍每载庙中鬼神功行浅薄,不足当大福德人顶礼膜拜,则土木偶像避位傍立,或倾覆破碎。"❶但凡"个人崇拜"者,又如钱锺书所揭示:"盖夸者必讠宽,所以自伐也;谄者亦必讠宽,所以阿人也;夸者亦必谄,己所欲而以施诸人也。争名于朝、充隐于市者,铸鼎难穷其类,画图莫尽其变,然伎俩不外乎是。"❷周汝昌以及他的学术之所以一定会走样,是因为"夸者必讠宽"而"自伐",忒卖力气地"捧周"者是也;"谄者亦必讠宽"而"阿人",忒卖力气地"批周"者是也。

笔者著《红学学案》曾对周汝昌是否切实地把握了"中华文化精义"或者说果真如梁归智所尊崇的那样兼备真、善、美三者结合而相得益彰的品质做过一段评述,兹录如下:

> 周汝昌晚年撰《我与胡适先生》一书更在追述了"我的'批胡'的放肆狂词"之后,感慨胡适仍然称其为"一个好徒弟"的仁厚之举:"唯有自愧而已。自愧身非英雄豪杰,不能在那种文化环境中叱咤风云、特立独行,学会了一套'大字报'体格的'批判'文章,留与后人观察历史的形形色色,可笑可悲,可怜可叹。""可笑可悲、可怜可叹"为何?道义和良知的被遮蔽,中华文化精神的被漠视。正如陆键东在《陈寅恪的最后20年》中所说:1958年这一年,"它已开始从整体上摧毁中国学人在文化意义上的人性。当所有学人必须在大字报中交出自己的所谓'活思想',更要批判他人的'资产阶级思想'时,正直和良知还有什么位置呢?"从常理上说,学生骂老师而背叛师门的恶作剧,无论是出于何种个人缘故或社会背景,抑或只是如梁归智的说法即率性而为的"一时孟浪之举",若涉及人格精神或治学态度则有关乎学者之清誉(美誉度),岂可儿戏乎?尤其对于"大师"或"泰斗"而言,"孟浪之举"将置"德高为师,身正为范"于何地?既然《红楼梦》作为一部文化小说是以"重人、爱人、唯人"为中心,

---

❶ 钱锺书. 谈艺录[M]. 北京:商务印书馆,2011:445.
❷ 钱锺书. 谈艺录[M]. 北京:商务印书馆,2011:651.

且"以小说的通俗形式,向最广大的人间众生说法"。如此说来,这"人间众生"竟不论"凡夫俗子"抑或"大师""泰斗",都是要经历一番从"可笑可悲、可怜可叹"走向"重人、爱人、唯人"精神境界提升的漫漫长路,始可证成其人格之"大"(气度之"大"、胸襟之"大")。若果如梁归智所称道即周汝昌其人与其研红之书,确实已经"合一"。那么,这"人书合一"境界能否也还可以这般理解:即周汝昌已将《红楼梦》一书"重人、爱人、唯人"的境界与其一生修为之境界"合一"了呢?谈及"合一"的话题,不禁联想起冯友兰来,如余英时所说:"冯先生受到的责难已太多了,我不想再强调这一方面。为什么大家对他的责备特别苛刻呢?我想这和他提倡的哲学有密切关系。他在《新原人》中把人生分成四种境界,由下而上:一、自然,二、功利,三、道德,四、天地。他以'天地境界'自许,但50年代以后他的实际表现似乎在'自然境界'和'功利境界'之间。因此80年代之后,大家对他便议论纷纷了。这是因为大家用较高的标准去要求他在实践中有超乎流俗以上的表现。他自己在《三松堂自序》中承认'有哗众取宠之心,不是立其诚,而是立其伪',可以不必深究了。"周汝昌的处境与冯友兰相似,大家依然是用较高的标准去要求他在实践中有超乎流俗以上的表现。众所周知,自古而来,中华文化最讲求"如切如磋"以"道问学"和"如琢如磨"而"尊德性"的学问与德性"合一"的传统。这"切磋琢磨"四个字可成就人格之"大"(气度之不"大"、胸襟之不"大"),又岂能拆开来呢?至于"道问学"与"尊德性"背离,此又现代学风之一大顽疾——"罪过可惜"四个字竟顾惜不得了!不过,如果胡适仍然在世,他或许会赞同邓遂夫的看法:"当然,作为一位有才华有个性而心无旁骛的学术巨子,周先生既有他的伟绩,又有他不可避免的为人为学的某些过失。但是我以为不论作为他的晚辈还是同辈的学人,都应该对这位为红学贡献出终身的老人,抱有更多的宽容与敬意。我个人在学术上与周先生是有同有异,在感情上亦只能算是'淡如水'的君子之交。我这里借机而发的这番题外的议论,绝无半点私心偏袒和门派恩怨夹杂其间。是耶非耶，相信历史自有公断！"宽容与敬意"是有素养的学人应当葆有的伦理态度，众所周知，这种态度尤其稀缺于当代的学术论争之中。李泽厚认为："胡适有价值的东西是他那种西方自由主义的作风，比较宽容论敌、主张渐进改良、重视平等待人等，这在政治上、意识形态上和为人处事的态度上，我以为至今仍有价值，中国80年以来缺少的还是这个。"于是，学术上的论争会因个人意气的渗透而变成了某一方面的"清算"，文学批评演成了某种意义上的"大批判"。由此可见，胡适的精神价值之所以为人所称道是有着深厚的现实背景的，即"胡适本人的自由主义作风，有成就而不称霸、不骂人的作风，则是20世纪中国所缺少的。"胡适是深明"仁""恕"之德真义的谦谦君子兼书生，若果如周汝昌所言："曹雪芹的'情'，也就是'仁''恕'的'诗人化'或'艺境化'或'感情化''心灵化'的表现于阐释之异样辉光"，则"仁""恕"也为曹雪芹所深谙无疑，那么，胡适与曹公于文化精神上是相通的。又即便胡适于红学之"道问学"方面没有达到周汝昌的"诗人化"或"艺境化"的境界，然而，仅就胡适在对待周汝昌的态度上所放射的"人格光辉"来看，胡适于"尊德性"所到达的境界果真不及周汝昌多多许哉？是啊，星转斗移，历史自有公断，红学史也将自有定评。其实，"公断"自在，"定评"自有，只是看惯了"风月宝鉴"的这一面，便不再习惯看另一面了而已。切莫忘记："风月宝鉴"可是两面皆照的魔镜啊！可见，设若周汝昌研究能够成为今后红学研究的一支"专学"，那么，对于周汝昌的红学思想和观念，乃至超思想和观念的评价，同样应当采取"知人论世"的方法和"了解的同情"的态度。只有"平心论周汝昌"，既不去搞"个人崇拜"，又不必"妖魔化"，才能获得"两面皆照"的全解。即"全照"其所处时代环境、政治环境、学术环境以及心理环境和个性精神环境等，"全解"便是客观公正了解和评价。❶

如果读者认真思考了笔者的述评，是否会对梁归智的"从精神气质思

---

❶ 高淮生. 红学学案［M］. 北京：新华出版社，2013：255-257.

想境界的角度说，20世纪80年代以前的学者，只有周汝昌、胡风和鲁迅这'两个半'人真正读懂了《红楼梦》"这一判断产生疑问呢？其实，在笔者看来，学术的讲谈并不要求讲者必须做如"两个半"这类的大判断，因为，知人论世难乎其难！人书合一难乎其难！"道问学"和"尊德性"兼美亦难乎其难！笔者由衷地感佩周汝昌每每谈讲中华文化本质、特性、灵魂、命脉之类话题时的透悟力，譬如他在谈中华文化命脉时侃侃而谈道："中华文化的两大命脉，一个是道德，一个是才情。讲道德，就是讲社会关系、家庭伦理关系，也就是待人、对己的问题。这一条大脉络以孔、孟为代表，所讲的道德概念：仁、义、忠、孝，等等，都是人际关系。这个很好懂。过去讲这话文化往往偏重了这一面，讲得很多。一度要打倒，说这个都是旧意识、旧观念，要不得，要建立新的。这些不是我的话题。我要说的是另一面，是实际发生了极大的文化作用影响的那一面：才、情。我把它分成两大阵营。所谓两大阵营并不是对立的，是每一个中华真正有文化教养、修养的人都具备的两大方面，他的人品、心田、道德、待人待己及其摆位都是极高尚的，正当的。比如孔子不是一个老古板，不要把他当成一个道貌岸然的人，他是一个活生生的人。"❶ 可见，周汝昌的确是把"尊德性"讲得很是在理。而"尊德性"乃中华文化之核心，周汝昌阐扬"红学乃中华文化之学"的立意显然首先在于守护《红楼梦》这部经典的"中国意义"而非"世界意义"，没有"中国意义"又何必谈"世界意义"？《红楼梦》的"中国意义"讲不清，其"世界意义"同样讲不清。周汝昌说："我的'思想方法'颇与雪芹有相通之处。是以我说我不喜欢把事理人情割裂两截，制造人为的对立的那种识见主张。我们中华人至今日常生活用语从未废弃'情理'一词，相反，一直尊奉运用。……我尊重曹雪芹，喜爱《红楼》，全在于此。什么'爱情悲剧'，什么'婚姻不自由'，还有'反封建''叛逆者'等识见，那是另一回事，与在下的'思路想法'，关系就很小了。"❷ 正因为如此，周汝昌一直反对并讥讽"洋理论""洋学说"解读《红楼梦》的做法，甚至批判王国维的《红楼梦评论》不过是引用叔本华学说而自言自语的"随笔"而已。如果不从这层意味上理解周汝昌对于王国

---

❶ 周汝昌．红楼十二层［M］．太原：书海出版社 2005：278．
❷ 周汝昌．红楼十二层［M］．太原：书海出版社 2005：45．

维的讥讽之举,只是一味指责周汝昌"打倒一切"的做派,恐怕并不能真正地"搔到痒处"。王元化说:"我们的文化研究有以西学为坐标的老传统,也有以论代史的新传统。前者主宰文化界已七十多年,后者也将近半个世纪。伴随着这股潮流而弥漫文化界的仍是'阶级斗争工具论'的变种和趋新猎奇的浮躁之风。"❶ 周汝昌的"红学乃中华文化之学"倡议尽管存在这样那样的可质疑之处,但毕竟他是从中华文化的大传统(文史哲结合)和小传统(门风世德)结合上来讲解其"中国意义",譬如他在《文采风流今尚存——曹雪芹氏族文化研究提纲》一文中说:"谨以拙文作为献礼,提出一个以往不为人重视的中华命题——氏族文化。盖拙见以为,吾国文学大师巨匠,光焰万丈,炳烨千秋,虽似作者一人的才华文采,却实际上是一种氏族的多历朝纪的丰厚积累之'聚合表现'。……中华文化,到清乾隆之世,乃表现为《石头记》这一'绝特'形态(绝特是鲁迅语)。是故我谓《石头记》或名《红楼梦》(原著)者,是文化小说,是一部堪为'国学'研究的巨大对象与目标。值此纪念之际,重申'红学应定位于新国学'这一命题,并呼唤有识之士桴鼓相应,为中华文化而贡献热力与实力,庶几可慰对一切炎黄子孙,俾《红楼》之奇葩,焕发于神州禹甸。"❷ 周汝昌的以上阐述似可相当程度上克服"以西学为坐标"之弊,亦可克服"以论代史"之弊。

余英时在《犹记风吹水上鳞——敬悼钱宾四师》一文中说:"但是三十年来,我并没有利用任何机会去宣扬钱先生的学术和思想,好像要造成一个'学派'的样子。这也是本于钱先生的精神。同时,我深信'道假众缘,复须时熟'之说,揠苗助长是有害无利的。而且钱先生毕生所发挥的是整个中国学术传统,不是他个人的私见。过分强调或突出他个人的作用,不是抬高或扩大他,而是降低或缩小他。他对章学诚'言公'和'谢名'的深旨,低回往覆,不能自已,其故正在于是。"❸ "道假众缘,复须时熟"这句话同样可以施之于周汝昌的学术和思想,他的学术和思想自在,若能各取其可取者以自利,也便能体现周汝昌所说的"重人"了。

---

❶ 王元化. 思辨录 [M]. 上海: 华东师范大学出版社, 2017: 307.
❷ 周汝昌. 文采风流今尚存——曹雪芹氏族文化研究提纲 [J]. 北京大学学报(哲社版), 2003 (4).
❸ 余英时. 钱穆与中国文化 [M]. 上海: 上海远东出版社, 1994.

## 二、红学是新国学

### （一）何谓"新国学"？

1.《周汝昌致梁归智书信笺释》（梁归智整理校注）

　　回顾红研史，至1981年济南大会，我始正式提出要研究红书艺术，此盖打破以前30年多的局面（"思想性"——阶级斗争、"社会"性质等）；至1986年又正式提出"文化走向"一义，盖为打破讲"艺术"又陷于"洋理论"的一整套铺天盖地万篇一律的局面——"文化"者指中华也。至昨今岁之际，乃又提出新国学一大命题，盖为"红界"之庸庸俗俗、昏昏沉沉、破破碎碎……乃至"嬉皮笑脸""咬牙切齿"（韩进廉论文中语也），而使此学归于正位。此皆含有吾弟"揭竿"一语之大关目意义在焉。不知拙解有当于史实否？尚企覃思而深味之。……"三揭竿"论若能成立，也许会有一问："然则你们的探佚学位置又在何处？"答曰：此学现象似"考证"，手法似"艺术"（伏线），而本质正是中华文化之学。红学的一切功夫作好，方归结到探佚文化学也。❶

　　笔者按：梁归智【说明】有言："所谓'三揭竿'论，指周老三次提出红学的重大方向问题。"❷ 由此看来，"新国学"说乃周汝昌"中华文化之学"的组成部分，并非独立于其外的部分。一则出于维护《红楼梦》的"中国意义"的考量极而言之的说法。刘勰《文心雕龙》前三篇即"原道""征圣""宗经"，如果说考究《红楼梦》的"中国意义"乃"原道"，那么，尊崇曹雪芹则是"征圣"，尊崇《红楼梦》自然是"宗经"（周汝昌尊《红楼梦》乃第十四经），尽管周汝昌并没有直白地如此解说，其立意似可做如此推想吧？"宗经"以"征圣"，"征圣"以"原道"，此道乃"中华文化之道"，乃"新国学"所尊崇之道。周汝昌于《寿芹新稿》一书撰《曹

---

❶ 周汝昌．周汝昌致梁归智书信笺释［G］．梁归智，整理校注．太原：三晋出版社，2017：179－180．

❷ 周汝昌．周汝昌致梁归智书信笺释［G］．梁归智，整理校注．太原：三晋出版社，2017：180．

公子雪芹赞》云:"情溯鸿濛,才参天地。怀大慈悲,负深智慧。为群芳泣,代众生罪。口海青莲,心田红蒂。发钟鼓音,降雨露惠。作十四经,动亿万世。"❶周汝昌是把《红楼梦》看作"化育众生"的最有意义的经典了,尤其对于经历过多种劫难的当今之世,此"化育众生"之说便是周汝昌所谓中华文化尤在于"重人"之意无疑。再则乃不满"红界"之"庸庸俗俗、昏昏沉沉、破破碎碎……乃至'嬉皮笑脸''咬牙切齿'",是故,提出"新国学"以"使此学归于正位",即"红学"归于"中华文化之学"之"正位",归于"新国学"之"正位",以矫正"红界"之时弊,彰显其挽狂澜之用心,并为红学发展指明梁归智所谓"大方向"。显然,周汝昌的"善意"以及他对"红界"的贬抑态度均难以为他赢得喝彩,这也是"红界"之"情理",一种最令周汝昌感到无奈又无助之"情理"。由于周汝昌始终不善于反躬自省,即乐于布道而不长于自察,所以,他自然难以理解这一使他陷入无奈又无助境地之"情理"。

2.《红学应定位于"新国学"——访著名红学家周汝昌先生》(《北京大学学报》主编龙协涛)

我非常同意您所指出的一点,这又是我们不谋而合的看法,即假如大家不认为将红学定位于"新国学"的理念是大谬不然的话,那么我们为了时代的标志,可将此一新国学的起点划在1949年新中国成立——所谓"新国学"之新,取义于此;若从新国学的"学"字着眼而定质定位,则又以1978年十一届三中全会以及改革开放新时期之正式展开为实实在在的起点。这是两重"新"的历史含义。我们为什么称之为"新国学"?是否妄立名目,多此一举?"大可不必"?似乎不至于落到那样的估量。我们传统的国学,是史子集,孔孟老庄……研治史,明道正风。几千年了,虽历曲折之途,终属根本之境。它也会随时代而俱新,但这"新"也不是从某处搬来,硬行登座,而是从我中华伟大文化母体而诞生的一个小小新婴而已。无母之婴,只能是"异物",不祥已甚,"新"云乎哉!循是而言,国学绝不会"旧"。我们所以又将红学称为"新国学"者,不是"标新立异",更非要使"新""旧"对

---

❶ 周汝昌. 寿芹新稿[M]. 北京:中国大百科全书出版社,2012.

立，彼此打架争吵，夺位坐朝。"新国学"是时代推迁之势所带来的必然的演化发展。现实情势，不可能让每个国民"通服古"了，传统的字体语文都不认得不懂得了。然而中华大文化也还有史子集形式以外的"载体"——这就是《红楼梦》。"把《红楼梦》当历史读"，此言此义，在于我们善领而确解。只有把这门又专又普的"新国学"重视起来，也正视起来，方能出现红学的更新更好的局面——得有个基本认识，得看出个光明方向，得有个高瞻远瞩的总号召，大家也方能团结努力，不断作出贡献，新而又新。❶

笔者按：周汝昌"新国学"之取义"新"在时代，仍以"明道正风"为旨趣，其立意并未因"新"而异。"新国学"之取义似以"新经学"为根本，在周汝昌看来，只有将《红楼梦》的文本地位尊崇到第十四经的高度，曹雪芹之"伟大"（笔者按：周汝昌毫不吝惜"伟大"一词，送给了曹雪芹诸多伟大称号，如伟大的思想家、伟大的哲学家、伟大的文学家、伟大的小说家、伟大的艺术家等）才能呼之欲出。他对陈蜕盦早年提出曹雪芹是一"创教"之思想家的命题津津乐道，曾为之感慨："创教者，必其思想境界之崇伟博大异乎寻常而又前无古人，如孔子、释迦等人方能膺此光荣称号者也，陈蜕盦所见甚是。而90年中，并无一人知其深意而予以响应支持，则不能不为民族文化识见趋低而兴叹致慨。"❷ 于是，周汝昌以《雪芹赋赞》为之颂赞："情之圣者，奎耀神州。鸿才河泻，逸藻云稠。著书黄叶，记梦红楼。……大星不落，巨匠常新。通灵异士，慧业哲人。大智大勇，奇气奇芬。岂关稗史，实寄斯文。中华仰止，高山雪芹。"❸ 可见，"新国学"既有极力尊崇曹雪芹之立意，又有极力尊崇《红楼梦》之立意，其本旨则指向"岂关稗史，实寄斯文"的教化而已。"新国学"实乃21世纪中华人之新教化，周汝昌试图以曹雪芹之《红楼梦》重建"新斯文"，其立意不可谓不高远，或者说，周汝昌的《红楼梦》"义理"阐释果真是把红学引向了学术最高境界，不过，是否"痴人说梦"尚要拭目以待。

---

❶ 龙协涛. 红学应定位于"新国学"——访著名红学家周汝昌先生 [J]. 北京大学学报：哲学社会科学版, 1999, 36 (2)：83-91.
❷ 周汝昌. 红楼十二层 [M]. 太原：书海出版社 2005：79.
❸ 周汝昌. 文采风流曹雪芹 [M]. 太原：书海出版社, 2004.

## (二) 如何评价"新国学"?

梁归智如是说:"到了1980、1990年代之交,周汝昌提出红学是中华文化之学、是'新国学'的论断。正如前面对文献考证和文本的思想艺术赏评所论及,中华文化才是涵盖所有红学研究问题的本质。明晰地认识到这一点,并以理论的形式正式一处,并不是一蹴而就,仍然是'因势就势,顺理成章'。这里不仅有红学本身发展演变的学理趋势,还有整个中国文化界从改革开放以来对中国自'五四'以降思想文化意识形态曲折演进历程深刻反思的影响。我在《独上红楼》中早已做过详细的论证:'周汝昌对红学的新思考和新定位是来自于他对文本不断深入的实际感悟和具体研究,是应对红学发展进程中不断产生的新课题。这里面有两层含义。第一层是《红楼梦》与中华文化的"鱼水关系"。这又可以从两个方面观照。一方面,要真正深入并懂得曹雪芹原著的文本,就必须首先有切实把握中华文化的视野和能力。另一方面,《红楼梦》里存在着最典型最生动最具体的中华文化,因此《红楼梦》是中华文化的"百科全书"和"一条主脉"。红学定位于"中华文化之学""新国学"的第二层含义是由第一层含义所引发的对《红楼梦》这个"文本"在中华文明史乃至世界文明史中的地位,特别是在当下中国人的精神文明建设中所扮演的角色问题。红学定位于"新国学"有其关系中国人当下精神追求和人文关怀,中国当代民族性精神支撑的重大现实意义。'对这个问题的进一步论证,可参阅《问题域中的〈红楼梦〉'大问题':以刘再复、王蒙、刘心武、周汝昌之'红学'为中心》以及《周汝昌的红学遗产》,这里就不再重复了。"❶

梁归智又说:"中国出了一个曹雪芹,出了一部《红楼梦》,是不能仅仅堪称'文学史'上的事情的。毛泽东曾把《红楼梦》列为中国对全人类作出的几个'贡献'之一,至今想来,此语仍然有它耐人寻味的地方。红学应定位于'新国学',即是说《红楼梦》是中华文化的一个形象最凝练的代表,用周先生的话说,《红楼梦》是进入中华传统文化的一把'总钥匙'。我们应该把雪芹这个'精神家园'的创制者其人,以及他何以会创制出这个精神家园其背景基础、近因远源,这些问题本身其实也已经成了'精神家园'的有机组成部分。这就是为什么'红学'与'曹学'总是藤缠蔓绕,

---

❶ 周伦玲,竺柏松. 琳琅满纸忆前时:怀念周汝昌先生[M]. 北京:中华书局,2013:40-41.

总是'割不断，理还乱'其奥秘所在。读了《文采风流曹雪芹》，这种辩证的知解就更圆融无碍，而不必再堕入形式逻辑的纠缠理障。"❶

乔福锦则认为："周先生关于作为一门'专学'的'红学'与作为'一般小说研究'的'红楼梦研究'应区别开来的观点，关于'红学应定位于"新国学"'的主张，特别是关于'四大支柱'基本学科分支的论述，乃是红学史上第一次展开的关于红学本义、范围、学科体系的正面论说，已然为红学的学科建设亮明了坚定的中国立场。"❷

以上对于"红学是新国学"命题的阐述视野开阔，对于客观认识周氏红学的新立意和新视界具有明显的启发作用。笔者这里仅例举了两位学者的评价，这些评价都是肯定的评价，都是从正面意义所做的阐述。那些否定的评价或者从反面意义所做的阐述则未予罗列，大抵不过是批评或批判周汝昌的这一套义理乃随心所欲、夸夸其谈而已。譬如胡文辉撰《现代学林点将录》一书说：周汝昌"晚近新刊的杂著更指不胜屈，然或系重编旧文，普及旧说，在专业角度不过炒冷饭；或属信口开河，以臆测代实证，实近乎索隐派的借尸还魂，尤不足为训。……周氏学识不尽通贯，见解多趋于绝对，态度每流于偏执，如谓曹雪芹是'大思想家、大诗人、大词曲家、大文豪、大美学家、大社会学家、大心理学家、大民俗学家、大典章制度学家、大园林建筑学家、大服装陈设专家、大音乐家、大医药学家'，《红楼梦》是'中华大文化的代表著作'，汉字在全世界'最高、最超越、最伟大'之类。鲁迅尝谓'专门家的话多悖'，信矣哉。"❸那么，如何评价如上两种态度呢？笔者谨以如下评论表明自己的立场，譬如王元化在谈及熊十力治学特点时说："十力先生治学似较偏重颖脱超越一路，而对某些小节则不大注意。我曾向他请教禅法中的四等义，他可能年老记忆衰退，一时未能答对。在考据训诂方面，十力先生常遭非议，人说他辨真伪多出臆断，任意改变古训，增字解经。这些评骘出自对他诚服崇敬的同辈或友人，不能说没有一些道理。他重六经注我、离识无境之义，于现代诠释学或有某种暗合，可能会受到某种赞扬，但我以为训解前任著作，应依原本，

---

❶ 周汝昌. 文采风流曹雪芹 [M]. 太原：书海出版社，2004.

❷ 乔福锦. 经学品质国学架构汉学视域——红学之学术反思与学科重建纲要 [J]. 南都学坛，2002（1）.

❸ 胡文辉. 现代学林点将录 [M]. 广州：广东人民出版社，2010：444-446.

解其底蕴，得其旨要，而不可强古人以从己意，用引申义来代替。我并不反对注释者根据自己的时代经验，从今度古，做出价值判断。这在阐述古人著作时，甚至是不可或缺的。但原意的底蕴与注释者所揭示的义蕴，二者不可混淆。"❶ 王元化所谓"原意的底蕴与注释者所揭示的义蕴，二者不可混淆"之倡议，无论对于周汝昌的《红楼梦》义理阐扬，还是对于评述周汝昌的《红楼梦》义理阐扬均有借鉴意义。

再如周勋初在《综合研究与触类旁通——读陈寅恪〈陶渊明之思想与清谈之关系〉》一文中说："陈寅恪在论陶渊明的思想时，引用《桃花源记》一文，又根据'武陵人''缘溪行'与渔人黄道真一名，推论此为溪族之事，也是触类旁通，纵横如意。这些地方，陈寅恪通过一系列的联想，将文史研究熔于一炉，由是学术界又出现了一个崭新的局面。他的文章，对那些恪守朴学规范的人来说，或许会觉得论点太怪，根据不足。因为他的一些结论，是由假设和推论构成的；有的结论，则有以偏概全的问题；这与那些运用形式逻辑方法从大量材料中概括结论的文章，情况当然不同。因此，陈寅恪的文章容易引起争议，例如他论陶渊明思想的这篇文章，古直就撰有《陶渊明的世系问题》一文，与之商榷。陈寅恪对他人的异议，从来不予反驳，大约认为个人逸气已经发舒，信否任随尊便。不管怎样，他的文章富有启发性，则是大家一致公认的。"❷ 由陈寅恪联系起周汝昌来，尽管这种联系并不见得很妥帖，其中不乏启发人的思考的方面。周汝昌的有些结论也往往是由假设和推论构成的，同样存在以偏概全的问题。不过，他的文章富有启发性，也获得不少读者的公认。当然，周汝昌不比陈寅恪，他不仅只是一味地发舒个人"逸气"，且对于他人的异议，向来是很敏感的，这不能不说与他的"素性亦落落寡合"以及"赋性孤洁，与世多忤"的情性有关，至于究竟与他的道德人格有多少联系，却难以做量化判断的。且看梁归智如何看待周汝昌："既懂得理论重要，又强调更重要的还是'好头脑好心灵'的'悟性'，既对读书'浮光掠影''深悔自愧'，又警惕'书橱'式的死记硬背。应该说，这是贯穿周先生一生的治学心得和经验，'绣取鸳鸯从君看'并不想密藏啬敛而切望'度与人'的'金针'宝典。

---

❶ 王元化. 人物小记[M]. 上海：东方出版中心，2008：59.
❷ 周勋初. 当代学术研究思辨[M]. 增订本. 北京：北京大学出版社，2013：360.

但这实在是为上智的人说法，不要说下智者麻木迟钝不知所云，就是中智者恐怕也会感到难得其门而入吧？这也就注定了周先生一生都要成为一个'有争议'的学者。"❶ 由梁归智的话头说开去，陈寅恪对他人的异议从来不予反驳，是否也葆有"难与中智者以下说法"的心思或心机，因为陈寅恪的"赋性孤洁"似乎要比周汝昌更加彻底。

---

❶ 周伦玲. 似曾相识周汝昌［M］. 天津：百花文艺出版社，2011：185.

# 第五章　周汝昌与周氏红学的影响

胡文辉撰《现代学林点将录》一书是一部现代学术史著述，所选百年学术史自章太炎以来109位学人，另配上域外汉学家19位，共计128位学人。其中有红学经历者包括以红学名家者不过10余位而已，诸如胡适、王国维、顾颉刚、余英时、方豪、启功、徐复观、周策纵、萨孟武、唐德刚、周汝昌、王利器等，这10余位中不仅以红学为主要志业且将一生的主要精力投入红学者为数寥寥。周汝昌列入109位学人行列之中，被作者以"地损星一枝花蔡庆"称焉。至于社会影响颇大的俞平伯、冯其庸、李希凡等，却并未入列《现代学林点将录》。据序者称："《现代学林点将录》自然也是一种学术史。其辨章学术、考镜源流，所下功夫之深，眼光之敏锐，丝毫不亚于坊间林林总总的冠以'学术史'的著作；而论及语言灵活、描摹生动、衮衮诸公更是要放胡先生出以头地的。"❶ 又据著者"例言"道："近时有所谓'国学大师'的评选秀，虽不免鲁莽灭裂，但也是触发撰写'点将录'的动机之一。而此录的性质，则不以'国学'为本位，而是以'学术'为本位；不以'大师'为号召，而是以'学人'为号召。在评估学人成绩上，偏向现代标准；重创新甚于重功力；重专精甚于重广博；重西方现代学术训练及背景，不重中国传统本位的学术取向；重实证主义的踏实工作，不重形而上学的古典思辨。能引入新方法、开拓新领域者，有独特个性、有自家面目者，作出基础性、专题性的史料功夫者，皆拔高一等；而学力深、著作多而风格不彰者，如陈柱、俞平伯、高亨、姜亮夫、吴世昌、张舜徽、程千帆等，则宁可舍弃在外。"❷ 由上述评介可见，能入此

---

❶ 胡文辉. 现代学林点将录[M]. 广州：广东人民出版社，2010：5.
❷ 胡文辉. 现代学林点将录[M]. 广州：广东人民出版社，2010：1.

"点将录"者,其人堪称"学人",其学堪称"学术",其独特个性与自家面目必有过人之处,而周汝昌与有荣焉。且不论《现代学林点将录》之所选是否经得起推敲,只看著者如何介绍和评价这位"地损星一枝花蔡庆",特摘录如下:

> 清末民初之际,《红楼梦》渐成显学,旧红学(索隐派)、新红学(考证派)此消彼长,喧闹一时;五十年代后,研红者更满坑满谷,《红楼》与鲁迅并峙,为大陆两大学术热门。在研究取向上,自胡适而后,考证派即独领风骚,虽经历《红楼梦》研究批判运动,而风气始终不衰。受胡氏影响,前有俞平伯,后有周汝昌,为学界两大"红人";周的文史涵养不及俞,然于红学则专深过之,且更能代表此学问的主流。以红学在现代学术史上的声势,水涨船高,周亦宜有一席地也。……周氏博览勤搜,不数年间即完成《红楼梦新证》(原题《证石头记》),至1953年刊行,后来增订为两大册,是他一生的代表作,也是红学史上最重要的专著。此书特别用于曹雪芹及其家世的史实考索,"史事稽年"一章甚至排比出以曹寅为中心的清初历史年表,于脂砚斋批语及小说版本亦有深入探讨,搜集之丰,考掘之深,堪称空前绝后。此后其论著仍多由《红楼》衍生,于作者生平有《曹雪芹小传》《曹雪芹新传》,于大观园的实际地点有《恭王府考——红楼梦背景素材探讨》《恭王府与红楼梦》,于小说本文及批语有《石头记鉴真》(与周祜昌合著);散论的精萃则收入《献芹集》《当代学者自选文库:周汝昌卷》;另有自传性的《天·地·人·我》及《我与胡适先生》,在红学史上亦不可无之作。晚近新刊的杂著更指不胜屈,然或系重编旧文,普及旧说,在专业角度不过炒冷饭;或属信口开河,以臆测代实证,实近乎索隐派的借尸还魂,尤不足为训。此外,于诗歌(范成大、杨万里)、书法及文学理论亦有撰述。总而言之,周氏能贯彻胡适的考据方法,将其"自叙传"的红楼观发扬至极致,可谓考证派红学的集大成与最高峰;而亦因此,又使红学偏离文学方面,而完全倒向历史方面。如余英时所指:"这个新红学的传统至周汝昌的《红楼梦新证》的出版而登峰造极。在《新证》里,我们很清楚地看到周汝昌是把历史上的曹家和

《红楼梦》小说中的贾家完全地等同起来了。……考证派红学实质上已蜕变为曹学了。"按：周氏曾假借佛教用语戏言：红学可分"内学""外学"，关于作品本身的分析、鉴赏、评论为内，关于历史背景、作者事迹及版本为外。其本人的旨趣，则在"外学"，尤其在余英时所称的"曹学"。他甚至认为，正因只有家世、版本、脂批及探佚四项，才可算"真正的红学"；易言之，正因为有"外学"或"曹学"，红学始成其为红学也。其论虽偏，然亦事出有因。盖清代考据学盛极一时，民国以来仍承其风气，唯重心则由经学（经部）向史学（史部）转移，而文学（集部）、哲学（子部）受其熏染，亦无不偏重历史考证；故中国文学史研究在整体上皆趋向考据化与历史化，只不过红学领域尤显极端而已。另，周氏学识不尽通贯，见解多趋于绝对，态度每流于偏执，如谓曹雪芹是"大思想家、大诗人、大词曲家、大文豪、大美学家、大社会学家、大心理学家、大民俗学家、大典章制度学家、大园林建筑学家、大服装陈设专家、大音乐家、大医药学家"，《红楼梦》是"中华大文化的代表著作"，汉字在全世界"最高、最超越、最伟大"之类。鲁迅尝谓"专门家的话多悖"，信矣哉。胡适在红学史上的开山地位，举世无异辞；周氏完全承其方法，成就实在于极力扩张材料。故周之于新红学，可比基督教的圣保罗、禅宗的神会。但他晚年却指胡"实未建立一个堪称独立的新创的'学'"，贬胡所以扬己，实即暗示唯有他才堪当新红学教主耳。❶

著者之评可谓直言不讳，尽管不免"所评泛泛"之弊，就其奉周氏入此"点将录"之识见而言，自有可称道之处。

## 一、周汝昌与周氏红学是红学史绕不过的话题

杨启樵在《周汝昌红楼梦考证失误》一书"卷首语"中说："说到红学大家，究竟有哪几位？各有各的看法，姑且说，该选出哪一位打头阵。我

---

❶ 胡文辉. 现代学林点将录 [M]. 广州：广东人民出版社，2010：444-446.

选中了周汝昌先生。因为他年事最高，资历最深，著作最富，话题最多。且有一连串头衔，如红学大师、泰斗、集红学考证大成者、新中国红学研究第一人，等等。此皆本人勤勉、努力而得，应予以高度评价。因此，推他坐第一把交椅，相信置疑者不多。"❶ 杨启樵称周汝昌乃红学大家中的"第一把交椅"，可谓青眼有加。

### （一）《红楼梦新证》哺育了几代红学学人

笔者十分赞同胡文彬的一句话："《红楼梦新证》哺育了几代人啊！"❷

曹聚仁在《书林又话》一书中说："上回，胡适回到了台北，接到一位朋友从香港寄去周汝昌所著的《红楼梦新证》，搅得他喜不自禁，第二天连忙写信给那位朋友，要再买五部，用以分送海外红迷。关于《红楼梦》的考证，胡适已经做了十分之四；在当年，大家以为已经到了顶点，不要再用力了。哪知周汝昌窗下十年，又做了十分之四，远远超过了胡适的研究，这才真正的差不多了。把以往那些索隐派红迷的胡说，一笔勾销，蔡元培先生地下有知，也该首肯了。周汝昌的考证工作做得很细密，在他聚集史料的基础上，我们可以开始综合工作了。"❸ 曹聚仁客观地看到了《红楼梦新证》的两方面贡献：一则"远远超过了胡适的研究"；二则"在他聚集史料的基础上，我们可以开始综合工作了。"这是学术史家的态度，显然要比"斗士"的态度客观得多、有价值得多，红学的健康发展最需要这种态度。学者态度，颇多启发；"斗士"态度，颇多戾气。

《红楼梦新证》出版之后，周汝昌最先看到的不是胡适的评价，而是他的老师顾随的评价，顾随对《红楼梦新证》之褒奖有加着实令时人乃至今人艳羡不已，试将《顾随致周汝昌书》略作引述如下：

> 一九五三年十月二十七日至二十九日致周汝昌：
>
> 上次发书次日之上午，即收到大著两册。其时手下正压着一点货须于一两天内作完，所以拆封之后，仅仅欣赏了一下书的封面。并不预备读下去。还有一番意思，说来我不怕你见怪，而且也不一定会见怪，就是：我知道这部书是用了语体写的，而我对

---

❶ 杨启樵. 周汝昌红楼梦考证失误 [M]. 上海：上海书店出版社，2010：3-4.
❷ 高淮生. 红学丛稿新编 [M]. 北京：知识产权出版社，2017：208.
❸ 曹聚仁. 书林又话 [M]. 修订版. 北京：生活·读书·新知三联书店，2010：96.

于玉言之语体文还缺乏信心，万一读了几页后，因为词句、风格之故，大动其肝火，可怎么好？（一年以来，每看新出刊物，辄有此情形。）不意晚夕洗脚上床，枕上随手取过来一看，啊，糟糕，（糟糕云云，恐此夕将不得早睡也。）放不下手了，实在好，实在好！再说一句不怕见怪的话，简直好得出乎我意料之外！我是从大著最末的部分读起的，即是从玉言讲脂砚斋评本的"评"那一部分读起的。脂砚斋是枕霞公，铁证如山，更无致疑之余地。述堂平生未曾见过脂评红楼，见不及此，事之当然。却怪多少年来号称红学大师的如胡适之、俞平伯诸人，何以俱都雾里看花，眼里无珍？（自注：适之为业师，平伯为同门，然两人都不在述堂师友之列。）若不得射鱼大师抉出庐山真面，几何不使史公（云老）窃笑而且叫屈于九泉之下也?！以云老之豪迈，或竟大笑而不窃笑，不过云老之"咬舌子"，假如叫屈，不知又作何状耳。而又非宁唯是而已。玉言风格之骏逸，文笔之犀利，其在此书，较之平时笔札（自然以不佞所见着为限），直是百尺竿头，更进一步。若夫当代作家之谬说百出，钉钽满纸，齐在下风，当所在不论。概是玉言见得到，所以说得出，而又于雪老之人之书，不胜其爱好，于是乎文生情，情生文，乃能不期于工而自工（自注：是"概"非"盖"。"概"云者，述堂不欲自必之辞也。）述堂欲断言：而今而后，《新证》将与脂评同为治红学者所不能废、不可废之书。天下明眼人亦将共证述堂此言之非阿其所好也。好笑郑振铎氏近日在《人民日报》上发表了一篇文字，居然欲说：一切考证皆是"可怜无补费精神"。（自注：难为"该"氏居然记得一句遗山诗，而又一字不差地引用出来。）不过持此语以评旧日红学家的文章，亦或可说是道着一半。"该"氏亦特未见《新证》耳，使其见之，当不为此言。但此亦甚难说，"该"氏不学（当代妄庸钜子之一），即读《新证》，亦决不能晓得其中的真正好处（文笔之工、考据之精、论断之确）也。写着写着，又动了肝火，（自注：写至此，遥望窗前，草木黄落，夕阳下楼，天远无际，掷笔叹息，不能自已。一言以蔽之：闹起情绪来而已。）玉言试看，述堂老子还十足的一

个孩子哩,斯人斯疾,何时是了!❶

一九五三年十月三十日至三十一日致周汝昌:

来书谓《新证》"泛滥四十万言","虽小有创获,实亦无聊"云云。私意以为泛滥或诚有之,特以史料编年为甚,此于前书中已有所论列,兹不絮烦;至于创获,决不为小,所谓小,玉言自谦,谦而又谦,谦之过当,遂乃自小之云尔。此非故为称誉,更非阿其所好,玉言不信,予别有说。先决问题是《红楼》有无价值,今世之人已公认《红楼》为不朽矣,然则玉言之《新证》于雪老之人之书,抉真索源,为此后治红学者所必不能废,则大著与曹书将共同其不朽,自不烦言而解。创获纵小,终是创获,况其初本不小。使无玉言之书,世人至今或仍将高该《红楼》与金改《水浒》等量而齐观之矣。即此一事,已复甚是了得矣,而况且不止于一事而已耶!兹意亦已于前书中略发其端。既明斯义,则"无聊"一词压根儿无从说起。此而无聊,将必若之何而始为有聊乎?即以此时之述堂论之,自上午起草此札,断断续续乃至上灯,(下午往听此间蒋教务长之粮食供应计划报告,未能续写。)天阴如墨,夜寒侵肌,尚复挥笔疾书,不能自休,将以寄似数千里外之射鱼村人,有聊乎?无聊乎?如此而尚有一毫发之聊(此一句非谓其无,正谓其有),则吾玉言之《新证》之有聊也大矣!而玉言顾犹自小之耶?❷

一九五三年十一月二十一日致周汝昌:

和缉堂迓《新证》问世之作

老去何曾便少欢,未将白发怨哀残。一编新证初入手,高着眼时还细看。

《红楼》行世之后,仿作者大有其人,钻研评论者更如积薪,至于短篇零稿、随笔涉及亦数不见鲜,不独不能为曹书重轻,而

---

❶ 顾随.顾随致周汝昌书[G].赵林涛,顾之京,整理校注.石家庄:河北教育出版社,2010:112-113.
❷ 顾随.顾随致周汝昌书[G].赵林涛,顾之京,整理校注.石家庄:河北教育出版社,2010:121-122.

道听途说、揣簷叩槃，适足以乱人耳目、聋瞽后昆。兹之《新证》，虽小涉出入，而大节无亏，读曹书、治红学者得此，譬若拨云雾而见青天矣。其于玉言不当尸而祝之、社而祭之乎？曹书之史实至是而大白，然曹书之价值犹未论定，此则更有待玉言之贾余勇竟全功也。前者不佞只见之载籍，后者即耳闻目睹且身历之。廿岁后怕看《红楼》，此其一因。书至此有余痛焉。❶

一九五四年三月十二日致周汝昌：

大著《新证》，众口流传，居今日之所谓文化人、之所谓文教机关，而不知有玉言，而不思相招致，乃真大怪事耳。❷

以上致周汝昌信中，顾随所表达的对《红楼梦新证》一书喜不自禁的赞美之辞，至今而言，亦未见出其右者。这些赞美之辞不免师生情谊之流露，当然主要应是学术史态度的表达，为什么这么说呢？顾随不仅了解胡适的《红楼梦》考证业绩，而且了解民国时期的红学概貌，并有《说红》（《说红答玉言问》）之类文章，足见其对于《红楼梦》以及红学的熟悉程度了。譬如顾随曾在信中说："由于玉言《新证》之业已杀青而想到述堂《说红》之尚未脱稿，是以今晨便不急于发信，且再写此一页纸。……总之，已有玉言之《新证》，便不可不有述堂之《说红》，既并驾而齐驱，亦相得而益彰。……《红楼》一书文评，最不易作，今得《新证》便省却许多手脚。何时能有人整理脂评《红楼》而印之？"❸ 顾随很关心"曹学"之进展，曾在信中说："前数书嘱写曹雪芹传，比又以为此事殊非易事。所以者何？《红楼梦》一书即是雪芹自传故。若写雪芹之下半世生活，则又深恐史实材料不够丰富。不过此事须听取玉言意见，述堂管中窥豹，难于解决问题耳。……且居今日而传芹公，必须站稳现在立场，作者于书中主人公抱否定之观念始为得耳。玉言于此，于意云何？是故大札所谓身非雪芹不

---

❶ 顾随. 顾随致周汝昌书［G］. 赵林涛，顾之京，整理校注. 石家庄：河北教育出版社，2010：130-132.

❷ 顾随. 顾随致周汝昌书［G］. 赵林涛，顾之京，整理校注. 石家庄：河北教育出版社，2010：142.

❸ 顾随. 顾随致周汝昌书［G］. 赵林涛，顾之京，整理校注. 石家庄：河北教育出版社，2010：142.

足以传雪芹，谨慎过当，著勿庸议可也。"❶ 设想一下吧：如果没有顾随的一再倡议和鞭策，周汝昌能否取得以下成果呢？1964 年出版《曹雪芹》，1980 年出版《曹雪芹小传》，1992 年出版《曹雪芹新传》，2004 年出版《文采风流曹雪芹》，如此数十年地坚持"昭传"曹雪芹，此精神之源泉何在呢？周策纵曾在《曹雪芹小传》"序"中说："我觉得汝昌这《小传》和他的《新证》却都开了好些端绪，说明他的理解早已洞见及此。有时候，他为了要了解曹雪芹更多一点，而直接证据不足，也就像我们每个人一样，都想多推测一些，亦在所难免。但他所指出的多可发人深省。"❷ 周策纵对《曹雪芹小传》不仅是认可的，而且是理解的，"二周交谊"并非虚话。梁羽生著《笔剑书》曾在《名家周汝昌》一文中有过一段生动描写：

  从北京前往美国参加威斯康辛大学"红楼梦研讨会"的三位学者，周汝昌是六十二岁，冯其庸五十六岁，陈毓罴五十一岁。三人中，周年纪最大，名气也最大。

  他的《红楼梦新证》是被誉为"划时代的红学著作"的，不过，此"誉"是否"过高"，那就见仁见智了。另一位也是红学家的周策纵（在美国）对《新证》的评论，我觉得很中肯。周说："他挖掘史料之勤慎，论证史实之细密，都可令人敬佩。至于对某些问题的判断和解答，对某些资料的阐释和运用，当然不会得到每个人的完全同意。……'实事求是'首先要挖掘和知道'实事'，然后经过反复辩论，才能求得真是非。恰如黛玉对香菱说的：'正要讲究讨论，方能长进。'汝昌在考证方面给红学奠立了许多基础工作，在讲论方面也引起好些启迪性的头绪。他自己也在不断地精进。"

  周策纵是很佩服周汝昌的，他们的会面也很有趣。一九七八年他回中国访问，见到周汝昌，把他的一首旧作《客感》给周看，诗道：

---

❶ 顾随. 顾随致周汝昌书 [G]. 赵林涛，顾之京，整理校注. 石家庄：河北教育出版社，2010：134-135.

❷ 周汝昌. 曹雪芹小传 [M]. 北京：华艺出版社，1998：11.

  秋醉高林一抹红，九招呼彻北南东。
  文挑霸气王风末，诗在千山万水中。
  久住人间谙鬼态，重回花梦惜天工。
  伤幽直似讥时意，细细思量又不同。

  这是他写久居海外的感觉的，但也可移作咏曹雪芹。周汝昌读了"静静地说"：你诗作到这样，我们是可以谈的了。于是一谈就谈了整个下午，还谈不完。周策纵有七绝四首赠周汝昌，第一首就是记此事的，诗云：

  故国红楼今日谈，忘言真赏乐同参。
  前贤血泪千秋业，万喙终疑失苦甘。

  周汝昌亦答以律诗一首：

  襟期早异少年场，京国相逢认冰霜。
  但使《红楼》谈历历，不辞白日去堂堂。
  知音曾俟沧桑画，解味还知笔墨香。
  诗思苍茫豪气见，为君击节自琅琅。❶

  顾随的断言是否言过其实了呢？诸如"而今而后，《新证》将与脂评同为治红学者所不能废、不可废之书。""至于创获，决不为小……今世之人已公认《红楼》为不朽矣，然则玉言之《新证》于雪老之人之书，抉真索源，为此后治红学者所必不能废，则大著与曹书将共同其不朽，自不烦言而解。""兹之《新证》，虽小涉出入，而大节无亏，读曹书、治红学者得此，譬若拨云雾而见青天矣。"如此等等，果真"虚话"吗？纵观当今之批周者、崇周者，可以置《红楼梦新证》于不理不顾吗？不幸的是，无论批周者，抑或崇周者，往往并不见得真正认识《红楼梦新证》的全部价值，便一味地"批"周，一味地"崇"周，批周则必然要"批倒"，崇周则必定要"膜拜"，此乃世风使然，此乃学风使然。

  说起顾随的《说红答玉言问》之作，赵林涛著《顾随和他的弟子》一书有一段描述："早在1952年病愈之后，顾随先生便在信中与周汝昌展开了关于《红楼梦》的长时间的讨论。在《顾随致周汝昌书》中，最早谈及'红楼'的是1953年4月11日的'第十八书'，其后接着还有5月底到6

---

❶ 梁羽生. 笔剑书[M]. 长沙：湖南文艺出版社，1988：157-158.

月初的'第廿书'——如此在信上标注序号的情况在顾随所有书札当中是绝无仅有的——信中，两人研讨的主要内容是荣宁二府和大观园的真实所在。可以想象，这一系列书信或是都在谈论红学。稍早，1952年岁末，顾随先生专有《说红答玉言问》之作，分析《红楼》中人物性格，不过只是个开端，尚不足六千字。究其原因，乃因先生1953年6月即到天津工作，其前必有一番张罗，'到津后，初是奠居未定，后是业务相逼，当然不能续写。搁置既久，乃并初命笔时之腹稿亦跑到爪哇国去了'（1953年10月29日致周汝昌书）。从已有内容和写作计划来看，与《新证》专事考据不同，顾随先生的《说红》重点是从艺术创作的角度讨论小说中人物形象的塑造，用先生自己的话：'《说红》亦只是分析《红楼》中人物性格，尚未能专力批评雪老之文字也。'（1953年10月29日致周汝昌书）《红楼梦新证》的出版和成功，激发了顾随先生完成《说红》的热情，1953年10月29日信中对周汝昌说'已有玉言之《新证》，便不可不有述堂之《说红》，既并驾而齐驱，亦相得而益彰。'又说：'《说红》暗中摸索，颇有与《新证》互相符合处。虽不必即诩为"大略相同"，私心亦时时窃喜也。'连完成的时间，先生都已经计划好了：'此间明春便开小说讲座，写出，正是一举两得耳。'然而，这份宏伟的计划终于没有如期完成。到了1954年10月，一场声势浩大的批判俞平伯的《红楼梦研究》的运动开始了，顾随先生的《说红》也便永远地搁置下去了。关于《说红答玉言问》这份未完稿，还有一段坎坷的经历：1966年'文革'开始，已经去世六年的顾随先生还是受到冲击，先后被抄了两次家，著作、手稿、书信、藏书等悉遭抄没。1967年的一天，河北大学中文系刘玉凯在存放抄家物资的小礼堂无意中翻到顾随先生的几种手稿，悄悄带回自己的宿舍，除了阅读，也常常拿出来照着练字。1978年秋，已留校任教的刘玉凯到顾之京老师家，把自己保存的顾随先生手稿全部送还，其中幸免遭劫的就有这份《说红答玉言问》。之京老师拿到这份手稿，立即给汝昌先生写信报告情况，几天之后又到北京把手稿送给汝昌先生。汝昌先生当时激动得半响无言，泪眼婆娑。"❶顾随先生的《说红》永远地搁置下去了，有幸的是，他受《红楼梦新证》影响而激发起的研究《红楼梦》的这一段佳话则被永远地铭记了。

---

❶ 赵林涛. 顾随和他的弟子［M］. 北京：中华书局，2017：68-70.

1953年之后，时间过了20年，《红楼梦新证》的特殊影响同样引人注目。据蓝翎在《龙卷风》一书回忆："周汝昌的《红楼梦新证》，因该书增补太多，直拖到一九七六年四月，才分上下两部分出版，并有大字竖排的线装本，为红学史上从未有过的特殊版本。"❶ 大字竖排线装本《红楼梦新证》，红学史上从未有过的特殊版本，由此可见，《红楼梦新证》的特殊意义非同一般。又据周汝昌回忆："可以顺便一提的是，当时李希凡先生很热情，写来了表示'考证'也具有学术价值的补正意见（后来出版社未采用，似是他又收回了，我不详知）。而且他又来函告诉我：《新证》事，望宽心，'可能还会有其他的喜事'云云。我此刻推想，应即指随后特印《新证》大字本，专呈毛主席审阅之用。"❷ 所谓特殊影响，即专呈毛主席审阅。谈及李希凡与《红楼梦新证》的联系，则有必要提到以下三种著作，即1955年出版的《胡适思想批判资料集刊》（新文艺出版社）、1973年出版的《红楼梦评论集》（人文学出版社）、1976年出版的《红楼梦新证》（人文学出版社）等，这三种著作中均收录了李希凡、蓝翎撰写的《评〈红楼梦新证〉》一文。《胡适思想批判资料集刊》一书中的《评〈红楼梦新证〉》一文开篇说："周汝昌先生所著的《红楼梦新证》（以下简称《新证》），自一九五三年出版以来，到现在已经销行了三版，在群众中产生了相当大的影响。"❸ 而在李希凡、蓝翎著《红楼梦评论集》中则如此表述："周汝昌同志所著的《红楼梦新证》（以下简称《新证》），自一九五三年出版以来，到现在（一九五五年一月）已经销行了三版，在群众中产生了一定的影响。"❹ 1976年版《红楼梦新证》序言表述则与《红楼梦评论集》中表述一致。前后表述的变化有两点："产生了相当大的影响"改成了"产生了一定的影响"，"周汝昌先生"改成了"周汝昌同志"，其中的用心颇值得玩味。

　　《红楼梦新证》自1953年由棠棣出版社出版以来，历经1976年人民文学出版社增订本的增删，由39万字，增加到80万字，1976年版又于1985年修订重印，1998年华艺出版社出版《周汝昌红学精品集》，《红楼梦新证》再次修订，作者重写了第一章"引论"，2016年则再由中华书局出版了

---

❶ 蓝翎. 龙卷风 [M]. 上海：上海远东出版社，1995：63-64.
❷ 周汝昌. 我与胡适先生 [M]. 桂林：漓江出版社，2005：173.
❸ 中国作家协会上海分会. 胡适思想批判资料集刊 [M]. 上海：新文艺出版社，1955：400.
❹ 李希凡，蓝翎. 红楼梦评论集 [M]. 北京：人文学出版社，1973：67.

《红楼梦新证》增订本,即"《红楼梦新证》(增订本)",这次增订遵照作者申请意见,恢复了"写在卷头"以及 1953 年版第七章"新索隐",《红楼梦新证》历经 60 余年又回到了周汝昌的学术初心了。这些不同时期的版本均受到读者红迷的关注、研读和收藏,蔚为百年红学之大观也。《红楼梦新证》(增订本)"自序"道:"《红楼梦新证》并非是一种简单的承接胡氏《考证》的著作,它是正式建立'曹学即红学'的这门专题学术的专著。……《新证》之所以可以称为是一种'建立'(而不是简单的接承延伸),有其时间的和内涵的理据。……《新证》体系成功建立的一个最明显的事实验证,就是它引发的强烈而广泛的影响。《新证》引发的影响,没有像胡先生考后二十五年之久方有真正的发展建构。一九五三年《新证》出版后,立即形成了一种'红学热'的明潮和暗流。几乎所有海内外的《红》文、《红》评、《红》书、《红》刊……都是在它的影响之下而萌生的,蔚为大观。也就是说,如果以历史目光展望一下'红学史'的来龙去脉、起伏升沉,即不难看到从一九五三年开始以迄于今的——与以前迥乎不同的研《红》场面、格局、兴荣……以及一些十分特别的文化观。有人说,没有《新证》,就没有这五十年来的红学。这话虽然抬举了它,但也确有其一定的道理。……影响是多样的,好的坏的都有。好的是导引了加深加细的研究,从而出现了青年一代的杰出研《红》专家,成就令人鼓舞。这是这门专学大有前途、可望层楼更上的最好征兆。坏的影响是'引诱'了一些人,误以为治红学弄考证是个成名成家的'门路''捷径',于是模仿、'效颦'之现状层出不穷,没有真学力真见解,假装巧扮,弄虚作伪,沽名钓誉——甚至由'专家'就所幸充当了'霸主',妄想垄断这门学术,让它成了'一言堂',不许对他的言论说法表示任何异议。这已然不再是《新证》的责任,但它竟人人如此眼红,千方百计地谋划如何'压倒'并'打倒'《新证》,岂不也是'无罪之罪'?至于明目张胆的剽窃、稗贩(材料、论证、观点……),并且以'反戈一击'为其手段,以遂其私者,因已越出了学术的范围,无有详列的必要了。"❶ 周汝昌这段"自序"文字较为客观地叙述了《红楼梦新证》的学术用心尤其学术的以及非学术的影响,虽非不刊之论,应不妨作为理解"《红楼梦新证》哺育了几代人啊!"

---

❶ 周汝昌. 红楼梦新证 [M]. 增订本. 北京:中华书局,2016:2-4.

这句话深意的佐证吧。笔者再补录一则最新所见回忆文章中的陈述以进一步验证"哺育了几代人"之说，吕启祥所撰《忆周汝昌先生二三事》一文道："20世纪50年代初期，周汝昌先生以他的《红楼梦新证》闻名于世，此后六十年来，尽管著述不断，数量骄人，但《红楼梦新证》依旧是他的奠基之作和代表之作。借用冯其庸先生在《曹学叙论》中的话：'《红楼梦新证》初版四十万字，重订再版八十万字，几乎涉及了有关《红楼梦》的全部命题，客观上成为此书出版以前《红楼梦》研究的一个总结'；'如果说胡适是"曹学"的创始人和奠基人，那么，周汝昌就是"曹学"和"红学"的集大成者。'（光明日报出版社1992年10月第1版）这是一部具有整体性构思的大型专著，资料丰富，其历史地位和学术影响已广为人知，毋庸费辞。笔者末学后进，直到七十年代中后期才接触此著，记得是向《红楼梦》校注组管资料的同志借阅的，是一种线装的大字本，所印为'史事稽年'一章亦即《红楼梦新证》中的精华部分。初读此书，大致通晓与雪芹及曹家相关的二百年间的种种史实，于我是一种启蒙。"❶

（二）《红楼梦新证》受到不断地批评与批判

1. 1954年批判胡适、俞平伯运动中的批评与批判

蓝翎回忆道："周汝昌的《红楼梦新证》，在运动初期，成了重点冲击的对象，似乎排出了座次，胡适—俞平伯—周汝昌。周汝昌因病住进了医院，大概日子不怎么好过。邓拓找我们说，要写一篇文章，既严肃批评他的错误观点，也体现出热情帮助他和保护他的态度，指出他与胡适不同，是受了胡适的影响。这是上边的意思。我们按照这个精神，写了《评〈红楼梦新证〉》。周汝昌看到后，大出意料之外，来信表示感激得流泪云云。"❷由"胡适—俞平伯—周汝昌"的排名之意显而易见周汝昌在1954年"大批判"中的地位和影响。梁归智著《红学泰斗周汝昌传：红楼风雨梦中人》中《在"大批判"风雨中》一文曾对周汝昌在"大批判"中的地位和影响做过较为全面的评述，当然这类评述也引来了批周者的批评。梁归智说："胡平、晓山主编的《名人与冤案——中国文坛档案实录》（群众出版社

---

❶ 赵建忠. 津沽文化研究与红楼梦［M］. 天津：百花出版社，2017：346.
❷ 蓝翎. 龙卷风［M］. 上海：上海远东出版社，1995：43.

1998年11月出版)和孙玉明《红学：1954》等著作，都对1954年发生的以《红楼梦》研究为发端的政治运动作了初步的考察，勾勒出了事情发展演变的大体轮廓。当然，有些问题仍然需要进一步深入探究，有些看法也可以继续讨论。"❶ 梁归智的"需要进一步深入探究"以及"可以继续讨论"的态度是审慎的。笔者以为，周汝昌在"大批判"中的地位和影响仍然有待于"深入探究"或"继续讨论"，辨明真相并予以确当评价是学术史的旨趣。不过，《红楼梦新证》在当时形成的令时人惊叹的学术地位和社会影响则是不容置疑的。梁归智说："在这场大批判运动中，周汝昌受到了'从上面而来的极大的关注和维护'，从一开始，就把他和俞平伯、胡适区别开来。1998年11月19日在北京北普陀召开的周汝昌从事红学研究五十年的纪念研讨会上，李希凡在大会发言时说，他在1954年只'奉命'写了两篇文章，第二篇就是《评〈红楼梦新证〉》，而主要目的就是把周汝昌和俞平伯、胡适区别开来，予以保护。这是笔者当场亲耳听到的。"❷ 梁归智又如是说："周汝昌于2004年12月12日给笔者来信说：'若叙至挨"批"，有人在其著作中说我"吓病"了，其实是阑尾炎与内痔两次手术住院，如此而已，并不是"吓"。因邓拓已向我表明，不将我与胡适放在一起。……我只是想不通"自传说"错在何处？与"资产阶级反动文人"……有何关系？'这是指《红学：1954》中的说法。孙玉明由于可以理解的原因，写作此书时没有采访周汝昌本人，对周汝昌已出版的书也寓目不够，有些说法就有点'想当然'了。"❸ 不过，胥惠民当然不会轻易相信梁归智关于周汝昌在"大批判"运动中受到保护的描述，尤其周汝昌竟然能够泰然以处之的态度给予"了解的同情"，他说："最近读了梁归智先生撰写的《红学泰斗周汝昌传：红楼风雨梦中人》(以下称《泰斗传》)，感慨良多。作者在《写作缘起》中申明：'我确定写传记的策略，只能以"学术"为主体；''我确定了一个原则，就是只从周先生经历这一角度写，而且只从正面写'。本来一个学者的传记应该遵从'好处说好，坏处说坏'的原则，梁先生却要'只从正面写'，即只就'好处说好'这一面来写了。这自然是作者的自由，只要做到了真正的'好处'才'说好'，谁也不能干涉。遗憾的是这一

---

❶ 梁归智．红学泰斗周汝昌传：红楼风雨梦中人 [M]．桂林：漓江出版社，2006：173．
❷ 梁归智．红学泰斗周汝昌传：红楼风雨梦中人 [M]．桂林：漓江出版社，2006：178．
❸ 梁归智．红学泰斗周汝昌传：红楼风雨梦中人 [M]．桂林：漓江出版社，2006：180．

点作者没有做到，反而多次利用歪曲毛泽东同志的观点来把周汝昌的'坏处'说成'好'，对读者齐了误导的作用。这需要辨明。"❶ 胥惠民"辨明"后的结论是——"周汝昌靠拉拢鲁迅作自己自传说的挡箭牌，梁归智却靠毛泽东来无限抬高周汝昌的红学地位，手法有异曲同工之妙。只是梁归智比周氏走得更远，主观唯心论更强烈，因此对青年的毒害也就更大。"❷ 可见，1954年批判胡适、俞平伯运动中周汝昌和他的《红楼梦新证》所受批评与批判的真相，以及对于这一"批评与批判"的认知与评价仍具有明显的话题空间，当然也是"周氏红学"研究乃至现代红学研究绕不过的话题。

2. 批周"斗士"的批评与批判

现代红学史上能够像周汝昌这样享受多种著作和大量文章的集中批判和批判者寥若晨星，批周"斗士"并非仅限于"四斗士"，譬如应必诚正是刘梦溪所谓"红学第十四次论争"即"什么是红学？"论争的最先应战者，而且出版两部著作坚持不懈地批判周汝昌的"红学观"，一部是《何为红学》（复旦大学出版社2006年出版），一部是《为红学一辩：红学为何，红学何为》（复旦大学出版社2014年出版）。由于刘梦溪所著《红楼梦与百年中国》在读者红迷中影响颇大，这场由应必诚应战的论争自然也影响颇大了，当然，主要还应归结于"什么是红学？"这一话题本身的影响力。正如刘梦溪所说："《文艺报》在发表了赵齐平的文章之后，无意就此问题进一步展开讨论，周汝昌也没有再写文章，因此这次论争也即随之结束，当然问题并没有解决，对什么是红学，周汝昌以及别人都不会放弃自己的看法。"❸ 不仅都不会放弃自己的看法，而且加剧了彼此双方的矛盾（学术方面以及非学术方面）。同样的情形也在"批周四斗士"对周汝昌的批评与批判过程中重现，即在杨启樵、沈治钧、梅节、胥惠民等以其所著《周汝昌红楼梦考证失误》《红楼七宗案》《海角红楼：梅节红学文存》和《拨开迷雾——对周汝昌〈红楼梦〉研究的再认识》等著作全面地批评与批判周汝昌之红学与人品的过程中，不仅加剧了彼此双方的学术方面的分歧，同时

---

❶ 胥惠民. 拨开迷雾——对周汝昌《红楼梦》研究的再认识[M]. 乌鲁木齐：新疆青少年出版社，2014：201.

❷ 胥惠民. 拨开迷雾——对周汝昌《红楼梦》研究的再认识[M]. 乌鲁木齐：新疆青少年出版社，2014：210.

❸ 刘梦溪. 红楼梦与百年中国[M]. 石家庄：河北教育出版社，1999：383.

加剧了彼此双方的非学术方面的矛盾。笔者以为，周汝昌与批周者之间的学术方面以及非学术方面的分歧和矛盾的真相考辨与评价，同样存在明显的话题空间，当然也是"周氏红学"研究乃至现代红学研究绕不过的话题。

王畅在《周汝昌与红学论争》一文中说："客观地说，《红楼梦新证》乃是红学史上少有的经典之作。当然，这部书中的许多观点，不同学者可以有不同看法，展开争论固属正常。这部书也并非尽善尽美，予以指摘批评亦无不可。但是，以'不知妄说''不伦不类''张冠李戴''辗转稗贩''数典忘祖'等类语言对《红楼梦新证》进行评价，恐怕有失公允，偏颇太过了。……在红学论争中，周汝昌先生既得到很多肯定赞誉，身上罩着光环；也受到讥嘲攻击，乃至'遍体鳞伤'，然而，尽管遭遇到很多而且很长时间的不公正对待，但在红学方面探研之广，之深，之独到，在红学界目前还很少有人可以与他相比肩。应该说，他是一个真正的红学大家，他的功力之深与功绩之伟，使他当之无愧地成为中国当代的红学泰斗。他在一篇题为《还红学以"学"》（尽管这篇文章也同样引起论争，同样被一些人攻击）的文章中提出的问题，其实很应引起人们的冷静思考。"[1] 王畅的以上态度能否受到真正的重视呢？笔者以为，至少在目前的红学生态下，不容乐观。

**（三）"周汝昌与现代红学"专题座谈会受到广泛关注**

2017年1月14日，北京朝阳区惠新里"湘西往事"酒店召开"周汝昌与现代红学"专题座谈会。这次座谈会的议题：1. 如何评价周氏红学新索隐与考证的辩证关系？2. 如何评价《红楼梦新证》与红学"四学"？3. 如何评价周氏红学与中华文化之学？4. 如何评价周氏红学对于现代红学的影响？这些议题集中在一次座谈会上研讨并不多见，此前的周汝昌及其红学的研讨会和纪念会未曾像本次座谈会这样集中地研讨"周汝昌与现代红学"这一话题。"周汝昌与现代红学"这一话题主要集中在以下方面：1. "民国学人"的问题；2. "诗性"学人的问题；3. "悟证"的问题；4. "理解的同情"的问题；5. 关于周汝昌先生的定位问题；6. 《红楼梦新证》的问题；7. 周汝昌先生的文品与学品。这次座谈会因话题敏感和紧要从而吸引了众多学人以及红迷的关注，参会人数超出筹办者的预期，座谈会汇聚着来自

---

[1] 周伦玲. 似曾相识周汝昌[M]. 天津：百花文艺出版社，2011：86.

北京、天津、上海、辽宁、河北、河南、江苏、四川、山西、陕西、宁夏等省区市的30余位学者、研究生，以及慕名列席的媒体人和热心的红迷。这次座谈会严谨而活泼，大家畅所欲言，取得了一些可观的共识，同时获得了几点启示。

可观的共识——周汝昌是红学研究史上不可逾越的一位重要学者，也是一位充满了争议的红学大家。几十年来，周汝昌先生把全部心血倾注在《红楼梦》研究上，他不仅是红学著述最多的红学家，也是影响最大的红学家，他的影响力，对红学的发展起到了积极的推动作用，这也是对红学的贡献。对周汝昌先生在红学史上的是非功过如何评价，不仅是一个学术问题，更是促成良好学风重塑的重要问题。他的成就有目共睹，而客观评价他的"过"，不仅不会影响他的红学功绩，更能让我们看到一个全面的、完整的周汝昌。同时，也会使后学者少走、不走弯路和错路。无论"抽象的肯定，具体的批评"或者"具体的肯定，抽象的批评"，只要是完全出于为红学事业的健康发展而展开对周汝昌以及周氏红学的批评，都是值得认真对待的。总之，无论是肯定或者批评，都不应该持双重标准。

几点启示——1. 周汝昌是一个说不完的话题，最值得开掘的是其中有价值的方面。周汝昌是一个说不完的话题，但如何从众多的话题中剥离出能指引今后红学研究方向的，以及更好挖掘红楼梦文学、艺术、思想价值的话题，这个值得思考。2. 红学的第二个百年需要更具活力的诸多"体系"以增强红学的生命力。红学今后的百年，看看能否诞生更有活力的多种体系来，这才是红学发展的命门。体系与体系的比武，总比观点与观点的论争，更有学术高度和境界。所以，我们倡导大家都励精图治，建立起自己的体系来。3. 态度决定高度，尤其对于现代学人的评价最需要博观、善待、理解的态度。应倡导红学研究者多做有建树的红学研究，从而建立自己的红学体系。红学是一个自我严格审视的领域，同时又是一个问题最多且纠缠不清的领域，所以必须提升红学批评的水平。4. 学术共识不仅需要耐心，同时需要智慧。共识的达成需要时间，旧共识形成到被打破本身是一个过程。所以，新共识不可能一蹴而就，需要不断地创造实现的条件和机会。当然，没有共识，红学就不可能再有新的高度。

"周汝昌与现代红学"专题座谈会具有显而易见的范式意义，不仅周汝昌与现代红学值得重新审视和评价，胡适、俞平伯、李希凡、冯其庸等红学颇具影响的人物和他们的红学研究都值得重新审视和评价，这些红学人物的重新审视和评价不仅关涉学风重塑的问题，更关涉红学学科重建的问题。由"学风重塑"和"学科重建"两方面来看，红学中人应冷静地思考这样的问题：1. 批周者有没有资格批评周汝昌？2. 应做竭尽全力地批评或批判抑或客观冷静地学理反思？即便批评批判与反思建构两者不可或缺，批评批判也应审时度势，适可而止，适时而变，因为，只有建构才是红学学科健康发展的硬道理。

## 二、周汝昌与周氏红学颇具有国际影响力

冯其庸晚年谈及 1980 年美国威斯康辛大学召开的国际《红楼梦》研讨会时说："从学术上来讲，周汝昌当时的《红楼梦新证》大家很重视，尤其外国人，当然觉得《红楼梦新证》是一部大书。陈毓罴先生也有很多论述《红楼梦》的著作。我的《论庚辰本》以及其他一些重要的论文都发表过，尤其《论庚辰本》，他们感觉到在抄本研究领域打开了一个新的局面。"[1] 冯其庸对《红楼梦新证》的评价是客观的，可见，《红楼梦新证》一书的国际影响力。

说起周汝昌的国际影响，不能不谈周策纵，可以说，"二周"（周策纵和周汝昌）交谊堪称佳话。笔者在撰述港台及海外学人学案时将周策纵的红学研究立案评述，其中谈及"二周"，并以"'二周'交谊关乎红学"为一章详加评述。现摘录如下：

> 周汝昌曾不无自豪地说："'两周'者，海外称他为'西周'。不才为'东周'。"[2] 周汝昌在接受《北京大学学报》主编龙协涛的访谈时，解释了"东西两周"的蕴意。他说："'两周'之说是在国内召开国际红学会时提出的，流传颇广。策纵先生并非'专业'研红者，而他有胆有识，首创了在美召开的大型国际红学会，此一创举，影响巨大，可以说不仅是与国内研红事业互为响应，拓展了红学园地与影响，也对国内红学水平的提高不无裨益。策

---

[1] 冯其庸，宋本蓉. 风雨人生：冯其庸口述自传 [M]. 北京：商务印书馆，2017：275.
[2] 周汝昌. 天地人我 [M]. 南京：江苏文艺出版社，2011：350.

纵先生是位综合性学者，古今中外皆通，从甲骨文到'五四运动'都有专著，而且传统格律诗与白话'新诗'都写得出色。他有文采，有灵性，又致力于向西方介绍中华文化。所以他的'红学'也不是'小说文艺'之谈，而这一方面与我的共识就不简单肤浅了。'两周'之说虽一时戏言，倒也可以发掘其间的隐蕴。"❶（笔者按：龙协涛访谈《红学应定位于"新红学"——访著名红学家周汝昌先生》一文，原载《北京大学学报》1999年第2期。）"两周交谊"既然存在"隐蕴"，"发掘"应有必要，因为，作为红坛大事，既关乎周策纵与周汝昌之间的友谊，又关乎红学内外之际遇，甚至关乎世运人情遭遇。

周策纵与周汝昌的"交谊"可分成三阶段：1. 相认相识期：首届国际《红楼梦》研讨会前后（1980）；2. 知音会赏期：周汝昌赴美国讲学期间（1986）；3. 相敬如宾期：1997北京国际红楼梦学术研讨会之后。

周汝昌念念不忘"两周"红缘学谊，他在《我与胡适先生》（漓江出版社2005年出版）和《天地人我》（江苏文艺出版社2011年出版）两部著述中均详细地记述了"交谊"过程。《我与胡适先生》专设"国际红缘"一节，他说："隔时不为太久，美国威斯康辛大学的周策纵、赵冈两位教授已在筹划举办一个国际红学会议。他们先后来京，都曾婉言预示了这一创思，并试探我的健康和意愿，有无可能赴此盛会。我起初是举棋不定的，赴与不赴，各有愿与不愿的心理、健康等因素在等待我做出决断。后来还是策纵先生再函敦促，告我已有多少名流专家应允到会，说我必宜来美才好。我真觉得不应辜负了他与赵冈先生的盛情好意，这才拿定主意：还是走一遭吧，以文会友，也是快事。当然这就有一个问题摆在面前：到了那里，不同国度、地区的与会者，说不定人家要问：你和胡先生的关系如何？'批胡'时你是怎么想、怎么做的等等。二三至好不免替我预虑，认为影响很大，不可轻忽。其实我倒并无多少顾虑，我只要措词得体，尽可实话实说，

---

❶ 周伦玲. 似曾相识周汝昌［M］. 天津：百花文艺出版社，2011：317.

一切光明磊落，无有'见不了人'的丑事可言；自家的可议之处，自家坦率检省，也没有'失面子'的心情在干扰我。结果，并无一人向我提及这方面的旧事前车。"❶ ……周汝昌的赴会弥补了俞平伯"因病缺席"以及吴恩裕"仙逝缺席"的遗憾，因为他毕竟曾被胡适称作"我的'红学'方面的一个最后起、最有成就的徒弟"，且又因《红楼梦新证》的出版闻名遐迩，也就成为首届国际《红楼梦》研讨会不可或缺的参会代表。❷

周策纵是周汝昌走向国际学术舞台的引荐人，从此，周汝昌在国际学术界的影响日益扩大。

周汝昌著《献芹集》收录其散文随笔《美红散记》《陌地红情——国际〈红楼梦〉研讨会诗话》《国际红学会》等篇绘声绘色地叙述了周汝昌参加国际红学会的经历，其中的喜悦和自信溢于言表。《红楼无限情：周汝昌自传》收录了《弃园中的周策纵先生》《海外红学三友——浦安迪、夏志清、唐德刚》二文，回忆游美经历，感念海外红友之情谊。《弃园中的周策纵先生》《海外红学三友——浦安迪、夏志清、唐德刚》二文再次重收《天地人我》一书，可见周汝昌是十分看重他与周策纵、浦安迪、夏志清、唐德刚等的交谊的，其中浦安迪《红楼梦批语偏全》一书序言就由周汝昌所作。《我与胡适先生》则收录了《国际红缘》《使命圆功》《"绣衣"出使》《客窗诗祭》等文，叙述了周汝昌的国际红缘，皆娓娓道来，不厌其烦，一往情深。姑且摘录若干片段以展现周汝昌彼时的心境：

"耶鲁大学的余英时教授，是知名的历史学者和红学家。一见面就指着自己对我说：'我也是燕京的！'简短的话语，深情的含蓄。'燕京大学出红学家。'真的，国内的例子，不必举；到美国，不止一位是老燕京。不想归途一回到香港，中文大学的宋淇教授在夜里赶到机场迎接，初次晤面，几乎和余先生一样，宋先生也是向我先报燕京的'学历'。人，有各种情谊，如国谊，民族谊，乡谊，友谊等等，而校谊一层感情，也殊不在诸谊之下，只有到

---

❶ 周汝昌. 我与胡适先生 [M]. 桂林：漓江出版社，2005：174.
❷ 高淮生. 陌地生痴心但求解昧，白头存一念推广红学：周策纵的红学研究——港台及海外学人的红学研究综论之四 [J]. 河南教育学院学报（哲学社会科学版），2013，32 (5)：1-13.

了一定的场合你才会感受深刻的。……余先生风度端重，语言简净，而出语皆有斤两。又一次，他和我们坐在一起时，谈起赴会的心情。他指着一些久居美国的学者对我们说：'我们这些人，本来早都熟识，见面也很容易；我这次来，就是为见到你们。'话是不多，却时时萦回于我的耳际。'遥闻声而相思。'神交已久，一见如故，——也许可以概括我们这些研红者的心境。"❶

笔者按，周汝昌此番"国际红缘"可谓"心境"大好，这一好心境一直延续到1986年秋，即赴美国威斯康辛大学去做一年的鲁斯学人。1980年中秋节前写毕的《美红散记》记录了一件令他得意的细节："归程是经过旧金山、火奴鲁鲁、东京、香港、广州，回到北京，在广州一上飞机，我们三个人就说：这回真到家了！刚坐下不久，'空中小姐'就送来了礼品，每位乘客一把小折扇。这时，陈先生见扇子一面素白，就递过来，说：'一直想求你的墨宝，请在扇上题字。'我提笔写道：'御风万里快同行，只为芹溪笔墨光。昨望京华侬北斗，今离粤海驭归航。'坐在我右边的冯先生看了，不觉兴起，也把小扇递过来——我又提笔写道：'万里重洋去复回，红楼盛会喜曾开。与君偕影星洲地，看遍鸿儒四海来。'"❷

"十年又过去了。忽有李一氓先生的助手来访，告知李老决意要与苏联洽谈影印他们的古钞本《石头记》，要我以专家的身份去目验鉴定。消息传来，思想矛盾甚大，自忖年岁太大了，岁尾赴苦寒之地能胜任愉快吗？不免担心。（我的这种想法在他人看来很可笑，因为有人还削尖了脑袋往里钻呢！）然却又不忍负李老之高情雅意，何况也久愿一究此本价值到底何如（看法不一）但我'命'中犯一种不吉星煞，时时处处暗中克我，总有这个阴影不离左右。此次受命出使，洽览珍贵钞本，也不例外——很快有人插足而来了，钻空子、摘桃子、巧使人等种种手段就施展出来了，我这傻瓜书呆子，又一次给人家作了嫁衣裳。"❸

笔者按，周汝昌与冯其庸在1980年6月美国威斯康辛大学召开的国际

---

❶ 周汝昌．献芹集 [M]．北京：中华书局，2006：437．
❷ 周汝昌．献芹集 [M]．北京：中华书局，2006：449．
❸ 周汝昌．我与胡适先生 [M]．桂林：漓江出版社，2005：181．

《红楼梦》研讨会期间即"闹"起不愉快了，且听听冯其庸如何说："我在那个会议上的论文是《论〈脂砚斋重评石头记〉"甲戌本"凡例》。……我在那个会议上讲完了这篇论文以后——当时国际会议上有一个规矩，现在也是这样——有一个评论组，马上就发表评论了。评论我的那一次，评论组的组长是李田意，若干年前还不断地跟我通信。这位李先生马上就说，冯其庸先生这个论文是权威性的，我们评论组不可能提出什么不同的意见来。他说了是等于是定论。全场的人都鼓掌，都表示我讲得有道理。正在这个时候，突如其来周汝昌站出来了，他说我不同意冯其庸的这篇论文。大家都大吃一惊，你们三个一起来的，怎么自己给自己拆台？我也想不到，他会忽然冒出来反对。……我本来觉得我们三个人一起来的，不应该自己驳难自己，被人家笑话。这不是家里学术讨论，这个要给国际上好的影响，所以我就一直没有回答。"❶ 周汝昌则如是说："我个人觉得，这一组论文，比较精彩，也表现了学术民主、各抒己见而又迥然不同于某些纯由私憾、有意玩小动作甚至公然肆行诋毁的那种文风，这些完全是为了探索真理的良好学术作风。"❷ 可见，他们两位对于"驳难"风波理解迥然不同，冯其庸认为这样"闹"起不愉快来国际影响不好；周汝昌则认为"驳难"是学术民主、探索真理的良好学术作风。于是，彼此的恩怨由此日渐深远。

"转眼又到了1986年秋。这回仍然是美国威斯康辛大学的周、赵两教授的美意，让我去做一年的鲁斯学人（Luce Scholar）。到达时，已是8月中秋，买了芝加哥的月饼，价很贵，可是一点不中吃。……在周策纵先生处，见到了台湾版的《胡适全集》，册数之多，令我惊讶——这才叫'著作等身'。更让我惊奇的是一张荣誉博士的名单：胡先生一生所此等荣誉竟有如此之多！我想，大约世界名流，也无第二人吧。"❸

笔者按，周汝昌对周策纵引荐他参加国际红学大会以及做一年"鲁斯学人"的经历总是津津乐道，言谈中往往透出得意来，同时不忘对这份跨国情谊的感念。周汝昌回忆道："开会了，我吃不惯美国的客餐，周策纵先

---

❶ 冯其庸，宋本蓉. 风雨人生：冯其庸口述自传 [M]. 北京：商务印书馆，2017：276-277.
❷ 周汝昌. 献芹集 [M]. 北京：中华书局，2006：459-460.
❸ 周汝昌. 我与胡适先生 [M]. 桂林：漓江出版社，2005：188.

生特烦高足弟子陈女士为我送'中国饭',真是感在心腹。我每日中午回寓所自己享用这份'乡味'。一日,午会方散回寓,'美国之音'的梁君手携录音机来了,说:请您把声音留在美国吧。我便说道:《红楼梦》是中华文化的精华,是海外华人同胞与我们相互联系在一起的纽带(大意)。"❶

谈及美国之音采访周汝昌的时事报道一事,今天看来,这不仅说明周汝昌当时的国际影响力,同时也显示了周汝昌的不同凡俗的胆气和自信。兹实录该时事报道以还原历史的现场,以便读者红迷更切实地了解周汝昌所处的境遇。

### 访红学专家周汝昌先生

国际《红楼梦》研讨会,六月十六号到二十号,在威斯康星大学举行第三天讨论。讨论的论文是以《红楼梦》的主题为研究对象。《美国之音》记者梁绍良,特别访问了北京来的红学专家周汝昌先生,请他谈谈他的观感。

(下面是记者访问的录音)

记者:国际《红楼梦》研讨会,已经举行了三天了。星期三所讨论的论文,则是以《红楼梦》的主题作为研究的对象。另外,记者也访问了从北京来的周汝昌先生,请他谈谈他的观感。周汝昌先生首先指出:

周:《红楼梦》的伟大,除它的意义深刻之外,它还有一重伟大,就是它的,它已经所包括的,可以说是我们中华民族的几千年的长期优秀文化传统的一种结晶。这是一方面。另外一方面呢,曹雪芹这个作家,我并不是由于崇拜他,就捧他,他确实与众不同,这个人,有很高的审美观。他的文笔高超,这是大家可以看得到的。他表现出来的东西,是那样地美妙,有很大的魄力,它能够把你吸引住,吸引这样多的读者,啊,而且发生这样浓厚的兴趣。不仅仅是靠了一点意义。那是不可能的。所以除意义之外,我们一定不要忘记《红楼梦》的美学价值,是极为,是非常非常高的。嗯,我想强调这一点。

那么从这两方面来说,从前一点来说,是凡是中国人,只要是能

---

❶ 周汝昌. 我与胡适先生 [M]. 桂林:漓江出版社,2005:176.

读书的，恐怕没有不读《红楼梦》这部小说的。所以，这部小说本身就维系着我们中华民族的感情，嗯，民族感情。不管你离开共同本乡有多远，如果你拿起《红接梦》来读一读，我肯定你会感到我们民族文化的伟大，啊，你会自豪，你也会有许多别的想法、感受。

记者：周汝昌先生希望，当有人从中华民族文化结晶以及从《红楼梦》具有极高美学价值这两方面从事研究，加以探讨，而能够有所成就。周汝昌先生又表示：

周：所以，这部伟大作品是确实伟大，是大家公认的。既然是如此，那么我们中华民族的这样一部伟大的作品，它就不仅仅是属于我们中华民族的。它是属于全世界的，全人类的。所以，我们有责任把我们这样的美好的东西，介绍给全世界的读者。这是我多年以来时常想到的一个问题。要想理解和欣赏这样一部极其美好的文学作品——文学，啊，文学是用语言写成的——因此，这个语言的隔阂就成了一个巨大的问题。我们怎样解决这个问题呢？就是一定得要有一部好的比较理想的译本。首先应该有英译本。接着，就有第二个问题。有了好译本呢，仅仅是白文，啊，就是本文正文的翻译。那么这样子就够了吗？仍然不够。为什么？这一东方西方特别是中国的这种文化文学的结晶，它所产生的文化历史背景，那个民族特点、特色，它们之间的差别是太大了，实在的距离也太远了。那么世界上的其他国家、地区的读者，光看白文，不管你翻译得多么准确，多么忠实，多么好，仍然是有相当大的部分他并不能理解。因此，除了翻译以外，又要有注解，还得要有讲解。因此呢，我想在什么时候产生一部更好的英译本，又有好的注文的翻译，又有好的注解，又有好的讲解。因为这个翻译本，给一般读者看也适用，给研究者来看也适用。嗯，这是我今天所想到的。对于这次会议本身我的感受、感想那就更多了，可惜，时间的限制，嗯，我们另外找机会再谈吧。我今天就说这么多。

（记者访问录音完）

以上是周汝昌先生接受记者访问的谈话录音。这是《美国之音》记者从威斯康星大学国际《红楼梦》研讨会所发来的报道。

（在《时事经纬》节目中播出）

【简介】

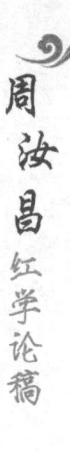

　　从这个报道所运用的周汝昌先生的两段谈话录音可以看出，周对记者的实际谈话比较长。这个报道是摘要，所以记者在当中加了一段话，以便承上启下。这段加话，反映的完全是周本人的观点和愿望，毫无记者的评论和估价，因此显得比较客观。看来，这位记者非常懂得，在报道中由记者出面进行褒或贬，是容易失掉听众的。

笔者按：以上文献资料见章宋栋编注《美国之音录音报道选介》，北京广播学院新闻系于1980年印制。

# 附录一 "'周汝昌与现代红学'专题座谈会"综述

## 引 言

2016年10月29日,在北京朝阳区惠新里"湘西往事"酒店召开的"红学发展的希望及未来"专题座谈会上,赵建忠教授建议今后应不定期举办这样的专题研讨会,可以把问题谈得更透。这一建议得到了参会学者的一致赞同,两个月之后,"'周汝昌与现代红学'专题座谈会"顺利召开。2017年1月14日,在北京朝阳区惠新里"湘西往事"酒店召开"'周汝昌与现代红学'专题座谈会",这一天的座谈会严谨而活泼,大家畅所欲言,取得了一些可观共识。可见,这样的专题座谈会不仅易于交流看法、谋求共识,更易于营造良好的会风。

两次座谈会分别由两家学报编辑部主办,不仅体现了分工合作的团结精神,同时彰显了"学术为先,学术为公"的学术理念。乔福锦教授深有感触地说:"《百年红学》与《现代学案》是河南教育学院与中国矿业大学两家学报推出的在学界很有影响的专题栏目,两家学报所主办的两场座谈会相继在京召开,是学界同仁互助协作的充分体现。天津是周汝昌先生的故乡,天津市红楼梦研究会的加入,也使得这场学术座谈会增添了'家国天下'之特别关怀。'现代红学',我的理解,即指20世纪初直至当下的'百年红学',自然也包括'当代红学'。我时常想,现代红学史上,还没有任何一个学者如周先生这样,亲承过第一代'开山宗师'的教诲又与以下三代学人发生直接联系,以一身而亲历百年学术,见证学界'四世同堂'。即使从'古典红学'或'前现代红学'经'现代红学'而至于'后现代红学'的'长时段'观察,周汝昌先生也是一位具有关键性影响的学者。回想数年前，在悼念周先生的日子里，在与一位前辈专家的通信中，曾就周汝昌先生与现当代红学的关系，做过私下交流。随后与淮生兄的电话中我曾讲，不久的将来，'周汝昌研究'或许会成为红学研究乃至中国现当代学术史的一个重要专题。淮生兄进一步推断，'周学'（笔者按：'周氏红学'）成为红学的一个分支，也有可能。我对此是很赞同的。"

"'周汝昌与现代红学'专题座谈会"受到参会者的积极评价，陕西师范大学的贺信民教授颇为感慨地说："会风就是学风，这次座谈会会风很好！很难得啊！"

## 一、会议情况简介

2017年1月6日，座谈会筹办者陆续向参会学者发出"'周汝昌与现代红学'专题座谈会"邀请函，邀请函内容如下：周汝昌先生积60年之力精心构筑了一个宏富的红学体系，这一体系集红学考证之大成，影响了半个多世纪红学研究的理路和走向。当然，这一体系同时引来各种非议和批评。该如何在学理上审慎、理性地评价周氏红学在现代红学发展史上的功绩与不足，以及周氏红学对于今后红学研究的启示，这将成为红学学科建设不可回避的重要问题之一。鉴于此，《河南教育学院学报》编辑部、天津市红楼梦研究会联合主办，由《河南教育学院学报》《百年红学》栏目特约撰稿人高淮生教授主持了"'周汝昌与现代红学'专题座谈会"。这次座谈会同时也将揭开周汝昌诞辰一百周年纪念活动的序幕。素仰先生热心于红学事业，且对该专题素有研究，诚邀拨冗莅会，特致谢忱。本次会议主题：周汝昌与现代红学。会议议题：（1）如何评价周氏红学新索隐与考证的辩证关系？（2）如何评价《红楼梦新证》与红学四学？（3）如何评价周氏红学与中华文化之学？（4）如何评价周氏红学对于现代红学的影响？

"周汝昌与现代红学"这个话题吸引了众多学人以及红迷的关注，本次座谈会参会人数超出筹办者的预期，在"湘西往事"酒店最大的客房里汇聚着来自北京、天津、上海、辽宁、河北、河南、江苏、四川、山西、陕西、宁夏等省区市的30余位学者、研究生，以及慕名列席的媒体人和热心的红迷。客房成了会场，参会者围坐在三张圆桌周围，济济一堂，畅谈无拘，别开生面。曹立波教授触景生情道："红学会开了很多了，但是今天这个形式还是第一次，来了就坐在饭桌上，蛮有诚意的，这种圆桌座椅营造了一种很温馨的氛围。"

2017年1月14日上午9时，高淮生教授主持座谈会："今天这个专题座谈会的主题是'周汝昌与现代红学'，这个话题大家很感兴趣。希望大家能够畅所欲言，积极发表不同的观点和看法。我们谈问题，不谈个人意气之争，不谈学派之间的争锋。"接着，《河南教育学院学报》编辑部范富安主编代表主办方致欢迎辞。张庆善研究员做了开场主题发言："在传统的鸡年即将到来之际，我们聚集在北京，聚集在这么个特殊的'会场'，举办'周汝昌与现代红学'专题座谈会，这无疑是一次很特别很重要的专题座谈会，吸引了好多位在《红楼梦》研究上卓有成就的著名专家学者，可见大家都是很重视这次座谈会的。我的感觉，这很有可能是红学史上非常值得记载的一次专题座谈会。在此，谨对主办单位对我的邀请，表示衷心的感谢！……非常感谢主持人安排我第一个发言，前几次开座谈会也都是安排我第一个发言，我想这是对我多少有一点照顾的意思吧，这是很感谢的。如果说前几次的'第一个'发言，还比较坦然，这一次就不是那么坦然了，倒有些忐忑了，但我绝对是坦诚的。不管我是讲了一堆'正确的废话'，还是'满纸荒唐言'；不管是抛砖引玉，还是竖了一块被'批判'的靶子。有一点我敢说，我是坦诚地说出了我的观点和看法，对本次座谈会的期待也是真诚的。我十分相信主持人淮生兄的胸怀和能力，也相信在座的各位的学术品格和学术能力。当然我不奢望一次座谈会能有多大的学术成就，更何况'周汝昌'是红学的大题目，怎么可能开一次座谈会就说完了呢。但我寄希望于这次座谈会，寄希望于大家以良好的学术品格、实事求是的治学态度谈周汝昌，坦诚相见，来一场君子之争，为研究'周汝昌与现代红学'这个大题目开个好头，为在红学界建设良好的学术环境做出我们的贡献。"

2017年1月14日下午5时40分，座谈会圆满结束。天津市红楼梦研究会会长赵建忠教授代表天津市红楼梦研究会做了总结发言："诸位师友的发言内容丰富、见解独到，主持人淮生兄的点评也很到位，本来我没什么可讲的了，但考虑到我们是此次会议的参办单位，就再补充几句。第一，会上有代表提到周汝昌先生属于民国学者，还有的代表将现当代红学划分为五代，对此我无异议，至少我们今天是'四世同堂'：在座的胡文彬先生是红学前辈、著名红学家，他是中国红楼梦学会和《红楼梦学刊》的创始人之一；张庆善老师颇具亲和力，自接替冯其庸先生担任会长以来，团结全国红楼梦学者开展了卓有成效的工作，有口皆碑，梁归智老师算他们这一代中红学上有突出实绩的20世纪80年代就成名的红学家；再往下，就是我们这一代了，包括在座的陈维昭、孙伟科、乔福锦、苗怀明、曹立波、段江丽、詹颂等学友；后面接上我们红学梯队的就是樊志斌、顾斌、马经义以及今天未能与会的很有潜力的青年学者高树伟、詹健等人了。会议的对话空间广阔，如对周先生倡导的红学四学、对红学考证与新索隐以及红学与国学大文化的关系探讨等都很深入。从某种意义上也可以讲，今天的研讨会发言，基本代表了当今红学界的周汝昌专题研究水平。第二，这次研讨会的会风非常好，可以说对周先生红学体系的评判是审慎的、理性的，代表们做到了畅所欲言，发言比较客观、辩证，对周先生及其观点既没有'捧杀'，也没有'棒杀'。从当代红学史走过的曲折历程看，红学批评中确实存在过不正常的状况，即使如王利器先生这样学殖深厚的老一辈学者，在批评周先生的文字中也存在过意气用事的情绪倾向。但我们中青年红学研究者继承的应是老一辈的优秀学术成果、治学精神而不是那些历史原因造成的恩恩怨怨，红学争鸣要回归当年蔡元培、胡适论辩方式，观点不同也不妨碍友情。第三，毋庸讳言，周先生晚年的很多结论诸如脂砚斋系史湘云等，包括得出这一结论使用的'悟证'研究方法，以及他对刘心武'秦学'的支持，对王国华'太极红楼梦'的支持，对王家惠、曹颜即曹渊有可能导致否定曹雪芹著作权的支持等，在红学界产生了负面影响。但这可能与周先生奖掖后学、支持探佚有关，造成的后果未必是他的初衷。而且，我们也不能因此就否定周先生早年的红学成就，如《红楼梦新证》这样的划时代红学巨著，红学史早就有定论的。同时，周先生作为当代红学史上的'箭垛式'话题人物，他积半个世纪构建的红学体系，也不是靠一次研讨会就能把所有问题都能得到圆满解决的。明年恰是周汝昌诞辰一百周年，天津作为他的故乡，会举行纪念活动，届时欢迎大家光临。"

本次座谈会的会务工作主要由"红迷驿站"创办人顾斌承办，同时，座谈会的情况也均在"红迷驿站"做了及时的反馈。

## 二、会议研讨的主要问题

### （一）周汝昌是红学绕不过的话题

张庆善研究员说："谈'周汝昌与现代红学'这个题目不容易，远比谈王国维、蔡元培、胡适、俞平伯等红学大师困难得多。这不是因为周汝昌先生的红学观点有多深奥，有多难解读，而是因为现在一谈周汝昌就容易引起争议，就容易闹'意气'，很难把握在学术的范畴内讨论，所以说是左右为难。……我常在思考一个问题，为什么一谈周汝昌就会有那么多的'恩恩怨怨'，总是那样愤愤不平呢？我认为这其中的原因是值得深思和研究的。其实研究周汝昌，应该与研究王国维、蔡元培、胡适、俞平伯、冯其庸、李希凡等红学大家一样，是红学史研究的应有之题，是绕不过的话题。因为这些红学大家都是在红学史上产生过重要影响的人物，研究他们不是简单地评价他们个人，而是研究红学史，关乎红学的发展。……其实谈'周汝昌与现代红学'，远不止这几个题目，可以说'话题'很多，周汝昌先生无疑是当代红学史上影响最大、成就最大也是'话题'最多的红学家，因此，谈周汝昌先生不容易。我认为，要谈好'周汝昌与现代红学'这个题目，至少应该从两个方面来谈：一是充分肯定周汝昌先生在红学史上的地位，充分认识周汝昌先生对红学的贡献；二是全面细致地梳理围绕周汝昌先生的研究方法和学术观点产生的争议，即分析产生这些'话题'的原因、争论的要点，从而进行实事求是的评价分析。……诸如，关于'什么是红学'；关于'还"红学"以"学"'；关于后四十回是乾隆皇帝与和珅阴谋的结果；关于曹雪芹的妻子是史湘云，即脂砚斋；关于贾宝玉不爱林黛玉，爱的是史湘云；关于'木石前盟'和'金玉良缘'都是指贾宝玉与史湘云的爱情，史湘云才是《红楼梦》的主角；关于《红楼梦》的大对称结构，以及'十二乘九'的结构法；关于《红楼梦》早期抄本的汇校等。其他还有：关于'曹雪芹佚诗'的真假；关于'《八声甘州·蓟门登眺兼凭吊雪芹》'的真伪；关于王国华的'太极红楼梦'是不是'震惊人类的发现'；关于曹雪芹祖籍'丰润说''铁岭说'；关于曹渊即曹颜即是《红楼梦》的原始作者，等等。"

"周汝昌"这一绕不过的话题在本次座谈会主要集中于以下方面：

(1)"民国学人"的问题;(2)"诗性"学人的问题;(3)"悟证"的问题;(4)"理解的同情"的问题;(5)关于周汝昌先生的定位问题;(6)《红楼梦新证》的问题;(7)周汝昌先生的文品与学品。以上话题均更具有鲜明的话题价值。总之,周汝昌作为民国学人的精神气质、传统学养、述学方式均有别于当代学人,尽管这样的表述不可能获得所有人的赞同,但相当范围内的共识正在达成。

乔福锦教授是"周汝昌乃民国学人"说的积极倡导者,近年来发表的文章,以及学术研讨的发言,不断地重申这一说法。乔教授的学术史视野开阔,他提出了百年红学史"红学五代人"的大判断,在这"红学五代人"中,周汝昌先生是"第二代",也是一位具有关键性影响的学者。本次座谈会上,乔福锦教授又再次重申了他的这一观点,这一观点引起了相当程度的共鸣,同时也引起了一些善意的争鸣。

梁归智教授认为应从"知人论世""文、史、哲""理解的同情"三个方面观照周汝昌先生:"首先是知人论世。对周汝昌先生的知人论世,我们红学界就有很多的问题。正像乔福锦先生说的,《红楼梦新证》虽然是1953年出版的,它实际上完成于1947年,也就是说,它实际上是一部民国的著作。当然由于出版时的时代氛围,其中有了一些1949年以后的意识形态影响。而周汝昌先生,体现的也是民国学者的特点。所以,我们首先要把周先生看作一个民国的人,至少是这方面的色彩十分浓郁的文化人,和1949年以后的许多学者是不一样的。当然是说一种时代的文化氛围,民国时期的学人也各有自己的特点,并没有一种统一的什么'民国思维'。说周先生是民国人,这涉及他的教育背景,他的表达方式,他的言说方式,等等,特别是他的言说方式。樊志斌先生在'红迷驿站'微信群中说,周汝昌是个诗人。这话说得好,说到了根本,我认为这是抓住了要害的。我们要明白,他的表达,也是诗人型的表达,他强调启发性,强调意在言外,而不是我们后来强调形式逻辑、大前提、小前提那种表达方式。所以,我们首先要弄明白周汝昌他要表达的真实意思,他究竟是要说什么,而不能做形式逻辑的那种表面化理解。

"赵建忠先生在微信群里说,周汝昌割裂红外学和红内学,说《红楼梦》文本研究不属于红学,你能谈谈这个吗?好,就以这个问题为例。周汝昌先生在给我的著作《石头记探佚》作序的时候,第一次提出了红学有四大分支，即曹学、石头记版本学、脂砚斋批语研究、探佚学，'在关键意义上讲，只此四大支，够得上真正的红学'。如果我们从形式逻辑来看，这是明显不对的呀，红学怎么能够只限于那四个分支呢？《红楼梦》文本研究、主题思想、艺术特色、人物分析，这才是红学的根本呀。而且，你周汝昌后来不是又写了反响很好的《红楼梦与中华文化》《红楼艺术》吗？实际上，我们要明白，周汝昌说这个话，就是一个表达方式的问题。周汝昌真正的意思，并不是说红学只有那四个分支，文本研究不算红学，恰恰相反，他表达的意思是说，我们过去都是把一百二十回当作一个'整体'来阅读，没有分清两种《红楼梦》，而要真正地理解曹雪芹，读懂曹雪芹的《红楼梦》，必须首先要搞那四个分支，只有四个分支搞清楚了，才能明白前八十回和后四十回的区别，才能真正进入曹雪芹的《红楼梦》。他说'在关键意义上讲'，就是画龙点睛啊。所以，我们要理解他的表达方式、行文方式、治学方式，这对于我们现代人来说，是一个很大的隔膜。很多问题，都是从这里产生的。

"其实，历史的情状是十分复杂的，这种复杂性，并不是我们能够根据一些现有的文献，仔细爬梳，就能整出来，搞明白的。有个别批判周汝昌的学者，就有这样的问题，他好像深入了很多史料、资料，好像说的都有根有据，但到了关键地方，就一个跳跃，得出一个结论，表面看，好像分析出的结论都是有根据的，实际上完全不是那么一回事。比如说聂绀弩，据说他私下说过'周汝昌不懂《红楼梦》'，另一方面，周汝昌又说聂绀弩曾经写了一首诗称赞自己，就是：'少年风骨仙乎仙，三国红楼掂复掂。不是周郎著《新证》，谁知历史有曹宣。'于是有人就说，这首诗是周汝昌为了标榜自己，自己写的，冒了聂绀弩的名，因为反正聂已经去世了，死无对证。但周汝昌会这么无聊吗？我觉得这里面就是一个历史情状的复杂性。同样，《爽秋楼旧句》问题，以及曹雪芹佚诗的问题，我们也不能简单化对待。我首先要表明，周汝昌先生这样做是不对的，我这个立场从来没有改变过。不管什么原因，周先生这种做法是欠妥的，造成了一些很消极的后果。这一点周先生自己也是承认的，他也写过一篇文章表示道歉。但是，另一方面我们也要理解，这是不是周汝昌有意要造假？还是有着更复杂的一些情况？首先我觉得，这和周汝昌的才子气，以及他想留名后世的这样一种内心的欲望有关系。

"我再说一个情况，关于梅节先生。1995年我去美国讲课，回来时路过香港，梅先生约了几个朋友，还请我吃了一顿饭呢。但1986年哈尔滨国际红楼梦研讨会上，我曾经发言赞扬梅节先生批评红学界中的新索隐。前两年我看见张义春写的《红学那些人》那本书中，说梅先生在文章中回忆这一段，说我这个人有点笨，没听懂他的意思，他不点名批评周汝昌搞新索隐，而我还称赞他批得好。很搞笑啊！实际上，1986年霍国玲闯到会议上，宣传'竺香玉和曹雪芹合谋毒死雍正皇帝'的观点，是一种新索隐，我知道梅节先生批判新索隐实际上是指周汝昌，但霍国玲的索隐更奇葩，所以我发言称赞梅节先生批评新索隐。但梅先生却以为我没听懂他的话，认为我这个人智力比较低下。可见，历史的复杂性妨碍我们知人论世。只有在知人论世的基础上，才可能深入学术的核心问题，才能够对每一个学者有彻底的认识。

"其次是从文、史、哲方面看。这三方面也可以说是真善美，或可以说是考证、论证、悟证。对周汝昌批判的一个核心问题是说他悟证太多，考证比较随意。但实际上，文、史、哲这三者是不能割裂的。《红楼梦》比较特殊，因为《红楼梦》既是一个杰出的艺术品，又和曹家的历史密切地牵扯到一起，同时里面还有很深刻的哲学内涵。而研究者往往都是从自己比较擅长的角度切入，我们每一个人都有所偏好，但我们每一个人往往都不自觉。我觉得，周汝昌先生在文、史、哲三个方面都有相当的修养。这就是顾随先生当年所说的：'等慧地论文，龙门作史，高密笺经。'今天有人说这个评价太高了，《红楼梦新证》没有达到这样一个程度。但我们至少可以说，《红楼梦新证》有这三个方面的维度。而且，在周汝昌整个研究红学的过程中，他一直是努力把这三个维度结合起来的。我个人的看法是，周汝昌慧地论文第一，高密笺经第二，龙门作史第三。也就是悟证第一，艺术的感悟是别人难以达到的，取得了最高的成就。实际上，周汝昌的主要贡献不在考证，而在于艺术，在诗。而《红楼梦》的根本特点，是它是一部诗化的小说。所以，如果你没有能力领略《红楼梦》诗的本质，那么老实说，对《红楼梦》，你就有点隔靴搔痒。要把三个方面结合起来，才能探究曹雪芹《红楼梦》真正的价值。我想了一下，我们可以这样表述：曹雪芹原著是李贺、李商隐的诗，高鹗续书是白居易、元稹的诗。它们都是诗，都有很大的审美价值，但是，李贺、李商隐的诗和白居易、元稹的诗是截然不同的。

"最后是从理解的同情方面看。周汝昌的价值在于他留下的话题使红学受到了关注,并且永远是热点。比如红学的新索隐,此起彼伏,这难道是周汝昌造成的吗?从乾隆皇帝开始,索隐就没有间断过。那为什么现在成了热点呢?那是由于信息化社会嘛,是由于微信、博客、公众号太普及了,人人都可以表达,人人有发言权,整个社会结构变了,我们的主流和精英无法垄断了。这和周汝昌有什么关系?我们必须面对现实,每个人做好自己那方面的工作。文、史、哲的会通,对于大多数人来说,是不可能的,每个人都只能做好自己比较擅长的那种工作。但我们可以采取这样一种态度,首先要做到扬长知短。如果你能进一步,做到扬长补短,就更好一点。我们每个人都有局限,不可能是万能的,但要努力了解一下自己不了解的领域,那么也许你的观点会有某些变化。这样就更容易达到理解的同情。"

孙伟科研究员说:"今天的一个收获是《周汝昌致梁归智书信笺释》这部书,它为我们进一步走进周汝昌、知人论世提供了很好的条件。我读了一些周汝昌先生关于《红楼梦》的著述,这些书信更见人格,更见性情。随着更多珍贵史料的出版和公布,红学中一些比较繁难的问题将会逐步简化明了。刚才梁教授发言说周汝昌做到了文、史、哲的会通,在诗的意义进行学术写作,这对我们理解周汝昌学术写作的特殊性很有帮助。对于'民国学人'问题,我是这么看的,周汝昌成功的一个重要方面是他的跨文体写作。他的文本是诗性的,不是那种中规中矩的论文格式。这种跨文体写作导致了传播的成功,收到了大众传播的效果。我不认为周汝昌因为是什么民国学人,所以写作就有了特殊性。他的修养肯定与民国教育有关,但怎样宣传自己的观点,周汝昌先生肯定是有很多考虑的。我在看林东海先生评说周汝昌的文章时注意到,作为周汝昌长期的同事与唱和的诗友,林东海首先说周汝昌很聪明,紧接着说人才在中等以上。我想林东海不是随便说的,他说是周汝昌的勤奋努力成就了红学家周汝昌。周汝昌先生的这种文体,是他苦心修炼、由内而外的结果,谋篇布局和行文风格均有对接受效果的充分考虑和谋划。周汝昌先生把学术作成诗,把论文写成大众读物,动辄销售十几万册,这不是随随便便的成功。周汝昌先生的红学研究和曹雪芹传记撰述过程中渗透着诗心、诗意、诗情,是其跨文体文本获得感染力和成功的关键。他自己也非常明确地回答过,究竟是做一个学问家呢还是诗人？他说他更偏爱成为一名诗人。这大概就是他一生为芹辛苦却少有权威论断而依然被尊称为大师的原因吧。"

段江丽教授认为："关于'民国学人'的问题，我觉得，即使放在民国学术背景之下，我们还是应该看到，周汝昌先生是民国学人中的个案，不能以个性代共性，或者说以共性掩盖个性。同样称得上民国学人的陈寅恪先生，其《元白诗笺证稿》《论再生缘》《柳如是别传》可以成为公认的'文史互证'的典范，周汝昌先生的'曹贾互证'却是被置疑的焦点，个中缘由，正是我们需要从学理上加以辨析和厘清的。至于'周氏红学'这样的概念，我以为应当慎用，这个'学'一泛化之后，又是更大层面的同化了，它的个性就不易显示出来了。"

范富安主编说："我谈两点。（1）民国学人的问题。对于民国学人，我们这一代还算熟悉。他们中间的大多数写论文的路数和今天不一样，但也不能一概而论。有西方教育背景的和没有西方教育背景的不一样，这主要是说他们的表述与论说方式。有一段时间我沉溺于这种表述而难以自拔。这种言说方式的关键是逻辑性的把握和要件的推导是描述性的，不是简明的因果关系，其中很多文学性的语言，所以今天很多人不习惯。既然周先生的《红楼梦新证》成书于民国之前，这种表述就是难免的，或者说是一种风格。（2）悟证的问题。周先生说得有点神秘，其实比较简单。周先生对于文字有着异常的敏感，所以他的作品鉴赏往往能发人深思，有时候可以一句话点醒梦中人。阅读周先生的诗词鉴赏类文字就可以了解。鉴赏靠悟，靠玩味，没有对于作品的体味，有时候一辈子也读不懂一首诗。所以悟证是长期积累，偶然得之。一个问题你想了很长时间，忽然，中间出现了桥梁，这就是悟。这也是研究者尤其是语言文字研究者的惯用手法。刚才樊志斌老师谈到陈寅恪的以文证史，其实以文证史容易，只要那个时代文学作品中出现了某种名物制度我们就可以说'有'，以史证文则难，你很难说文学作品的描述就是历史。"

樊志斌副馆员认为："关于周汝昌先生红学研究的讨论，很多是对其具体问题的分析与批评，如对《红楼梦新证》的批评。在这方面，最有代表性的当数王利器与杨启樵。王利器《红楼梦新证证误》所举的《红楼梦新证》问题对不对呢？对。杨启樵《周汝昌红楼梦考证失误》指出的《红楼梦新证》失误对不对呢？大部分也对。关于周汝昌先生《红楼梦新证》，包括其他相关具体研究的对错问题，都可以作为学术课题去讨论，这没有问题。但是，大家要抱有'理解的同情'，周汝昌先生写《红楼梦新证》的时候，是在课余时间，刊印时也没有专门的时间去修正、查核资料，所以，周汝昌先生自己也承认'每页都有错误那就对了'。他的问题可以讨论，但态度一定要公允。学界经常给周汝昌以'新红学奠基人''考证派红学集大成者''考证派红学的巅峰'这样的定位。实际情况如何呢？如果说，确实有新红学一说的话，新红学（论文化红学研究模式，相对于点评式红学研究）的奠基人也应该是王国维、蔡元培、胡适等，而不是周汝昌。周汝昌虽然致力于考据，但自己并不认为考据是研究的目的。他的所有资料收集、研究目的都是要为《红楼梦》的文本解读提供基础，为《红楼梦》的文化、艺术解读提供方便，也就是他所说的'新国学'问题。所以，周先生也不承认自己是考证派，他说自己是一个大大的索隐派。所以，这些提法如果作为表述方便没有问题，如果作为学术课题研讨，都是存在极大的不准确的。

"关于周汝昌先生的定位问题，我以为不外乎三个关键词：思想者、探索者、艺术家。周汝昌先生不是'红学'的考证家，他更多的是思想者，他提出的诸多方向和问题都是值得思考与深入研究的。我们研究清史的时候常常说，一个史学家不在于他解决了什么问题，更重要的是他提出了什么问题。梁漱溟先生所谓的思想家和学问家的区别，在周先生身上也有很好的体现，他一生没有放弃思考。周汝昌先生是'红学'的探索者，他的《曹雪芹传》的思考与探索，他对曹雪芹上银幕的探索，他对红楼梦研究方法的探索等，都给后人留下启示。哪怕这些探索是错的，也为后人证明此路不通。有错误的探索，比没有任何意义的、四平八稳的评论更有价值。周先生是'红学'的艺术家，我想这不必要再多探讨了，基本是一个共识。"

郑铁生教授说："我今天想谈的一个问题就是今天上午孙伟科谈的一个问题说是'走进周汝昌'。我认为，这个'走进'应该分两层意思：比如说《红楼梦新证》，前四次出版的《红楼梦新证》的结构变化很大，它的第一版和第二版的文字的差距几乎有一半，1976年版的《红楼梦新证》比1953年的那一版多出一半文字来，这是从文字上来讲。1976年版的《红楼梦新证》'后记'写了好几万字，洋洋洒洒。他在'后记'里对他的自传说进行了彻底的批判，对典型环境和典型人物的理论表示推崇。那是迫于什么呢？迫于'文革'之前那种政治压力而不得不这样做。这一版收录了李希凡评论周汝昌《红楼梦新证》的文章作为代前言。我曾经问过李希凡先生，我说：'李先生，当时你写这篇文章的时候有什么想法？'李先生非常明确地说这篇文章是受命而写的。可是，后来周汝昌把李希凡的'前言'以及'后记'中关于自我批评全部都删掉了，完全恢复了1953年的基本观点了。我为什么要讲这个问题呢？我认为现在很多人不管是推崇周汝昌也好或是批评周汝昌也好，但对周先生的著作读得很少（要么没读全，要么没有多读几遍）。他的代表著作是《红楼梦新证》和他的《曹雪芹小传》，这是他的核心著作，这些著作如果你不读的话，你根本就没有资格来谈周汝昌。这是我想讲的第一点。还有一点，梁归智教授的这本《周汝昌致梁归智书信笺释》出版以后，将会对周汝昌书信的出版和研究具有推动意义。你若是真正走进这些书信，会对周先生的整个精神世界尤其他的内心世界有一个比较深入的了解。"

胡文彬先生接着说："周先生存世的书信数量很多，我想一定会有很多具有学术性的内容。但是，我也了解到另外一点，就是相当一部分信件涉及一些人际关系。所以，究竟会在什么时候全部发表出来，我想这不是一个短时间能够解决的事情。我认为，撰写红学史比如高淮生写学案，我常常跟他提及这个问题，你要写的话，仅仅看那几篇文章或几本书，肯定是写不好的，要用他的口述、日记、书信、官方记载包括官方的档案。所以，我以为在目前的这种情境下，我们现在写红学通史，包括红学学案，如果根据的材料都是公开的，的确是有问题的。我跟陈维昭也谈过这个问题，你写的通史，不能是表面化的。因为作者或传主的好多文章都是冠冕文章，冠冕堂皇的文章而已，写进红学史里是没有价值的。"

李奎副教授则从教学活动中的调查方面谈了周汝昌先生的学术成果对"90后""00后"的深远影响。当今的大学生对周汝昌先生的熟知度最高，对《红楼梦新证》《江宁织造与曹家》《文采风流第一人：曹雪芹传》《恭王府与红楼梦》《红楼梦与中华文化》《红楼夺目红》等最为熟悉。并且，最喜欢周汝昌先生在《百家讲坛》中的演讲。如何引导大学生通过全面客观地了解周汝昌的红学成果进而真正了解红学这门学科，这是《红楼梦》或红学传播需要认真对待的问题，同时也是红学传承需要认真思考的问题。

### （二）"周汝昌与现代红学"是一个可以作追溯与延展的话题

乔福锦教授："'周汝昌与现代红学'这一话题需要文化、学术与思想等层面交互论说。我想从以下三个方面谈一下自己的感想：一是'周汝昌红学'形成的历史文化背景；二是周汝昌先生与现当代'主流'红学；三是'周汝昌红学'与未来即'后现代'红学之学科重建。

"'周汝昌红学'的形成历史文化背景即近些年来逐渐升温的'民国热'，随之而来的'民国先生''民国范儿'等词语，也很流行。若从文化层面解读，从根本上讲，这种现象的出现，既是对那个既保存着'古典中国'文化风貌又对西方文明持开放态度的数千年所未有的特殊时代日益眷念之心绪反映，也是新时期中国学术文化界学理轨迹及精神脉络与1949年之前的历史文脉接通的表现。与'民国先生'相较，清代学者没有他们的世界眼光，后来的学人又无他们的传统根底，这样的评价，几乎成为当下人文学界的共识。我曾发表过20世纪'红学五代人'之判断。我觉得，'红学五代人'之代际划分，也可以成为中国现代学术史研究框架的世代坐标以及'现代学案'撰写的时间界标。因为'五代学人'之分际，施之于'现代新史学'与'现代新儒学'领域，同样有效。在'红学五代人'的论述中，我将周汝昌先生称为第二代红学家之典范，自然也将周先生划入'民国学人'行列（按：《红学学案》书评，涉及'红学五代人'旧说，发表时责编出于好心，将本属第三代之某专家前置于第二代行列，特此更正）。周先生之所以能够在红学领域取得令人无法绕行的巨大学术成就，很大程度上与他所诞生的特殊时代有关。在周先生身上不仅可以看到'民国学人'风范，甚至也可以看到'传统学人'的影子。我曾借周一良先生评现代中国第一代学术大家陈寅恪先生语，以'诗人之才、史家之学、儒者之心'来评价周汝昌先生，也是基于此种认识。

"周汝昌先生这样一位独具个性色彩的学人，很难被时代新说所同化，也注定要与红学第三代学人即20世纪50年代初至'文革'前进入大学读书并由此接受从苏联传来的西方文艺理论系统教育的一代新人发生学术冲突。这是历史的安排，也是他个人大半生际遇之必然。《红楼梦新证》完稿于1948年冬，出版已迟至1953年秋。幸运的是，时间还在'批俞'及紧接着大规模展开的'批胡'运动之前。1954年秋爆发的'批俞'及随后展开的'批胡'运动，不仅成为思想文化'改朝换代'的必要举措，也是民国学术基本终结的标志。以今天的眼光审视，周汝昌先生与第三代红学家的学术冲突，几乎是全方位的（必须说明，我这里所讲的与周汝昌先生发生冲突的第三代学人，主要指其中可以作为像余英时先生所讲的学术'典范'及其领军人物）。

"关于红学学科，作为第二代红学家之'典范'的周先生与第三代红学领军人物学术观点的分歧，从根本上讲，是基本学术立场、学术理念乃至精神底色的不同。基本立场、观念与为学态度的不同，才是学术研究与方法论层面分歧与冲突的背后原因。不从精神深层观察，或仅从个人恩怨角度作解释，肯定说不清问题的根本所在。由此我才多次对友人讲，已被视为'异端'红学家之代表的周汝昌与'主流'红学家即20世纪'第三代'红学家尤其是领军人物的冲突，乃是厘清'现代红学'包括当代红学学思轨迹以及学术论争何以产生的主要线索。'高楼秋夜灯前泪，异代春闺梦里词。'陈寅恪先生论《再生缘》之诗句，常使我与周汝昌先生的'晚年心境'连在一起。从某种意义上讲，周汝昌先生一人所面对的，不仅是特定时代所造就的一批人，是难以抗衡的体制化乃至庙堂化'学术'威权，更是一种已被西化乃至极端意识形态化治学理念。当然，讲周汝昌先生与第三代红学家之冲突，并无完全否定一代人的意思。现当代红学共同体，犹如一个'五世'绵延的大家族，一个百年'五代'学人，一代有一代的特质，一代有一代的命运，一代有一代的贡献。虽然第三代红学'典范'及其领军人物所能留下的多是'思想史'或'文化史'材料而非'学术史'实绩，'其言论愈有条理统系，则去古人学说之真相愈远'（陈寅恪先生语），但这一代学人中能够突破时代局限之杰出人物，学术贡献同样有目共睹。已经过世的蒋和森的《红楼梦论稿》，曾将无数读者带回古典中国的诗意梦乡；在座的胡文彬先生对港台及海外红学进行搜集、整理与公布，为新时期之初中国大陆红学界"睁眼看世界"打开一扇亮窗；已然远离红学界的刘梦溪先生当年对于红学一科的学理思考，成为他整个中国现代学术思想史研究的切入点，刘先生在当下的学术影响，已远超红学一隅。这三位红学家，其实也代表了现代意义上的文、史、哲三种不同学术取向。正面总结这一代人的学术成就，是另一个话题。"

陈维昭教授："我觉得这次会议的主题设计得非常好，'周汝昌与现代红学'。这其实是一个'周汝昌红学的现代性'的问题。

"我们可以从两个人物入手来看现代红学的现代性。第一个是王国维先生。王国维用叔本华的哲学来阐释《红楼梦》，用当时的西方哲学来解读《红楼梦》的人生终极关怀，这是他的红学的现代性所在。但王国维是用'六经注我'的方式，把《红楼梦》作为表达他的人生观的一个话题。他的《红楼梦评论》的得与失，学界已有共识。

"另一个人物是胡适先生。胡适的红学由两大部分构成：一是关于作者和版本的考证；二是'自传说'。在作者和版本的考证方面，胡适运用乾嘉学术方法，这种方法的基本精神是实证，这与五四时期的科学精神是相通的，在这方面胡适的红学体现出它的现代性。而'自传说'则是认为，《红楼梦》是曹家历史的一部实录。这个实录不是说，《红楼梦》的生活素材来自生活，而是一方面把《红楼梦》当成是曹家历史的如实记录；另一方面又把《红楼梦》当成历史文献去证明历史上的未知。这就是所谓的'以贾证曹''曹贾互证'。这种实录观念和研究方法来自传统史学，而与现代学术理念相悖。胡适的新红学由实证与实录两大板块构成，其实证研究契合了现代科学精神，其实录观念则有悖于现代学术理念，不具备现代性。实录观念无视研究者的主体性（包括他的全部历史、个体特点和价值取向），无视其主体性对其研究所产生的实质性影响，这与现代学术理念背道而驰。所以我说，新红学是实证与实录的合一，是现代学术理念与非现代学术理念的合一。

"'自传说'其实是一种索隐方法，它和蔡元培旧索隐派的不同在于，旧索隐派因为不知道《红楼梦》的作者及其家世，所以旧索隐派就往曹家之外的历史人物去索隐；胡适的'自传说'则往曹家家世的方向去索隐。胡适的'自传说'是1921年以来的新索隐的开山祖，它的特点是以曹学为根基。曹学越是发展，就为索隐红学提供越多的索隐材料，曹学与新索隐之间，相得益彰。其影响至今方兴未艾。

"周汝昌先生的红学继承了胡适红学的基本框架，即实证与实录合一，而对这两个方面都进行了发扬光大。周先生提出了红学的四大支柱：曹学、版本学、脂学、探佚学。在这四个方面，周先生的实证研究做出了巨大的贡献，这在学界也是一种共识。

"但是我们还要看到，实录观念和研究也是贯穿周先生一生的红学的。新时期以来，周先生一直致力于在曹学、版本学、脂学和探佚学之间建构关联性，把这四大块连成一个整体，这是周汝昌大大超过其他新红学派成员的地方。在周氏红学中，把这四块连成一个整体的是这样一种思路：以探佚学方法为核心去还原小说里所隐藏的曹家本事和《红楼梦》的八十回后原貌（两大还原）。当他在索解冯紫英脸上被刮伤一段故事的历史本事的时候，他不仅引入了清代史实（本事），也把脂批所提示的八十回后故事引入。红学的四大板块在这里连成了一片。而探佚学则是周先生后期红学的灵魂。

"为了加强其还原的可信度，周先生在20世纪80年代末开始谈'《红楼梦》与中华文化'，90年代谈《红楼梦》与新国学，'文化''国学'是那个时代的强势话语，但周先生的'文化''国学'却并不是一般人所理解的文化、国学，而是围绕着他的本事还原而展开。这使得他后期的红学的非现代性的特征越来越明显。

"但是我们又应该注意到，胡适、周先生这种有悖于现代学术理念的探佚红学在研究界、读书界却有着长久不衰的影响力。直到现在还有很多《红楼梦》爱好者热衷于这种方法，花了大量的时间和精力去索解《红楼梦》背后的'历史之谜'。这里就产生一个问题，为什么这种有悖于现代学术理念的观念和方法会得到很多研究者的喜爱？其间必定有一种无法抗拒的魅力。对于这些爱好者、研究者来说，'阅读'意味着什么？这是一个值得我们深入研究的问题。

"我们一般都会说，《红楼梦》是一部小说，就应该当小说读。但事实上，《红楼梦》究竟可以当什么书来读，这得由读者说了算。而这么多的读者愿意把《红楼梦》当密码来读，这样的一种文化现象值得研究。

"总的来说，我们对周汝昌先生的红学，应该多方面、多层次、整体性地去考察、去评判。对他在实证红学方面的非凡贡献应该给予充分的肯定，对他的实录观念和相关研究的有悖现代学术品格方面也应该给予应有的重视。而且应该把他的新索隐所产生的广泛社会影响作为一种文化现象（而不仅仅局限在文学领域）来分析，加深我们对当下大众文化的认识。

"今天我们讨论'周汝昌与现代红学'，既是对红学史的回顾与总结，也可以引发我们对未来红学的思考。未来红学可以如何发展？下一篇红学文章应该写什么？"

苗怀明教授说："感谢'"周汝昌与现代红学"专题座谈会'主办方的

邀请，对于这个专题座谈会的举办，我是赞成的，认为很有价值，也很有必要。这次座谈会的核心话题是'周汝昌与现代红学'，着眼点显然并不仅仅在周汝昌先生本人，而是以此为个案，对以往的红学研究进行总结和反思，在此基础上推陈出新，寻找红学研究的新路径。在红学史上，周汝昌先生是一个具有较大影响的标志性人物，也可以说是红学研究的'晴雨表'。之所以这样说，有三个理由：

"一是其从事红学研究的时间长。从20世纪40年代末到2012年去世，从事红学研究的时间长达60多年。这在现代红学家中是非常少见的，他是现代红学的参与者，也是现代红学的见证者。

"二是其红学著述数量多。其先后出版的红学专书有数十种，至于具体数量，因其晚期所出专书彼此之间存在大量重复，不能简单按种数计算。不管具体数量如何，其著述在现代红学家中是最多的，这是毫无争议的。

"三是其红学研究涉及面广。几乎所有重要领域都有涉猎，并提出许多新的观点，其中不少观点影响大，也引起了较大的争议。比如高鹗受乾隆指派篡改红楼梦说、脂砚斋为史湘云、贾宝玉所爱是史湘云而非林黛玉，等等。

"就我个人的理解，围绕着'周汝昌与现代红学'这个专题，有如下几个方面值得认真梳理和反思：

"一是《红楼梦》一书的性质。这部书到底是一部带有自传色彩的小说，还是一部带有小说色彩的自传？这个问题看似已经解决，但从具体的研究实际来看，未必尽然。周汝昌先生在其《红楼梦新证》中将小说中的贾府与历史上的曹家对应起来，甚至可以说是将两者之间画等号，这实际上是将《红楼梦》作为小说色彩的自传来看的。周汝昌先生的这种观点从胡适而来，将其推向极致，影响深远。直到当下为止，有不少人在研究曹雪芹的家世生平时，仍自觉或不自觉地将两者对应或等同起来。对于这个问题，有从学理层面进行厘清的必要。

"二是红学这一专学的性质。何谓红学？其内涵与外延何在？特点何在？与其他小说作品如《三国演义》《水浒传》《金瓶梅》的研究相比，有何特殊性？彼此之间的共性与差异何在？这都是值得认真思考的问题。周汝昌先生在20世纪80年代初曾提出这个问题，并引起争论。这个争论直到当下仍未得到很好的解决，研究者或强调红学的特殊性，或强调红学的共性，未能达成共识。总的来看，红学家较多地强调红学研究的特殊性。红学研究具有自己独特的研究对象和特点，这是毫无疑问的。但特殊到什么程度，是不是特殊到可以从中国小说乃至中国文学中剥离出来，与中国小说研究乃至中国文学并列。这个说法看似有些极端和荒唐，但实际上正是不少红学家的做法，只是他们本人没有意识到而已。

"三是红学研究的方法问题。红学研究有没有一套普遍遵从的学术规则与方法？众所周知，现代红学是在不断的论争中发展演进而来的，较之其他领域的专学，争论不仅多，而且激烈。究其根源，其中很大一个原因在于大家所用的方法不同。周汝昌先生的研究主要是实证研究，仅就文献的搜集整理而言，就有《红楼梦新证》《石头记会真》等多项成果，影响深远。在红学研究中，如何甄别取舍材料？对于自己的作品，比如补曹雪芹佚诗、爽秋楼歌句等能否收入具有资料性质的研究著作中？这在学界是有争议的。再比如作品的整理，周汝昌先生有《石头记会真》一书，该书校勘整理的原则、方法与一般文献学不同。这种校勘方法是否适用于《红楼梦》？是否可以应用到其他小说的整理上？同样也是值得讨论的。在文献材料的应用方面，周汝昌先生提出悟证说等观点。到底何为悟证？其与一般文献研究的方法有何异同？这些都是值得认真讨论的。

"四是红学的具体观点。周汝昌先生在其著述中提出许多问题和观点，比如曹雪芹的祖籍，比如曹雪芹的卒年，比如脂砚斋何人，等等。这些观点都曾产生了很大的影响，也引起了很多争议。对这些观点无论是赞成还是反对，进行红学研究都是无法回避的，同时也都有重新审视的必要。毕竟现在掌握的文献资料比过去要丰富得多，学术积累也日益丰厚，可以对前人的研究成果进行比较全面、深入的审视和评价。

"五是如何看待红学史。周汝昌先生是一位具有争议性的学人，他在被其他学人评价的同时，也在对其他学人进行评价，比如胡适、俞平伯等，他以自己的方式对红学史进行反思和总结。对他的这些评价，学界也有着不同的看法。这同样也是值得认真梳理的。

"总的来说，周汝昌先生去世后，为后人留下了很多东西，有他的著述，有他提出的许多观点，有由他引发的诸多话题。今天再做一味地赞成或轻率地否定的表态都是肤浅和简单化的，应该将周汝昌先生放在中国现代学术发展演进的背景下去观照，将其观点和方法放在红学研究的背景下去审视。"

马经义副教授认为:"对于周汝昌先生的红学评价,我觉得首先要有两个基点:第一,如何看待周汝昌红学研究的意义。我非常欣赏高淮生先生文章中的一段话:'他(周汝昌)这几十年的人生旅途也"随着中国局势的动荡而动荡",时世的推移把他推到"红学泰斗""红学大师"位置上去,他再也走不下来了。他作为一个"公共人"为这一显赫的俗世虚名付出了极大的代价:他正被赤裸裸地"消费"着,至今难以消退。'(按:'高淮生先生文章中的一段话'出自2012年6月1日所作《非求独异时还异,难与群同何必同——悼念周汝昌先生》一文。)我们今天能坐下来切磋'周汝昌与现代红学'不正是在'消费'着这位曾经的红学泰斗吗?红学有历史,这表明红学是活着的,红学史形成的根源不正是像周汝昌先生这样的学者给我们留下许许多多待释、待辩的话题吗?所以从这个角度而言,'周汝昌'三个字对于红学界,已经不是一个简简单单的人名符号,而是被赋予了一种学术色彩、精神色彩,甚至是生活色彩的立体感知。正因为如此,'周汝昌与现代红学'的意义也就深在其中了。无论周汝昌先生的红学体系是正确的还是错误,周氏红学体系已经成为红学历程中一个不可忽略的坐标系。第二,如何看待对周汝昌红学的继承。钱锺书先生说过,不管你对某学术观点是赞同还是反对,其实都是对这一学术的继承。我们今天彼此围坐在一起,雅谈'周汝昌与现代红学',无论你持有何种立场,有一点是可以肯定的:你对周汝昌先生的学术体系有过深入而系统的剖析。此间过程难道不是一种传承吗?肯定'周氏红学'的梁归智先生、邓遂夫先生有对周汝昌红学的继承,否定'周氏红学'的胥惠民先生、杨启樵先生同样有对周汝昌红学的继承。"

**(三)追忆周汝昌先生的为学与为人,缅怀之情溢于言表**

曹立波教授回忆了她与周汝昌先生的两段交谊:一是就北京师范大学图书馆藏八十回抄本问题请教周先生;二是在曹家家谱问题上受益较多。

曹立波教授颇有感触地说:"2001年春天,为了写北京师范大学藏《脂砚斋重评石头记》的查访录,即有关甲戌本的录副本之事,我特地拜访了周汝昌先生。2001年3月31日,经杜春耕先生联系,我得以去周汝昌先生家中拜访。主要询问了有关陶洙和甲戌本副抄本的情况。周汝昌先生说,陶洙1948年向他借走了甲戌本的录副本。周绍良先生说,陶洙整理的庚辰本

1952年或1953年时卖给了（现在的）中国书店，陶洙去世的时间大概为1954年。俞平伯先生1953年之前，辑录《脂砚斋红楼梦辑评》，手中已有了陶洙曾收藏的庚辰本（晒蓝本）、己卯本（上面有过录的甲戌本的文字）等版本。所以，师大本的整理时间当在1948—1953年。周先生对师大本的出版也提出希望：'师大的本子应及早出版，可以出两种本子，先出简装的普及本，慢一点出珍贵的收藏本。现在南图本和己卯本都要出，如果三个本子相互配合，同时出来，那么，2001年，红学会有一个划时期的标志。'

"拜访过程中，除了畅谈《红楼梦》手抄本的问题外，周先生对我的姓氏兴趣较浓。我的祖上是从河北迁徙到东北的，与曹姓相关联的信息，周先生颇为关注。我父亲对自己家族从河北到东北的经历一直想调查清楚，他退休后的第一件事就是寻根问祖。他冒着暑热查县志、访乡民，整理了家谱资料。当我把我们祖上在河北饶阳，与宋代曹彬有关之事讲给周汝昌先生的时候，周先生很感兴趣，并希望我们能去调查得再仔细一些。2001年5月30日，周汝昌先生的电话建议，我将其笔录如下：

'能去饶阳考察，非常好。如果令尊身体条件好，应多做点工作。这不光是你我个人的事，把曹彬后人的问题搞清楚，很有意义。这个主题，在我心中考虑多年了。多年以前，我去过灵寿，收集曹彬的资料，我当时在全国政协，到了那里，当成名人贵宾，县委、政协、文教局都出面陪同，这样，也有不利的一面，太官样、太正式，很不方便。你父亲去采访可以随便一点。考察时注意这样几方面资料：

'一是文献资料。文字记载，县志家谱，石碑雕刻，各种遗址、废墟等。

'二是口头传说。家长里短，一切有关的故事，哪怕当时听起来无关的，也应记下来。

'我希望对这样三个地方重点考察：

'第一是饶阳。把上一次去时没有收集全的线索连上，再看看能否发现新的线索。

'第二是灵寿。看看曹家（曹彬家）的大祖坟，无论残余还是完整，都要留照片。我当年去，有人说"文革"时大家谱烧了，但是否真的如此，很难说。深层访问一下曹姓本家，有文字、家谱，任何形式的记载都很宝贵。

'第三是宁晋。曹太后的坟在那里。如果有石碑,要留照片,或者拓印下来。文献记载、口头传说,可能看到、听到的一切。

'此外,再做一些扩展调查。如果发现上述三处以外的线索,应该追踪,尽量收集到研究你们这一血统的重要材料。找几位典型曹姓老人(中年人也可以)的半身像、免冠的头像。

'关于曹彬的后人。曹彬是宋代开国元勋。他有七个儿子,都是玉字边的(1璨、2珝、3玮、4玹、5玘、6珣、7琮),都是宋代名将。

'第三支曹玮,章武节度使,保卫河北省,是曹雪芹的宋代祖先。

'第四支曹玹,曹彬攻下金陵,活捉李煜,平定南唐之后,在安徽池州遇到曹姓本家,让第四个儿子曹玹修了十八支大家谱,分布在全国的曹姓当时都写进去了。我只看见安徽池州的一个分支。

'第五支曹玘,女儿是曹太后,嫁给了宋仁宗。儿子曹国舅,曹佾。

'如果在采访中发现曹彬其他四个儿子的线索,也应记下来。'

"父亲于1999年和2001年两次去祖籍饶阳考察曹姓家世,第二次的收获较大,这与周汝昌先生的提示有很大关系。周汝昌先生认为研究红学也要研究'曹学',首先要研究宋代开国元勋武惠王曹彬的家史,因为《红楼梦》的作者曹雪芹祖辈是宋朝曹彬的后代。从以上两件事情上我感到周先生的确就像顾斌刚才所讲到的,他有一种精神,这种精神、这种学术上的热情,挺感染人的。他对年轻人的这种提携、关心,也的确挺让人感动的。由此我又想到:我们探讨的是文献、文本、文化三者的结合呢,还是文、史、哲的打通呢?真是值得进一步思考的,这是一个有关红学定位的大问题。(按:胡文彬先生在听了曹立波教授的叙述后说:'你讲得挺好,我们听得挺热闹。'限于篇幅,本文删去了一些生动的细节。)"

王彬研究员回忆道:"我是研究叙事学的,《红楼梦》有很多叙事方法,它的叙事方法比较复杂,可以与西方的叙事方法比较研究,从中总结中西小说叙事的区别。我们单位是鲁迅研究院,是一个培养作家的学校。我请周先生到我们单位讲过课,我送过他一本《〈红楼梦〉叙事》,周先生就问了我一个问题:'你说《红楼梦》为什么是两个人写的?'我说:'从叙事学角度讲非常简单,任何一部小说都有一个叙事者,谁在讲故事?我们看前八十回是顽石,那么后四十回顽石不再出现了,高鹗把顽石出现的都给抹了,后四十回和前八十回完全不一样了,变成一个说书人在讲故事。我认为前八十回本是顽石在讲故事,后四十回本是说书人在讲故事。'这是非常简单的一个道理,我们换了一种方法,这个问题就迎刃而解了。周先生的方法是什么呢?我觉得他是索隐加考证,凡是他成功的地方,都是索隐和考证很成功。我举个例子,比如说周先生说《红楼梦》在北京西城,这考证非常成功。再比如说他对大观园布局的分布的考证,这也属于文学地理的考订,大家基本上都认可。所以,我觉得周先生在文学地理考证上做了一个非常好的范本,这个不仅是红学,也是文学地理研究的一个非常好的范例。那么,周先生的不足则在于考证和索隐结合得不够好,很多的问题属于过度阐释。"

任少东编审回忆了参与编辑周汝昌所著《曹雪芹小传》的细节,谈及帮助周汝昌补充一条例证的情景:"周先生叮嘱一定要在这一条补充例证旁边加以说明,这使人很敬重周汝昌的客观求真精神。周先生的红学观点的确做到了'大胆假设',可惜'小心求证'不够,由此出现了不少的错误和失误。当然,他的红学观点无论对的还是错的无疑为红学研究提供了可讨论的话题,拓展了红学研究的空间。令人感动的是,周汝昌在民间的影响很大,人们一提起周汝昌,很多人都知道他,这是客观存在的。所谓的'周氏红学'的说法,我看是很有道理的,将来人们一定还会再来研讨'周氏红学'。周汝昌先生从事红学研究60多年,出版了很多著作,可以这样说,周汝昌就是矗立在我们面前的一座丰碑,这是谁都能看到的。"

詹颂教授说:"周先生的皇皇巨著《红楼梦新证》是我读的第一部红学著作,我的印象是他对研究领域的开拓贡献很大。我本人对于清代女性与八旗人士这两个群体(二者有交叉)的文学创作与评论颇有兴趣,在我着手研究他们对《红楼梦》的阅读和评论的时候,立即就想到此前读过的周先生的书和文章。《红楼梦新证》中《买椟还珠可胜慨——女诗人的题红篇》一文,就是当代最早全面研究清代女性《红楼梦》题咏的文章,自然也是后学研究的重要参考。乾嘉八旗女诗人佟佳氏的诗集中有仿红诗作,这也是周先生首先发现的。他著文称佟佳氏母子为'《葬花吟》最早的读者',虽然周先生的这个表述不够准确,材料有待补充,观点有待修正,但其发现之功不可没。清代女性特别是八旗女性对于《红楼梦》的阅读和评论是一个冷门的研究领域,原始文献搜寻不易,而周先生即便在这种冷门领域也是开拓者和先行者。若非不惮劳苦繁难不懈搜求研索相关清代文献,断不能为后人留下如此丰富而有创见的红学遗产。另一个深刻印象是周先生对中国学术传统的坚持。周先生认为曹学是'最要紧的内学',这一观点有偏激之嫌,不过的确是出于对一些新式八股化的红学赏评之作的反感,从学术渊源上看,这正是孟子'知人论世说'在红学研究上的坚持。从周先生的《红楼梦与中华文化》一书可以看出,他的学术理念植根于我国源远流长的文史研究传统,不论时代风潮如何变化,这一理念一以贯之。这对于今天的红学研究者也是一个启示:不受时代风潮的左右,扎根于我国悠久的学术传统,当能有更大的收获。"

张志教授则从《红楼梦与中华文化》说起:"20世纪80年代中期,周汝昌先生在《红楼梦与中华文化》一书中提出了'《红楼梦》是一部文化小说'的著名观点,周先生主张从'文化'角度研究、认识《红楼梦》,我认为是紧扣了这部伟大著作的核心的。如果把这个观点放在今天来看,更显示出了周先生的远见卓识、不同凡响,那就是周先生'文化自信'的突出表现,并与当今时代风尚正好契合。我尤其感佩周先生在《红楼梦与中华文化》一书中一段发人深省的话:大家看法不同,见仁见智,平等商量,求同存异,乃为事之正常。我们的目的皆在于寻求真理,真理不是自封自是。我的拙见不一定对,只是作为'一家'之言,参加争鸣,响应'双百'的精神政策,自然不会有什么强人从己的意念存在。大家都来'说服'读者,而读者自有公论(经过一定必要时间的历史验证,公论更明)。我希望持不同意见的同志,也是这样看事情。我们每个人的学识水平都还很有限,在评量学术问题上不宜将自己估计过高,更不必自居'主'位,把不与己合的以及尚非己晓的学术见解当作'左道旁门''怪现象''不良倾向',以为'红学界又出了什么问题',而大惊小怪。倘能做到群言堂,则学术幸甚,'双百'幸甚。"

来自上海的余光祖先生则说:"我的感想是周汝昌先生一往情深热爱《红楼梦》的情怀,矢志不渝研究《红楼梦》的执着精神,将会长期影响红学研究。周先生始终认为'这前八十回和后四十回是绝对不能一视同仁',认定高鹗续作不仅无功,而且有罪,认为高鹗所续的后四十回'是歪曲雪芹的极严酷的恶毒货色'。尽管这种说法有点超乎学术的常规,但也从一个侧面反映出他深爱《红楼梦》的赤子之心。周汝昌先生于20世纪40年代开始就投身红学研究,直至2012年逝世,整整65个年头。很多时期,他的

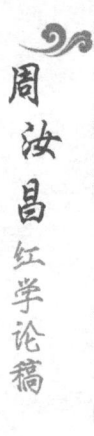

红学研究处于不太有利的处境，但他真是具有一种百折不挠、勇往直前的气概，有一种为曹雪芹和《红楼梦》鞠躬尽瘁、死而后已的献身精神。"

贺信民教授在追忆周汝昌先生的为学与为人时概括了四个方面："可亲的长者，可敬的老人，可爱的文化人，可说的红学家。说不完的《红楼梦》，说不完的周汝昌。"

## 三、座谈会侧记

### （一）《周汝昌致梁归智书信笺释》一书引发趣谈

2017年1月14日晨，高淮生教授邀请乔福锦教授、陈维昭教授、苗怀明教授三人到宾馆附近的永和豆浆连锁店吃早餐，大家边走边聊，兴奋点集中在苗怀明教授所谈趣事——13日晚宴期间，参加宴会的学者提前收到梁归智教授签名的最新出版的《周汝昌致梁归智书信笺释》，这部新书是本次座谈会的馈赠礼品，不仅引起大家的兴趣，同时为本次座谈会增添了新话题。苗怀明教授与提前获得这部新书的其他学者的心情颇为不同，他一夜间翻阅了这本《周汝昌致梁归智书信笺释》，希望能够从中发现周汝昌先生评价苗教授的文字，结果令他大为失望，竟然一处都没有。苗教授此前尚颇费思量：是否赴京参会？原因正如苗教授所言：自己此前写过几篇有关周汝昌先生的文章，周家人不理解，惹出很大的不愉快。所以，有顾虑。对于这次座谈会，张罗其事的高淮生老师说，是纯学术性的，不会有个人恩怨，这才勉为其难地过来，倒不是因为心虚，而是担心惹上不必要的麻烦，耗费时间和精力。对于这个专题座谈会的举办，我是赞成的，认为很有价值，也很有必要。值得一提的是，四位教授谈笑风生的场景，恰被前来参会的樊志斌学友拍照存念。

### （二）两段发言录音引发热议

顾斌在座谈会结束的第二天即征得发言人的同意，陆续把张庆善研究员和梁归智教授的发言录音发布到"红迷驿站"，引发了广泛的转发和可观的热议。

首先是对张庆善研究员发言的评价："很客观！很公正！'一代红学大师'的定位很高！"张庆善研究员发言道："周汝昌先生无疑是当代红学史

上影响最大、成就最大也是'话题'最多的红学家，因此谈周汝昌先生不容易。……毫无疑问周汝昌先生在当代红学史上具有着不可动摇的地位，称他为红学大师、红学泰斗并不为过。……几十年来，周汝昌先生把全部心血倾注在《红楼梦》研究上，他不仅是红学著述最多的红学家，也是影响最大的红学家，他的影响力，对红学的发展起到了积极的推动作用，这也是对红学的贡献。因此科学地梳理总结周汝昌先生的红学贡献，应该是红学的重要课题。我希望能有人系统地做做这方面的研究，特别寄希望于年轻学者，这对红学的建设和发展是很重要的。"

当然，反响的另一种声音则认为："张庆善的发言实际上是'抽象的肯定，具体的批评'。这种议论显然是基于这样一种心态：周汝昌先生对红学的贡献无人可比，周汝昌是批评不得的！其实，这样一种心态同时忽略了这样一种现实：在批评周汝昌已经成为一种景观的学术背景下，哪怕是高度的'抽象的肯定'也是难能可贵的，是需要大视野、大格局、大胸襟、大境界的。为什么这样说呢？归根结底在于究竟是出于什么样目的而批评，是出于为红学事业的健康发展而批评呢，抑或是出于一己之恩怨或宗派之利益而批评。只要是完全出于为红学事业的健康发展而批评，就是一种大视野、大格局、大胸襟、大境界。可以说，无论是肯定或者批评，都不应该持双重标准。（按：所谓'批周景观'基本由两方面构成：一方面乃众所周知的批周'斗士'们分别出版了各自颇有影响的学术著作，诸如梅节著《海角红楼：梅节红学文存》、杨启樵著《周汝昌红楼梦考证失误》、沈治钧著《红楼七宗案》、胥惠民著《拨开迷雾——对周汝昌〈红楼梦〉研究的再认识》等。另一方面乃指红迷中出现的批周舆论。）"

其次是对梁归智教授发言的评价："学者态度，颇多启发。其中，'知人论世'一段阐述引起很多人的共鸣。梁教授说：酒逢知己千杯少，话不投机半句多！当讨论不能进行的时候，就暂时搁置吧！由于周汝昌先生是'箭垛式'的学人，对于他的讨论和评价，这种态度显然更为理性。"

**（三）红迷群反响热烈**

红迷群中的天津文史研究者宋健认为："第一，谈《红楼梦》谁绕得过去周先生？你就是批判他，否定他，也要把他的书看完再发言吧？第二，周先生在没有e工具的时代，挖掘出那么多资料，劳苦功高！尽管你可以说有些资料是没价值的。第三，周先生'引领'红学话题，使红学活跃，此哪怕谓之'鲇鱼效应'呢，也不是平常学者能制造的啊！周先生学问、才气、鉴赏力（尤其诗词方面）出类拔萃，没得说了。当务之急是认真检讨、分析，是哪个环节出了问题。"

安徽的"90后"红迷詹健则认为："周汝昌先生最大的贡献是提升了《红楼梦》研究的档次。周先生的聪明才智要高出常人一截，在某种人生经历或精神世界中可以和曹雪芹、《红楼梦》契合，使得他对《红楼梦》的艺术感悟、思想探索特别有会心，特别有深度。这似可归属于他的性灵，即悟性不凡，但考证更多注重的是积累，一些评论者忽略了这个积累性，好像是凭空产生。这种忽略学科发展的历史进程、忽视学识积累的复杂演变、不区分学人浸淫学问的时间长短等评价显然是不合适的。并且，将周先生的一些问题归结于他的境界太高我们理解不了，这分明是不合适的，譬如他关于'曹宣'的考证，怎么能讲成是悟性趋导的呢？总是强调'悟性'这分明是唯心主义的态度，就算是清代的王念孙、段玉裁，近现代的陈寅恪、钱锺书，他们当然都是绝顶聪明之人，但他们付出的努力，看的书，积累的学识又岂是聪明能解决得了的呢？聪明会透支的，只有勤奋不会透支。"

顾斌则认为："周汝昌先生研究红学的历程，正是20世纪中国知识分子所经历的历程。周先生1953年出版的《红楼梦新证》，划出了红学研究的基本范围，给出了红学的学科定义，包括《红楼梦新证》之后的成果则构筑了红学研究的宏观体系。可以说，周氏红学影响了20世纪后半叶以及21世纪初红学研究的整体走向。即使微观分析，具体到红学研究中的一些细微问题上，也能找到周汝昌红学的影子。有一种观点认为周汝昌先生是一位诗人，我是不认可的，这是一种表面认识，并未真正看清周先生作为地道的传统学人的理性思维的本质。从周先生65载的《红楼梦》研究的历程来看，他每走一步都在给自己自觉建构的周氏红学大厦添砖加瓦，这种学术自觉和学术执着显然表明这样一个事实：周先生具有极强的理性思维。"

### （四）贵州的青年学者郭征帆的书面发言

周汝昌先生是红学研究史上不可逾越的一位重要学者，也是一位充满了争议的红学大家。对周汝昌先生在红学史上的是非功过如何评价，不仅是一个学术问题，更是促成良好学风重塑的重要问题。他的成就有目共睹，而客观评价他的"过",不仅不会影响他的红学功绩,更能让我们看到一个全面的、完整的周汝昌,同时也会使后学者少走、不走弯路和错路,激励我们在前辈学者开创的道路上前进,将红学研究引向更加深入的新天地。这或许就是研究周汝昌与当代红学的意义之所在。(按:郭征帆因临时有事而不能莅临会议现场,顾斌代为宣读了书面发言。)

(五)"北京大学与红学"课题引起参会者关注

天津师范大学文学院的朱锐泉博士发言中汇报了"北京大学与红学"课题构想,这一课题是在赵建忠教授的帮助下策划的。自民国以来,北京大学对于古代小说研究尤其是红学起到了重要的孕育、推助作用,可以说是扮演了"助产婆"的角色。周汝昌先生早年毕业于燕京大学西语系的出身背景,就应引起世人的重视。可见,"北京大学与红学"这一课题很有学术史意义。赵建忠教授推荐朱锐泉博士参阅高淮生教授的《红学学案》,并期望"北京大学与红学"这一课题早日顺利完成。值得一提的是,赵建忠教授在会场上不时地翻阅《红学学案》的情景被高淮生拍照存档。胡文彬先生在座谈会开始时提示参会者,2017年是蔡元培先生诞辰150周年,《石头记索隐》发表100周年,值得作专题纪念。

(六)2018年天津将举办纪念周汝昌百年诞辰活动

天津师范大学文学院郑秀琴副教授说:"周汝昌先生是我们天津人,也是我非常敬仰的一位学者,我认为我们无论在治学还是做人上都要向周老学习。明年是周汝昌先生诞辰100周年,我们天津市红楼梦研究会举办纪念活动,欢迎大家前来参加。"

(七)最生动的红学教材

中国矿业大学文艺学硕士生崔慕萱、王祖琪、葛安菁、马贞贞、拜剑锋等参加了座谈会的全程服务,会后,当他们整理各位学者的发言录音时,颇为激动地说:"这些发言录音就是最生动的红学教材。"

## 四、几点启示

(一)周汝昌是一个说不完的话题,最值得开掘的是其中有价值的方面

顾斌说:"周汝昌是一个说不完的话题,但如何从众多的话题中剥离出

能指引今后红学研究方向的，以及更好挖掘《红楼梦》文学、艺术、思想价值的话题，这个值得思考。"

**（二）红学的第二个百年需要更具活力的诸多"体系"以增强红学的生命力**

高淮生说："红学今后的百年，看看能否诞生更有活力的多种体系来，这才是红学发展的命门。体系与体系的比武，总比观点与观点的论争，更有学术高度和境界。所以，我们倡导大家都励精图治，建立起自己的体系来。"

**（三）态度决定高度，尤其对于现代学人的评价最需要博观、善待、理解的态度**

孙伟科研究员说："我赞同淮生兄的观点，'从不让我的研究生做批评文章，倡导他们做学人学术研究，从而更好地学习，进而建立自己。'其实，批评更难做！如果一个人的学科知识体系不完善，对这个学科的历史不清楚，这个批判对象的理解不深入，实际上是没法进行批评的。红学是一个自我严格审视的领域，同时又是一个问题纠缠不清最多的领域，所以必须提升红学批评的水平。"

**（四）学术共识不仅需要耐心，同时需要智慧**

共识的达成需要时间，旧共识达成到被打破本身是一个过程。所以，新共识不可能一蹴而就，需要不断地创造实现的条件和机会。当然，没有共识，红学就不可能再有新的高度。

## 附录二 非求独异时还异，难与群同何必同
### ——悼念周汝昌先生
高淮生

周汝昌先生走了，据亲属说走得很安详……

周汝昌先生终年95岁，而他的老师胡适之先生则终年71岁。中国古称"仁者寿"，这一说法在周汝昌先生身上的确是印证了。

胡适这位"但开风气不为师"的新红学开创者生前说过："周汝昌是我的'红学'方面的一个最后起、最有成就的徒弟。"❶ 没有胡适，就没有周汝昌；治学者积薪，后来居上。作为徒弟的周汝昌先生并没有辜负师父的厚望，着实在一些方面是"青出于蓝而胜于蓝"了。

季羡林曾在《站在胡适之先生墓前》这篇祭文中说过：历史毕竟是动了。不过这"毕竟是动了的历史"仿佛是重复着过去的身影。近读余英时《重寻胡适历程》一书，其中一节谈及胡适先生就任北京大学校长的短暂经历，令我回望起周汝昌先生来。余先生说："胡适1946年7月回国，就任北京大学校长，他的社会角色（social role）已经改变，和1937年去国前的北大教授兼文学院长不同了。从一方面看，他的俗世地位已达到了高峰，不但是教育、文化、学术界的领导人物，而且也是政治界的象征性领袖。说他是政治界的象征性领袖，其确切涵义是指他并无实质的势力，但有巨大的影响。这是时世的推移把他推到这个特殊位置上去了，并不是出于他自己的选择。从另一方面看，他也为这一显赫的俗世虚名付出了极大的代价。他变成了他所说的'公共人'（public man），私人的时间几乎被剥夺得一干二净，从此他身不由己，随着中国局势的动荡而动荡。这一特征也充分表

---

❶ 宋广波. 胡适红学研究资料全编［M］. 北京：北京图书馆出版社，2005.

现在他的日记上，他不再有闲暇，从容记录'私人生活、内心生活、思想演变的赤裸裸的历史'（《留学日记·序言》），相反的，整体而言他的日记流为简单的记事日程，仅仅只有缩写的人名和约会的时间、地点，已不再能提供丰富的史料。"❶ 其实，周汝昌先生的"俗世地位"也早已在他的成名作《红楼梦新证》出版以后便已达到了"高峰"。《新证》受到了他的老师胡适之先生的高度嘉许，周汝昌先生生前也一直以为荣耀，并在2005年撰著《我与胡适先生》一书，将这种荣耀广布人世间。他这几十年的人生旅途又的确"随着中国局势的动荡而动荡"，他是如此地"身不由己"。时世的推移把他推到这个"红学泰斗""红学大师"位置上去，他再也走下不来了，他作为一个"公共人"（public man），自然要为这一显赫的俗世虚名付出极大的代价：他被俗世大众赤裸裸地"消费"着，没完没了，甚至被娱乐至死也不会轻易散场的。看官，不信么？咱们就拭目以待吧！

有学人说："周汝昌是红坛的独行侠。他的才气，他在红学上的超前性，他的诗人气质和学者素质，使他的《红楼梦》研究顺着以下图式而展开：以文献研究为基础，然后把文献研究所得升华为人文价值阐释。"❷ 这位"独行侠"也曾自许道："非求独异时还异，难与群同何必同！"于是乎，周汝昌先生毫无选择地被当作一个箭垛式的人物，承受着来自四面八方的长矛、匕首、冷箭，直到他驾鹤西归，飘然而去，悄然留给那忘情于投掷长矛、匕首、冷箭者难以释怀的落寞与惆怅。

仰望着西归鹤影，不禁怅然地想啊：没有了周汝昌的当代红学，将来的"家境"又将是什么景象啊？黯然地"告别红学"么？抑或孤独地"自娱自乐"么？

冯其庸先生说：大哉《红楼梦》，再论一千年！只要《红楼梦》在，红学就在。假假真真求解味，红楼梦里逍遥游啊！

有人曾在胡适之先生仙逝之时撰写一幅挽联道：先生去了，黄泉如遇曹雪芹，问他红楼梦底事；后辈知道，今生幸有胡适之，教人白话做文章。

笔者郑重恭敬地拟仿一联，泣悼周老先生千古：先生去了，黄泉如遇

---

❶ 余英时. 重寻胡适历程：胡适生平与思想再认识 [M]. 上海：上海三联书店，2012：81.
❷ 陈维昭. 红学通史 [M]. 上海：上海人民出版社，2005.

胡适之，问他新红学底事；后辈知道，今生幸有周汝昌，教人脂砚即湘云。

敬撰于周汝昌先生仙逝之际
2012年6月1日上午9时49分
2012年6月18日上午8时第二版
记于槐园

# 后　记

　　《周汝昌红学论稿》这部小册子的写作缘起于2016年7月29日下午登门拜访刘梦溪先生时的交谈，这次拜访是事先与乔福锦兄约定的，在交谈中我们谈及2018年纪念周汝昌先生百年诞辰之事。刘梦溪先生说：既然是纪念周汝昌先生百年诞辰，你们就要拿出成果来！福锦牵头主编《周汝昌全集》，淮生通论写得好，可以写一本小册子《周汝昌论》，十几万字即可。有了这些成果，效果才会更好。当时刘梦溪先生希望笔者撰写的《周汝昌论》并不仅限于周先生的红学业绩，包括周汝昌的诗词、书法等方面，笔者听罢，虽然觉得这建议很好，却并不敢即刻承应下来。因为，笔者所撰著的《港台及海外红学学案》书稿尚待完稿，且尚有一些学术活动需要策划组织，担心没有精力做这件事情，畏难情绪油然而生。不过，写一本《周汝昌论》的想法倒是此前已经想过的，当然不是现在就写，打算把多卷本《红学学案》书稿最终完成之后再来构思，笔者深知完成一部《周汝昌论》是一件很有意义的学术工作。此后，在师友的鼓励下，经过一番思考，决定先写《周汝昌红学论稿》吧。

　　今年11月于深圳银湖会议中心召开的红学大会上，笔者做了主题演讲，现摘要如下：我在演讲之前先回应一下苗怀明教授发言中的观点：1. 我们有没有资格批评潘重规？2. 与其批评或批判，不如学理反思？我认为，以上两句话可以作为下一个红学百年的基本原则！近三年来，我与乔福锦教授在中国矿业大学学报编辑部主编李金齐教授以及河南教育学院学报编辑部范富安主编的鼎力支持下，策划并举办了五次高端论坛和座谈会，即2015年春在徐州召开的红学学术史反思高端论坛、2016年春在郑州召开的红楼文献学高端论坛、2017年春夏之交在北京召开的红学学科建设高端论坛，以及2016年10月和2017年1月在北京召开的两次座谈会，其中"周汝昌与现代红学"座谈会影响很大。我们集中研讨了红学学术史的回顾与建构、红楼文献整理与文献学建构、红学学科反思与建构三个方面的议题。我们集中讨论的主要是下一个阶段应该做什么以及应该怎样做的话题，至于红学是什么这一敏感问题，可以平心静气地讨论下去，并不断扩大共识。如果能认同以上三个方面是红学的范畴，至少说明参加研讨的学者专家们已经达成了共识。"什么是红学"的论争在刘梦溪撰著的《红楼梦与百年中国》一书中被列为"第十四次论争"，周汝昌首先提出这个问题，应必诚最先回应，这次论争至少在今天看来意义最大，怎么高度评价都不为过。我的红学工作主要侧重于红学学术史方面，即学案体红学史的初创与完善，为百年红学做"建档归宗"的工作。意想不到的是，在这一学术工作的进展过程中竟分流出红学通论专题，即《周汝昌红学论稿》。《论稿》沿袭了《红学学案》的基本写法，在此基础上增强了评论的力度，即便是评论，仍坚持"论从史出"的原则，而不是"以论代史"。譬如"借力打力""春秋笔法"，为什么这样写？因为红学的学术生态不尽如人意，谈学术总纠缠着人事纠纷。有一件事情不得不说：我策划组织召开"周汝昌与现代红学"座谈会之后，有人传说我是"周派"，我调侃地说"我是山药蛋派"！（笔者按：胡文彬先生、张庆善先生先后告诉笔者这一外界传说，可见这一传说引起了关注。据查：山药"生则性凉，熟则化凉为温"，有补肺、健脾、固肾、益精之功。）这种传说纯粹闲极无聊！如果说因为我在《红学学案》中写了《周汝昌学案》，且组织策划了周汝昌红学座谈会，于是就成了"周派"，那么，我写《冯其庸学案》就是"冯派"，写《李希凡学案》就是"李派"，我若写《胡适红学学案》就是"胡派"啦？真是一派胡言！如果有人立意要为我划"派"，那就请称我"学案派"吧！尽管能否成"派"尚未可知，不过，可以朝着这个方向努力吧。我的《周汝昌红学论稿》写了三个月，近二十万字，可以认为是《红学学案》的学术延伸，可以看作红学"通论"的示范性作品。明年初，我们要再办一个《论稿》出版座谈会，继续研讨"周汝昌与现代红学"这一话题。同时，我很期待有人能够写出《冯其庸红学论稿》和《李希凡红学论稿》来，因为周汝昌、冯其庸、李希凡三位先生的红学活动关涉到红学的学风建设和红学学科建设。我认为，批评与建构两者不可或缺，但批评要审时度势，适可而止，适时而变，红学最需要建构，《红学学案》则重在建构。我热切希望大家一起来反思和

后记

建构，从而使红学健康发展并永远"红"下去！

以上演讲对于读者理解笔者撰著《周汝昌红学论稿》的处境和学术用心有所帮助，所以附录于"后记"中。

又记，笔者的"建构"工作又有了新的收获：张锦池先生弟子吴光正、孙志刚主编《张锦池先生八秩称觞集》（北方文艺出版社 2017 年出版）收录了笔者撰述的《张锦池的红学研究：考论结合、建构新说》一文，该文列入"附录三：张锦池先生学术著述学界评论选粹"。可见，"建构"宣传学脉！

《周汝昌红学论稿》这部小册子的写作过程中，顾斌小友给予了无私的帮助，他的热情鼓励和竭诚帮助对于书稿的顺利写作功不可没，这份情谊将容后撰文详加表彰。感谢我的弟子们尽心尽力地抄录《论稿》引文资料的辛劳工作，为笔者节约了宝贵的时间，使得这部小册子得以在三个月内完稿。

同时，十分感谢徐家春小友的勤劳工作，笔者一边撰写，家春一边审校，使得《论稿》的写作和出版效率大大地提高了。笔者曾不无歉意地说："家春，咱们这样一边写作一边审稿，将来值得回忆，你别嫌麻烦啊！"家春小友说："不会麻烦的，出版行业本来就是一个事无巨细的精细活，每一个字，每一句话，都要精雕细琢。很多参考文献，都需要一一查证，我们能多一些就多做一些。"笔者调侃道："嘿嘿！看来，我引文越多，你的工作量越大——那咱就干脆不引文了可否？"家春小友答："那可千万不行，引文是非常重要的。要不然我就没有工作可做了呀！"

同样需要真诚感谢的是为了《周汝昌红学论稿》顺利出版而付出宝贵精力的出版社的领导和编校印制的同志们。

2017 年 11 月 27 日 10 时于槐园书屋